어화원 밀담

花

어
화 밀
원 담

초판 1쇄 인쇄일 2014년 12월 20일
초판 1쇄 발행일 2014년 12월 23일

지은이 | 김해인
펴낸이 | 김기선
편집장 | 김은지

펴낸곳 | 와이엠북스(YMBOOKS)
출판등록 | 2012년 7월 17일 (제382-2012-000021호)
주소 | 서울시 도봉구 노해로 379, 1005호(창동, 대성빌딩)
전화 | 02)906-7768 / **팩스** | 02)906-7769
E-mail | ymbooks@nate.com

ISBN 979-11-322-0730-6 03810

값 9,000원

YM BOOKS ROMANCE STORY

어화원 밀담

花

御花園密談

김해인 지음

YM BOOKS

목차

여는 장

피부에 섬뜩하리만치 느껴지는 촉이라는 것이 있었다. 그 촉에 의하면 오늘은 절대로 활 연습을 나가서는 안 되었다.

"……고, 공주마마."

부르는 목소리가 어딘지 모르게 구슬펐고 또 어딘지 모르게 두려움을 전하는 듯도 했다. 예를 제대로 갖추는 법조차 잊을 정도로 급히 달려온 탓에 입술 새로 터지는 호흡이 거칠기가 이루 말할 수 없었다. 가슴께가 불규칙적으로 들썩이고 있었다.

"……"

쿵쾅쿵쾅. 걸음에서 들려오는 발소리가 아니라 심장에서 시작되어 온몸을 엄습하듯 울려 퍼지는 소리였다. 질겁한 듯 저를 불렀던 나인의 목소리와 표정이 걸음을 옮길 때마다 밟히는 것처럼 선했다.

작은 발을 아무리 빠르게 놀려도 곤녕궁이 서두르는 것과는 달리 가까워지진 않았다. 불안감과 긴장감에 손끝이 저릿저릿해서 견딜 수가 없었다. 그녀의 조막만 한 얼굴은 어느새 돌처럼 굳어서, 그녀를 향해 일제히 허리를 숙이는 이들 따위는 도무지 눈에 들어오지 않았다.

"비켜서라."

고하여 아뢰어야 할 환관이 부재한 것도 아님에도 불구하고, 공주는 안을 향해 아뢰어 올리지 않았다.

자시. 문안 인사를 여쭙기에는 늦은 시각이었다. 이대로 물러가 동이 틀 때를 기다렸다가 다시금 찾아들어야 예에 걸맞았다. 하지만 그 누구도 일갈을 놓지 못했고 눈치를 주지도 못했다. 어린 공주가 낯빛이 새파랗게 질려가며 기괴한 모습으로 망가지고 있었다. 바들바들 떨리는 몸으로 문을 막고 서 있기에 발끝부터 무겁게 내려앉는 목소리를 여과 없이 짙게 내었다.

"……무얼 하고 있느냐. 비켜서라고 일렀다."

설마하니 제 말이 들리지 않았다고 하는 기가 막힌 변명을 늘어놓진 않겠지. 까맣고 동그란 눈이 날카롭게도 나인을 향했다.

타닥, 타닥, 타닥. 차마 걸음의 속도를 똑바로 따르지 못해 뒤늦게 당도한 공주의 시중들이 공주의 뒤로 다시금 허리를 숙였다.

덜덜덜, 손이 흔들렸다. 손가락을 넣을 수 있게끔 조각이 난 틈에 손가락을 맞추는 게 뭐 그리 어려운 일이라고. 처음도 아닐 텐데 꼬락서니가 더디기까지 했다.

탁.

잠자코 기다릴 여유가 없었다. 작은 몸집의 인내심이 어느새 바닥나버렸다. 이마에 송골송골 땀이 맺혔다. 닥쳐올 공포가 무엇인지, 찢겨지는 심장이 어떤 기분인지 차마 가늠하지도 못하고 작은 두 손이 문을 잡고 스스럼없이 양쪽으로 열어젖혔다.

　어느새 밤이 칠흑 같은 깊이로 기울었다. 새까맣고 짙은 어둠 때문에 수라도 놓은 듯 먼지처럼 어지럽게 박힌 하늘의 별들이 더욱 영롱하게 빛이 났다.

　숨을 쉬기 위해 내뱉는 공기 소리조차 소란스레 들릴 만큼 지독한 고요가 물들 즈음, 모든 것들을 관통이라도 하듯 찢어진 비명이 기나긴 복도를 따라 울려 퍼졌다.

　"으흑……."

　고통의 신음으로 인해 가녀리고 유약한 어깨가 제 무게를 견디다 못해 바스라질 것처럼 너울거렸다. 작은 무릎 위엔 굳은 피를 토한 채 싸늘하게 식어버린 주검이 놓여 있었다.

　바닥에서부터 치고 올라오는 한기에 경련이라도 일으키는 건지, 잠시 허공으로 떨어졌다가 뺨으로 닿는 손이 사시나무 떨듯 몹시 떨렸다. 처음엔 그 누구보다 정갈하게 빗어졌을 머리칼에 꽂힌 머리 장식들이 엉망이 된 채 볼썽사나운 모습으로 있었다.

　그렇게 흐트러진 주검의 머리칼을 귀 뒷전으로 쓸어 넘기며 어린 운은 무릎 위의 주검을 가슴 가득 끌어안았다. 좌중은 차마 주검의 곁에서 운을 떼어낼 수가 없었다. 주검의 입술 새엔 토한 피가 퍼석하게 말라 있었고, 주검은 눈을 감곤 아무 말도 없이 고요했다.

운은 몇 번이나 안쓰럽게 제 품에서 안았다가 떼어내는 것을 반복하며 싸늘한 얼굴을 제 온기를 전하기 위해 쓸고 또 쓸었다. 지켜보는 눈들은 그저 숨을 죽이며 고개를 떨어뜨렸다.

그렇게 한참을 묵도하듯 고개만 떨어뜨리고 있던 참이었을까. 울음을 겨우 삼킨 소리가 넓디넓은 공간을 울렸다.

"……박 상궁."

눈의 뿌리에서부터 흘러내린 습기가 어느새 턱 끝을 타고 흘렀다. 탁한 빛을 머금은 눈물은 동그랗게 펼쳐진 도포 자락으로 톡, 톡 떨어지더니 이내 자취를 감추듯이 스며들었다. 곧 명줄이라도 놓을 듯 소리를 내며 울어댔던 통에 겨우 뱉어낸 목소리가 몹시 사납고 껄끄러웠다.

"예, 공주마마."

잠시라도 뜸을 들였다간 다시금 큰 소란이 빚어질 것 같은 느낌이었다. 박 상궁은 정신을 차리고 서둘러 운의 부름에 답했다.

"나 좀 일으켜주게나."

조심스레 주검을 무릎에서 내린 뒤 운은 박 상궁을 향해 손짓했다. 앙상하고 마른 팔이 힘없이 공간을 향해 뻗어졌다. 박 상궁은 빠른 걸음으로 운의 곁으로 다가와 그녀의 팔을 붙잡았다. 너무 많은 기를 소진해 두 발로 딛고 서는 것조차 어려워 보이는 운을 부축하며 박 상궁은 다 훔치지 못했던 눈물을 참느라 입술을 꾹 깨물었다.

"……아바마마께선 침전에 드셨더냐."

일이 이렇게 된 걸 설마 모르실 리는 없을 테고. 헌데도 두 다리를 죽 뻗고 침전에 들어 있는지 그걸 묻고자 함이었다.

하지만 그 누구도 물음에 시원하게 대답을 할 수 없었다. 고개를 숙이며 회피를 하는 양으로 있는 것에 진저리가 날 정도였다.

그때, 거의 기어들어가는 목소리 하나가 허리를 다른 이들보다 더욱 낮게 숙이며 바른 대답을 위해 입술을 뗐다.

"폐…… 폐하께선 오전 일찍 자, 잠행에 나가시어……."

잠행. 마치 외면을 할 요량으로 오전 일찍.

끓어오르는 화에 작은 어깨가 기이한 박자로 떨렸다. 굳이 그녀가 아니고서는 누구도 목소리를 내지 않는 터라 운이 다시 말을 하기 전까지 또 한 차례 날카로운 고요가 찾아들었다.

"들으라."

잠시간의 적막을 깨고 이번엔 좌중을 향해 운의 목소리가 울렸다. 자릴 지키고 있던 이들이 하나같이 운을 향해 허릴 숙였다.

이 나라의 황후이자 국모가 스스로 자결하여 생을 마감했다. 하지만 제대로 국상조차 치러지지 않는 비통한 현실 앞에 운은 작은 주먹을 다부지게도 말아 쥐었다. 어쩌면 모든 것은 황제인 제 아버지가 자초한 일이었다. 그로 인해 곤녕궁이 주인을 잃은 채 싸늘한 한기를 뿜어내고 있는 것이다. 눈물을 일부러 삼키듯 한 번 더 목소리를 가다듬곤 최대한 감정을 억누르며 정확하게 한 음절, 한 음절 뱉어냈다.

"지금부터."

노기가 서린 열여섯 여자아이의 눈동자가 너무나 살벌했다. 유일하게 저를 잡고 있었던 하늘이 와르르 무너져 내린 지금 와서 하지 못할 말은 없었다.

"나 율국의 공주 도운은 내 아버지이자 현 율국의 황제에 반해……."

한 치의 망설임도 없이 위험천만한 발언을 그대로 읊는 도중이라 다들 경악을 금치 못했다. 하지만 운은 멈추지 않았다. 아직 제 ▓▓이 나 ▓▓▓▓ ▓▓▓▓ ▓▓▓▓▓▓ ▓▓ ▓▓▓ ▓▓▓ ▓▓ 스러움, 그리고 알 수 없는 두려움이 가득 담긴 사람들을 하나하나 보면서 마저 말을 이었다.

"역모를 꾀함이다."

제1장.

이방인이 서국에 들러 가장 잘나가는 기생집이 어디냐고 묻는 다면 다들 그 질문이 끝나기도 전에 진월각이라고 답할 것이다. 가진 미색이 적당한 정도가 아니라 타고난 정도의 여인들이 분내를 풍기고, 갖은 요염과 교태를 부리며 손님을 맞는 곳이었다. 응당 정상적인 사내라면 꼭 한 번쯤 진월각의 문지방을 밟아보았을 거다.

"이렇게 갑자기 서국을 떠나신다니요! 당치도 않습니다."

아양을 떨며 몸을 붙여오는 여인의 목소리엔 사내를 홀리기에 충분한 교태가 가득했다. 윗도리를 반쯤 풀어 헤친 그녀의 옷깃 사이론 하얗고 차진 젖가슴이 봉긋하게 솟아나 있었다. 해준은 부러 흘끔흘끔 속살을 보며 잔에 담긴 술을 단숨에 입안으로 털어 넣었다. '크으.' 하는 소리와 함께 그도 여인 못지않게 안타깝다는 듯 고개를 좌우로 절레절레 저었다.

"꽃을 두고 떠나는 나그네의 마음을 어찌 알리."

검지를 들어 발그레한 여인의 볼을 툭, 건드는 것도 잊지 않았다. 그러자 여인은 수줍게 고개를 숙이며 작게 주먹을 쥐어 해준의 가슴을 아프지 않게 두드렸다. 그간 제집 드나들 듯했던 진월각도 이제 오늘이면 마지막이었다.

"아예 눌러앉을 줄 알았더니 무슨 미련이 남아서 돌아간다고 그러나?"

타국에서 한두 해 정든 것도 아니거늘.

해준이 서국에서 머무는 동안 가장 정을 많이 쌓은 지기, 무영이었다. 게다가 함께 진월각을 수없이 드나들기도 했다. 그는 해준을 향해 섭섭한 목소리를 숨기지 않았다.

"때가 되었으니 돌아가야지. 타국에서의 정은 이쯤 하면 되었어."

"본국엔 얼마 만이지, 자네?"

무영의 물음에 해준은 먼 산을 머금은 듯한 눈을 하고 잠시 위를 올려다보았다. 한 해, 두 해, 세 해……. 어느덧 열 해가 가버렸다.

"딱 십 년 만이지."

"그때 자네를 찾은 자가 승상이라면서? 얼마나 대단한 요직을 권했기에 고민도 안 해보고. 그런데 어쩌다가 그리 높은 사람을 등에 업게 된 거야? 응?"

술시중을 받으며 맞은편에 앉아 있던 무영이 부럽다는 눈을 하며 말했다. 그에 해준이 술상에 놓인 어전을 손으로 하나 집어 입으로 가져갔다. 씹던 음식을 다 넘기지도 않은 채 그는 장난 가득한 미소를 지었다.

"대단한 요직 정도가 아닐 수가 있지."

"그러면?"

"여기까지야."

잔뜩 기대감을 고조시켜놓고 웬 바람 빠지는 소리를 하는 해준으로 인해 무영이 금세 표정을 구겼다.

"이러기야? 나한텐 말해줄 수 있지 않아?"

손바닥에 들어차고도 남는 작은 술잔을 빙그르르 돌렸다. 물음을 올려 묻는 무영에게 괜한 뜸을 들이고자 하는 건 아니었지만, 귓전을 스치는 목소리가 해준으로 하여금 본의 아니게 짧은 상념에 잠기게 했다.

'귀한 분께서 어찌 강 건너 타국까지 걸음 하셨습니까? 것도 고작 저를 보기 위해서라니.'

뱃길이 고요했던 모양인지 마주하는 얼굴은 평온했다. 해준은 저를 찾아온 사람이 누구인지 모르지 않았다. 물론, 얼굴을 아는 건 아니었지만 이름만으로도 머나먼 기억을 헤집고 또렷하게 등장할 만큼 강렬해 잊을 수가 없었기 때문이었다.

'나를 좀 도왔으면 해서.'

'제가요?'

'서국으로 통하는 뱃길을 열어준 건 잊지 않았겠지? 그렇기에

자네가 이렇게 장성할 수 있었을 테고.'

'두고두고 못 잊을 일이지요.'

'본국으로 돌아오게. 청영을 되찾아야 하지 않겠나? 내가 도와 주지.'

청영(淸影). 그 말에 차를 식히기 위해 입김을 후후 불어대던 걸 멈춘 해준이었다. 청영. 그 단어의 뜻만큼이나 웅장하고 운치 있는 땅이었다. 그런 땅을 누리며 호의호식하던 어린 시절이 대체 언제 적 이야기란 말인가. 대지주라는 수식도 이제는 볼품없고 몰락한 제 집안을 기억하는 이들도 드물 거다.

'가문의 명예를 회복하는 일이니 확실히 구미가 당기는 제안은 맞습니다만, 지금은 이렇듯 아무것도 아닌 제가 과연 무슨 도움이 되겠습니까?'

'겸손이 지나치구먼. 서국에서도 그 명석함에 요직을 권할 정도라던데 이왕이면 뜻을 펼치는 데 그 능력을 써야 하지 않겠는가? 황궁으로 들어오게.'

황궁으로 들어오라니. 그 말이 너무나도 쉽고 간단하게 들려 해준은 눈을 동그랗게 떴다.

'사내라면 응당 정사를 펼쳐보아야지. 아니 그런가?'

'제가 무엇을 하면 됩니까?'

'듣자 하니 활 실력이 상당하다던데.'

'미미한 수준은 아니지요.'

'사냥을 나서게. 폐하와 함께. 그것이면 되네.'

"율국에 도착하자마자 해야 하는 일이 있어."

돌리던 잔을 내려놓고 해준이 목소리를 내자 아까부터 안달하던 무영이 안 그래도 큰 눈을 더 크게 키웠다.

"뭔데, 그게?"

"황제와 사냥을 즐기는 것."

"뭐라고? 알현도 아니고 함께 사냥을 나선다고?"

해준은 대답 대신 고개를 끄덕였다.

"으, 사냥이라니. 뭔가 율국의 황제는 으슥해. 지척에만 가도 오한이 들 것 같아."

제 양팔을 쓸어 보이기까지 하며 무영은 몸을 떨었다. 오뉴월에 서리가 내린 것도 아니고 그 모습이 퍽 웃긴 탓에 해준은 입매를 들어 올려 바람 빠지는 소리로 픽, 웃었다.

"그 정도로?"

"글쎄. 황좌에 앉기 위해 제 손으로 아비를 축출한 아주 잔인한 여자야. 어차피 황위 계승은 빤한데 얼마나 빨리 권좌를 차지하고 싶었으면 그랬겠어? 생각만으로도 소름 돋아."

"난 그것보다 얼굴이 궁금해."

번영했던 옛 삶과 명예를 되찾는 건 확실히 해준 저를 움직일 만한 이유가 되었지만, 그보다도 지루하고 따분했던 타국에서의 생활을 끝낸다는 것이 훨씬 의의가 있었다. 물론, 덤으로 정사를 거느릴 수 있다면야 마다할 리 없겠지만.

"사냥을 나선다면서? 어차피 보게 될 텐데, 뭘."

쉬이 드러낼 수 없는 휘장 속에 가득 비밀을 쌓아놓기라도 한 듯 겹겹이 감춰져 있는 율국의 여황제. 그녀가 조금은 궁금했다. 저는 다 무너진 채 본국을 떠나와 있었을 때 그 소식이 들려왔었다. 무영의 말대로 스스로 황좌에 올랐다고. 그것도 공주가.

"보나 마나 박색일 거야. 그런 여자가 천하일색? 어림없지. 잘난 용안 한번 보고 나한테도 알려줘. 얼마나 박색인지 점수까지 매겨주면 더 좋고."

"실없는 소리. 자, 술이나 마시자고."

빛나는 나라, 율국(燏國)의 여황제 도운이 선황제, 즉 아버지인 죽원제를 꺾고 자리에 황좌에 앉은 지 팔 년이었고, 외척들과 고문관들을 일제히 숙청해 실지로 율국의 권좌를 통솔한 지는 육 년째에 접어들고 있었다. 나도는 소문들이란 너무나도 무성하고 또 무성해서 진짜 땅에 박힌 뿌리가 도통 어디인지도 몰랐고 제일 바른 가지를 위해 잔가지를 치는 것도 어려웠다. 이러니저러니 하는 것들은 말 그대로 허울뿐이었지만 그래도 개중엔 황제의 얼굴에 관한 추측들이 가장 많았다. 이례적인 여황제 아닌가? 그런 여황제가 얼굴 한 번 제대로 드러낸 적 없던지라 더욱 그랬다.

그런 율국에 한 사내가 들어섰다.

"이 땅을 다시 밟을 줄이야."

도성으로 발을 들인 해준은 감회가 새롭다는 듯 주변을 둘러보았다. 모양새가 제가 머물던 서국과 별반 차이가 없었지만 딛고 있는 곳의 공기는 확연히 달랐다. 돌아올 집이 없어 돌아올 생각도 하지 않고 살았는데 그래도 고향이라 퍽 정겨우면서도 쓸쓸하게

다가왔다.

"그럼 이제 저자로 나서볼까."

괜한 감상에 젖는 것은 이쯤 하면 되었다. 구겨진 옷자락을 탁탁 털고 해준은 시끌벅적한 저잣거리로 이만 걸음을 옮겼다.

도박을 하는 노름패들의 손이 무슨 화려한 묘기의 향연이라도 되는 것처럼 빨랐다. 그걸 뚫어져라 주시하면 마치 눈알이 핑글핑글 돌아갈 지경이었다. 판을 벌이는 곳에서 빠지면 서러울 음주와 가무, 그리고 담화들이 바람에 가루 날리듯 번졌다.

해준은 괜히 점잖은 척 뒷짐을 지며 눈과 귀를 활짝 열고 판을 기웃기웃했다. 남의 나라에 하도 오래 있다가 돌아오니 정작 제 나라 돌아가는 모양새를 영 몰랐기 때문이다. 일부러 지나가는 사람을 붙잡아 묻지 않아도 이렇듯 저자로 나와 이리저리 기웃거리다 보면 알고자 하지 않아도 자연스레 귀에 흘러 들려오는 것이 지금의 세상 이야기였다.

"그러니까 말이지. 그 매파가 돈에 눈이 멀어서 아주 엄한 곳에 혼처를 정해준 모양이야."

"쯧쯧. 서 대인도 그리 점잖은 척 수염이나 만지더니 여식을 파는 거나 다름없구먼?"

"참, 글피 후지?"

한 주점에서 둘러앉은 사내들이 대낮부터 얼큰하게 취기를 올려 쉰내 나는 입 새로 이러니저러니 남들 얘기를 안줏거리인 양 떠들어대더니 별안간 주고받던 목소리가 작아졌다. 뭔가 조심스럽게 느껴지는 낮은 목소리에 해준은 들고 있던 술잔을 입에 가져

가다 말고 다시금 내려놓았다. 좀 더 말소리에 집중을 하기 위해서였다.

"한 달에 단 한 번뿐인 날이지."

"날고 기는 것들은 죄다 쓸어갈 게 빤해."

"날숨에 헐떡이며 피가 뚝뚝 떨어지는 걸 그대로 씹어 먹는단 소리도 있어."

"어우, 생각만 해도 오금이 다 저리네."

말을 하며 몸을 떨어 보이기까지 했다. 그에 해준은 제가 앉은 자리에서 몸을 돌려 슬쩍 말이 오가고 있는 옆자리에 귀를 쫑긋 세웠다. 한 달에 단 한 번뿐인 날, 바로 황제가 궐을 나와 외각으로 사냥을 나서는 날이었다. 활 실력이 얼마나 대단한지는 모르겠지만 떠도는 소리들 중에 유일하게 제대로 알려진 정보란 워낙 활쏘기를 좋아해서 사냥터에서 그 진가를 발휘한다는 것뿐이었다. 하지만 해준은 괜히 모른 척 순진한 표정을 하고 일부러 목소리를 가다듬으며 말을 걸었다.

"들으려고 들은 건 아니지만 글피 후가 대체 무슨 날이란 말입니까?"

"정녕 몰라서 하는 소린가?"

"흠, 행색을 보아하니 그저 샌님이구먼?"

입술 끝으로 떨어지려고 하는 술을 소매로 막 훔치며 사내는 해준더러 고개를 절레절레 저었다. 멀끔한 차림새를 하고 있다고 한들 멀리 지방에서 이제 갓 도성으로 올라왔구나, 하며 촌뜨기로 여기는 것 또한 잊지 않았다.

"하하, 실은 제가 서국에서 돌아온 지 얼마 안 되어 이 나라 사정에 좀 어둡습니다."

"가장 높은 분 말이네."

해준의 바로 옆에 앉아 있다시피 한 사내가 하늘을 가리키며 말했다. 그에 해준이 한 번에 못 알아들었다는 듯 일부러 눈을 동그랗게 뜨며 다시 물었다.

"예?"

"아, 이 사람이 척하면 착이어야지. 이 나라에서 가장 높은 분이 누구겠는가?"

그러더니 눈치가 그리 늦어서야, 하면서 혀를 끌끌 차기까지 했다. 순간 해준의 입에선 묘한 미소기가 맴돌았다. 가장 높은 분이라 함은 이 나라의 지존을 일컫는 말이었고, 곧 율국의 여황제를 뜻했다.

"잔악하기 그지없다지."

한때 피바람이 불었었지, 아마. 눈 하나 깜짝 안 하고 외척들을 모조리 쳐낸 것을 보아하면 한 치의 실수라도 용납이 없을 거야.

"혀를 한 번 잘못 놀렸다가는 그 자리에서 목을 내놓아야 한다던데."

그들은 여전히 낮고 작은 소리로 얘기를 주고받았지만 바로 곁에 해준이 알아듣지 못할 정도의 크기는 아니었다. 자기네들끼리 한참을 그렇게 말을 하다 뒤늦게 해준이 있다는 걸 깨달은 사내 하나가 목청을 가다듬더니 답을 줬다.

"참! 대답이 늦었네. 그래, 글피 후는 바로 황제께서 사냥을 나오시는 날이네."

"활 실력을 뽐내기 좋아한다는 황제가 유일하게 궐을 벗어나서 사냥을 나가는 날이 바로 글피 후지."

"대단한 명궁이시라네."

"얼핏 듣기론 생식을 즐기신⋯⋯."

"이 사람, 쉿!"

해준이 말을 다 잇기도 전에 두툼하고 검은 손이 그의 입을 막고 주위의 눈치를 살폈다. 얼마나 입을 내리눌렀는지 손바닥의 짠맛이 그대로 느껴질 정도였다. 해준은 살짝 미간을 좁히며 그 손을 떼어냈다.

"본 자가 있습니까?"

"글쎄, 들리는 소리가 그렇다는 거지."

워낙 성정이 잔악하다 그러니 말이네.

"아, 그렇군요."

뜬소문들의 몸집이 점차 불어나고 있었다. 실재하지 않는 걸 실재한다고 멋대로 추측을 하면서 말이다.

해준은 이만 자리로 돌아가 앉았다. 유일하게 반복되는 말이 잔악하다라는 건데. 그 성정이 얼마나 잔악하면 이런 소문들을 몰고 다니는지 참으로 궁금하지 않을 수가 없었다. 아무래도 직접 보게 되면 모든 것을 알게 되겠지. 글피, 글피가 어찌나 더디게 흐르는지 이렇게 기다리다 못 해 안달이 나기는 또 오랜만인 것 같았다.

건청궁 안에서 황제의 변복을 위해 나인들이 분주하게 손이 오가고 있었다. 그 속에서 운은 거드는 손길에 몸을 맡기고 무심한 눈길은 아래로 떨어뜨렸다. 한 가닥, 한 가닥 감히 상하는 일이 일어나지 않게끔 머리칼을 빗어내는 손은 정교하면서도 긴장이 서려 있었다. 영롱한 옥과 절제된 금장식이 머리에 얹어지니 비로소 아래로 향해 있던 시선이 천천히 정면을 향했다. 춤을 추는 것처럼 유연하게 자리에 일어나 한 걸음, 한 걸음 내디디면서 밖으로 향했다. 행렬이 제대로 보이지 않을 만큼 몰려 있던 궁녀들이 다시 한 번 양옆으로 흩어져 일제히 허리를 숙이고 고개를 조아렸다. 은은한 향기를 품은 아담한 체구가 긴 복도를 지나 또다시 문에 다다랐다.

"황제 폐하 납시오."

문이 열림과 동시에 허리를 곧추세우고 고개를 빳빳하게 든 여황제 운이 표정 없는 얼굴로 나왔다.

"황제 폐하 만세, 만세, 만만세!"

"가지."

"하오나 폐하……."

사냥을 나간다고 하기엔 운의 복색이 걸맞지 않았다. 다들 내색을 제대로 안 했을 뿐이지 운이 나왔을 때 속으로는 적잖이 놀랐었다.

"치렁치렁 채비를 하는 게 번잡스러워서 말이다."

"험준한 사냥터입니다. 어떤 위험이 도사리고 있을지 모를 일이온데 갖추어 나가심이 옳지 않을까 싶습니다, 폐하."

승상 자군이 허리를 숙여 염려를 표했다.

"위험이 도사리고 있다라."

"그러하옵니다."

하지만 운은 그런 자군의 말을 들은 체도 안 하고 앞에 놓인 층계를 한 걸음, 한 걸음 순서를 밟아 내려가기 시작했다. 옅게 불어오는 바람에 운이 입은 도포가 그에 동화라도 되려는 모양으로 가볍게 흩날렸다.

"날뛰는 짐승들이야 활을 쏘면 그뿐이고, 경계를 삼엄히 해두었으니 침입자는 발생하지 않을 것이고, 그렇다면 남은 것은 나와 동행하는 병사들인데……. 혹여 내게 위협을 가할 만한 것을 준비해두었나?"

그와 동시에 날카롭게 운의 눈이 자군을 쳐다보았다. 긴 속눈썹이 모순적이게도 아찔하게 일렁였다. 다홍빛으로 윤이 나는 입술은 독을 품은 것처럼 매서웠다. 언성이 높아지지도 낮아지지도 않았는데도 불구하고 마치 그것은 꾸짖어 묻는 것과 다를 바 없었다. 그에 운의 발아래에 있던 대신들이 저마다 고개를 숙이고 부러 극구 부인하며 나섰다. 어찌 그렇게 말을 하느냐 뜻이었다.

"폐, 폐하…… 어찌 감히 그런 입에 담지도 못할 것을 두었겠습니까. 아니옵니다."

"매복이라도 시켜놓은 자가 활을 일부러 내게 겨누지 않고서야 '위험'은 도사리지 않겠지. 아니 그런가, 승상?"

운의 시선이 다른 곳으로 향했다. 옆에서 허리를 굽실굽실거리며 한껏 고개를 조아리고 있는 승상, 자군이 아니라 여러 대신들이 있는 곳으로 말이다. 운은 보란 듯이 그들을 지나쳐 준비된 말에 올랐다.

"기대가 큽니다. 그대가 추천한 명궁이 친히 나와 사냥에 나서 준다고 하니."

"아주 형편없진 않을 것입니다."

"그래요?"

"예, 폐하."

그럼 어디 한번 나서봅시다.

나도는 소리들이 괜히 흘러나오는 소리가 아니라는 걸 똑똑히 보여주기라도 하는 듯 사냥터의 경계는 그야말로 삼엄하고 촘촘했다. 이렇게 많은 병사들을 배치해놓으면 황궁은 대체 누가 지키는 것인지 의문일 정도로 말이다.

'잔악하기 그지없다지.'

아무렴 그래봐야 한낱 여인의 몸이었다. 굳이 마음을 먹고 행하고자 한다면 제가 갖지 못할 건 없고 정복하지 못할 것도 없다. 해준은 한창 경계로 삼엄할 그곳으로 좀 더 가까이 발을 옮겼다.

"폐하를 뵈러 왔으니 이것 좀 거두어주겠나?"

늠름한 기개로 더운 콧김을 뿜어내며 단단히 자신을 막아서는 병사들을 향해 한껏 여유를 부리며 해준은 말했다.

"안 됩니다."

"이런, 시간은 칼같이 정확해야 하는데 자네들이 내 걸음을 늦추면 그 책임은 어찌할 텐가?"

"혹시……."

"서해준일세."

그제야 장정들 사이로 길이 났다. 해준은 그들에게 부드럽게 미소를 보여주곤 당당하게 안으로 들어갔다. 해준이 나타나자 기다렸다는 듯이 그를 위해 말 한 필이 나오고 타라는 신호와 함께 그에겐 활대와 화살이 주어졌다.

"어디로 가면 되는가? 길을 안내해주어야지."

설마 안내도 없이 무작정 달리라는 말은 아닐 테고.

"그냥 사냥을 즐기시면 됩니다."

"……뭐라?"

당혹과 함께 호기심이 들이닥쳤다. 어디선가 지켜보는 눈이 반드시 있다는 말과도 같았다. 그냥 사냥을 즐기고 있으면, 아니 활을 상당히 잘 다루어 쏘는 족족 미끼로 풀어놓은 짐승들을 쓰러뜨리면 잘난 황제께서 박수라도 치면서 나타날 것인가?

"폐하께선 벌써 사냥을 시작하셨는가?"

"예."

"이 드넓은 산 어딘가에 계신단 말이군. 알았네. 이랴!"

평평하거나 만만한 지대는 아니었다. 험준하고 적막해서 야생 동물이 살기에 적합하니 사냥을 즐기기에도 안성맞춤이었다. 어디 한번 제 실력을 자랑이라도 해보라고 하면 친히 활시위를 당겨서 제가 가진 실력을 내비칠 순 있겠지만 아무도 보지 않는, 정확히는 황제의 시선이 어디에 있는지도 모르는 상황에서 어이없이 힘을 낭비할 수는 없었다. 모름지기 보이기 위해 나온 사냥터이니 보이는 곳에서 시위를 당겨야 마땅했다. 어디가 얼마나 둘러싸여 있는지 제대로 알지도 못한 채 해준은 계속해서 말의 고삐를 당겼다.

"이래서야 원."

한참을 그렇게 달리다가 말도 지쳤고 해준도 지쳤다. 이젠 지치다 못해 제법 지루해지기 시작했다. 부러 사람을 불러놓고 이게 무슨 꿍꿍이인지, 아직 얼굴도 보지 못한 황제에 대해 살짝 짜증이 솟기도 했다. 가끔 마주치는 사람들은 경계를 지키는 병사들뿐, 그들도 황제가 어디에 있는지 무얼 하고 있는지 모른다고 말했다.

말을 쉬게 해두고 해준은 주변을 조금 둘러보기나 할 겸 나무들 사이를 헤치고 걸어가는데 딱 보아도 깎아 내지르는 절벽에서 아슬아슬한 자세로 시위를 당기는 사람이 있었다. 갖추어야 할 복장은 전혀 갖추지 않고 그저 간소한 차림의 여인. 해준은 단번에 알아보았다. 그녀가 바로 율국의 여황제, 도운이었다. 어디에 그리 집중을 하고 있는 건지 몸이 점차 앞으로 쏠리는 것도 잊은 채 그녀는 시위를 당기는 것에만 공을 들였다.

"어엇!"

"위험합니다, 폐하!"

그대로 절벽 아래로 곤두박질치려는 찰나, 해준이 잽싸게 운의 팔을 잡아당겼다. 몸이 고꾸라지지 않게끔 지대에 온전하게 선 운을 확인한 후 눈을 옮겨 아래를 보니 여유로이 풀을 뜯고 있는 사슴 한 마리가 보였다. 사슴이라면 어디서든 볼 수 있는데 하필이면 절벽에서 사슴을 겨냥했다. 이 거리에서 얼마나 정확하게 사슴을 맞힐 수 있는지 제 실력을 가늠해보기 위한 게 틀림없었다.

해준은 더 안쪽으로 운을 잡아당겨 그녀의 팔을 놓아주었다. 제 아무리 잔인하기로 정평이 났고, 활이며 검이며 못 다루는 게 없을 정도로 무예에 능하다고는 하나 어쨌든 여인의 몸이었다. 손에서 가시지 않은 얇은 선의 여운이 그걸 확실시해주었다.

"승상이 보낸 자로군."

해준이 아니었으면 그대로 고꾸라질 뻔했던 그야말로 위험천만했던 상황이었는데도 그녀의 얼굴엔 식은땀 한 방울 맺히지 않았으며, 목소리 또한 그 어떤 당황한 기색도 없이 곧았다. 저를 보고 있는 운에 해준은 정신을 차리고 함부로 황제의 몸에 손을 댄 것에 대해 고개를 숙여야만 했다.

"무례를 용서하시지요."

"활 실력이 뛰어나다지? 사냥이 심심하진 않을 거라고 승상이 귀에 딱지가 앉을 정도로 말을 하더군."

"소인은 그저……."

"맞혀보게."

대답을 다 마치기도 전에 말허리가 대뜸 잘려버리고 말았다. 그리고 운은 별안간 제가 가지고 있던 활대와 화살을 해준의 앞으로 내밀었다.

"내 앞에서 어디 한번 겨눠보라는 말이야."

그녀는 해준에게 얼른 받아 들으라는 듯 활대와 화살을 재촉하듯 흔들었다. 그렇게 한 번 더 떨어지는 명령에 해준은 하는 수 없이 절벽 가까이로 움직였다. 다행히 사슴은 여전히 풀을 뜯으며 누군가가 자신의 생명을 위협하고 있다는 사실을 모르는 듯했다. 꽤나 먼 거리인 데다가 바람도 불어서 쉽지 않아 보였지만 워낙에 활을 잘 다루는 해준에게 그다지 어려운 과제는 아니었다. 활대에 화살을 끼우고 시위를 당겨 지체 없이 사슴을 향해 쏘았다. 결과는 명중이었다. 옆에서 가만히 지켜만 보고 있던 운은 해준의 손에서 나간 화살에 사슴이 쓰러지는 것을 봄과 동시에 휙 몸을 돌렸다.

"내 목숨을 구했으니 응당한 보상은 해야겠지."

"마땅히 해야 할 일을 했을 뿐입니다."

"이름이……."

앞서 걷던 운이 멈춰 서는 바람에 뒤에 있던 해준도 자연스레 걸음을 따라 멈추었다. 그녀는 반쯤 몸을 틀어 해준을 보았다. 가냘프고 유약하게 보이는 그녀의 체구는 꼭 다 자라지 않은 소녀를 보는 것처럼 작고 왜소했다.

"서해준이라 하옵니다."

"서해준."

해준의 이름을 친히 읊으면서 운은 발을 천천히 놀려 이번엔 완전히 해준과 마주 보게끔 섰다. 순간, 우거진 나무들로 가득한 이 산속에서 길이 아니라 시간을 잃은 것처럼 멍해지는 기분을 해준은 느꼈다.

운의 몸에 딱 들어맞게끔 제단이 된 짙은 쪽빛 도포가 하늘하늘거리는 바람의 울렁임에 맞춰 옅게 펄럭이듯 흩날렸다. 어쩌면 특유의 향기조차 함께 날려 해준의 후각을 자극하고 있는 것 같기도 했다. 운이 그렇게 다가온 덕분에 해준은 좀 더 가까운 거리에서 운을 볼 수 있었다. 그저 가녀리게만 보였던 뒷모습뿐만이 아닌.

백지장처럼 하얀 얼굴에 새까맣고 깊이를 알 수 없을 만큼 짙은 눈동자, 붉은 꽃잎을 따다 빛을 낸 것처럼 신비롭게 자리하고 있는 선홍빛 입술은 제가 본 여인들 중 가장이었다. 느릿하게 눈을 깜빡일 때마다 긴 속눈썹이 아찔하게도 일렁였다. 밑도 끝도 없이 박색이라 강하게 주장을 세우던 무영의 말이 무색했다. 화려하게 꾸미지 않은 차림에서도 그녀는 스스로 충분히 제빛을 발하고 있었다. 하지만 그 외형에 취해 있던 것도 잠시, 눈에서 내뿜는 기는 그녀를 그저 한없이 가녀리고 유약하다고 평하기엔 무리가 있게 만들었다.

흔들림이 없이 올곧은 선을 그리고 있는 눈빛이 꽤 날카롭게, 그리고 조금은 살벌하게 해준을 응시했다. 냉정에 가까운 절제가 서린 눈동자에선 도무지 '무엇'을 읽어내기가 쉽지 않았다. 사람의 눈을 응시하는 건 해준의 버릇이었다. 무릇 사람을 볼 땐 눈을 뚫어져라 보고 항상 그 안에 담긴 의중을 읽으려고 했다. 백이면 백, 눈동자엔 그 사람에 대한 모든 것들이 들어차 있다. 그건 운에게서도 마찬가지였다. 속으로 의도를 하지 않았어도 제 눈은 어느새 운에게 고정이 되어 있었다.

또다시 바람이 불었다. 멈췄던 것들이 다시금 움직이는 순간이었다. 그제야 해준은 그녀를 뚫어져라 보고 있다는 걸 뒤늦게 깨닫고 얼른 고개를 반쯤 내려 숙였다.

"그렇다면 벌을 받을 텐가?"

"……예?"

"감히 짐의 몸에 손을 대다니."

싸늘하게 굳어진 표정과 목소리는 절대 농으로 뱉은 말이 아니라는 걸 보여주고 있었다. 당장이라도 목을 바치라고 종용할 것만 같았다.

"하오나 폐하, 제가 그 자리에 있지 않았더라면……."

변명을 해야 하는 게 아니라 무례를 범했으니 목숨을 취하라고 해야 하는 게 법도라는 걸 해준도 잘 알고 있었다. 하지만 법도, 법도 하면서 마치 굴레에 짜인 듯 행동하는 건 해준이 아니었다. 그만큼 이 나라의 법에 익숙하지 않다는 걸 보여주고 있기도 했다. 사리를 똑똑히 하고 제가 아니었으면 지금 잘도 입을 열며 말하는 운도 없었을 거라는 걸 확실히 해야만 했다. 그럼에 전혀 당황하지 않은 차분한 목소리로 할 말은 해야겠는지라 천천히 또박또박 운을 뗐는데, 말을 다 맺기도 전에 운이 해준을 향해 손바닥을 보이며 그가 하고 있는 말을 멈추게 했다.

"설마 내가 모든 시위를 다 물렸다고 생각하는가?"

"……!"

"들어서 알겠지만 어디든 내 목숨을 겨누는 자들은 있기 마련이지. 광활한 사냥터에선 유독 그러하고."

운에 대한 반란의 세력들은 항시 숨을 죽이고 대기하고 있었다. 강압적으로 내지르는 정책이 그들의 숨통을 쥐고 있기에 더욱 그랬다. 일각에서는 '고작 계집애 하나가 천하를 호령하려 한다.'라며 신랄하게 그녀를 조롱하는 말도 서슴지 않았다. 하지만 조금이라도 티가 나게 움직이는 족족 운의 손에 피로써 물러났기 때문에 쉬이 모습을 드러내기란 어려웠다. 그러니 위험한 것들이 넘쳐나는 사냥터는 간단하고 빠르게, 그리고 뒤탈도 없어 매우 좋은 조건이었다. 한 달에 꼭 한 번씩, 일 년이면 열두 번. 꼭 어디 한번 해보라는 듯 기회를 제공하는 것처럼 도발적이기도 했다. 게다가 방금처럼 절벽 아래를 내다보며 오로지 활시위에만 집중하던 등이라면 말할 것도 없고.

사실 해준은 애초에 사냥터로 들어왔을 때 모든 시위를 물리고 운 혼자 단독적으로 행동한다는 말을 듣곤 짐짓 놀랐었다. 너무나 무방비한 상태로 있는 걸 발견했을 때는 더더욱 그랬고, 제대로 갖추지 않은 차림새 또한 그랬다. 사냥터에 나올 거면 응당 그에 걸맞은 복색을 해야 옳은데, 지금 운의 복색은 그야말로 이 험준한 산속과는 어울리지 않은 차림이었다. 오히려 이것저것 두르고 있는 제 차림새가 무안해질 지경이었다.

"어쨌든 위험한 상황이었던 건 나도 잘 알아. 그럼 자네 대신 영휘를 벌해야겠군."

'영휘'라는 이름이 나오자 대체 어디에서 있었던 건지 호위의 복장을 하고 있는 사내 하나가 바람처럼 휙, 하고 해준과 운의 앞으로 나타났다.

"면목 없습니다, 폐하."

고개를 숙이며 당장에 잘못을 고하는 그의 목소리는 충성을 다하는 충신처럼 강직했으나 어딘가 모르게 구슬프고 애절하게 들렸다.

"내 최고의 호위인 네가 내 안위를 그르칠 뻔했다, 영휘."

"어떤 벌이라도 달게 받겠습니다."

"고개를 들라."

말이 떨어지기 무섭게 영휘는 고개를 들었다. 그리고 짝, 하는 살결의 징그러운 마찰 소리가 공기를 가르고 귓가에 울려 퍼졌다. 영휘의 볼은 운이 후려쳤던 손으로 인해 금방 화끈화끈하게 올라오는 붉은 기를 드러냈다. 하지만 아프거나 억울한 기색 하나 없이 영휘는 왼쪽으로 돌아간 고개를 즉시 바로 했다.

"자, 그럼 하나를 벌했으니 나머지 하나에겐 상을 줘야겠군."

가녀리게 떨어지는 목선은 한 줌이면 당장에 조여서 없앨 정도로 얄팍했으나 그 속에서 나오는 기는 가히 잔인하기로 명성이 드높은 악녀답게 앙칼지고 거셌다. 한 치의 망설임도 없이 제 호위의 뺨을 있는 힘껏 후려갈기고 다시 옅은 미소를 띠며 뒤돌아섰다. 그리고 해준에겐 마치 아무 일도 없었다는 듯 짐짓 온화한 표정을 했다.

"서국엔 얼마나 있었던 거지?"

"십 년 동안 머물렀습니다."

"서국에서도 요직을 건넬 만큼 명석하다고 하던데 스스로는 어떤가?"

"요직이라니요, 당치도 않습니다."

해준은 가장 겸손한 목소리를 냈다.

"활은 언제부터?"

"그 또한 십 년입니다."

제 앞에서 한쪽 무릎을 꿇고 앉은 해준을 운은 수 분간 아무 말 없이 내려다보았다. 서국에서의 십 년. 짧은 세월이 아니었다. 그렇다면 본국의 정세에도 그리 밝진 못할 텐데. 승상 한자군은 어떤 생각을 품고 해준을 이렇듯 율국으로 불러들였을까. 그의 충실한 개 노릇을 톡톡히 해줄 것 같아서? 운은 해준을 관통하듯 응시했던 것을 거두고 입가에 미소를 품었다.

"내 태사가 되어주게."

천자의 스승의 자리에 해준을 앉히겠다는 뜻이었다. 즉흥적으로 그런 자리를 결정을 하다니, 무슨 계산에서일까? 그런 운의 말에 놀란 건 해준뿐만이 아니라 곁에 있었던 영휘도 마찬가지였다. 십 년 동안 제일 선진한 타국에서 유학을 했기로서니 그게 그를 태사의 자리에 앉힐 만한 이유로는 충분하지 않았다. 그렇다고 터무니없이 활 실력을 높이 사서 태사로까지 올릴 건 더더욱 아니었고.

"하오나 폐하, 태사가 되기에 소인 가진 능력이 너무나 미약하옵니다."

해준은 겉치레에 불과한 말을 들으란 듯이 부러 당혹감을 실어 전했다.

"아니, 내 가장 가까이서 날 보좌하기엔 자네만 한 사람이 없을 것 같군. 더군다나 승상의 칭찬이 자자하더군."

가장 가까이에서, 운이 있는 황궁이 지척이란 소리였다. 해준의 입가엔 묘한 미소가 감돌았으나 운의 앞에선 그저 영문을 모르겠다는 듯 순진한 얼굴을 했다. 그에 운이 비죽한 웃음을 짓는가 싶더니 이내 무섭도록 무표정한 얼굴을 내비쳤다.

"승상은 애초에 비서랑에 앉힐 것을 권했지만 어디 비서랑으로 되겠는가? 고작 문서나 만지기엔 재주가 아까울 법한데. 더욱이 자넨 오늘 공을 세웠지 않나. 짐의 목숨을 구했는데 이 정도 하사는 당연한 처사."

명문자제로서 임용되는 통례도 비서랑까지였다. 허나 방금 운이 말했던 건 그러한 통례도 벗어난 가히 파격적인 등용이었다. 해준을 마주한 지 채 한 시진도 지나지 않은 시간이었다. 그런데도 불구하고 대체 '무엇'을 보고 확신을 얻었는지 운은 제 의사를 물릴 기미가 없어 보였다. 그저 갑작스러운 처사에 망설이는 것처럼 표정이나 관리하고 있는 해준의 모습이 우스울 뿐이었다.

운은 해준의 앞으로 가까이, 아주 가까이 다가가 섰다. 그렇게 운이 한 걸음씩 움직일 때마다 얇은 도포가 너울거리는 바람을 따라 힘없이 휘날렸다. 딱 해준의 한 치 앞에서 멈춘 운은 친히 느릿하게 허리를 숙였다. 그녀의 입술에서 나오는 숨결이 해준의 귀에 여과 없이 닿을 법했다. 운은 해준의 귓가에 속삭이듯 말할 수 있는 위치가 되자 허리를 숙이던 걸 멈추었다. 그리고 입술을 뗐다.

"황명이니 자네에겐 물릴 권리가 없지. 거역할 텐가?"

떨고 있지 않았다. 오히려 덤덤했다. 그리고 그는 겸연히 받아들이겠다는 듯 점잖고 또렷한 목소리를 냈다.

"명, 받잡겠나이다."

숙여진 해준을 보며 운이 비릿한 미소를 걸었다.

소식은 빠르게 전해졌다. 아직도 김이 모락모락 올라오는 따뜻한 차를 입술을 동그랗게 말아 두어 번 후후, 하며 식히고 있는데 바깥에서는 벌써 대사농이 왔다는 소식이 들렸다. 그는 들어오자마자 자군의 앞으로 예를 갖춰 보인 뒤 물을 것이 많다는 표정으로 자리를 잡고 앉았다.

"들리는 소리가 정녕 사실이란 말입니까?"

대사농은 서둘러 자군을 향해 물었나. 하시만 사군은 뭐, 그리 급할 게 있냐는 듯 쥐고 있던 찻잔을 아주 느리게 탁자 위로 내려놓았다.

"무엇이 말인가?"

"사냥에 함께 나섰던 자가 폐하의 목숨을 구했다 들었습니다."

"구했지."

"하여, 그 공으로 태사로 봉하겠다고 하던데."

"과한 처사이지."

그것은 제가 물었던 물음에 대한 긍정의 답이었다. 대사농은 자군의 말에 놀란 표정을 감추지 못하며 눈을 크게 떴다. 원래 내정은 고관들의 자제가 등용문을 통과할 때 늘 그러하듯 비서랑의 자리였으나 하루아침에 해준이 태사의 자리에 오르게 생겼다.

"대체 서해준이라는 그자는 누구란 말입니까?"

"망하지만 않았더라면 지금쯤 청영의 주인이 되어 대단한 부를 누렸을 사람이지."

"청영이라 함은……."

"서가 도경의 독자일세."

자군의 답을 끝으로 대사농의 눈이 아까 들어왔을 때보다 더욱 커졌다. 그는 누가 듣는 것도 아닌데 주위를 살피다가 목소리를 낮추었다.

"몰락 귀족의 씨가 살아 있을 줄은 몰랐는데 말입니다."

"유모와 함께 달아날 때 내가 뱃길을 터주었지."

"승상께서요? 아니, 어찌……."

"사람 일은 모르는 것이니 여지를 두는 건 중요해. 그 여지가 지금 이렇게 큰 거름이 되고 있지 않나?"

"과연, 앞을 내다보셨군요!"

"하늘이 도운 것 같군. 우리의 뜻을 어찌 알고."

"서국에서 복덩이가 들어왔나 봅니다."

태사란 요직 중의 요직이었고, 가장 황제의 가까이에 있을 수 있는 자리였다. 자군의 입매가 묘하게 올라갔다. 첫발이 이렇게 수월할 수가 있을까. 하늘이 도울 모양인지 일이 참으로 쉬워진 셈이었다. 손을 대지 않고도 이리 시원스레 코를 풀 수 있다니. 그리고 뒤이어 소식을 접한 대사공도 얼른 자군의 집을 찾았다.

"이거 소식이 늦었습니다. 감축드리옵니다, 승상!"

대사공도 뒤늦게 손을 합쳐 모은 뒤 자군을 향해 흔들어 보였다. 다과상이 물러가고 뒤이어 주안상이 올랐다. 해준이 태사로 있으니 이제 일을 도모함에 있어서 어려울 것은 없어 보였다. 이런저런 얘기가 오가며 그렇게 화기애애하던 것도 잠시 대사농이 무언가 생각이 났다는 듯 고개를 갸웃거리며 껄껄거리던 목소리를 낮췄다.

"헌데…… 태사라니요? 과한 행보에 무슨 꿍꿍이라도 있는 게 아닐는지.”

그는 혹시 제가 뱉은 말이 자군의 심기를 어지럽혔을까 봐 끝까지 자군의 눈치를 보는 걸 잊지 않았다. 하지만 대사공도 대사농의 말에 일리가 있다는 듯 고개를 두어 번 끄덕이더니 턱 끝을 매만지며 의견을 보탰다.

“그렇게 모조리 쓸어버린 뒤로 늘 비어 있던 자리가 아닙니까.”

두 사람은 모두 자군의 대답에 집중을 하려는 듯 귀를 쫑긋 세우고 일제히 자군을 보았다. 그에 자군은 그저 알 수 없는 오묘한 미소만을 입가에 띄우다가 그만의 특유 근엄하고 인자한 목소리를 냈다.

“이유야 어찌 됐든 황상의 뜻이 아닌가. 서국에서만 십 년을 보냈다는 말이 흥미롭게 들렸을지도 모를 일이지.”

“워낙 주변국에 대해선 어두운 황상이니 말입니다.”

“비서랑이 아닌 태사로 봉하는 것에 다른 뜻이 있더라도 개의할 필요 없네. 어차피 그 조그만 머릿속에서 하는 생각이니. 훨씬 일이 쉽게 되었으니 황상은 스스로 독을 선택했는지도 모르지.”

목소리는 짐짓 조용하고 낮았으나 그의 입가는 주안상의 안줏거리처럼 떠오른 운의 얘기에 조롱을 하듯 이죽거렸다.

밤이 내려앉은 황궁은 고요했다. 지친 기색을 만면에 잔뜩 띤 운이 관자놀이를 꾹꾹 눌러댔다. 냉정하고 표정이 없는 얼굴이라 감정을 전혀 드러내지 않고 있다면 그건 거짓이었다. 딴에는 차단한답시고 차단하고 있겠지만 아무리 그러한다고 한들 결국 드러나는 것이 그 혼란스럽고도 고독한 감정이었다. 책장을 한 장, 한 장 넘기다가 멈춘 운이 어딘가에 서 있는 영휘를 향해 물었다.

"원망하느냐."

나지막이 울리는 운의 목소리에 응하기라도 하듯 조용한 공간에서 사락, 하는 소리가 나더니 영휘가 운의 앞으로 모습을 보였다. 고개를 숙이고 앉은 영휘의 모습은 여전히 강직하고 단단했다.

"무엇을 말입니까, 폐하."

"일러줘야 할 정도로 명석하지 못하다고 생각하지는 않는데."

고개가 돌아가도록 뺨을 후려친 일을 말하고 있음을 영휘가 모를 리가 없었다. 하지만 영휘는 그런 것에 대해 그 어떤 원망도 앙심도 없었다. 모두 운의 뜻이려니, 하고 그저 받아들일 뿐이었다.

"……."

"속으로만 되뇌지 말고 뱉어보아라. 내게 지금 할 말이 있지 않느냐."

"아닙니다, 폐하."

"영휘."

"예."

"네 얼굴에 다 드러나 있어. 괜찮으니 말해."

어두운 밤을 거스르듯 밝게 수놓아진 촛불 사이로 운의 그림자가 길게도 영휘 쪽으로 드리웠다. 가만히 서책으로만 향해 있던 운의 짙은 눈동자가 천천히 올라 지그시도 영휘를 향했다. 밖의 어둠을 죄다 훔쳐와 흡수를 한듯 새까만 눈동자는 한 치의 흔들림도 그 어떤 망설임도 없었다. 영휘는 조금 뜸을 들이는가 싶더니 더 이상 운이 수고롭게 묻지 않게 하기 위해 입을 열었다.

"태사의 자리는 너무 가깝습니다."

종일 곁을 지키는 저만큼이나 떼려야 뗄 수 없을 만큼.

"서해준을 말하는군."

"……예."

차라리 과분한 처사이니 명을 거두는 게 낫지 않느냐고 말을 하는 게 오히려 걸맞았지만 그는 '가깝다'고 했다.

"왜지?"

정녕 이유를 몰라서 묻는 게 아니면서 운은 콕 집어 설명해보라는 듯 영휘에게 물었다.

"그는 승상의 사람입니다, 폐하."

승상의 사람. 많은 것을 함축해 한마디로 정의하는 것이었다. 그가 운을 구했다는 공을 높이 올리고 승상의 면을 생각해 비서랑의 자리로도 될 것을 운은 직접 그를 태사로 봉했다. 해가 되는 인물일지도 모르는데 어찌 그리 가까이 두냐는 말을 길게 늘어뜨리지 않아도 운은 영휘의 뜻을 잘 알아들었다. 마치 수긍이라도 하는 듯 운은 대답을 하기에 앞서 고개를 끄덕였다.

"앞으로 보이겠지, 가진 능력과……."

다시금 운의 눈길이 서책이 펼쳐진 아래로 떨어졌다.

"속내를."

영휘는 순간적으로 두려워졌다. 얼음장으로 다 가리고 있어도 결국 속은 연하디연하고 순하디순한 운이었다. 한 해, 한 해 두터워지고 있다고 하지만 그래도 외부의 지속적인 자극이면 얼음은 녹아 깨질 것이고 곧 흔적도 없이 사라질 것이다. 결빙의 용해는 어쩌면 쉬이 이뤄질 수도 있었다. 너무나 위태롭게 하루하루를 살아가는 게 아니라 살아내고 있으면서 그녀는 스스로의 목 가까이에 검을 가지고 가는 것과도 같았다. 영휘는 늘 운이 안쓰러웠다. 앉아 있는 권좌는 그녀의 등으로 다 가려지지 않았다. 오늘도 그녀는 깊은 잠에 빠지지 못할 거라는 걸 잘 알았다. 그걸 증명이라도 하는 듯 때마침 문밖에서는 태의가 왔다고 고하는 소리가 울렸다.

"폐하, 태의 들었사옵니다."

"들라."

양쪽으로 문이 열리자 태의가 탕약을 든 채 총총걸음으로 운의 앞으로 다가왔다. 그는 허리를 숙인 채 익숙한 손길로 운에게 탕약을 내밀어 올렸다.

황제의 자리에 즉위한 뒤 운은 단 한 번도 밤잠을 제대로 이뤄본 적이 없었다. 믿었던 외척들은 하나같이 그녀를 허수아비처럼 내세워 어떻게 이용해먹을까 궁리를 하였는데, 어린 나이지만 명석하고 눈치 빨랐던 운이 그걸 모를 리는 없었다. 직접 목숨만 취하려고 들지 않았을 뿐 모든 것들이 날카롭게 그녀를 주시하고 있었다. 역모를 꾀하고 제 아비에게 반역의 검을 들었을 때 모순적이게도 모두들 그녀에게 고개를 조아렸다. 너무나 순조롭게, 마치 정해진 수순이라도 되는 것처럼 그녀는 천자의 자리에 앉았다.

영휘가 그런 운의 곁을 지킨 지도 꼬박 팔 년이었다. 어릴 적부터 좋아해 마지않던 꿀강정이 있었다. 식사를 마치고 나면 습관적으로 찾던 꿀강정이었다. 하지만 운이 열여덟이 되던 해, 꿀강정에 독을 묻혀 그녀를 음해하려고 했던 세력이 적발되었었다. 다행히 조금만 베어 물어 목숨엔 지장이 없었지만 그 뒤로 운은 수라로 올라오는 것들을 한 번에 입에 대지 않았고 꿀강정이라면 치가 떨릴 정도로 멀리하게 되었다. 기미를 보는 상궁이 있다고 한들 모두 다 믿을 수는 없었다. 교묘하게 음식을 돌리면 그만이었기 때문이다.

음해를 주도했던 외척 세력들을 찾아낸 건 지금 승상이란 벼슬을 꿰찬 자군이었고, 모두 다 숙청을 한 다음 그 공을 인정해 운은 자군을 태위에서 승상으로 책봉하였다. 어쩌면 하나부터 열, 모든 것들이 자군의 손바닥 안에서 일어난 일임을 잘 알고 있음에도 운은 그의 공을 치사해 벼슬을 내릴 수밖에 없었다. 그 이후로 어의와 식사를 관리하는 소부는 막중한 책임을 가지고 있었으며 시시때때로 운의 시험에 들어야 했다. 혹여 누구에게 '매수'가 되진 않았을까, 하는 그녀의 노파심과 경계가 절대로 흐트러지지 않음이었다. 이젠 제법 교묘하고 팽팽한 긴장감이 이곳 황궁에서 흐르고 있었다.

"이만 나가보아라."

"예, 폐하."

축시가 되면 몸의 긴장을 풀어주고 수면에 도움을 주는 탕약을 꼭 찾는 운이었다. 이걸 아는 이들은 지극히 드물었다. 탕약도 시녀를 통하는 게 아닌 태의가 직접 들어왔고 탕약을 마실 땐 늘 영휘도 함께였다. 혹여 이상한 낌새라도 있을 시엔 태의를 바로 없애기 위함이었다. 발설이 되었을 때도 마찬가지였다. 그래도 황궁에 몇 안 되는 운의 사람들 중 태의도 한 사람인 게 다행이었다.

쓴 탕약을 한 치의 망설임도 없이 운은 들이켰다. 일그러지는 표정에서 힘겹다는 게 느껴질 정도였다. 태의는 운이 비운 그릇을 가지고 다시금 총총히 뒷걸음질을 치며 밖으로 나섰다. 그에 잠시 올라갔었던 발이 다시 내려지고 소란스럽지 않게 문이 닫혔다. 하지만 여전히 초들은 꺼지지 않은 채였다. 그녀는 침상으로 갈 생각도 하지 않은 채 그저 팔을 세우고 관자놀이만 꾹꾹 눌러댈 뿐이었다.

"너도 이만 물러가."

퍼석한 입술 사이로 나온, 지치고 가라앉은 운의 목소리가 짧은 정적을 찾게 만들어 조금은 슬프게 들렸다.

"……예, 폐하."

영휘의 얼굴 위로 수심이 가득 차올랐다. 그는 운의 앞에서 예의를 갖추고 다시 어둠 속으로 사라졌다. 이러한 시국에 해준은 영휘에게 결코 달가운 인물이 아니었다.

깊어가는 밤. 좀처럼 눈이 감기지 않아 해준은 멀뚱멀뚱 뜬눈으로 천장을 바라보았다. 갑자기 자리가 바뀌어서 오지 않는 잠이 아니었다. 한쪽 팔을 접어 머리를 받치고 나머지 한쪽 팔을 뻗어 손가락을 펼친 뒤 허공에 대고 한 획씩 그어가며 글자를 만들어보았다.

"구름 운(雲)."

날카로운 편린처럼 운을 마주했던 장면이 잊히지 않고 제 머릿속으로 박혀 들었다. 험준한 굴곡의 사냥터도 향기가 폴폴 나는 꽃밭으로 만들어버릴 것처럼 고고하고 아름다운 모습이었다.

'그렇다면 벌을 받을 텐가?'

그렇게 운이 먼저 목소리를 내지 않았더라면 아마 선 자리에서 한참을 입만 벌리고 가만히 있었을 거다.

"아, 어디 비할 꽃이 없구나."

아무리 뒤져보아도 견줄 만한 꽃이 없다. 눈이 부실 정도로 황홀했던 그 얼굴이 눈을 감으면 더욱 선명하다. 그런 그녀의 보좌가 된다니. 매일같이 가까이서 얼굴을 맞댈 수 있지 않은가. 청영이든 뭐든 해준은 새삼 저를 이렇게 불러들인 승상에게 절이라도 하고픈 심정이었다.

제2장.

정사를 거느리고 결정함에 있어서 황제를 보필하고 그의 옆에서 조언을 아끼지 않는 현명한 태사란 그야말로 황제에겐 보배였다. 사리사욕에 눈이 먼 이들이 현자라 칭하고, 인재라 칭하며 모두 운의 앞으로 왔지만 운은 태사의 자리를 채우지 않았었다. 권세를 업기 위해 사람을 내세우는 자들이 서로를 헐뜯기도 했으며 황제의 옆에서 간언을 올려야 할 사람이 없으니 곳곳에선 그걸 꼬투리 삼아 일부러 지적을 하기도 하였다.

그런 자리에 해준이 올랐다. 후보로라도 명명되는 자가 있으면 당장에 하나부터 열까지 '왜' 앉을 수 없는 사람인지 다툼을 하던 조정에서 오늘처럼 조용하긴 참 드문 경우였다. 마치 약속이라도 한 듯 그랬다.

저를 향해 서 있는 신하들을 바라보며 운은 보이기라도 하듯 '피식' 하는 웃음소리가 샜다. 그에 다들 휘둥그레진 눈으로 운을 올려다보았다.

"서국에서 오랜 유학을 했고, 요직의 권유까지 받았으나 그의 나이는 스물다섯. 고고하신 학자들께선 천자를 간언할 덕을 쌓으려면 아무리 부족하다 해도 삼십 년은 걸려야 한다고 들었는데, 아니 그런가? 태사의 자리를 놓고 서두에 등장했던 말이라 짐은 아직도 귀에 익어 있다만."

다들 목을 큼큼거리며 괜히 가다듬기만 할 뿐 말이 없었다. 하지만 그중에서도 혀를 놀리는 자들은 있기 마련이었다. 노골적으로 승상의 뒤를 따르는 대사농이 가장 먼저 고개를 조아리고 말을 꺼냈다.

"허나, 이미 황명으로 봉한 것을 무를 수는 없는 법이지요. 무릇 스승이라 함은 가진 능력과 지혜를 보니 나이가 적고 많다고 하여 그 잣대를 바로 댈 수는 없습니다, 폐하."

대사농을 시작으로 입을 가만두지 못하던 이들이 하나둘 제 목소리를 냈다. 이리 들으나, 저리 들으나 어차피 같은 말이었고 같은 뜻이었지만 말이다.

"대사농의 의견에 백번 동의하옵니다. 어린 나이에 벌써부터 뛰어남을 저 멀리 서국에서도 알아보지 않았습니까?"

"그리고 그는 공을 기리었습니다. 그 공에 어찌 말을 가져다 붙일 수가 있겠습니까. 폐하의 지당하신 결정이십니다."

"게다가 승상의 입에서도 칭찬이 자자하니 그가 가진 품행은 과연 으뜸일 것이라 사료되옵니다."

정하기라도 한 듯 차례로 같은 목소리를 내고 있는 신하들에 운의 눈썹이 미세하게 꿈틀거렸다.

"그렇지, 승상이 그를 참 높이 샀었지. 그렇다면 승상은 어떠한가?"

"그래도 태사의 자리는 과분한 처사라 여겨집니다, 폐하."

"과분한 처사라?"

"그러하옵니다, 폐하."

말끝마다 의무적으로 따르는 '폐하'라는 호칭이 저 입에서 나올 때면 방금 먹은 밥을 토하기라도 할 것처럼 거슬렸다. 잠시간 정적이 흐르다가 운은 다시금 온화한 미소를 만면에 머금었다.

"대사농의 말이 옳네. 이미 황명으로 그를 내 태사로 명했지. 어찌 하루아침에 그걸 거스르겠는가?"

"……."

"게다가 짐을 구한 게 다른 누구도 아닌."

운의 시선이 관통할 것처럼, 허리를 숙이고 있는 승상에게 망설임 없이 향했다. 아무런 동요도 없는 듯 반듯하게 예를 갖추고 있는 모습이 역겨웠다.

"승상의 사람이지 않은가."

"황공하옵니다, 폐하."

오히려 더욱이 유유한 모습. 운은 속으로 기가 차 욕지거리가 나올 뻔한 걸 간신히 참아냈다.

누구나 꿈꾸는 황궁이었다. 위엄이 넘치는 금빛으로 으리으리하게 곽을 치고 있는 벽은 멀리서 봐도 뿜어져 나오는 그 기개에 두 눈이 부셨다. 그런 황궁에 드디어 해준이 발을 디뎠다. 본국으로 돌아온 지 단 열흘 만이었다. 태사로 봉해지자마자 그의 앞으론 관복과 함께 관직이 적혀진 명패, 황제가 친히 축하하는 의미로 내리는 하사품들이 전해졌고, 가장 발이 빠르고 소식통에 귀를 세운 이들은 그의 뒤로 줄을 서기 위해 입을 대기 시작했다.

겉으로 보는 것보다 직접 들어온 황궁 안은 더욱 화려하고 웅장했으며 드넓었다. 너무도 당연하게 도운, 그녀가 살고 있는 이 곳이 새삼스레 저로 하여금 위화감을 느끼게도 만들었다.

해준은 황궁을 이리저리 둘러보다 중앙 정원 앞으로 다가갔다. 정성스레 가꿔진 화단과 연못이 눈을 즐겁게 해주었다.

"곧 연꽃이 만개하겠어."

갑작스러운 목소리에 뒤를 돌아보니 태상경, 진찬이 서 있었다. 그는 기척을 낸 뒤 이만 간격을 좁혀 해준의 바로 옆으로 다가왔다.

"자네 얘긴 익히 들어서 알지."

익히 들을 이야기가 무어 있어서 익히 들었다는 걸까. 몰락한 집안의 자식이 뭐 자랑이라서. 하지만 이런 식의 말들은 이미 해준에게 익숙한 것이었다. 들을 때마다 표정이 구겨지는 건 어쩔 수 없지만 말이다. 그는 이러한 속내를 드러내지 않으며 옅은 미소를 머금었다.

"그렇습니까?"

"황상의 바로 곁에서 보좌하는 셈인데, 어떤가?"

기분을 묻는 걸까, 파격적인 등용에 관해?

"무엇이 말입니까?"

"자그마한 실수라도 용납이 없는 황제 폐하일세. 두렵지 않은 가?"

초연한 듯한 태상경의 얼굴에서 대체 무엇을 읽어야 할지 해준은 망설였다.

"그저 제 위치에서의 폐하를 위해 할 일을 해야겠지요."

당연한 이치가 아니겠습니까.

"참된 간언을 올리는 자리가 바로 자네가 앉을 자리일세."

'참된 간언'이라는 말에 약간의 힘이 들어간 듯 들렸다. 혀만 잘 놀린다면 황제를 가장 직접적으로 움직일 수 있는 자리였다. 그런 자리를 두고 모두 해준에게 올곧은 시선만을 쏟으란 법은 없었다. 어찌 되었든 저는 황제를 구한 몸이 아니던가. 모든 걸 묵살시킬 수 있는 합당한 연유가 존재했다. 바로 황명. 해준은 잠시 표정을 구기는 듯했지만 그저 그를 향해 고개를 끄덕일 뿐이었다.

"도리를 다할 것입니다."

도리를 다한다라, 태상경은 일부러 해준더러 들으라는 건지 목소리를 낮추지 않고 혼잣말을 흘리는 것처럼 했다. 그리고 이내 살짝 미소를 지었다. 도통 무슨 뜻인지 헤아릴 수 없는 웃음이었다. 그런 그의 표정이 묘했다. 그리고 표정만큼 묘한 분위기가 감돌았다.

"곧 연꽃이 만개할 걸세."

이만 해준에게서 시선을 떼고 다시금 못으로 느릿하게 시선을 돌린 태상경이 아직은 봉오리째인 푸른 연잎들을 아주 천천히 바라보았다.

"달이 뜨는 밤 연꽃이 만개한 못을 폐하께서는 참으로 좋아하셨지."

"달이 못을 비추면 더 황홀하겠군요."

"한번 사로잡아보시게."

"무엇을 말입니까."

태상경은 뒷짐을 지면서 괜히 시선을 멀리 던졌다. 이런 식의 일방적인 대화를 이어가는 건 별로 유쾌하지 않았지만, 그렇다고 휙 돌아서 가버릴 수도 없는 노릇이라 해준은 잠자코 태상경이 답하길 기다렸다.

"폐하를 말이네."

"……."

주위에 누군가라도 있었더라면 큰일이 날 정도로 위험한 발언이었다. 해준은 답을 하지 않은 채 손을 들어 도드라진 눈썹의 뼈를 느릿하게 매만졌다. 무얼 하자는 건지, 어떤 얘기를 하자는 건지 좀처럼 패를 보이지 않으니 그가 가진 묘한 분위기가 점차 기이해지기 시작했다.

"주변국에 대한 책을 제대로 못 쓰고 있는 건 자네도 잘 알 거네. 율국이 천하를 호령하기 위해선 침착해야 하는 건 사실이나 그게 내적으로 지반을 흔들리게도 하는 법이지."

태상경이 말하는 '내적 지반'은 대체 무엇을 일컫는 걸까. 도통 알아들을 수 없다는 듯 해준은 표정을 구겼다.

"분명히 해두지."

"말씀하시지요."

"내가 먼저 자네를 이리 찾은 게 무슨 의미인지 잘 헤아려보게."

"……."

목에 칼을 들이밀지 않았을 뿐이지 나긋나긋하게 이르는 협박과도 같았다. 그의 이마엔 자글자글한 주름이 잡혀 있었고 수염도 하얗게 셌다. 떴는지 감았는지 알 수 없는 눈 안에서의 생각이 몹시 궁금했다. 내뱉어진 말의 바탕에 있는 의도는 대체 무엇일까. 황궁의 줄은 대체 몇 갈래로 이뤄져 있을까. 그중에서 황제의 뒤로 나 있는 줄은 몇이나 되며 그게 얼마나 길까. 개중에 제일일까? 아니면 손가락을 다 접지 못할 만큼일까. 제 할 말은 끝난 모양인지 불쑥 나타났다가 다시금 또 불쑥 자리를 뜨는 태상경이었다.

해준은 가만히 멀어져 가는 그의 뒷모습을 보다가 다시금 못으로 시선을 던졌다. 여운이 남는 그의 한마디가 귓가를 종용하듯 괴롭혔다.

'참된 간언을 올리는 자리가 바로 자네가 앉을 자리일세.'

"……."

유독 날을 세워서 만들어낸 문장이었다.

승상의 집에서는 해준을 주인공으로 하여 거대한 잔치가 열렸다. 흥을 돋우는 음악은 물론이요, 눈이 즐거운 무희들의 현란한 춤사위까지 곁들여졌다. 초대된 이들의 입에서는 하나같이 해준을 향한 찬사가 쏟아졌다. 전에 본 적 없는 얼굴들이었는데도 어찌 어제 본 것처럼 잘도 입을 놀려대는지 해준은 의아하지 않을 수가 없었다. 그들은 자군과의 친분을 아낌없이 과시하며 그건 곧 해준에게도 똑같이 향할 것임을 서슴지 않고 드러냈다. 그리고 그들 중엔 일전에 궁중 성원에서 해순과 마주쳤던 태상성 노한 한사리를 차지하며 앉아 있었다.

"자, 내 술 한 잔 받게."

한 잔을 들이켜고 잔을 상 위로 내려놓기가 무섭게 돌아가며 너도나도 해준에게 술을 권하느라 정신이 없었다.

문득 해준은 궁금해지기 시작했다. 높고 고고한 벼슬 한자리씩들 다 꿰차고 있는 사람들에게서 제가 뭐라고 이렇게까지 추켜세움을 받는 건지 말이다.

비단 율국의 승상의 자리에 그가 그저 '승상'이 아니라는 것을 반증하는 것처럼 그랬다. 이들은 모두 같은 눈을 하고 같은 말을 했다. 조정에서도, 운의 앞에서도 마찬가지이겠지. 과반이 훨씬 넘는 주역들이 지금 이 집에서 잔치를 벌이고 있는 중이었다. 초대된 이들은 이들이 전부였다. 하지만 나머지들도 반드시 있었다.

이로써 판가름이 나는 순간이었다. 승상 자군과 뜻을 같이 하는 사람들과 그렇지 않은 사람들. 그렇다면 그다음이 또 의문이었다. 승상은 황제인 운과 뜻을 같이하느냐, 그렇지 않느냐.

과연 황궁에선 무슨 일이 일어나고 있는지, 운이 왜 급작스럽게 저를 태사의 자리까지 올렸는지는 앞으로 반드시 두고 보아야 할 일이었고 곱씹어봐야 할 일이었다. 해준은 지금 이 잔치에 앉아 있는 이들을 빙글빙글 사람 좋은 웃음을 걸고 하나하나 찬찬히 뜯어 낱낱이 익혔다. 선택을 하지도 않았는데 마치 선택을 한 것처럼 흘러가고 있다. 흥미롭지 않을 수가 없다.

"두 눈이 참 바쁘게도 움직이더군."

또다시 태상경이었다. 한창 소란스러운 곳을 빠져나와 콧속에 찬 공기를 집어넣고 있는 와중에 저를 찾은 태상경은 마치 그날, 궐에서 봤던 것처럼 알 수 없는 의중을 가지고 있었다. 꼭 제가 이렇게 틈을 빠져나와 혼자 있길 기다렸다는 듯 등장했다.

"궁금한 게 많은 눈이야."

대답 없는 해준을 향해 태상경은 개의치 않고 말을 이었다.

"저들이 자네의 천군만마가 되어줄 건데 무슨 걱정이라도 있는 겐가?"

"제 천군만마라니요?"

미간이 미세하게 좁아지면서 해준은 도통 모르겠단 목소리를 했다. 천군만마라니. 글쎄, 그건 앞으로 좀 더 두고 보아야 하지 않을까? 벌써부터 속단을 하긴 이르다.

"승상이 자넬 황궁으로 들인 이유를 설마 모른다고 하진 않겠지."

"엄연히 저는 황명을 받잡았을 뿐입니다."

"순진한 말을 하는군. 것도 순진한 야망을 들먹이면서."

무언가 심상치 않게 돌아가고 있었다. 일갈을 하듯 말을 뱉는 태상경을 보며 해준은 비죽임이 튀어나오려는 표정을 정돈하느라 애를 썼다.

"그렇다면 답해주시지요. 지금 저 자리가 대체 무엇을 논하는 자리이며, 저 사람들은 무슨 뜻으로 저를 이렇게 환대하는 건지."

"내가 먼저 묻고 싶은 말이야. 자넨 승상과 대체 무슨 관계이지? 무엇을 약속받고 이리 발을 들인 겐가?"

"그게 무엇이 되었든 굳이 태상경 앞에서 밝혀야 할 연유는 없지요."

먼저 속 시원히 답을 내놓지 않는데 굳이 제가 먼저 입을 열 필요는 없었다. 해준은 그를 향해 불쾌감을 숨기지 않았다.

"그래, 굳이 내 앞이 아니어도 되겠지. 그럼 잘 즐겨보게. 호락호락하지 않은 사람과 한배를 타서 멀미나 하지 않으면 다행이지."

일방적으로 대화를 맺고 돌아서서 가려던 태상경이 무엇인가 생각이 났다는 듯 걸음을 다시 멈췄다. 그리고 그는 해준을 완전히 보지 않은 채 고개만 약간 뺀 상태로 입을 열었다. 다행히 목소리는 멀지 않았다.

"황상을 구하게 된 게 과연 우연이라고 여기는가?"

"……무슨 뜻입니까."

"자네가 앉은 자리는 반드시 한쪽에겐 독이네."

"태상경."

인내심이 바닥이 났다는 듯 해준은 하는 수 없이 무례하기 짝이 없는 말투를 했다. 얼굴이 완전히 보이진 않았지만 태상경의 입가엔 저를 향해 이죽거리는 웃음이 있는 듯해 몹시 심기가 불편했다.

"선택은 자네의 몫이지. 구름을 얼마나 잘 움직일지."

구름. 구름은 바로 운을 일컫는 말이었다. 무어라 말을 덧붙이기도 전에 태상경은 이미 느리지도, 빠르지도 않은 걸음으로 천천히 해준의 시야에서 멀어지고 있었다. 너무나 흥미로운 일이 벌어지고 있다. 무료를 깨기에 안성맞춤인 이곳이 벌써부터 잔치인 양 펼쳐지는데 혼자 보기 아까운 광경이라 너무나 아쉬웠다.

"온전한 황제의 사람인가 아니면 괜한 덫을 치는 건가."

구름을 움직여보라니.

"아, 구름."

밤하늘을 해준은 고개를 꺾어 올려다보았다. 총총히 희끄무레한 움직임으로 떠 있는 구름이 제 시야에 쏟아졌다.

'보나 마나 박색일 거야. 그런 여자가 천하일색? 어림없지. 잘난 용안 한번 보고 나한테도 알려줘. 얼마나 박색인지 점수까지 매겨주면 더 좋고.'

"무영, 자네 말은 틀렸다니까."

'황명이니 자네에겐 물릴 권리가 없지. 거역할 텐가?'

두 눈이 멀어버릴 정도로 황홀한 얼굴을 두고 박색이라고 하다니. 해준은 데려와 보여주고 싶기까지 했다. 무영이 그렇게나 미모를 찬하던 유월이와는 한 끝도 비교할 수조차 없기 때문이다.

"안타깝네."

잇속을 채우고자 고관들이 합심하여 난리를 피우고 있으니, 그 진통을 몸소 겪고 있을 그 아리따운 얼굴에 혹여 주름이라도 질까 봐 그는 걱정이었다. 아직까지는 강 건너 불구경하는 저는 이렇게 흥미롭다지만.

하루는 일찍이 밝았다. 황궁 가장 값진 곳에서 기침한 운은 머리끝에서부터 발끝까지 모든 것을 나인들에게 맡긴 채 가만히 있을 뿐이었다. 조심스러우나 정확한 손길들이 빠르게 오가고 있었다. 도도록한 이마가 반듯하게 드러나 그 위로 금색의 관이 올라갔다. 손에는 영롱한 빛을 머금은 보석들이 자리를 했고 그제야 모든 치장이 끝났다는 듯 하나같이 붙어 있었던 나인들이 운의 곁에서 떨어졌다. 그리고 수순인 듯 그녀를 위한 국화차가 들어왔고 서 있던 몸을 의자에 앉히며 그녀는 여직 김이 모락모락 피어오르고 있는 차를 불어 몇 모금 마셨다.

"이만 내어가라."

찻잔을 거두어 가는 나인을 위해 문이 열리자 밖에 서 있던 내관을 천천히 손짓하여 운이 불렀다.

"하명하시지요, 폐하."

"태사를 들라 하라."

"예, 폐하."

그렇게 친히 해준을 부른 지 얼마 되지 않아 곧 태사 해준이 왔다는 걸 고하는 소리가 문 하나를 사이에 두고 운의 귀에 들려왔다.

"태사, 서해준 들었사옵니다."

"들라."

가려져 있던 발이 올라갔다. 발이 겹겹이 몸을 겹쳐 천천히 위로 향함에 따라 운의 모습도 발끝에서부터 천천히 드러났다. 황궁에서 처음으로 보는 운의 모습이었다. 산속에서의 단출했던 차림과는 비교할 수 없을 정도로 화려했다. 머리카락을 여러 갈래로 말아 올려 단정하게 만든 그 위로는 황제의 위엄이 드러나 있는 왕관이 쓰여 있었고, 유약한 어깨도 그리 보이지 않게끔 금사가 아름답게 수놓아진 황룡포를 입고 있는 모습은 그야말로 눈이 부실 지경이었다. 다시 보아도 숨이 멎을 듯한 황홀함이 일순간 저를 감싸고 도는 듯했다. 그런 해준을 내려다보는 운은 드넓은 궁정에서 작은 몸으로 모든 것이 본디부터 제 것인 양 참으로 대단한 기개를 가지고 앉아 있었다.

"태사 서해준, 폐하를 뵙습니다. 홍복을 누리소서."

"가까이로 오라."

해준은 운의 허락하에 한 걸음 그녀의 앞으로 움직였다.

"내 태사가 된 걸 환영하네."

"황공하옵니다."

"그대와 논의하고 싶은 것들이 아주 많아."

그러고는 운의 입매가 자연스레 말려 올라갔다. 선홍빛 입술이 무엇에 의해서인지 촉촉함을 머금고 있었다. 그녀는 이 나라의 황제이기 이전에 여인이었다. 아찔하고 짙은 저 눈과 그늘이 지는 것처럼 드리운 긴 속눈썹 때문에 해준은 운이 앉아 있는 위치를 망각이라도 하고픈 심정이었다.

"좀 더 가까이로."

"예, 폐하."

소매가 넓어 그 사이로 보이는 하얀 손이 더욱 작게 보였다. 해준은 운의 손짓에 좀 더 가까이 그녀에게로 다가가 섰다. 운의 목소리가 아까보다 훨씬 더 선명하게 들렸다.

"듣기론 자네를 위한 연회가 열렸었다지."

"예."

"모두 대단한 벼슬아치들이 아니던가. 그대에게 기대를 걸고 있는 건 나뿐만이 아닌 모양이야. 그렇지?"

"송구스럽습니다."

낮은 자세로 겸손을 떨고 있는 모습이 운에게는 그저 '연기'로밖에 보이지 않았다. 승상의 개 노릇이나 하러 들어온 주제에 어느 안전이라고 가면을 쓰고 있는 건지. 그녀는 보이지 않게 입매를 비죽이 올렸다 내렸다.

"내가 민망하기 짝이 없더군."

"무슨 연유에서 말입니까, 폐하."

"짐의 목숨을 구해줬는데 내가 친히 연회를 베풀지는 못할망정."

"당치도 않습니다."

그의 눈은 흔들림이 없었다. 낮았지만 점잖은 목소리 또한 그랬다. 소년의 눈을 하는 것처럼 초승달 모양으로 휘는 그의 웃음은 본디 유함이 배어 있는 듯 자연스러웠다. 운이 그녀의 미간을 살짝 구겼다.

"언제 한번 내가 따로 연회를 베풀도록 하지. 모든 시위를 물리고 오로지 그대와 나 둘뿐인 연회가 될 거야. 어떠한가?"

"신, 황송할 따름입니다."

모든 시위를 물린 채 독대를 허락한다는 건데 마다할 이유는 없었다. 해준은 고개를 숙이고 몸을 더 아래로 낮추었다. 팔을 굽혀 턱을 괸 채 운은 그런 해준을 가만히 내려다보다가 이만 시선을 거두고 기대었던 얼굴을 바로 세웠다.

"자, 이제 슬슬 태화전으로 가볼까."

말을 마친 운이 느릿하게 앉아 있던 자리에서 일어났다. 한 보 뒤로 물러나 운이 층계를 밟고 저와 같은 높이로 내려올 때까지 해준은 가만히 기다렸다. 귓가를 스치는 도포 소리가 가까워졌다 다시 멀어질 즈음 저도 운의 뒤를 따라 태화전으로 나섰다.

태화전엔 미리부터 도착해 있던 신료들이 일제히 운을 기다리고 있었다. 태화전으로 당도하기 몇 걸음 전부터 운은 머리가 지끈거리며 아파왔다.

주국은 본(本)부터가 잘못되었다. 그들의 조상은 미개하기 짝이 없으며 성미 또한 급박해 교양이라고는 찾아볼 수 없을 정도였다. 무뢰배들이 한데 모여 오로지 힘으로만 나라를 세웠다. 엇비슷하게 근엄함과 인자함을 흉내 낸다고 한들 본은 숨길 수가 없다고 학자들은 늘 혀를 끌끌 찼다. 한 나라의 군주랍시고 군림을 하고 있는 꼴이 기가 차다, 할 정도로 아니꼬웠으나 그들의 군사력만큼은 다른 나라와 비등할 수 없을 정도로 어마어마했다. 하지만 그것 하나 믿고 일절 예의도 없이 달려드는 게 눈총을 사기도 했다. 마치 말을 안 들어주었다가는 큰 낭패를 볼 거라고 으름장을 놓는데 겁박과 다름없었다. 규율도, 규칙도 찾아 볼 수 없다고 모두들 입을 모아 말을 했었다. 그런 주국과의 수교는 늘 화두에 올랐고 골칫거리였다. 율국과의 수교를 원한다는 주국의 서신이 당도함에 따라 오늘 어전회의에선 당연 주국과의 문제가 중심에 놓일 게 빤했다.

"황제 폐하 납시오."

술렁술렁거리던 좌중이 환관의 고하는 소리와 함께 사그라졌다. 그리고 그들은 같은 각도로 허리를 숙이고 같은 함성으로 입을 열었다.

"황제 폐하 만세, 만세, 만만세."

양측으로 일사불란하게 흩어지며 중앙에 길이 터졌고, 운은 고개를 빳빳이 든 채 한 걸음, 한 걸음 어좌에 가까이 갔다. 층계를 올라 그들이 하나같이 우러러볼 수 있는 자리에 올라선 운은 옷이 흐트러지지 않게끔 시중을 보는 자들에게 몸을 맡기며 앉았다. 그리고 운의 가장 가까이엔 그녀를 뒤따라 들어온 해준이 자리했다. 그가 태사의 자리를 얻은 뒤 처음으로 맞이하는 어전회의인데도 불구하고 그가 서 있는 곳은 마치 원래부터 그의 자리였던 것처럼 자연스러웠고, 입고 있는 관복 또한 본디 제 옷이었던 것처럼 퍽 어울렸다.

운이 완전히 착석을 하자 그제야 대소 신료들은 조아리고 있던 고개를 들 수 있었다.

"시작하지."

지방을 감독하는 건부터 시작해 사사로운 것들이 모조리 곁치레처럼 서두에 올랐다. 그럼에 회의의 전개는 어느 때보다 빨랐다. 의논을 할 필요도, 굳이 황제에게 물어 답을 구할 필요도 없는 것들이었다. 그리고 길을 돌고 돌아 오늘의 핵심과도 같은 주국에게서 받은 서신에 당도하였다. 이제부터가 진짜였다. 하나둘씩 괜히 목청을 다듬으며 눈치를 보느라 큼큼거리는 소리들이 오가고 이미 모여진 뜻을 누가 먼저 황제에게 아뢸지를 고민하는 것처럼 보였다.

"때아닌 고요를 찾자는 것도 아니고."

운이 그들을 보며 먼저 입술을 뗐다. 그러자 가장 먼저 복야가 운의 앞으로 몸을 틀어 허리를 숙이곤 제 목소리를 냈다.

"폐하, 주국은 무뢰배들이나 다름없사옵니다. 본도 없는 나라와 수교를 맺는 것은 주변국들의 웃음거리가 될 게 빤한 일입니다."

"비록 작은 품목으로 시작을 한다고 한들 곧 더 큰 것을 요구하고 이는 눈처럼 불어날 것입니다. 애초에 문을 닫는 게 옳은 일이옵니다."

슬슬 하나둘씩 속에서만 가지고 있던 말들을 쏟아내기 시작했다. 팔걸이에 올려놓았던 팔을 들어 운은 턱 가까이로 가져가 턱을 매만지며 발언을 하는 자들을 하나하나 보았다. 그런 운의 시선을 똑같이 따라가는 건 해준도 마찬가지였다.

"저들은 무력을 앞세울 것입니다."

"서국에서도 주국과의 수교에 응했으나 그들이 일삼는 무례를 참지 못하고 결국 단절을 택했다 들었사옵니다. 그들을 가까이하는 것은 곧 율국의 국위를 떨어뜨리는 것과 일맥상통합니다, 폐하."

또다시 같은 말이 오가고 있었다. 차례차례 언제 다른 사람들이 말이 멈추는지를 두고 보다가 마치 오랜 고민을 해서 꺼내는 의견이라는 듯 목소리를 내는 꼴들이 운에겐 참으로 우스웠다. 마찬가지로 또 다른 관리가 입을 벙긋하려던 찰나, 운이 손을 들어 잠깐 술렁이던 좌중을 잠재웠다. 눈매가 아래로 느슨하게 처진 뻑뻑한 눈을 참 느긋한 표정으로 깜빡이고 있는 한 사람을 향해 운의 시선이 멈췄다.

"승상."

"예, 폐하."

그의 목소리는 오늘도 좌중을 집중시켰다.

"승상은 어떠한가?"

"잔잔한 물가에 미꾸라지 한 마리가 들어와 어지럽히면 곧 흙탕물이 되는 법이지요. 맑게 만들 새도 없이 탁해진 물결이 일파만파 퍼져 나갈 것입니다."

"미꾸라지라?"

"그러하옵니다."

주국이 미꾸라지처럼 들어와 율국을 망쳐놓는다? 그렇다면 율국 안에 있는 미꾸라지는 과연 누구냐고 묻고 싶은 걸 운이 눌러 참았다. 승상이 말을 마치자 잠시 정적에 휩싸여 조용해져 있던 좌중에서 또다시 말소리가 나오기 시작했다.

"승상의 말이 옳습니다, 폐하. 더군다나 율국은 아직 안정기에 접어들었다 하기엔 무리가 있는 시국입니다."

관모를 쓰고 있는 사람은 열 손가락을 세어도 모자란 여럿인데 모두들 약속이라도 한 듯 하나같이 똑같은 소리를 내는 것에 이골이 나던 중이라 누가 무슨 말을 하든지 일일이 귀담아듣기도 버거웠다. 운의 표정엔 그 어떤 동요도 없었다. 그러다 문득 방금 시어사가 했던 말에 운의 고왔던 미간에 주름이 잡히며 눈썹이 꿈틀거렸다. 그녀는 시어사의 말이 맺어짐과 동시에 꼬투리를 잡는 듯 낮은 목소리를 냈다.

"안정기에 접어든 것이 아닌 시국이라. 분명 그리 말을 하였겠다, 시어사."

황제의 자리에 운이 즉위를 한 지 일 년이 지난 것도, 이 년이 지난 것도 아닌 팔 년이 지났다. 그럼에도 불구하고 안정기를 논하고 있다는 것은 곧 황제의 권위에 대한 의심을 표하는 말이었다. 다시 한 번 똑같이 자신이 했던 말을 읊는 운에 시어사가 뒤이어 당혹스러운 표정을 감추지 못했다.

"신의 뜻은……."

노골적이게, 아주 노골적이게도 황제를 등지고 있었다. 명석하지 못한 사람 같으니. 그렇게 티를 내면 쓰나. 운의 심기가 처음보다 더욱 비틀어졌다. 그걸 바로 옆에 있던 해준이 놓칠 리 없었다. 여러 론이 쏟아져야 하는 마당에 모두들 같은 시각으로만 있으니 이는 회의라고 하기 민망할 정도였다.

"하오나 폐하, 저들이 무지하고 오로지 무력으로만 버티고 있는 나라라면 율국에 손을 뻗지도 않았을 것입니다. 바람직한 수교가 될 수 있도록 칙서에 조항들을 상세히 써내려간다면 율국이 우위를 점령할 수도 있을 것입니다."

가만히 듣고 있던 중 광록대부가 드디어 이견을 냈다. 광록대부의 벼슬은 높디높았으나 실권이 없는 명예직이었기에 다들 그의 말에 귀를 기울이진 않았다. 그에게 집중을 하는 건 운과 해준뿐이었다. 운은 관자놀이를 두어 번 누르는가 싶더니 고개를 옆으로 돌려 해준을 불렀다.

"태사."

"예, 폐하."

"간언을 올려보게."

이미 과반수가 기울어진 논제였다. 하지만 운은 이 제의를 마무리하지 않았다. 그녀가 듣고 싶었던 대답 중 이제 겨우 하나가 나왔기 때문이었다. 운은 묘한 눈길로 해준을 응시했다. 가장 처음 태사답게 황제에게 간언을 올리는 자리였다. 과연 해준이 가지고 있는 뜻이 무엇일지 궁금했다. 광록대부의 말은 듣는 둥 마는 둥 하며 있던 신료들이 운이 해준을 부르자, 다 같이 해준에게로 이목을 두었다. 승상의 사람 해준. 그도 당연히 승상과 뜻을 같이하리라 생각을 하며 눈을 반짝이는 이들도 여럿 보였다.

"율국은 서국과 주국의 사이에 있는 형국입니다. 그러니 어느 한쪽으로 외교를 치우친다면 이는 중심을 제대로 잡지 못하는 것과도 같습니다. 서국이 주국과의 수교를 단절했다는 건 잘못 알려진 사실입니다."

"잘못 알려진 사실이라니?"

다들 어리둥절한 채로 해준을 보았다. 해준은 작게 '그렇습니다.'라고 신료들을 향해 답을 한 뒤 아직 다 끝나지 않은 말을 마저 하기 위해 다시금 입을 열었다.

"본이 없는 나라라며 서국은 주국을 동등한 주권국으로 대하지 않고 마치 종속된 나라라는 듯 하대를 일삼았습니다. 하여 그것을 견디지 못한 주국이 먼저 단절을 선언하였고 서국은 받아들였습니다. 이는 서국에서도 극히 소수만이 알고 있는 사실이나 율국으로 건너온 지금, 밝히지 못할 것은 없다고 사료되어 감히 밝히는 바입니다. 알려진 바와 같이 주국은 강력한 무력을 갖고 있습니다. 허나, 서국의 그런 일방적인 태도에도 불구하고 주국은 무력을 행사하지 않았습니다."

상당히 차분한 어조를 가진 해준이었다. 운은 그에게서 시선을 놓지 않았다. 귀를 세우고 그가 모든 서두를 마무리한 뒤 가지고 있던 제 의중을 확실히 할 때까지 가만히 기다릴 뿐이었다.

"그들은 예를 모를 만큼 무례하지도 않고, 심사에 뒤틀린다고 하여 앞뒤 가리는 것 없이 무조건적으로 무력을 일삼지도 않습니다. 그들은 스스로를 흔들어 맑은 물은 혼탁하게 하지도 않습니다. 그러니 먼저 손을 내밀어 청한 주국과의 수교에 율국이 응하지 않을 만한 이유도 없다고 사료됩니다. 광록대부의 말을 빌리자면 이를 잘만 이용하면 오히려 율국이 우위를 점령하는 데 큰 어려움도 없을 것입니다. 게다가 주국과의 수교를 성공으로 이끈 모범이 될 수도 있지요."

승상과는 편이 갈리는 의견으로 해준이 말을 마쳤다. 다들 놀라는 눈을 금치 못하고 해준에게서 시선을 옮겨 승상의 눈치를 살폈다. 머리통들이 당혹을 숨기지 않은 채 해준과 승상을 어지럽게 오가고 있었다. 모든 것들이 운의 발아래에서 훤히 보였다. 운도 짐짓 해준의 뜻에 놀랐으나 그걸 굳이 드러내 보이진 않았다. 조목조목 반대를 했던 말들에 그야말로 하나둘 반박을 하며 더 이상의 이유는 내세울 수 없게끔 만든 해준의 말이었다. 그리고 그 뜻은 황제 운이 애초에 뜻한 바와도 같았다.

"상서."

"예, 폐하."

"상서는 주국으로 보내는 칙서를 받아쓰라."

"하명하시지요, 폐하."

운의 대답을 기다리며 짙게 깔린 고요였다.

"주국과의 수교에 응하는 바이며 자세한 조항은 수일 내에 사신의 방문을 청해 정하는 바라고."

"폐, 폐하!"

모두들 운을 부르며 아니 될 말씀이라고, 명을 거둬달라고 하는 와중에도 승상, 자군과 해준을 번갈아 보았다. 당연히 승상과 뜻을 같이할 거라고 믿어 의심치 않았던 해준이었는데 갑자기 이견이 생기니 과연 이 상황이 무슨 상황인지 납득이 안 가는 것 같아 보였다.

"대홍려."

"예, 폐하."

"대홍려는 수일 내에 있을 주국의 사신 방문을 철저히 준비하라."

"명 받잡겠나이다, 폐하."

승상이 더욱이 말을 붙이기는커녕 그저 가만히 입을 다물고 있음에 다들 뚜렷하게 말은 하지 못하고 웅성웅성거리며 인상만 쓰고 있는 꼴이었다.

"그렇다면 오늘 어전회의는 여기서 마무리를 지어야겠군."

운이 앉았던 자리에서 일어났다. 여기저기서 할 말이 많은 듯했지만 어리둥절했고, 무엇보다 모든 것을 꼬집어 말했던 해준이었다. 서국에서 있었던 시간이 길었던 만큼 그처럼 서국과 주국의 수교에 대해서 잘 아는 이도 드물었다. 신료들은 처음 운이 나타났을 때처럼 다시금 허리를 숙였다. 운은 층계를 내려와 열린 문을 향해 유유히 나서는가 싶더니 승상의 곁에서 멈췄다.

"장차 큰 밑거름이 될 것 같군. 아니 그런가, 승상?"

그녀의 목소리는 오로지 자군만이 들을 수 있을 정도로 작았다. 그에 황송하다는 듯한 뜻으로 더욱이 자세를 낮추는 승상을 보다가 다시금 정면을 똑바로 응시한 운이 마저 좌중을 빠져나갔다.

제3장.

회의를 파하고 모인 이들은 모두 못마땅한 심기를 얼굴 위로 그대로 드러내고 있었다. 혀를 내두르며 더운 콧김과 한숨을 여과 없이 뱉어냈다.

"주국과 수교라니요? 주변국들의 시선이 벌써부터 느껴집니다!"

당최 있을 수도 없는 일이라는 듯 열을 식히지 못한 대사농이 탁자를 탁! 소리 나게 치며 혀를 끌끌 찼다.

"황상께서는 나라의 위상 따위 안중에도 없어 보이셨습니다. 그러지 않고서야 어찌 그런 허무한 결정을 내리다니요!"

"이게 다 한 치 앞을 못 보는 것이지요. 한 치 앞을!"

"대신들이 이르는 소리엔 귀를 기울이는 척도 안 하시는 듯 보였습니다."

"광록이야 늘 우리와 뜻을 다르게 하니 넘어가기로 하고. 아니, 대체 태사의 뜻은 어떻게 받아들여야 하는 겁니까?"

했던 말들을 놓치지 않고 곱씹어가며 반론을 했던 해준의 말이 아직도 맴돌았다. 전농이 말을 마치자 모두 약속이라도 한 듯 아까부터 잠자코 말이 없는 승상 쪽을 보았다. 그가 데려온 사람이니 당연히 함께 뜻을 맞춰야 함이 옳았다. 그렇지 않고서야 황제의 옆에서 그런 말을 할 수는 없었다. 이견을 보이는 것으로도 모자라 얼굴을 붉히게까지 만들었다.

"말 좀 해보세요, 승상."

여전히 답이 없는 자군이었다. 그는 무슨 생각을 하는 건지 입을 꾹 다물고 있었다. 결코 심기가 편해 보이지는 않았다.

다시금 건청궁으로 돌아와 앉은 운의 얼굴에선 황제가 가진 인지함과 온화함 같은 것은 없었다. 베풀 아량 또한 가지고 있지 않았다. 마치 처음부터 부재한 것처럼 그랬다. 싸늘하게 굳은 그녀의 표정은 감히 올려다볼 수도 없을 만큼 차가웠다. 냉궁에 갇힌 것보다 더한 혹한 속에 있는 듯했다.

무릎을 꿇고 있는 시어사는 압도를 하듯 짓누르는 그녀의 분위기에 벌써부터 어깨를 떨고 있었다. 무슨 생각을 하고 있는 건지 그녀는 또렷하게도 시어사를 노려보던 것도 잠시, 가느다란 미소를 지었다. 미소가 있다고 해서 분위기가 유들유들해지는 것도 아니었다. 그렇게 곧이곧대로 생각을 한다면 그건 대단한 오산이었다. 어딘가 상당히 뒤틀린 노기가 운에게서 느껴졌다.

"부, 부르셨습니까, 폐하."

"그래, 짐이 불렀지."

나른하게 몸을 기대고 있던 의자에서 운이 일어났다. 그리고 한 걸음, 한 걸음 시어사에게로 다가갔다. 그녀의 환관과 영휘는 그저 가만히 그런 행보를 지켜볼 뿐 아무것도 거들지 않았다.

"이리 빨리 달려올 줄이야."

그녀의 목소리가 너무나 선명하고 또렷했다. 그만큼 시어사의 가까이에 있기 때문이었다. 목의 뒤가 뻣뻣해지는 것을 느꼈다. 과하게 긴장한 탓이었다.

"신, 부름을 받잡고 마땅히……."

"경은 그렇게 생각하는가?"

싹둑. 시어사의 말허리가 운으로 인해 잘렸다. 그녀는 허리를 굽혀 시어사를 보았다.

"예? 폐, 폐하……."

"정녕 짐의 신하가 맞는 건지 난 알 수가 없어서."

"당치도 않습니다. 신, 폐하께 충성을 맹세한 율국의……."

"아니."

마음에도 없는 소리를 한다며 운은 고개를 가로로 절레절레 저었다. 무릎을 꿇고 앉은 바닥이 몹시 차가웠다. 온 사지가 굳는 것처럼 경직되기 시작했다. 작아도 한참이나 작은 계집애일 뿐이라고 시어사는 늘 생각했다. 꼴 같지도 않은 꼴로 황제의 시늉을 내는 것이라고 버릇처럼 말을 했었다. 그건 역시 지금도 마찬가지였다. 황제의 자리가 그녀에게 너무 컸다. 입고 있는 옷이 운과 조화를 이루고 있지 않는 것처럼 보였다.

"어린 나이에, 그것도 여자의 몸으로 황위에 올라 아무것도 모르면서 황권을 쥐고 있다 여기겠지. 경의 생각이 너무나 시끄러워서 다 들릴 지경이야."

"폐하!"

그는 당장에 억울한 표정을 했다. 하지만 그런 게 운에게 통할리가 없었다. 운은 더욱 낮아진 목소리로 말문을 열었다.

"충성을 맹세하다니? 같잖은 소리를 잘도 지껄이는구나."

"폐, 폐하. 어찌 이러십니까?"

픽, 운의 한쪽 입매가 비죽이듯이 올라갔다. 어찌 이러다니?

'승상의 말이 옳습니다, 폐하. 더군다나 율국은 아직 안정기에 접어들었다 하기엔 무리가 있는 시국입니다.'

가려운 곳을 긁을 명분, 명분을 주었다.

"딸린 식솔들이 없어서 그나마 덜 절망적일 테야."

"폐하!"

"경이 입은 관복이 무척이나 이질적이군. 퇴궐을 하면서 벗어두는 게 좋을 듯싶은데. 아니 그런가?"

물음을 붙이고 말꼬리를 올린다고 해서 정말로 동의를 구하고있는 게 아니었다. 운이 시어사에게 에둘러 파직을 명하고 있음에 시어사는 그제야 운이 무슨 생각으로 저를 불렀는지 알 수 있을것 같았다. 그는 아까보다 더욱 억울한 표정으로 애걸하는 목소리를 쥐어짜내기 시작했다. 방금까지도 어울리지도 않게 황제의 흉내를 내는 조그만 계집 주제에, 라며 속으로 욕을 퍼부어 놓곤.

"무, 무슨 말씀이십니까, 폐하? 어찌⋯⋯."

"뿌리까지 죄다 뽑아버리고 싶다만 깊이 박힌 뿌리가 쉬이 제 모습을 드러내겠느냐?"

"⋯⋯!"

"너 같은 싹이라도 잘라야 잠시라고 하지만 그나마 속이 시원할 것 같구나."

"시⋯⋯ 신이 죽을죄를 지었사옵니다! 폐하!"

시어사는 운이 말을 마치기가 무섭게 몸을 납작하게 바닥으로 엎드렸다. 바닥과 하나라도 된 듯 눌어붙은 그의 등이 파들파들 몹시 떨리고 있는 중이었다. 운은 아무런 표정도 없이 그런 시어사를 내려다보았다. 한번 뱉은 말은 절대 되돌리는 법이 없었다. 배경이라 믿고 의지하던 승상도 별수 없다는 걸 시어사도 잘 알았다. 그는 혀를 제대로 놀리는 법을 처음부터 몰랐을지도 모른다.

"죽을죄면⋯⋯ 죽여야 마땅한 처사이려나? 하긴, 파직으론 어림도 없겠지."

"제발⋯⋯ 목숨만은, 목숨만은 살려주시옵소서. 폐하!"

덜덜덜. 사시나무 떨듯 떠는 그의 목소리엔 물기가 촉촉하게 젖어 있었다. 그 어떤 동정도 없는 것처럼 고고한 운의 시선은 흔들리지 않았다. 엎드린 그의 등 뒤로 내리는 나긋나긋한 그녀의 음성이 정확히 시어사의 귀에 꽂히는 순간이었다.

"안정기에 접어들지 않은 불안한 시국이라 그랬었다. 이를 위해

선 경과 같은 간신들을 하나둘 없애야만 안정기에 접어들 것이 아니냐. 그러니 없애는 수밖에. 내 경의 뜻을 높이 사는 것임을 잊지 말라."

소리를 지르며 울부짖는 건 당연한 수순이었다. 혼접한 그가 무릎으로 기며 운의 앞으로 다가갔다. 하지만 운이 그런 시어사의 곁에서 떨어지자마자 문이 열렸고, 미리 대기해 있던 병사들이 들이닥쳐 시어사를 양쪽으로 겁박해 끌고 나갔다. 목청껏 살려달라고 외치고 있었지만 운은 고개를 돌리고 눈 한 번 깜빡하지 않았다.

"기개가 대단하지 않으시던가."

서고를 향하던 중 문득 저를 부르는 듯한 소리에 뒤를 돌아보니 광록대부 백염이 빤히 해준을 보고 서 있었다.

광록대부 백염이란 자로 말할 것 같으면 성품은 하늘과 같이 곧았고, 청렴하기론 나라에서 제일인 사람이었다. 옳고 그름을 누구보다 명백히 가려내는 그야말로 현자 중의 현자였다. 백염, 그만큼 고관대작에 어울리는 사람도 없을 것이었다.

해준은 그에게 공경의 예를 표하는 걸 잊지 않은 뒤 대답을 했다.

"황상 말씀이시군요."

"격조한 세월의 농도를 그대로 품으신 분이지."

그는 뒷짐을 지고 푸근한 웃음을 지어 보이더니 뒤이어 조금은 안쓰러운 듯한 어조로 얘기를 했다.

"살얼음과도 같이 에이는 곳이네. 오히려 유유히 걷는 걸음이 참으로 황상답더군. 태사의 덕도 있었어. 혜안이 대단하더군."

저마다 괜히 아는 체 거드럭대던 것을 한 번에 잠재운 해준이었다. 조용히 밝혔던 제 의견에 힘을 실어주기도 했었고.

"과찬이십니다."

"하지만 알 수 없군."

"무엇을 말입니까?"

해준을 높이 사는 듯하면서도 어딘지 모르게 망설이는 구석이 있었다.

"자네가 진정으로 참언을 한 것인지, 아니면 어심을 얻으려는 모양으로 허리를 한 번 굽힌 것인지 말이네."

"어찌 그런 말씀을 하시는 것입니까. 거짓으로 참언을 하는 체라도 했다는 것처럼 들려 불쾌함을 감출 수가 없습니다."

"조정의 세류를 읽어보게."

설마 아직도 모르겠다는 눈치로 있는 건 그야말로 가면을 쓰고 있다는 명징이었다. 세류, 해준은 별안간 숨을 멈추는 것처럼 또렷한 눈동자로 백염을 보았다. 그는 황제의 뒤로 뻗은 줄이었다. 과연, 들리는 말과도 같이 우국한 충정이다.

"시어사가 파직을 당했다네."

"시어사라 함은……."

어전회의에서 박행을 했던 자였다.

"이 땅에서 볼 수 없게 되기도 하였지. 황명이셨네."

"……!"

"황상의 노기를 산 아주 작은 싹이었을 뿐이지."

백염은 이미 모든 걸 예상이라도 했다는 듯 담담한 어투였다.

"뿌리가 궁금하지 않은가?"

"……."

손을 잡으라는 말이 아니었다. 황제의 뒤편에 서길 종용하는 말도 아니었다. 조정에서 흐르는 세류를 방관하지 말고 직시하란 뜻이었다. 승상, 승상. 하나의 박힌 수식이라도 되는 것처럼 등장했던 제 양부였다. 얼마나 대단한 권세를 쥐고 있으면 가는 곳마다 저를 붙잡고 이리 난리인 걸까. 해준은 그제야 태사로 앉은 자리가 그저 황제에게 참언이나 올려 바른 결정을 할 수 있도록 돕는 역할이 아니라 다른 무게로 다가와 있음을 알아차렸다. 애초에 그 무게를 얼마나 잘 다루는지 시험해보기라도 한 것처럼 내려진 벼슬이었다.

공기가 몹시 탁해졌다. 무엇을 걸러내 마셔야 할지 고민스러웠다. 때를 기다리라고 했던 자군의 말이 이런 뜻이었을까. 자군은 분명 독식을 하려고 드는 모양새일 것이다. 그렇다면 도대체 왜? 애초에 운을 황위로 세우기 위해 공을 들인 건 다름 아닌 자군이었는데 말이다. 이 부분이 여전히 의문이었다.

"하지만 지금 황상을 세운 건 승상이셨습니다."

"오산을 한 게지."

"오산이라니요?"

"황상을 허수아비처럼 부릴 심산이었으니."

"……."

대단한 야욕이 자군을 지배하고 있음이었다. 그건 운을 집어삼켜 바닥으로 끌어내릴 야욕이었다.

"총명하신 분이네."

"……."

"자네 못지않은 혜안을 가지시기도 하였지."

감히 침자질이나 놓을 여인으로 아는 이들이었네만.

"……."

"나는 자네가 승상과 뜻도 같이한다고 보진 않아."

백염은 유독 '뜻'이라는 말에 힘을 주는 것 같았다. 마치 해준의 속에 품은 생각이 무엇인지 얼른 꺼내서 보이라는 듯 재촉을 하는 것도 같았고.

"이 땅에 발을 들인 진의가 무엇인가? 승상이 불러들였을 때 그 속뜻을 모르진 않았을 텐데."

"저는 그냥."

씨익, 그의 입매가 분위기를 모르고 순진하게 말려 올라갔다.

"본국이 궁금했을 뿐입니다."

"뭐라?"

"서국이 따분했던 참이었기도 하고 말입니다."

"하!"

풍전등화와도 같은 이 시국이 그저 해준의 앞에서는 어린아이들의 장난처럼 비치는 것 같았다. 되도 않는 답으로 인해 백염의 표정이 사정없이 일그러졌다. 어전에서 밝혔던 총명함은 어디로 사라졌는지 보이지도 않았다.

"허나, 제대로 보셨습니다. 제가 비록 승상의 부름으로 인해 들어왔다고 하여 그와 뜻을 같이하진 않죠. 다만."

"다만?"

"눈이 멀어버릴 것 같긴 하더군요. 미세하게 일그러지는 표정마
저 눈이 부셔서 말입니다."

"자네 지금 무슨……."

"저는 탐미주의자입니다. 미를 보고 찬하였을 뿐인데 어찌 그리
놀라시는지 모르겠군요."

운의 얼굴을 일컬어 칭하고 있음을 알아차린 백염이 할 말을 잃
었다는 얼굴로 해준을 보았지만 그는 여전히 빙글빙글 미소만 짓
고 있었다.

"지금 나눈 얘기는 없던 걸로 하지요. 그래야 혹여 제가 승상의
편으로 섰을 때, 광록대부께서 조금이나마 덜 곤란하실 테니 말입
니다. 그럼 이만."

멋대로 끝을 맺은 해준이 그에게서 등을 돌렸다. 자군의 지략은
애초에 눈치챘지만 이다지도 훌륭하게 맞힐 줄은 몰랐다. 저의 등
장 하나로도 이렇게 술렁이는 판국이니 그 여파는 누구보다도 황
제인 운이 고스란히 느낄 것이었다.

서고로 향하던 걸음을 마저 옮기며 해준은 느릿하게 주변을 둘
러보았다. 고요한 듯하면서도 시끄럽게 움직이고 있는 이곳이 참
으로 흥미로웠다. 빤히 황제의 눈앞에서 역모를 꾀하고 있는 꼴이
라니.

휘영청 밝은 달이 못 안에서 유영하듯 널려 있었다. 누구도 찾

지 못하는 저만의 작은 후원에서 운은 습관처럼 무릎을 접고 앉아 못을 들여다보았다. 참방, 손가락으로 물을 튀기면 여지없이 잔잔했던 수면이 요동을 쳤다. 둥실둥실 정신을 못 차리고 떠다니는 연꽃의 봉우리로 보아 만개할 날이 머지않은 것처럼 보였다. 밤바람이 불어옴에 물을 튀겼던 손끝이 찼다. 소맷자락 안으로 손을 숨기며 운은 여지없이 상념에 빠졌다.

"꿍꿍이속을 알 수가 없어."

그녀는 어전회의 때의 상황을 되짚어 올라가보았다.

'그들은 예를 모를 만큼 무례하지도 않고, 심사에 뒤틀린다고 하여 앞뒤 가리는 것 없이 무조건적으로 무력을 일삼지도 않습니다. 그들은 스스로를 흔들어 맑은 물은 혼탁하게 하지도 않습니다. 그러니 먼저 손을 내밀어 청한 주국과의 수교에 율국이 응하지 않을 만한 이유도 없다고 사료됩니다. 광록대부의 말을 빌리자면 이를 잘만 이용하면 오히려 율국이 우위를 점령하는 데 큰 어려움도 없을 것입니다. 게다가 주국과의 수교를 성공으로 이끈 모범이 될 수도 있지요.'

그는 제 옆에 서서 가만히 모든 상황을 들여다보았고 어디 하나 빠져나갈 틈새도 주지 않았다. 온전히 이견을 드러냈으며 제가 정하고자 했던 길에 힘을 실었다. 태사라는 자리에 앉은 자로서 그는 당연히 해야 할 말을 했고 올바른 일을 했다 하지만, 오히려 그게 더욱 찝찝했다. 그는 분명 자군이 불러들인 사람이니 말이다. 한 번쯤 제 마음을 사로잡기 위하여 전조를 띄우듯이 부러 연기를 한 것일까, 아니면 진심에서 우러난 것일까. 그도 아니면 어중간한 위치에 서서 애매모호하게 제게 위협이나 가하자는 것일까.

"어찌 되었든."

달갑지 않지. 하루빨리 그 꿍꿍이속을 알아내야겠다.

운은 이만 앉아 있던 몸을 바로 세웠다. 곧 축시가 될 테니 태의가 저를 찾을 것이었다. 걷는 발걸음마다 풀들이 제 무게를 견디지 못하고 땅으로 누웠다. 간간이 불어오는 밤공기는 여전히 차가웠고, 그것들을 훤히 비추는 달은 멋모르고 여전히 밝기만 했다.

곧장 퇴궐을 하지 않고 궁중 서고에 자리를 잡고 앉아 있었더니 시간이 제법 흘러 있었다. 읽어도, 읽어도 끝이 보이지 않는 무수히 많은 책들을 보며 해준은 기지개를 펴듯이 양팔을 쭉 끌어 올렸다. 궁중 서고라 그런지 그 규모가 참으로 상당했다. 책을 일부러 가까이할 정도로 다독을 한 건 아니었지만 그래도 밤늦게 무료를 달래줄 건 서책만 한 게 없었다.

"이만 나가야지."

잠도 잊은 채 앉아만 있었더니 일으키는 몸이 여간 찌뿌드드한 것이 아니었다. 해준은 뻑뻑한 눈을 여러 차례 깜빡이면서 서고를 나섰다.

새까만 어둠과 적막이 깔린 황궁은 시각이 시각인지라 등각을 켜놓은 곳도 눈에 띄게 드물었다. 해준은 곧바로 퇴궐을 하기 위해 걸음을 서두르려 했지만 건청궁으로 이어지는 작은 길목에서 발을 세웠다. 은밀하게 황제의 처소로 뻗어 있는 이 길목을 안 지는 얼마 되지 않았다. 넓디넓은 황궁에서 우연히 길을 잃지 않았더라면 아마 영영 몰랐으리라. 누구 하나를 붙잡고 속 시원히 황궁 내의 길을 물을 수도 있었지만 해준은 일부러 그러지 않았다. 모험심과 호기심과 가득한 그에겐 황궁을 누비는 게 어쩌면 묘한 흥미를 불러 일으켰기 때문이었다.

해준은 머뭇거리던 것도 잠시, 어둠에 몸을 맡기며 작은 길에 걸음을 올렸다. 천천히, 최대한 느릿하게 제 도포 소리가 그 어느 귀에도 닿지 않게 하기 위해 할 수 있는 최대한으로 소리를 죽였다. 그리고 곧 어렵지 않게 운이 있을 건청궁 앞에 다다랐다.

"……침전에 드셨겠지."

해준의 시야에 가득 찬 건청궁은 황제가 기거하는 곳이니만큼 그 웅장하고 화려함이란 빗대어 표현할 말이 없을 정도로 대단했다. 하지만 그 으리으리하고 대단한 게 뒤이어 안쓰럽고 메말라 보이기 시작했다. 저 안에 있을 운이기에 더욱 그랬다. 차마 더 다가서지는 못하고 물끄러미 건청궁을 향해 시선만 주고 있었다.

문득 멍하니 보고만 있는 저의 모습이 반편스레 느껴지기도 했다. 그리고 뒤이어 종소리가 들리더니 축시가 되었음을 알렸다.

"……!"

종소리가 잦아든 지 얼마 지나지 않아 작게 불을 밝힌 등각이 보였다. 환관을 앞세워 뒤를 따르는 건 태의였다. 그들은 혹여 누가 볼세라 세심하게 주변을 살피는 것을 잊지 않았다. 해준은 본능적으로 발각이 되지 않기 위해 좀 더 으슥한 어둠 속으로 몸을 숨긴 뒤 고개를 빼내었다.

운에게 무슨 문제라도 생긴 것일까? 이 야심한 시각에 태의를 부를 정도라면 대체 무슨 일인 걸까.

축시를 알리는 종소리. 그것은 암암리의 신호와도 같은 것이었다. 고약하게 무엇을 엿보는 습관을 가지고 있는 것은 아니었으나 마치 본능이 그러라고 하는 듯 해준은 그날 이후로 퇴궐을 하기 전 꼭 건청궁 앞을 들렀었다. 처음 몇 번은 우연이라고 여겼다. 가벼운 두통이나 체기가 있어 태의를 찾는 거라고 생각했다. 하지만 우연이라고 여기기엔 어김없이 그 시각이 되면 나타나는 태의였다. 그의 손엔 언제나 사발이 들려 있었는데 그 사발은 필시 운을 위한 탕약임이 틀림없었다.

해준은 멀찍이 서서 알 수 없는 기분에 휩싸여 심장이 까맣게 타들어가는 느낌이었다. 어디가 어떻게 불편하기에 매일 같은 시간에 탕약을 먹는 걸까. 그리고 지나치게 주위를 경계를 하면서 탕약을 올리는 건 대체 무슨 뜻인 걸까.

"이런. 알아선 안 될 걸 본 느낌이네, 꼭."

운에 관한 대단한 비밀이 숨어 있는 것 같은 묘한 기분이었다. 태의가 들어선 건청궁은 여전히 조용했다. 해준은 이만 시선을 거두고 걸음을 돌렸다. 오늘 밤은 들를 곳이 있으니 이곳에서 하염없이 지체하고 있을 수는 없었다.

은현각. 여기가 도성 내에서 최고로 잘나가는 주점인가? 아무렴, 다른 누구도 아닌 승상인데 비루한 술집에서 저를 보자고 하진 않았을 거다. 문을 열고 들어서는 해준이 보이자 분내가 지독히도 나는 여인이 게슴츠레한 눈빛을 흘리며 다가왔다.

"찾으시는 아이라도?"

"그랬으면 좋으련만 이 몸이 오늘은 그럴 목적이 아니라서 말이네. 승상께서는 어디 계시나?"

"아, 승상 어르신의 손님이시군요. 이리로 뫼시지요."

그녀는 해준보다 반보 앞서 걷더니 가게 내에서도 가장 깊숙한 곳에 위치한 방 앞에서 멈춰 섰다.

"여깁니다."

살짝 문을 열어주며 비켜서는 그녀는 끝까지 본직에 충실할 요량으로 해준에게 야살스런 눈빛을 보내는 걸 잊지 않았다. 그에 해준도 작게 미소를 지어준 뒤 이만 열린 틈으로 발을 집어넣었다.

"부르셨다고 들었습니다."

"앉지."

승상은 서 있는 해준을 향해 맞은편 의자를 가리켰다. 상은 이미 틈이 없을 정도로 거나하게 차려져 있었고 잔만 덩그러니 빈 채라 해준은 일단 제가 먼저 술 주전자를 들었다. 그러자 승상도 기다렸다는 듯이 제 술잔을 들어 올렸다. 쪼르르륵. 참 청아한 소리를 내며 조그마한 잔 안에 술이 채워졌다.

"어전회의 때 보니, 자네 식견이 보통 식견이 아니더구먼."

주름진 입술이 술을 입에 털어 넣자마자 곧바로 본론을 내뱉기 시작했다. 시시껄렁한 전조는 어차피 다 필요 없는 것이었다. 성미가 급한 편은 아니었으나 굳이 장황하게 늘어놓을 전조에 귀를 기울이며 시간을 낭비할 필요는 없었기 때문이었다.

"나까지도 말문이 막혔었지, 뭐야."

"과찬이십니다."

"주국과의 수교에 대한 의견이 우리와 다르다고 해서 자네를 책망할 일은 없을 거네. 그 머릿속에 품고 있는 생각이 당연히 나와 다를 수도 있지. 아니, 오히려 잘하였네. 어심을 얻을 것이 아닌가? 모두 자네의 계산속이었다고 여겼지."

굳이 배가 주린 것은 아니었지만 젓가락을 들어 산해진미를 맛볼 여유가 없는 게 좀 안타깝긴 했다. 차려진 상을 보아하니 참으로 손이 많이 갔을 것 같은데 한 입도 들지 않은 음식들을 보면 속이 많이 상할 것 같았다. 해준은 저 혼자 이렇게 씁쓸함을 느끼며 목을 축이기 위해 채워진 술을 마셨다. 그 덕에 어느 정도 목구멍이 촉촉해지자 이제야 조금 목소리가 제대로 나올 것 같았다.

"하나 여쭙고 싶습니다."

"무엇인가?"

"구름을 등지고 계십니까?"

하늘에서 난 자를 올려다보지 않고, 머리 위에 하늘을 이고 있지 않고 오로지 본인의 앞만 보는 채로 고개를 들고 있느냐고 해준은 그렇게 물었다. 해준이 말을 맺기가 무섭게 자군은 비죽이듯 입매를 말아 올리며 등받이에 몸을 더욱 깊숙이 기대어 앉았다. 애당초 구름을 위로 인 적이 없는데 어떻게 등을 진다는 건지 자군은 해준의 말이 우스웠다. 구태여 설명을 보태야 할 정도로 이 형국에 어둡다곤 여기지 않았었는데. 아니면 부러 제 의중을 확인을 하려고 하는 것일까. 무엇을 위해서?

"그런 거라면?"

역시 꾀하고 있던 건 반역이 맞았다. 예민한 질문에 일말의 회피도 없이 바로 답을 내놓다니. 아래로 드리워져 있던 해준의 눈이 서서히 올라가면서 자군을 보았다. 인자한 얼굴에 뜬 낯빛은 날카로웠다.

"듣기론…… 지금의 황상을 승상께서 세우셨다고 하던데."

"앉은 자리가 몸에 맞지 않고, 올린 관이 머리에 맞지 않아. 곧 자리에서 일어나 왕관을 내려놓을 때가 오겠지. 그렇게 만드는 게 옳은 일이고."

다 이 나라를 위해서 하는 일이라고 자군은 생각했다.

"실을 묶어 손이 움직이는 대로 따라올 줄 알았더니 내 오산이었어. 스스로 실을 끊을 줄이야. 그럼에 필요가 없어졌지."

모든 게 화살의 촉이 되어 운을 겨냥하고 있었다. 황제라고 존칭하며 허울뿐인 고개 숙임을 운도 모르지 않을 것이다. 이런 살얼음판을 걷고 있는 황제라니, 춥지 않을까.

"그러니 자네, 더욱 이 대의에 힘을 싣지 않겠는가?"

밑도 끝도 없는 제안에 피식, 웃음이 새려고 하는 걸 해준은 겨우 참아 넘겼다. 관상학에 손톱만큼의 조예도 없지만 이 늙은이는 절대 곱게 늙어 죽을 상이 아닌 것 같았다. 아, 당연히 곱게 늙어왔던 것도 아닌 것 같고.

"글쎄요, 대의라."

성대하게 부풀려 열었던 잔치와 한쪽으로만 무게가 온통 치우쳤던 어전회의, 그리고 제 앞의 승상, 자군. 모든 게 그의 손안에서 현란하게 움직이고 있는 것 같았다. 한 나라가 지존의 손에 있지 아니하고 어째서 저런 늙은이의 손에서 좌지우지될까. 번영했던 가문이 쪽박을 차듯 망해서 떠나 있었다고는 하나 열다섯까진 나고 자란 곳이라 그만큼의 정은 남아 있는 곳이 본국이었다.

게다가 그런 율을 쥐고 있는 황상께서는 눈이 부시도록 아름답고. 아, 그 고운 얼굴에 땅거미가 내려앉을까 걱정이다. 어여쁜 여인은 웃음만 머금어도 모자란데.

"청영으로만 만족할 텐가? 사내가 배포도 없이."

"그런가요?"

"우린 자네 같은 사람이 필요해. 뒷방 늙은이들처럼 여기서만 머물러 있었으니 바깥 물정에 어두운 게 사실이거든. 게다가 황상께서 태사로까지 앉혔으니 더할 나위가 없지."

"제가 만약 율국을 위해, 황제 폐하를 위해 소임을 다할 것이라고 하면 어쩌실 겁니까?"

"아둔한 소리."

자군은 해준이 말을 마치기가 무섭게 그를 향해 못마땅한 표정으로 혀를 끌끌 찼다. 순진하게 황상을 위해 소임을 다한다니. 여태껏 들었던 말 중 가장 멍청한 말이었다. 이맛살을 잔뜩 구기는 자군이었다. 얻을 것 하나 없고, 이로울 것 하나 없는 일을 구태여 공을 들여 할 필요가 대체 어디에 있어서.

"어찌하여 그 고우신 분을 꺾지 못해 안달인 건지 모르겠습니다."

운의 얼굴을 칭하여 하는 말에 자군이 술잔을 들다 말고 껄껄
소리 내어 웃었다. 해준도 사내인지라 그 얼굴에 동하는 모양이었
다.

"그렇지, 일색이시지. 어릴 땐 몰랐는데 이제 보니 수연 황후를
그대로 빼다 박았어. 그 미천한 피를 말이지."

사군은 유독 미천한 피를 임무이 밀랐다. 틱지 수일기 의기 비히
있는 그에게 기생 출신의 황후는 눈엣가시와도 같았을 거다. 하지
만 나열해보자면 어폐가 있다. 애초에 운이 죽원제를 몰아낼 때 가
장 큰 공을 세웠던 게 자군 아닌가. 그 미천한 피의 소생이 권좌에
오르도록 도와놓고선 이제 와 다시 끌어내리겠다니. 하여간, 곱게
늙은 늙은이가 아니다.

"자네 만약 황상을 품고 싶다면 그렇게 할 수도 있어."

좀처럼 명쾌하게 제 선을 정하지 않고 괜히 빙글빙글 돌고만 있
는 해준더러 은밀한 목소리로 자군이 속삭였다. 그 말이 무슨 뜻인
지 모르지 않았다. 저를 도와 운을 몰아내면 운이 앉았던 자리가
없어질 테니 그때 여인으로 취하라는 말이었다. 잠시 잠깐 혹할 수
있는 말이긴 하나 완전히 끌어당길 만한 말은 아닌지라 해준은 조
용히 고개를 절레절레 저었다.

"바람을 몰고 와 심사를 어지럽힐 작정으로 저를 불러들였던 셈
은 이루셨습니다. 등장 하나로 여기저기서 들썩거리니 말입니다.
허나 저는 꽃을 꺾어 가지게 되면 금방 시들어버리니 그러긴 싫습
니다."

"그래?"

"이왕이면 좋은 볕을 쬐게 하여 더 싱그럽게 만들고 싶은 게 진정으로 꽃을 생각하는 마음, 아니겠습니까?"

"자네 답이 너무 이르군. 좀 더 생각할 시간을 주지. 천천히 많은 걸 셈해봐. 부귀와 영화가 코앞까지 오는 건 순식간일 테니, 응?"

검은 속내를 훤히 드러내며 입매를 올리는 그의 얼굴이 사나웠다. 해준은 이만 그에게서 시선을 거뒀다. 어지러운 형국에 본의 아니게 휘말려 있는 기분이 되었다. 강 건너 불구경하는 재미가 싹 사라졌다.

제4장.

겉으로는 장사가 너무나 잘되는 기생집 주점으로 보일지라도 속을 파헤쳐보면 은현각은 승상의 사람들이 한데 모여 저들만의 꾀를 도모하는 곳이었다. 아직 거기까지 알 리 없는 해준은 승상이 부른다고 그리로 쪼르르 달려간 모양새로 낙인이 찍히는 건 피할 수 없었다. 해준이 은현각으로 들어섰다는 건 얼마 지나지 않아 운의 귀에도 정확하게 날아들었다.

"이미 사람을 다 매수해놓아서 은현각 안으로까지 들어갈 수는 없었습니다. 송구합니다, 폐하."

"그래, 그리 놀라울 것도 없지. 내 사람이 누구인지 손가락으로 꼽는 게 오히려 더 쉬운 일일 거다."

자조적으로 흘리는 말에 바람 빠지는 미소를 걸고 있었지만 눈은 전혀 웃고 있질 않았다. 그런 운 때문에 고개를 조아리고 있는 신하로서는 가시방석에 앉아 있는 것처럼 온몸이 벌벌 떨렸다.

"청영의 고서는 승상의 손에 아직 있는가?"

"예, 그러하옵니다."

한때는 번영을 누렸던 청영의 대지주 가문 서가가 이제는 그 자취도 찾아볼 수 없을 만큼 노쇠했으니 그걸 회복해주겠다고 했겠지. 승상이 과연 청영 하나만을 약조했을까. 아니면 그보다 더한 것을 주겠다고 그를 끌어들였을까. 만약 승상이 오롯이 해준을 가진다면 아무도 그만큼 외세에 관해 해박한 지식을 가지고 있지 않으니 대외적인 현안에선 저를 꿀 먹은 벙어리로 만드는 건 시간문제였다. 안 그래도 바닥을 치고 있는 위신을 더욱이 떨어뜨리겠지.

여기까지 생각이 닿자 운은 지끈거리는 머리를 그냥 둘 수가 없어 손을 올려 관자놀이를 꾹꾹 눌렀다.

"전갈을 하나 보내야겠다."

"하명하시옵소서."

"태사에게 보낼 전갈이니 아주 은밀하게 전해야 한다. 내 말, 무슨 뜻인지 알겠느냐?"

"명 받잡겠나이다."

이제 연회를 베풀 때가 온 것 같다. 하나의 독화살로 제게 날아들 것인지, 아닌지 그 꿍꿍이속을 알 수가 없으니 직접 파헤쳐보는 수밖에.

해준은 운에게 받았던 전갈대로 밤이 늦도록 퇴궐을 하지 않고 기다리고 있으니 누군가 자신을 찾아왔다. 그는 고요히 고개를 숙인 뒤 손바닥을 내밀어 저를 따를 것을 암묵적으로 지시하고 있었다. 해준은 말없이 그의 뒤를 따랐다. 등을 밝힌 곳도 몇 군데 없어 화각에 들어오는 시야는 그야말로 협소했다. 길을 일부러 꼬아내는 듯 마치 오랜 시간을 헤매게 할 것처럼 궁 안을 이리저리 돌더니 드디어 안내를 하던 내관이 멈춰 섰다.

"이곳입니다."

둘뿐인 연회. 아무리 둘뿐이라고 한들 술을 기울이는 데 있어 더욱 흥을 돋우게끔 하는 무희는커녕 술잔을 기울일 만한 장소도 아니었다. 해준은 떠나려고 하는 내관을 조금 놀란 눈치로 불렀다.

"이곳이 맞는가?"

"예, 그러합니다."

그는 제 소임을 다 마쳤다. 황량하다고 해도 무색할 정도로 텅 빈 공간에 참으로 우스운 꼬락서니로 서 있는 것 같았다. 유일하게 말을 붙일 수 있던 내관이 사라지고 해준은 그저 잠자코 누군가 나타나기를 기다렸다.

그리고 얼마 지나지 않아 기척 소리가 들렸다.

"폐하."

직접 등각을 들고 있는 운이었다. 하루에도 환복을 몇 번이나 하는 그녀였다. 오전에 보았던 모습과는 또 다른 모습으로 있는 그녀가 등각에 희미하게 비쳐 보였다.

해준은 고개를 숙이고 그녀를 맞았다. 그녀의 말대로 여긴 해준과 운, 단둘뿐이었다. 옅게 미소를 피운 운이 들고 있던 등각을 알맞은 곳에 내려두었다.

"놀랐는가."

"신, 조금 당혹스러운 건 사실입니다."

해준은 부러 제 의중을 감추지 않았다.

"연회라고 하기엔 조촐한가 보군."

"그건 아니옵니다."

"그래?"

"예."

밤하늘엔 총총히 박힌 별들이 너 나 할 것 없이 저의 빛을 과시하며 밝게 빛이 나고 있었다. 흑색을 입어 어둑한 구름을 끼고 있는 달 또한 마찬가지였다. 주변이 소스라치게 고요했다. 숨소리마저 소란스럽게 들릴 만큼 적막이 깔린 가운데 외로운 등각 하나만이 바닥을 제가 할 수 있는 한 비추고 있을 뿐이었다. 한정된 밝기에 운의 모습이 희미했다. 그녀의 눈동자도 희미했고, 얼굴조차 제대로 보이지 않았다. 오로지 인영만이 뚜렷할 뿐이었다. 그런 고요 속에서 울리는 운의 목소리는 전보다 더 낮은 듯해 나른하게 들리기까지 했다. 사락사락. 조그맣게 걸음을 옮기면 그녀의 다리를 스치는 도포 소리가 크게 울렸다. 가만가만 걸음을 걷는 것처럼 소리는 끊이지 않고 재차 울리더니 이내 멈췄다.

"내가 준비한 연회를 그대도 즐거워했음 싶은데."

말을 맺고 웃음을 짓는 입매가 살짝 드러났다. 이 어둠속에 흐릿한 화각에 갇혀 간헐적으로 보이는 운의 얼굴이 어쩐지 모를 황홀함을 선사하는 것 같아 해준의 심장이 요동을 치는 것처럼 빨라졌다.

"받아."

등각의 가까이로 훅 나타난 운이 그녀의 손에 들린 화살과 활대를 해준에게 내밀었다. 영문을 모른 채 해준은 일단 주는 것을 받아 들었다. 저번처럼 또 가만히 지체할 수는 없는 노릇이었다.

"과녁이 저기 어디쯤 있네."

몇 치 앞까지만 환한 시야였다. 그런데 운은 공중으로 손을 뻗어 말 그대로 '저기 어디쯤'을 가리켰다.

"폐하."

"왜? 이젠 내 연회가 조촐하게 보여?"

"아닙니다."

다만 무슨 의중인지를 읽을 수가 없을 뿐이었다.

"어둠에 익숙해질 때까지 기다려."

"……."

"그렇다면 보일 거야."

저기 어디쯤 있을 과녁을 말하는 것일까. 싸늘해진 밤바람이 꽤 차가웠지만 운은 몸을 떨지 않았다. 다만 스스로의 몫으로 가져온 활대에 활을 맞춰 끼울 뿐이었다. 해준도 망연히 있을 수만 없어 덩달아 활대에 활을 끼웠다.

"그냥 맞히면 심심하니 내기를 한번 해볼까?"

"폐하와 말입니까?"

"그럼, 여기 나 말고 또 누가 있다고."

말투가 어딘가 모르게 다정하게 들렸다면 그건 해준의 착각이었을까. 먼저 준비를 마친 운이 가만히 한곳을 뚫어져라 응시하며 움직임을 멈추고 기다렸다. 간간이 미약한 바람이 불어 허리께로 길게 늘어뜨려 있는 그녀의 머리칼을 흩트려놓았다.

"총 열 발. 열 발 중 과녁의 중심에 가장 많이 맞히는 자가 이기는 걸로 하지."

이것이 황제가 저를 위해 베푸는 연회란 말인가. 기이하고 당혹스러웠지만 싫지는 않았다. 더군다나 흐린 어둠 속에 오로지 저와 운, 둘뿐이라는 사실이 해준에겐 꽤 흡족하며 오묘하기까지 했다. 저는 아직 선택이라는 걸 하지 않았는데 저마다 저를 시험에 빠뜨리려고 안달하는 것만 같았다.

"조건은 무엇입니까."

"대신 과녁이 되어주는 것."

내가 이기면 그대가 언젠가 내 대신 과녁이 되어주고, 그대가 이기면 내가 언젠가 그대의 대신 과녁이 되어주지.

"좋습니다."

해준은 묻고 싶었다. 과연 황제가 과녁이 될 때가 언제인지, 그리고 감히 그 과녁을 겨누는 자가 대체 누구인지. 하지만 물음을 삼킨 채 해준도 운의 시선이 향하고 있는 곳을 향해 시선을 옮겼다. 대화를 멈추고 입을 닫자 이내 정적이 찾아들었고 불어오는 바람만이 그들을 흔드는 듯했다.

"봐줄 생각은 마."

그날, 절벽에서 사슴을 한 번에 맞혔던 것처럼 그저 그렇게 본디 가진 실력을 숨기지 말고 보여.

"그건 예가 아니지요."

"좋아."

활을 선천적으로 잘 다루는 것은 아니었으나 한 번 맛을 보고 나니 손이 자꾸 갔다. 본국을 떠나 찾아오는 고독함과 외로움에 시간을 보내는 유일한 낙이었으며 벗이었다. 이렇게도 쏘아보고, 저렇게도 쏘아보고. 일부러 묘기를 부리는 것은 아니었고 익숙해진 겨냥에 살짝 지루해진 탓이었다. 하여 수많은 장애물을 꺾어 목표물에 맞히는 연습을 하거나 어려운 위치에서 어렵게 목표물을 쓰러뜨리는 연습도 했었다. 그것도 수어 번. 바람을 계산할 줄 알았고, 눅눅하게 공기를 가라앉히는 습기를 읽을 수 있었다. 거리와 시야를 제법 능하게 조절할 수 있을 땐 이미 활은 그저 시간을 보내기 위한 재밌거리가 아니라 제가 자유자재로 굴릴 수 있는 도구와도 마찬가지였다.

하지만 이렇게 장애물이 있는지도 없는지도 모르는 어둠에서 과녁이 어디쯤 있는지 가늠도 잘 잡히지 않는 곳에서 무엇을 조준하고 있다는 게 우스웠다. 다만 할 수 있는 건 희미하게라도 형체가 보일 때까지 그저 기다리는 것뿐이었다.

해준은 어느 때보다 침착했고 쉬이 활시위를 당기지 않았다. 지금 제 손에 쥐어져 있는 열 발, 즉 한정된 기회는 열 번. 그는 황제가 걸어온 내기에 정말 최선을 다해 응하고 있는 중이었다. 그때였을까. 옆에서 잠자코만 있던 운의 화살이 하나둘 바람을 가르고 뻗어나가기 시작했다. 활이 튕겨져 날아가는 소리만이 윙윙거리며 들릴 뿐 어디에 꽂혔는지, 아니면 가다가 쓰러졌는지조차 알 수 없었다.

"여섯, 일곱……."

"여덟……."

이미 운의 화살은 여덟 발이 쏘아지고 단 두 발만 남겨둔 상태였다. 그리고 그와 동시에 해준의 화살도 하나둘씩 어딘가를 향해 쏘아지기 시작했다. 한번 맞히고자 마음을 먹으면 못 맞히는 게 없었다. 해준은 서두르지 않았다. 횟수는 정해졌을지언정 시간은 제한되지 않았기 때문이다. 그렇게 천천히, 그리고 신중하게 마지막 열 발까지 모두 쏘고 나서야 우두커니 뒤에서 해준을 보고 있는 운을 발견할 수 있었다.

"내가 준비한 연회는 여기까지야."

"연유를…… 여쭈어도 되겠습니까?"

어둠 속에서 얼마나 제대로 정확하게 활의 시위를 당겨 쏘는지 운이 저로 하여금 쌓아둔 제 실력이나 가늠해보기 위한 심산은 결코 아니라는 걸 해준은 잘 알았다. 그는 낮은 목소리로 조용하게 운의 등을 보며 물었다. 걸음을 옮기기 위해 몸을 돌리려던 운이 다시금 해준을 마주하고 섰다.

"활을 왜 좋아하나?"

"타국에서 유일한 지기 노릇을 해줬기 때문입니다."

가진 실력치고는 꽤 소박한 이유였다. 소박한 이유이기 때문에 그만큼 실력을 쌓을 수 있기도 했겠고. 어쨌든 거짓이 깃든 말은 아닌 것 같았다.

"……그래?"

"예."

"내가 활을 왜 좋아하는지 알아? 검은 상대방을 가까이에 두고 겨눠야 하지만 활은 그렇지 않지. 위협이 다가오기 전, 그 찰나를 놓치지 않으면 멀리서도 상대를 쓰러뜨릴 수 있어. 비가 내려도 바람이 불어도 한 치 앞이 흐리다 하더라도 시위만 잘 당기면 언제든."

등각을 사이에 두고 운이 섬섬 더 해준과 가까워졌다.

"어둠이 깔려도 마찬가지지."

"……."

해준을 올려다보고 있는 운의 눈빛이 얼음 결정처럼 차갑고 날카로웠다. 아까까지만 해도 다정하다고 짐작을 했었던 그녀의 목소리는 모조리 제 착각이었던 것이 확실했다. 황제가 빤히 올려다보고 있는데도 고개 한 번, 허리 한 번 숙일 생각조차 잊은 채 해준은 그저 운의 말이 완전하게 맺어지길 기다리고 있는 중이었다. 그에겐 그것이 우선이었다. 그럼에 운이 맺지 않은 말을 이어왔다.

"연유를 물었었나?"

"그러하옵니다, 폐하."

"익숙해질 때까지 기다려."

"그게 무슨……."

단번에 알아들을 수 없는 말에 해준이 조금은 답답한 어조로 말 끝을 흐렸다.

"이건 확실히 연회가 맞아. 오로지 그대를 위한, 나와 그대 둘만의 연회이지."

"폐하."

"황궁에 온 것을, 내 지척에 온 것을 환영해."

푸스스. 목소리가 마치 선율처럼 번지듯 들려왔다. 무감각한 표정으로 있던 그 입술에서 나오는 말은 모순적이었다. 아무리 살펴보아도 그녀에게 저에 대한 '환영'이란 뜻은 그 어디에도 없어 보였다. 그럼에도 '환영'이라고 읊는 그 말에 해준은 작게 입매를 틀어 웃었다.

"대척점에 계신 것이로군요."

뒤를 돌아 유유히 사라지려던 운이 제 뒤로 들리는 목소리로 인해 우뚝, 발을 멈춰 세웠다. 그러자 해준이 곧장 말을 이어왔다.

"그러지 않고서야 절 이렇게까지 경계하실 연유가 없지 않습니까, 폐하."

"주제를 넘어서고 있구나."

"그런 자리를 이리 만드신 건 폐하이십니다."

어슴푸레하게 비추는 등각 때문에 운의 시야에 그의 표정이 명확하게 보이지 않았다. 그녀는 입술을 깨물고 미간을 좁혔다.

"은현각엘 갔었다지?"

"그렇습니다."

낮은 목소리가 조금의 당혹도 싣지 않고 바로 들렸다. 너무 순순히 그렇다, 라며 고개를 끄덕이며 나오는 해준에 오히려 당황한 건 운 쪽이었다.

"우습지도 않군. 순순히 고개를 끄덕일 줄이야."

"폐하."

"모든 게 그대 손에 쥐여질 거란 착각에서 벗어나는 게 좋아. 승상이 그대를 불렀다고 하여 든든한 방패가 되어줄 것 같은가? 어림없지. 저기 저 과녁처럼 화살만 대신 받은 채 버려질 거야."

그렇게 말을 하며 운은 해준을 향해 반만 틀어 있던 몸을 온전히 그의 정면을 향하게끔 고쳐 틀었다. 여전히 보이지 않는 표정이었지만 어쩐지 웃고 있는 것도 같았다.

"그래도 과녁을 자처하고자 이 땅에 발을 디뎠는가?"

"모를 일이지요. 화살을 맞고도 쓰러지지 않으면 뭔가 떨어지는 게 있을지. 버려버리기엔 아예 쓸모가 없진 않을 거라서 말입니다."

"그런다고 몰락한 집안의 명예가 회복될 성싶은가? 승상의 개노릇이나 자처하는 마당에."

개노릇이라는 말에 듣고 있던 해준의 미간도 조금씩 좁아졌다.

"언사가 거치십니다, 폐하."

말아 쥐고 있는 두 주먹이 부들부들 떨리고 있었다. 그제야 해준은 지금 이 장소가 운이 제 체통을 잃고 그 어떤 말이나 행동을 해도 모두 덮어질 곳이란 걸 알아차렸다. 불을 켜고 있는 등각이 고작 하나라 얼굴도 희미했다.

"몰락 귀족은 다 그대처럼 자존심도 없는지 궁금하구나."

"경계를 하는 건 충분히 이해하겠으나 신을 너무 섣불리 몰아가고 계시군요."

"뭐라?"

"지금 제가 여지없이 휘말린 꼴이라는 건 잘 알고 있습니다. 이것조차 그의 계산에서 나왔겠지요. 하오나 무엇을 보고 제가 그의 개노릇을 자처한다고 여기십니까? 억측이십니다."

"억측이라고? 하! 설마 믿으라고 하는 소리인 것이냐?"

나른하고 느긋했던 음성이 복받쳐오는 감정을 이기지 못하고 있었다. 어둠 속에서 운은 차곡차곡 쌓아두었던 것들이 일부러 절제를 잃고 날뛰는 듯 보였다. 해준은 그런 운이 안타깝다고 느껴졌다.

"그가 제게 청영을 약조하여 본국으로 들인 것은 맞습니다. 구미가 당기지 않을 수 없는 제안이라 거절할 수가 없었죠. 그가 도모하고자 하는 것이 무엇인지 뚜렷하게 고하여 올릴 수는 없으나 그 뜻에 동행하기를 권한 것도 맞습니다."

"스스로 그리 말을 하면서도 억측이라고?"

"하오나 저는 아직 아무것도 하지 않았습니다. 그러니 개노릇을 자처한 것도, 가문의 자존심을 버린 것도 아니지요, 폐하."

"……."

"그렇다면 어떤 연유로 폐하께선 저를 태사씩이나 되는 자리에 앉히셨습니까? 공을 치하하기 위해? 신, 감히 추측해보기로 가장 가까이 두고 의중을 떠보고자 하셨던 까닭이시지요. 지금 이 연회도 마찬가지지 않습니까?"

물음을 붙이며 한 걸음 해준이 운의 곁으로 가까이 다가갔다. 아까는 희미해서 보이지 않던 얼굴이 조금씩 드러나고 있었다.

"휘말린 마당에 빠져나갈 구멍은 없는 것 같으니 이왕 이렇게 된 거, 저도 저울질이라는 걸 해보겠습니다."

"저울질?"

"폐하께선 제가 필요하시지 않습니까?"

가장 외세에 어두우신 분이니 당연히 그러하실 테지요.

운은 이를 드러내어 제 입술을 짓씹었다. 아직 말을 마치지 않은 것 같으니 마저 이어보라는 듯 노려보는 형세로 해준을 보았다.

"만약 제가 필요하시다면 제게 무엇을 약조해주시렵니까?"

"거래를 하자는 거야? 감히 나와?"

"선택은 폐하의 몫입니다. 바로 답을 바라진 않겠습니다. 날이 밝아 저 과녁을 확인할 때, 그때 답을 주시지요."

"……."

허리를 숙이고 있는 해준을 보며 운이 제 도포 자락이 휙, 날리는 소리를 낼 정도로 거세게 등을 돌렸다. 말아 쥔 주먹은 여전히 부들부들 떨리고 있었다. 돌아가는 내내 필요하지 않느냐는 그 물음이 뼈 마디마디에 꽂히는 것 같아 견딜 수가 없었다. 애석하게도 그 말에 고개를 저을 수가 없는 제 현실 탓이었다.

대체 무슨 심산으로 모든 시위를 다 물리고 혼자서 갔는지 몰랐다. 가끔 운은 도무지 의중을 알 수 없는 행동을 했었지만 단 한 번도 영휘는 그녀에게 물어본 적이 없었다. 도대체 이유가 무엇인지, 왜 그래야 하는 건지. 그렇지만 오늘은 그 궁금증을 잠재우기가 힘들었다. 쿵쾅쿵쾅거리는 심장은 시각이 점점 기울면 기울수록 더해졌다. 영휘는 한자리에서 멈춰 서지 않고 자꾸만 움직이고 또 움직였다. 건청궁 앞의 모든 바닥을 다 쓸어낼 정도로 서성이던 중, 멀리서 운의 모습이 보였다. 영휘는 단숨에 그녀의 앞으로 달려 나갔다.

"폐하!"

"소란스럽구나."

목소리를 낮추라는 듯 운은 표정을 굳혔다. 그에 영휘가 급히 허리를 숙였다.

"송구하옵니다."

"보아하니 기다리고 있었던 모양이지?"

"예, 폐하."

운은 제 앞에서 낮은 자세로 있는 영휘의 어깨를 두어 번 두드렸다.

"염려를 했구나, 네가."

"대체 이 야심한 시각에 그자를 왜……."

"시위가 어디로 향하는지 보기 위함이었다."

시위라고 하면 활을 일컫는 말이었다. 영휘의 눈이 동그랗게 커졌다. 운이 활을 가지고 나갔다는 사실은 모르고 있었기 때문이었다.

"폐, 폐하! 어찌 그런……!"

"오히려 혼란만 가지고 돌아왔지."

"그게 무슨 뜻입니까, 폐하."

꿍꿍이속이 궁금했다. 승상과 어떻게 손을 잡고 어떤 식으로 움직이려 하는지 그걸 떠보기 위함이었다.

늦게 활을 쏘기 시작한 해준의 뒤로 가서 운은 빈 활대로 그를 향해 시위를 당겨보았다. 등을 보이고 있는 자란 언제든 비수가 꽂히기 마련이었다.

어둠 속에서 활을 쏘는 건 운에겐 매우 익숙한 것이었다. 운은 모든 시위들을 물리고 가끔은 등각을 두지 않고서도 활을 쏘았다. 보이든 혹은 보이지 않든, 어쨌든 손을 떠난 제 화살은 필히 과녁에 명중해야만 했다. 그것만이 하나의 해소였고 방비였고 준비였다.

반듯한 해준의 어깨는 과녁이 어디에 있는지도 모르면서 허무맹랑한 곳에 참으로 진지하게 임하고 있었다. 희미한 어둠 속에서 그의 모습이 선명했다. 이제껏 그에게서는 떼내고 읽어낼 수가 없었다. 오히려 저만 이렇게 혼란 속에 돌아왔을 뿐이었다.

'선택은 폐하의 몫입니다. 바로 답을 바라진 않겠습니다. 날이 밝아 저 과녁을 확인할 때, 그때 답을 주시지요.'

그것조차 연기일 수도 있는데도 불구하고 왜 흔들릴까. 그 정도로 제가 지금 낭떠러지 앞에 치달아 있는 걸까.

"노곤하구나."

"……이만 침전에 드시지요."

온몸의 기가 다 빠져나간 느낌에 서 있을 힘조차 남아 있지 않았다. 운은 영휘를 지나쳐 온전한 제 공간으로 들어섰다. 탁, 소리 나게 몸을 뉘인 채 눈을 깜빡여보았다. 이고 있는 무게가 무거워서 견딜 수가 없는데 왜 이렇게 저를 못 잡아먹어 안달하는 이들은 늘어가기만 하는 건지 참으로 고단하고 고단했다.

"……구름."

함자를 그대로 입에 올릴 수는 없기에 해준은 낮고 조용한 목소리로 천천히 운을 읊어보았다. 밤하늘에도 연기를 집약해놓은 것처럼 달을 지나기 위해 유영하는 구름이 듬성듬성 걸린 채로 있었다. 가만히 제자리에 있는 듯싶었지만 구름은 지극히 느린 동작으로 흐르고, 또 흘렀다. 여기 있던 게 까마득한 생각에 젖어 있다가 다시금 올려다보면 어느새 저기. 저기 있던 것이 어느새 저 멀리. 해준은 하늘을 올려다보다가 다시금 운이 했던 말을 짚어보았다. 황제의 지척, 분명 그리 말을 했었다.

"그렇다면……."

듣는 이 하나 없는 어둠 중에서 빙글거리는 미소를 머금은 해준이 조용하게 다시 한 번 더 목소리를 냈다.

"기다려보겠습니다, 폐하."

내기의 결과가 무엇일지, 또 폐하의 답이 무엇일지 말입니다.

어전회의가 일찍 파하고 태화전을 나선 작은 어깨가 참으로 대단한 기를 내뿜으며 한 걸음씩 당당하게 앞서 걷고 있었다. 한데 모아 올린 머리칼 때문에 하얗고 가느다란 목이 훤히 드러나 보였다. 저 덜미에선 확신하건대 향기가 나고 있음이었다. 그러니 이런 향긋함이 코끝을 간질이고 있는 것이다. 해준은 운의 옆에서 몇 걸음 뒤처져 그녀를 따르고 있었다. 그리고 운의 또 다른 옆에는 언젠가 보았던 영휘가 마치 해준을 경계라도 하는 것처럼 표정을 굳히고 걸었다.

"확인할 것이 있으니 모두들 여기서 멈추어라."

운의 뒤에서 함께 따르던 이들이 운의 말에 모두 걸음을 멈추었다. 해준과 영휘도 마찬가지였다. 해준은 갑작스레 걸음이 세워진 곳을 둘러보았다. 해가 머리 꼭대기 위에서 환히 비추는 중이라 조금은 낯선 풍광이었지만 어쩐지 눈에 익었다.

"……!"

연회라며 활을 쏘았던 곳, 바로 그곳이었다. 조금만 더 안쪽으로 들어가면 두 사람이 맞붙었던 피녁이 있으리라. 가박가박 빠르지도 않게 작은 보폭을 옮기는 운을 따라 마치 그녀의 그림자라도 되는 듯 영휘도 움직였지만 운은 영휘에게도 멈춰 있을 것을 명했다. 그는 운이 하라는 대로 따를 수밖에 없었다. 고개를 숙이고 두 발을 멈춰 세운 뒤 해준을 보았다. 운을 향하는, 옅은 미소가 걸려 있는 그의 입매가 몹시 불편했다.

"태사는 내 뒤를 따르라."

"예, 폐하."

장벽처럼 운의 뒤에 있던 사람들이 휑하니 없으니 그 느낌이 이상했다. 가까이 다가서기 힘든 것처럼 모든 것들이 겹겹이 있다가 한 번에 사라진 기분이었다. 해준은 운의 작은 보폭에 제 걸음을 맞추며 조심스레 뒤를 따랐다. 운의 발소리가 잦아들자 해준도 똑같이 걸음을 죽이고 허리를 세웠다. 두 개의 과녁이 일정한 사이를 벌린 채 우두커니 서 있었다.

"……!"

어둡고 짙은 시야에 익숙했다. 과녁을 직감할 수 있었고 시위를 정확히 당길 수도 있었다. 모든 건 철저히 운에게 유리했다. 황색 깃은 운의 화살이었고, 백색의 깃은 해준이 쏘았던 화살이었다. 백색의 깃을 가진 화살 열 발이 거짓말처럼 모조리 과녁의 중앙에 박혀 있었다. 운은 아주 천천히 해준을 돌아보았다. 그녀는 무섭도록 무표정한 얼굴이었다.

"……."

어둠에서 활을 쏘라 하였더니 그는 분명 어수룩한 표정이었다. 당혹감을 감추지 못하고 '여기서 어찌…….'라고 말을 흐렸던 것도 똑똑히 기억했다. 그런데 결과는 참으로 달랐다. 열 발 중 일곱 발만이 명중을 한 운의 과녁과는 제법 다른 모습으로, 제 심장과도 같은 중앙을 열 발의 화살에게 박혀 그대로 내어주고 있는 해준의 과녁이었다.

"듣던 대로 대단한 활 실력을 가졌군."

입술을 짓씹었다가 떼면서 운은 애써 괜찮은 목소리를 내었다.

"어둠에 익숙해졌던 것뿐입니다."

그러면 보일 것이라고 분명 그리 말씀하시지 않았습니까.

"그대가 이겼네."

해준은 대답 대신 고개를 숙였다. 내기에 걸었던 조건이 떠올랐다. 대신 과녁이 돼주는 것. 언젠가 제 대신 황제인 운이 저의 과녁이 되어줄 것이다. 날아올 화살이 '어떤' 화살이든 간에.

"참."

과녁을 등지려던 찰나, 무언가 생각이 났다는 듯 운이 입술을 뗐다. 깜빡일 때마다 온 신경을 빼앗기듯 짙은 그녀의 눈동자가 해준을 꿰뚫는 것처럼 쳐다보았다. 해준은 그녀가 마저 말을 잇기를 기다렸다. 긴 속눈썹이 흔들릴 때마다 해준의 심장도 미미한 진동을 하고 있었다. 처음부터 그랬다. 운을 마주할 때면 이렇듯 마비가 일어날 것처럼 혹, 끼치는 기분 좋은 긴장감이 저도 모르게 찾아들었다.

"과인이 답을 줄 차례이지."

"그러합니다, 폐하."

운 앞의 해순은 하얀 얼굴에 옅은 눈빛, 그리고 날렵한 턱 선을 가지고 있었다. 반듯한 눈에 새까맣고 망망대해처럼 깊은 눈동자가 퍽 나이보다 앳돼 보이는 인상을 주기도 했다. 그는 꼭 맞는 관복을 입고 곧은 자세로 있었다. 진중을 기하는 그 특유의 말투는 계산이 들어가 있는 건지 아닌 건지 아직은 알 수 없었다. 명석한 두뇌를 감히 제 앞에서 제대로 굴리고 있는 중이겠지. 어심을 살 모양이던가? 습관처럼 입술을 씹어 물었던 운이 이만 목소리를 가다듬었다.

"원하는 게 무엇이지?"

"그 뜻은……."

"그래, 짐에겐 그대 같은 현자가 몹시 필요해. 내 대신 세상을 보아온 셈치고 얻을 것이 아주 많지. 그러니 어디 한번 말해봐. 원하는 게 무엇이지?"

어차피 거절할 수 없는 제안이었으니 한번 받아들여보겠다. 그리고 가까이, 더욱 가까이 두고 모든 것들을 꿰뚫을 것이다.

"그게 무엇이든 들어주실 수 있사옵니까?"

쉬이 패를 보이지 않겠다는 건가. 해준의 물음을 들은 운의 미간이 좁아졌다. 그러나 이내 잔잔한 미소를 머금었다.

"못할 것도 없지."

"그렇다면 차차 고민해보겠습니다."

"여전히 저울질을 할 요량이구나. 그래, 고민이 끝나거든 들어주마."

"약조하신 겁니다, 폐하."

"그대 또한 처신을 확실히 하여야 할 것이다. 내 사람이 된다고 했으니 어설픈 앞잡이 노릇을 할 생각이거든 일찍이 거두는 게 좋을 거야."

"여부가 있겠습니까."

먼저 등을 돌려 사라지는 운을 보며 해준이 만족한다는 미소를 걸었다.

제5장.

주국과의 수교를 맺기 위해 국빈을 맞게 되었다. 때문에 미리 준비를 거드는 황궁의 모든 손길들이 저마다 하루하루 쉴 새 없이 바빴다. 궁중의 작은 화원 하나까지도 구석구석 정돈하고, 나라에서 가장 연주를 잘한다는 악사를 미리부터 데려오고, 눈을 즐겁게 하기 위한 무희들의 공연이 대체적으로 그 준비인 듯했다.

하지만 그렇게 보이는 준비를 제외하고 굳이 손을 놀리지 않고도 머리를 굴리는 이들의 준비 또한 바쁘기 그지없었다. 그중 제일은 이번 수교를 기회 삼아 제 입지를 단단히 하고자 하는 운일 거다.

"밖에 있느냐."

깊은 소매 속에 있던 하얀 손이 찻잔을 그러쥐다 말고 밖에 있을 환관을 불렀다. 그러자 여지없이 문이 열리며 상시가 그녀의 앞으로 허리를 숙이며 나타났다.

"부르셨습니까, 폐하."

"태사를 들라 하……. 아니다. 내 직접 갈 터이니 채비를 하라."

"예, 폐하."

어전회의가 파한 지 얼마 되지 않았으니 그는 아직 퇴궐을 하지 않고 있을 터였다. 들어보니 그는 늘 곧장 퇴궐을 하지 않고 오랜 시간을 궁중 서고에서 보낸다고 하던데 아마 그곳에 있겠지.

운이 자리에서 일어나 긴 복도를 나서자 으레 그러하듯 대기를 하고 있던 환관과 궁녀들 그리고 영휘가 자연히 그녀의 뒤를 따랐다. 괜히 지루하고 따분한 탓에 직접 몸을 움직이는 게 아니었다. 아직 그에 대한 완벽한 신뢰가 쌓이지 않았으니 불시에 들이닥쳐 볼 심산이었다.

"황제 폐하 납시오!"

"황제 폐하, 만세, 만세, 만만세."

예고도 없이 찾아온 운 덕에 서고를 관리하고 있던 이들이 혼비백산하며 열을 정돈해 운을 향해 황급히 예를 갖추었다. 그건 해준도 예외는 아니었다.

그런 이들을 지나쳐 운은 해준의 앞에서 제 걸음을 우뚝 멈추었다. 그러고는 주변을 둘러보았다. 따로 내통이라도 하는 자가 있는 건 아닌지, 저의 등장에 몰래 달아났다면 필히 그 흔적이 있을 터였다. 하지만 그 어느 것도 보이지 않았다. 날카롭게 치떴던 눈에 다시금 평정을 찾은 운이 손짓을 한 번 하자 숙이고 있던 몸들을 바로 일으켰다.

"태사를 제외하고 모두 자리를 비우라."

"예, 폐하."

명이 떨어짐과 동시에 밖으로 열린 문으로 모두 몸의 방향을 틀었다. 그렇게 한 방향으로 향하던 여러 이들의 발소리가 점차 잦아들었고 열린 문들이 차례로 닫히자 그제야 서고 안에 온전한 고요가 내려앉았다.

"예까진 어인 일이십니까, 폐하."

"곧 있을 수교에 대해 식견을 구하고자 그대를 찾았다. 설마하니 내가 방해를 한 건 아닐 테지?"

"그럴 리가 있겠습니까, 폐하. 수고로운 걸음 하셨습니다. 부르셨다면 제가 갔을 텐데 말입니다."

운에게 있는 의심의 싹이 좀처럼 베이지 않고 있다는 걸 모르지 않는 해준이었다. 앉은 자리의 특성상 그런 의심은 당연한 것이겠지만 여직까지도 저를 시험에 들게 하니 그게 못내 씁쓸하게 다가왔다.

"앉게."

서고에 있던 다른 이들이 보았던 여기저기 펼쳐진 서책들과 아직은 그렇지 않은 책들이 어지럽게 널려 있었고 가운데는 해준이 보던 지도가 있었다. 그렇게 느릿하게 책상을 훑어본 운이 가장 가운데 의자를 빼고 앉았다. 그러고는 반대편을 가리켜 말하자 고개를 숙이고 낮은 자세로 있던 해준도 마주 보는 모습으로 운의 앞에 앉았다.

"무엇을 보고 있었지?"

빤히 해준의 앞에 자리한 지도라는 걸 알면서도 운은 모른 척 물었다. 그에 작게 입술 끝을 말아 올린 해준이 천천히 지도 위에 손가락을 얹었다.

"주국과의 수교를 앞두고 있으니 항로가 어디가 좋을지 그걸 보고 있던 참이었습니다."

이런 것을 제대로 볼 눈이 없었다. 지명들이 어지럽게 적혀 있고 알 수 없는 점선들이 즐비한 지도를 보며 운이 살짝 미간을 좁혔다. 거리가 멀어 시야를 밝게 하기 위해 자연히 좁혀지는 미간이었다. 그러나 그 찰나에 제 앞에서 작은 기척 소리가 들리더니 곧 운의 미간에 해준의 손가락이 닿았다. 화들짝 놀란 운이 급하게도 해준의 손가락을 떼어냈다. 하마터면 뒤로 고꾸라질 뻔도 하였다.

"지, 지금 무엇하는……."

"일그러뜨리지 마십시오."

갑작스런 해준의 행동에 운은 당혹스러움을 감출 수가 없었다. 그런 운을 아는지 모르는지 자리로 돌아간 해준은 보고 있던 지도를 운이 보기 쉽도록 더욱 그녀의 가까이로 밀 뿐이었다. 그러면서 그는 입술을 달싹였다.

"저는 탐미주의자라 아름다운 것을 보면 찬하고 싶지요."

"태사."

"폐하도 마찬가지이십니다."

"뭐라?"

"그 아름다움을 비할 꽃이 없어 얼마나 안타까운 심정인지 폐하
는 아마 모를 겁니다."

아래로 향해 있던 해준의 시선이 천천히 올라와 운을 마주했
다. 그러고는 수순이라도 되는 듯 나른하게도 피어 올리는 미소
에 운의 심장이 어딘지도 모를 바닥으로 쿵, 하고 떨어지는 것
같았다. 농을 할 작정도 아닌 것이 대놓고 저를 당혹스럽게 하고
있음이다. 그에 운이 탁 소리 나게 의자를 밀고 자리에서 일어났
다.

"실성을 한 것이로구나."

"원하는 게 무엇이냐고 물으셨지 않습니까."

"원하는 게 이런 것이야? 목숨이 아깝지도 않을 요량으로 날 당
혹시키는 이런 게?"

밖에서 누가 듣고 있지나 않을까 운은 높아지려고 하던 목소리
를 낮추어 으르렁거리듯 말했지만, 해준에게 그게 통할 리 없었다.
황제의 앞이었지만 빙글빙글 웃는 낯짝은 두려움도 모르는 것처
럼 보였다.

"전 폐하의 곁이면 됩니다. 아, 그리고 목숨은 아깝다지만 제 목
숨을 지금 취하시게 되면 필요로 하는 사람이 사라지게 되는 건데
정녕 괜찮으신 겁니까?"

평정은 이미 잃었다. 무어라 대꾸할 수 없게끔 만드는 말에 운
은 해준을 노려보며 입을 다물었다.

"이런 말이 있다고 합니다. 잘생긴 얼굴에 침 못 뱉는다."

그런 말이 대체 어디 있다는 건지. 긴장감이 조성되어도 모자

랄 판에 해준의 뜬금없는 말로 인해 운의 미간이 다시 좁아졌다. 그리고 똑같이 몸을 일으킨 해준의 손가락이 여지없이 그녀의 미간으로 갔다. 둥글고 도도록한 이마를 운이 양손을 들고 막았다.

"태사!"

"폐하도 탐미주의자라 믿습니다. 그러니 저를 벌할 수는 없을 테지요."

"그 목을 지금 당장에 베어버릴 수도 있어!"

"여부가 있겠습니까."

다시금 자리에 앉은 해준은 여전히 운에게 보란 듯이 빙글빙글 웃고 있었다. 정신없이 휘말린 것 같은 기분에 얼굴이 더워져 운은 이마를 감쌌던 손을 내려 붉게 오르는 제 양 볼의 열을 식혀냈다.

"저를 엿보실 셈으로만 납신 게 아니실 텐데, 어떤 연유로 오셨습니까, 폐하?"

그제야 진중한 목소리를 내는 해준이었다. 그에 운이 부채질하던 것을 멈추고 목청을 가다듬어 지도를 내려다보았다.

"그대가 보았던 바깥세상을 읊어봐."

밀어냈던 의자를 다시금 앉기 좋은 자리로 가져와 앉았다. 금사로 수가 놓아진 그녀의 도포가 앞으로 기울었다. 양팔을 접고 온 집중을 할 자세로 앉아 있는 게 정말로 천자가 스승에게 가르침을 받는 모양새 같았다.

"수교를 앞두고 있으니 제가 본 주국에 대……."

"아니, 그대가 본 모든 것을 읊어보란 말이네."

그게 서국이든 주국이든 지금의 율국이든 상관없이.

"아니, 그런 계책을 대체 언제 세웠단 말입니까? 역시 승상이십니다."

"민심은 곧 천심이라. 황상도 함부로 할 수 없게 만들 수 있지."

"듣자 하니, 사신이 온다는 소식에 벌써부터 싸늘하게 반응하고 있다 합니다."

은현각에 모여 앉은 이들이 굉장히 흥미로운 담화를 이어가는 듯 서로서로 입을 벌려 제 목소리를 내느라 바빴다. 자군은 가만히 한쪽 입매를 올린 채 가득 채워져 있는 술잔으로 손을 가져갔다.

"주국과 수교라. 이는 처음부터 말도 안 되는 일이었습니다."

"황상께서도 깨닫는 바가 커야 할 텐데 말이죠."

일부러 사람을 심어 주국에 관한 흉흉한 소문을 더 악질적으로 퍼뜨리게 만들었다. 이건 단순히 그녀들의 심기를 건드린 대가이기도 했다. 민심을 다스리지도 않고 국빈을 초청한 황제라니. 아무래도 주국에서는 예가 없다고 여길 것이다. 다른 나라들과 똑같이 무례를 행하는 뜻으로 알고 수교를 청했던 걸 거둘지도 모를 일이었다. 이러나저러나 황제로 앉아 있는 운의 체면이 대외적으로 떨어질 건 불 보듯 빤한 결과였다.

"그나저나 태사는 언제쯤 얘기를 나눌 수 있겠습니까?"

완전히 저희 편도 아닌 것이 딛고 있는 걸 밝히지 않은 채 오묘하게 경계에 있는 것 같은 해준이 다음 화두에 올랐다.

"그러게 말입니다."

"영 찜찜합니다. 황상을 진정으로 도울 것 같기도 하고."

"밀어붙인다고 능사는 아니지 않는가들. 좀 더 기다려보게나."

쪼르르, 다시금 자군의 앞으로 놓인 술잔에 술이 채워졌다.

해준이 말해주는 세상은 운이 원하고자 해서 자유로이 갈 수 있는 곳이 아니었다. 그렇기에 별거 아닌 작은 것 하나에도 운의 눈은 커지기도 하고 저도 모르게 탄성을 자아내기도 했다. 율국이 도태되어 있는 건 아니지만 선두에 있는 것도 아니었다. 때문에 십 년을 보낸 해준의 서국 이야기는 운에게 또 다른 눈이 되었고, 지식이 되었다.

서국에서 일찍 수교를 단절한 덕택에 주국에는 딱 한 번 가보았다. 그들은 확실히 학자의 분위기보다도 유연한 분위기를 내고 있었으며 모든 이들이 활달한 모습이었다. 산해진미가 유독 풍부하기도 하였던 것 같다. 여기까지 끝을 내려 했으나 아직도 덜 채워진 모양이었던지 운은 일어나려고 하는 해준의 팔을 붙잡고 더 얘기해보라고 일렀다. 열화와도 같은 반응에 해준은 작은 객잔에서 오고 가는 노름패들의 도박이니, 남녀상열지사이니 하는 쓸데없는 이야기도 더 꺼낼 수밖에 없었다.

이러했던 게 불과 몇 시진 전의 일이다. 바로 건너편에 앉아서 제가 말을 마치고 이을 때마다 흥미로운 듯 초롱초롱하게 빛을 내며 제 말을 듣던 운의 모습이 펼쳐진 서책 위로 아른아른 겹쳐졌다. 짙게도 저문 달밤에 해준은 이만 보고 있던 서책을 덮고 서고를 나섰다.

후우, 그의 입술 사이에서 뻗어진 한숨이 차가운 공기 중으로 흩어졌다. 걸음이 어디를 향하는지 자각도 하지 못한 채 그렇게 터덜터덜한 발놀림으로 아무도 없는 고요를 걷고 있던 중이었나. 그러나 문득 정신을 사린 곳은 나른 곳들보다 훨씬 한적하고 발걸음도 드물었다. 문득 길을 잘못 든 것이 아닌가, 하고 착각이 들 정도였다. 바깥세상과는 다른 이 세상에선 운의 눈과 손이 닿지 않는 곳이 없다고 했다. 아무리 조그만 공간이라 하더라도 말이다.

"……!"

순간 혹, 하고 숨을 멎게 만드는 듯 온몸의 신경들이 반응을 했다. 쿵쾅쿵쾅 예기치 않게 닥친 모습에 심장이 제멋대로 방망이질을 했다.

찾으라고 한다면 찾지도 못할 아주 작은 못. 얼마 전까지만 해도 봉오리로만 둥둥 떠 있던 연꽃들이 분홍빛 고운 자태를 뽐을 내며 유려하게도 만개해 있었다. 파동조차 제대로 일지 않는 잔잔한 수면 위로는 누군가 한 입 베어 물어 조각이 난 듯한 달이 비쳤다. 별이 유난히도 많이 뜬 밤이었다. 손바닥을 쫙 뻗어 밤하늘을 향해 있노라면 손가락 틈과 틈 사이로 먼지처럼 총총히 박힌 별들이 꼭 쏟아질 것처럼 반짝거렸다.

하나하나 꼭 서로 입을 맞춰 합을 이루는 것처럼 완벽한 절경이었다. 그 절경에 더할 나위 없는 화룡점정을 찍는 건 바로 못가 앞에 무릎을 구부려 앉아 있는 운이었다.

허리까지 오는 긴 머리칼을 부드럽게 늘어뜨리고, 그녀의 피부만큼이나 새하얀 도포를 입은 채였다. 곳곳에 금사로 수놓아진 치맛자락이 넓은 부채꼴 모양을 이루며 운의 뒤로 펼쳐져 있었다. 하늘에서 빛을 내는 모든 것들이 집결되어 온전히 그녀만을 비추는 듯 곁에서 스멀스멀 윤이 피어나는 듯한 착각도 일었다.

'달이 뜨는 밤 연꽃이 만개한 못을 폐하께서는 참으로 좋아하셨지.'

일전에 태상경이 했던 말이 순간 해준의 뇌리를 스쳤다. 운은 두 손을 가지런히 모아 무릎에 올린 채 어디 홀리기라도 한 사람처럼 못에서 시선을 떼지 못했다.

해준은 그런 운을 고스란히 제 시야에 담으며 지독한 고통과 함께 지독한 황홀을 느껴야 했다. 어깨를 늘 올곧이 펴고, 도도한 턱은 절대 아래로 떨어지는 법이 없었다. 작은 몸에서 흘러나오는 압도적인 분위기는 황궁의 주인은 무슨 일이 있어도 바뀔 수 없다는 걸 최대한으로 명시하는 것 같았다.

선한 눈매가 유하게 풀어지는 듯 보여도 항상 날이 서 있고, 뾰족했던 눈빛이었다. 그런데 처음부터 그런 모습은 본래 제 것이 아니었던 것처럼 모든 경계를 내리고 이 시간이 선사하는 아름다움에 취해 수줍게 미소를 띠고 있는 운이었다.

손끝에서부터 황홀한 절규에 비명을 지르는 긴장이 피어올라 머리끝까지 쭈뼛쭈뼛 서는 것 같았다. 입안의 수분이 어디론가 날아가 바싹바싹 타들어가는 느낌 또한 들었다. 차마 말라버린 입술을 축일 생각조차 하지 못했다. 그 자리에서 시간이 정지한 것처럼 그랬다.

소맷자락이 물에 젖는 것도 모르는 채 그녀는 가느나린 팔목을 드러내며 손끝으로 장난스럽게 물 위를 톡톡 건드렸다. 그럴 때마다 부채 모양의 결을 이루며 잔잔하게 퍼지는 수면에 그 위로 자리를 잡고 둥실둥실 떠 있던 연꽃들이 하나둘 어지럽게 너울거렸다. 그와 동시에 해사하게 쏟아지는 미소. 그녀의 눈이 꼭 조각난 달빛의 모양처럼 휘어졌다.

"아."

고개를 너무 아래로 굽어보았는지 어깨를 따라 머리칼이 흐르는 바람에 한쪽 머리칼을 귀 뒤로 고정시켜주었던 나비 모양의 머리 장식이 흔들렸다. 진주알과 갖가지 보석들이 촘촘히 박힌 머리 장식을 아예 빼낸 뒤 운은 이만 앉아 있었던 몸을 일으켰다. 그러고는 가지런하게 머리칼을 정돈한 후 머리 장식을 막 귀 뒤로 다시 꽂으려 할 때였다.

오로지 못가를 중심으로 한정적으로만 화각을 두었던 시야가 머리 장식을 꽂기 위해 고개를 살짝 옆으로 틈으로 인해 넓어졌다. 그리고 그녀의 두 눈엔 멍하니 제게 시선을 고정시킨 채 아무 말 없이 서 있는 해준의 모습이 들어왔다. 그를 보고 처음엔 두 동공이 커져 조금은 놀란 눈치였으나 그런 것도 얼마 가지 않았다.

"……."

똑바로 시선을 마주하고 있는데도 불구하고 마치 무언가를 잃은 사람처럼 해준이 움직일 줄을 몰랐다. 운은 아무 말 하지 않고 그런 해준을 가만히 뚫어져라 보았다. 젖은 운의 소매에서 스며들지 못한 물기가 뚝뚝 아래로 떨어지고 있었다. 방울들이 느릿하게 땅 위로 떨어지는데 주변이 너무나 고요한 나머지 그 소리가 증폭이 되어 크게도 귓전을 울렸다. 감상에 빠진 순진무구한 소녀처럼 웃고 있었던 운의 모습에서 머리칼을 정돈해 귀 뒤로 머리 장식을 꽂던 모습까지 찰나의 반복이라도 되는 것처럼 머릿속에서 빙글빙글 펼쳐졌다.

우두커니 서서 저를 보고 있는 운을 채 눈치채지도 못한 사람인 것처럼 해준은 그야말로 모든 것을 멈춘 채였다. 황제를 똑바로 보고 서서 고개도 조아리지 않는 꼴이라니. 당장이라도 벌을 내려도 시원찮을 상황임이 마땅했지만 운은 입술 한 번 떼지 않고 해준이 무어라 말을 할 때까지 가만히 기다렸다. 너무 넋을 놓고 있음에 먼저 툭, 건드리기라도 하면 소스라치게 놀랄 것만 같아서였다.

저 시선이 묘했다. 적의라고는 찾아볼 수 없는 저 시선이 참으로 묘하게도 운을 두드리고 있는 중이었다. 구밀복검이라더니, 저 얼굴을 하고 속에서는 저를 겨눌 칼날을 준비하고 있는 걸까?

가만히 해준을 기다리던 것도 잠시 운이 먼저 등을 보이며 걸음을 돌렸다. 그제야 해준은 땅에 붙어 있었던 두 발을 떼어내 혹여

나 놓칠세라 참 급하게도 성큼성큼 운을 향해 걸어갔다. 그리고 제가 지금 무슨 일을 저지르고 있는지조차 망각한 채 젖어 있던 운의 소매를 탁, 하고 붙잡았다. 한 톨의 이성적인 회로도 전혀 거치지 않은 행동이었다. 얄팍하고 바스라질 것 같은 느낌이 해준의 손을 타고 그대로 전해졌다. 운은 이번엔 확실히 놀란 모양이었다. 그녀는 두 눈을 동그랗게 뜨고 서늘 붙잡고 있는 해준을 올려다보았다.

"지금 무슨……."

몸이 반동함에 따라 머리칼도 따라 흔들렸다. 그리고 언제나 그랬듯 운이 가진 향기가 해준의 코끝을 자극했다. 그는 그렇게 운을 잡아 세우고 가슴께에 지니고 다니던 부드럽고 작은 천을 꺼내었다.

"손끝이 매우 찹니다, 폐하."

나긋나긋하고 자상한 음성이었다. 그는 소매를 올려 아직 물기가 가시지 않은 운의 손 위로 천을 덮어 감쌌다.

"……."

"무릎을 꿇어 자비를 구해야 마땅하나 그러지 않을 것입니다."

해준의 손이 아직도 운의 손끝에 머물러 있었다. 꼼꼼히 매듭을 다 지은 다음에야 그가 서서히 고개를 올렸다.

"뭐라?"

예상하지 못했던 말이었다. 당장에 고개를 조아리고 죄를 물어야 옳았는데 스스로가 먼저 자비를 구하지 않겠다고 한다.

"죄를 저질렀다고 사료되지 않기 때문입니다."

여긴 어떻게 알고 나타났으며 감히 예를 갖추지도 않은 채 황제와 똑바로 대면을 하고 서 있었다. 아까 서고의 일까지 겹치자면 파면의 사유는 충분하고도 넘쳐났다. 게다가 옥체에 손을 가져가다니. 그런데도 해준은 여전히 단정한 말투였다. 그의 눈은 일말의 흔들림조차 가지지 않고 운을 향해 있었다. 저 머리에서 무엇이 돌아가고 있는지 계산이 보이지 않았다.

운은 미세하게 표정을 일그러뜨렸다. 정말 제대로 어지럽혀 볼 고도의 심산인 건지, 그도 아니면 정말 있는 그대로를 제게 보이고 있음인지 명확한 분간이 어려웠다. 그냥 여기서 숨을 죽여버릴까? 저 잘나게 떠드는 입을 영영 놀리지 못하게 만들어버릴까. 스스로 자비를 구하지 않겠다고 했으니 절차가 어렵지도 않을 것이다.

그러다가 문득 고개를 절레절레 저었다. 섣부른 속단은 언제나 예기치 못한 후환을 가져오는 법이니까.

"……"

어느새 물가에 젖었던 오른쪽 손이 따뜻했다. 아마도 해준이 그렇게 제 손을 들어 감쌌던 천 때문이리라. 운은 몇 걸음 뒤로 물러나나 싶더니 이내 다시금 해준을 향해 몸을 틀어 그를 마주하고 섰다.

"달이 가장 밝은 밤이야."

선율을 따르듯 목소리가 흐르는 것처럼 공간을 울렸다. 운의 서두에 해준은 잠시 망설였으나 이내 밤하늘의 달을 보기 위해 눈을 올리며 대답했다.

"그렇군요."

"연꽃 사이를 가르며 떠 있는 수면 위의 달 또한 가장 밝지."

그렇게 말을 하고선 운은 수긋해 못 위를 바라보았다.

"오늘은 이 심상을 어지럽히고 싶지 않아."

"……"

"그러니 가까이서 보라."

운은 친히 자리를 내주면서 해준에게 못가로 가까이 올 것을 명했다. 그에 해준이 한 걸음씩 더 앞으로 다가가 완전히 못가를 바라볼 수 있는 위치에 섰다. 수면 위엔 달뿐만 아니라 옆에 있는 운 또한 비쳤다.

"이것은 네가 서고에서 내게 해준 이야기에 대한 보답이다."

그 말을 끝으로 운은 이만 등을 돌렸다. 해준은 여전히 수면에 비치는 운을 보며 그녀의 걸음을 멈추게 하기 위해 입술을 뗐다.

"잠행을 나서보시지요, 폐하."

천천히 걸음을 옮기려고 움직이던 발이 해준의 목소리에 멈추었다. 다시금 제 쪽으로 몸을 돌리는 운에 해준은 무릎을 굽히며 일전에 운이 했던 자세 그대로 못가를 들여다보았다.

그러자, 수면 위에 드리워지는 운의 모습이 더욱 커졌다.

"제가 동행하겠습니다."

영롱하고 맑았던 눈이 도무지 사라지질 않았다. 제멋대로 방망이질하고 있는 심장이 좀처럼 가라앉질 않아 이마에 식은땀이 맺힐 정도였다. 하얀 선지 위로 해준은 붓을 들었다. 머릿속에서 그려지는 것보다 선명하진 않았지만 선지 위에도 또렷이 제 눈앞에 펼쳐진 것들을 옮기기 시작했다.

달이 비추는 작은 못. 그 못을 넋을 놓고 바라보고 있었던 운의 모습. 한 번 움직이기 시작한 붓질은 멈추는 법을 몰랐지만 한 치의 오차도 용납하지 않고 섬세하고 정확했다. 그림을 그린다는 게 타고난 재주는 아니었지만 그렇다고 영 몹쓸 재주는 아니었다.

꼭 품에 안고 싶었던 작은 등. 그 등을 그저 바라만 보고 있을 수밖에 없는 현실이 해준에겐 몹시 안타까웠다. 가벼운 동정일까? 어린 여황제가 처한 형국이 너무나 가혹해 그저 손 한번 내밀어주고 싶은 당연한 생각인 걸까.

아니었다, 아니었다. 그와 같은 것들이 밑에 깔려 있기는 할지언정 이 모든 것들을 대신하지는 못했다. 사냥터에서 처음 운을 봤을 때처럼…… 그 진하고 향긋한 향기가 여전히 제 곁에서 맴도는 듯했다.

"……."

오랫동안 해준의 손끝에서 왔다 갔다 분주했던 붓이 드디어 선지 위에서 떨어졌다. 그와 동시에 이마에 맺혔던 땀도 해준의 소매로 인해 훔쳐졌다. 연꽃이 둥둥 떠 있는 못에 비친 달, 그것을 바라보고 있던 운. 한 화폭에 담겨진 형상은 금방이라도 눈에서 살아날 것처럼 아름다웠다. 마치 그때의 감상이 다시금 생생하게 떠오르는 듯 그랬다.

해준은 손목을 살짝 주무르다가 이내 등받이에 몸을 편하게 기대었다. 목을 뒤로 젖히고 위를 보니 머리 장식을 꽂던 고운 운의 모습이 그려졌다. 눈을 천천히 감았다가 다시 떴다. 그래도 여전히, 계속해서 그 자리에서 떠나지 않을 것처럼 나타났다, 사로잡혔다. 이건 분명 사로잡힌 게 맞았다. 가지고자 마음을 먹으면 못 가지는 게 없었는데 가장 위험한 도발이 내면에서 일어났다. 운을 보며 가지지 않아야 할 욕망 같은 게 피어났다. 차마 해갈을 맞이하지 못한 목구멍 안이 텁텁해져 왔다.

태의가 이만 나가려고 했지만 그는 웬일인지 한 번에 물러가지 않고 작은 목소리로 영휘를 불렀다.

"나 좀 보게, 영휘."

태의를 따라 영휘는 조용한 곳으로 자리를 옮겼다.

"폐하께서는 여직 이른 시각에 기침을 하시는 겐가?"

"그렇습니다."

그의 얼굴엔 수심이 가득했다. 긴장된 신경의 혈을 풀어주어 몸을 노곤하게 만드는 약재들이 들어간 탕약인데도 불구하고 여전히 잠을 못 이루고 설친다니. 빈 사발을 내려다보며 태의는 안타까움을 숨기지 못했다. 그건 영휘 또한 마찬가지였다.

"향은? 향을 피우면 훨씬 도움이 될 수도 있는데."

"그 또한 잠깐입니다."

"……심사가 여전히 어지러우신가 보군."

"……."

초를 꺼트리지 않아 빛이 새어 나오고 있는 곳을 영휘와 태의가 동시에 보았다. 여직 침수에 들지 않은 운 탓이었다.

"다른 방도는 없겠습니까?"

영휘의 말에 태의는 가만히 생각을 하는가 싶더니 뒤이어 고개를 작게 가로로 저었다. 야트막한 한숨도 함께였다.

"그나마 오수엔 드신다고?"

"예, 그렇습니다."

"오수라도 깊은 잠에 빠질 수 있도록 주변을 잠재우게. 조그만 소란이라도 일어나면 그마저 어지럽혀지니. 자네도 마찬가지이네."

"주의하겠습니다."

자야 할 시각에 제대로 잠을 못 자는 것만큼 병이 되는 것 또한 없었다. 뭉쳐 있던 혈을 풀어주고 다음 날을 위한 기력을 보충하는 게 잠인데 그걸 늘 이루지 못하니 몸은 자연히 약해지기 마련이었다. 약재를 좀 더 강한 걸 써보면 어떻겠냐고 물었던 영휘였지만 태의는 그러면 내성만 더 강해져 이로울 것이 없다고 일렀다. 지금 쓰는 약재도 독만 안 탔을 뿐 충분히 강한 것이라고.

"소부에 일러 오수 전에 국화차를 올리도록 하지."

"예."

딱한 목소리를 내던 태의가 어렵게 발걸음을 돌리고 완전히 시야에서 사라졌다. 이만 물러갈 것을 고하기 위해 운에게로 가니 아까는 미처 보지 못했던 운의 손이 보였다. 영휘는 놀란 마음에 당장에 낮고 경계 가득한 목소리를 내었다.

"폐하! 소, 손이……."

탕약을 들이켤 때 불편할까 봐 왼손으로 사발을 쥐었다. 그래서 아까는 영휘가 발견하지 못했었나 보다. 영휘의 말에 운은 제 손에 참 꼼꼼히도 감겨 있는 천을 내려다보았다. 아, 이거 말이지.

"별거 아니야."

"별거 아니라니요. 산책 중에 변이라도 당하신 겁니까? 제가 당연히 옹위하며 나서야 했던 것인데!"

놀란 마음에 목소리를 높이는 영휘를 십분 이해했지만 운은 가만히 고개를 절레절레 저었다.

"소란 떨 것 없대도."

"폐하!"

호위조차 무르고 혼자만의 시간을 즐기는 것 중에 하나가 바로 달밤, 별궁 앞의 못가로 산책을 나가는 것이었다. 곳곳에 어떤 위험이 도사리고 있을지 모르고 시각 또한 야심하기 그지없는데 어찌 저를 데리고 가지 않는 건지 영휘가 가진 의문 중의 하나이기도 했다.

하지만 운은 그 시간 동안은 철저히 혼자이길 바랐다. 지켜보는 시야가 아무도 없는 곳에서 철저히 혼자서 제 시간을 만끽하고 싶었던 것이다. 오수 또한 마찬가지였다. 건드는 것들에게서 모두 벗어나 환한 햇볕 아래서의 오수. 그도 사실 몇 시진 이어지진 않았지만 그나마 작은 해방과도 같았다.

영휘는 선 자리에서 발을 동동 구를 지경이었다. 저 천에 감싸진 운의 손이 어떤 지경인지 보이지 않기에 그랬다. 운은 소매를 아래로 당겨 더 이상 영휘가 보지 못하게끔 탁자 아래로 내렸다.

"오려고 하던 잠도 네 목소리에 다 달아날 것 같아."

그러니 이만 소리를 낮추는 게 어떻겠느냐, 영휘.

"하오나, 폐하!"

"변을 당할 게 대체 무어가 있겠어? 그랬더라면 진즉 알렸겠지."

"별궁은 찾으래도 찾아갈 수 없는 곳입니다."

그런 영휘의 말에 운이 작게 피식, 하는 웃음소리를 냈다.

"네 말대로 찾으래도 찾아갈 수 없는 곳이다. 대체 변을 당할 게 무어란 말이지?"

영휘는 더 이상 말을 덧붙일 수가 없었다. 그는 감춰진 운의 손으로 시선을 보내며 그저 입술을 앙다물 뿐이었다.

"이만 쉬고 싶은데."

"……물러가보겠습니다."

고개를 숙이고 예를 갖춘 뒤 영휘는 이만 운의 앞에서 물러났다. 그제야 운은 아래로 내렸던 손을 들어 소매를 살짝 걷어보았다.

'그 아름다움을 비할 꽃이 없어 얼마나 안타까운 심정인지 폐하는 아마 모를 겁니다.'

'손끝이 매우 찹니다, 폐하.'

'제가 동행하겠습니다.'

미미한 소용돌이가 잔잔하게 휘몰아치는 듯 툭, 툭 건드는 해준의 음성이었다. 그럼에 운의 얼굴이 홧홧하게 달아올랐다.

"네 속이 대체 무엇이냐."

언제 그 속을 환히 보일 셈이지?

제6장.

불시에 운은 미복잠행을 행하기도 하였는데 그 시기가 좋지 않았다. 국빈 접대를 앞두고 온 궁이 난리인데 잠행을 나서겠다니.

운은 안질이 걸렸다는 핑계를 두며 어전회의를 일찍 파했고, 며칠 동안은 잠잠하게 드러누워 있을 것처럼 했다. 갖가지 치장이 달린 화려한 옷을 벗고 운은 평민들이 입는 차림을 해 머리를 짓누르던 무거운 장신구들도 다 내려놓을 수 있었다. 호위와 동행할 땐 당연 그녀의 최고 호위인 영휘와 함께였으나 운은 영휘에겐 황궁에 머물 것을 명했다. 운의 손에 둘러져 있던 연유를 알 수 없는 천 때문에 가뜩이나 예민한 영휘였다. 그래서 이번 명만큼은 곧이곧대로 따를 수 없다는 듯 그는 얼른 목소리를 높였다. 남자로 변복을 해서 나가는 것도 아니었다. 황룡포를 벗고 황궁을 벗어난 운은 그야말로 가녀린 '여인'의 몸이나 다름없었다.

"거둬주시옵소서, 폐하. 잠행입니다. 잠행을 혼자 가시다니요? 있을 수 없는 일입니다. 더군다나 시국이."

본디 말을 함에 있어서 그리 빠르지도 느리지도 않은 속도를 자랑하던 영휘였으나 방금은 속사포처럼 빨라 잘하면 말을 놓칠 지경이었다. 하는 수 없이 운이 그의 말허리를 끊고 제 목소리를 얹었다.

"안질이 걸린 척 몸져누워 있는 몸이다. 그런데 네가 건청궁을 호위하고 있지 않고 자리를 비우다니. 이건 어불성설이 아니더냐."

"하오나, 폐하."

안위를 살피는 영휘를 모르지 않는 운이었다. 말을 함에 있어서 대꾸 한 번 없는 영휘가 토를 달듯 말을 덧붙여올 경우는 상당히 드물었는데 비단 운의 안위가 걸려 있는 일에만 그러했다. 표정에서도 가득 걱정이 묻어나 있는 영휘의 얼굴을 보며 운은 괜찮다는 듯 부드럽게 입매를 올렸다.

"혼자 가진 않으니 그리 수선 떨 것 없다."

"예?"

듣던 중 다행이었으나 그럼 누굴 대동해서 가는지가 바로 뒤따르는 궁금증이었다.

"태사가 함께 따를 것이다."

"......!"

태사 서해준. 영휘는 그의 이름이 몹시 껄끄럽게도 귀에 박히는 것을 느꼈다. 아까보다 더욱 미간을 좁게 일그러뜨리는 영휘의 표정이 그에 대한 어떤 신뢰도 없음을 증명해 보이고 있었다.

"태사라니요, 폐하? 어찌 그가 잠행에 대동된단 말입니까."

차라리 다른 호위를 데려가느니만 못하다는 말이었다.

"식견을 구하기 위함이지."

"폐하…… 그는……."

겹겹이 벽을 쌓아두고 작은 구멍을 뚫어 살피는 게 오히려 나았다. 행보가 무엇인지, 심중이 무엇인지. 영휘는 생각했으나 그걸 곧이곧대로 입 밖으로 낼 수는 없었다.

"그를 너무 가까이 두는 게 아니온지요."

영휘의 목소리가 칠흑에 깔리는 어둠처럼 낮아졌다.

"그래야 더 잘 보이지 않겠어?"

"폐하."

"도박엔 늘 위험이 도사리는 법이지. 애초에 내가 시작했던 도박이야. 기인지 아닌지 계속해서 시험해볼 참이고."

"……."

더 이상 운을 붙잡고 설 수는 없는 노릇이었다. 그는 운의 결정에 가만히 고개를 숙일 뿐이었다.

황궁을 벗어난 세상이 무척이나 궁금했던 적이 한두 번이 아니었다. 그렇다고 삼시 세 끼니를 챙기듯 잠행을 나설 수는 없는 노릇이었고, 극히 필요하다고 느낄 때나 지극히 황궁을 견디지 못할 때 운은 잠행을 나섰다. 그녀의 잠행이 겉으로나 속으로나 모두 완벽하게 그녀의 사람들이 아닌 다른 이들에겐 절대로 알려져서는 안 되니 잠행은 불시에 행했다.

운이 황제로 즉위한 이래 딱 세 번의 잠행이 있었다. 한 번을 제외하고는 늘 호위인 영휘가 그녀를 따랐고, 보는 눈들과 듣는 귀들이 있으니 그것을 염려해 잠행을 나갔다가 환궁을 하기까지 하루도 걸리지 않았었다. 그런데 이번엔 안질이라는 거짓 명분을 두고 시간을 벌었다. 꼬박 하루는 넘겨볼 셈이었기 때문이다.

"여기서부턴 아가씨라고 부르겠습니다."

궁을 벗어나자 해준이 고개를 숙이고 운에게 말했다.

"그래."

황궁을 온전히 나섰다. 제 나라, 제 땅, 제 백성이긴 하나 모조리 낯선 모습으로 운의 눈에 들어찼다.

"염두에 두신 곳이라도 있습니까?"

"아니."

"그럼 저잣거리로 먼저 안내하겠습니다."

"응."

익숙하지 않은 세상이 주는 알 수 없는 긴장감이었다. 아무도 저를 신경 쓰지 않았다. 누구도 먼저 달려와 황제 폐하, 하며 연신 허리를 숙이며 예를 갖추지 않았고 그저 그네들대로 그네들의 삶이 흘러가고 있을 뿐이었다. 그런 그들을 보며 호기만발함과 두려움이 동시에 찾아들었다. 운은 한 걸음, 한 걸음 해준이 이끄는 대로 따라 걸었다.

"헌데…… 그대, 아니……."

운답지 않게 갈피를 못 잡고 있었다. 그에 해준이 운이 고민하는 수고를 덜어주기 위해 나긋한 목소리로 차분하게 말했다.

"해준, 그냥 해준이라 부르시면 됩니다."

"그래, 해준."

"예, 아가씨."

해준과 함께하는 잠행. 그가 처음 제게 저를 선택하라고 했던 것만큼 피할 수 없는 제안과도 같았다. 고민을 한다는 게 우스울 정도로 매력적인 제안이었다. 그는 꼭 그런 저를 전부 다 헤아리고 말을 하는 것만 같았다.

가장 높은 곳에 앉아 있으나 모든 것을 훤히 볼 수 없던 그녀에게 해준의 이야기는 하나의 통로와도 같았다. 자군이 끼어 있지만 않았더라면 해준은 운에게 더할 나위 없는 귀인으로 다가왔을 존재였다. 마치 마른 가뭄에 단비라도 내리듯 말이다.

부르는 소리에 답을 했던 해준이 가만히 운을 보고 있었다. 달밤 못가에서 그랬던 것처럼 깊은 눈동자가 여지없이 닿아 있음에 운이 얼른 입술을 달싹였다.

"너도 서국에서만 십 년이 아니냐. 본국은 아직 속속들이 잘 알지 못할 것 같은데."

"그런 저를 길라잡이로 택하신 건 아가씨였죠."

"그건……."

말문이 막힐 수밖에 없었다. 이미 읽힌 수였다. 운이 쉬이 말을 맺지 못하고 끝을 흐리니 그에 해준이 개의치 않는다는 듯 느긋한 미소를 지었다.

"걱정 놓으세요. 길눈이 남들보다 배로 밝아 한 번 들었던 길은 절대 잊은 법이 없습니다. 따라오시죠, 아가씨."

그는 일부러 반보를 운보다 앞서 걷기 시작했다.

휘황찬란한 세상이라도 보는 듯 운의 눈이 쉴 틈 없이 빠르게
이리저리 굴러다녔다. 황궁 안에서 구하지 못할 것이 없다고 하지
만 아무렴 알 수 없는 물건들이 잔뜩 있는 저자만 못할 것이다. 쉬
쉬하며 몰래 들여온 미풍양속에 어긋나는 물건들도 곳곳에 더러
있을 것이고.

상인들은 특유의 가진 기를 세워 익숙하고 카랑카랑한 음성으
로 손님 몰이를 했고, 가끔은 상술을 위해 눈속임도 일삼는 것 같
았다. 지방 관리들을 일제히 검토하지 않았더라면 지금쯤 울며불
며 억울함을 토하기 위해 성문을 앞에 두고 진을 치고 있는 이들
이 한둘이 아니었을 거다.

나름의 평화와 평안이 보이는 이 시끌벅적함이 운은 신기하면
서도 좋았다. 어지럽게 얽힌 타래들이 가득한 제 머릿속을 잠재워
주는 소란이 오히려 반갑기까지 했다.

이건 무어냐, 저건 무어냐. 전에 본 적 없던 사소한 것들이 지날
때마다 운은 눈을 동그랗게 반짝이곤 쉴 틈 없이 입을 벌리며 해
준에게 물었다. 서국에서도 오랜 유학을 했던지라 해준에게 저잣
거리를 차지하고 있는 물건 중에 그가 모르는 물건들은 없었다. 다
른 나라에서 들어오는 것들이면 더욱 그의 잡식을 발휘하기에 충
분했다.

"햇볕을 막아주는 데는 안성맞춤이지요."

새까만 알이 박혀 있는 애체를 호기심 가득한 눈길로 묻기에 해

준은 서슴없이 주머니에서 돈을 꺼내 값을 지불하고 운에게 내밀었다.

"이렇게 하는 것입니다."

손잡이를 들어 애체를 가까이 해서 보였다. 일일이 손에 쥐여주고 싶은 마음은 굴뚝이었으나 차마 그럴 수 없음이 안타깝기까지 했다.

운은 해준이 내미는 것을 곧장 받아 들고 해준이 보여줬던 것처럼 똑같이 해 보였다. 너무 까만 시야에 어지러울 뻔했으나 눈살이 찌푸려질 만한 빛이 여과되지 않음에 몹시 신기했다.

"해괴한 물건이로구나."

"서국에서는 이미 통용이 되고 있으나 율국으로 건너온 지는 얼마 되지 않았습니다."

해준의 설명에 고개를 끄덕이며 검은 애체를 눈앞으로 가져갔다가 다시금 떼어냈다가 하는 것을 두어 번 더 반복해보는 운이었다. 마치 어린아이처럼 호기심 가득한 눈으로 이리저리 살펴보며 신기해하는 운의 모습에 해준의 심장이 간질간질거렸다. 덕분에 본의 아니게 해준과 운은 길 한가운데서 멈춰 있는 셈이 되었다. 그럼에 지나다니는 이들이 불편스런 표정을 해 보이다가 양쪽 손에 무거운 짐을 들고 있던 사내가 탁, 하고 운의 어깨를 칠 뻔했던 순간이었다.

"……!"

강한 힘이 운의 양팔을 그득히 감싼 느낌이었다. 본의 아니게 몸이 한쪽으로 치우쳐졌지만 그렇다고 균형을 잃거나 땅으로 고꾸라지는 일은 없었다. 단단히도 붙잡고 있는 해준의 손 때문이었다.

"아무래도 통행에 방해를 주고 있는 듯합니다, 아가씨."

"아…… 그랬구나."

그제야 제 곁을 씰룩거리는 표정으로 지나가는 사내를 발견한 운이다. 그는 아마 빌리서부터 못내 냉담을 가득히 쏘니내고 있었으리라. 한가운데서 완벽히 벗어나고 나서야 운의 곁에서 떠나는 해준의 손이었다. 운은 잠시 멍해져 있던 정신을 바로 하고 손에 들린 애체를 다시금 해준의 앞으로 내밀었다. 그러나 해준은 손사래를 하며 운이 가질 것을 권했다.

"길을 가다 눈이 부시면 사용하십시오."

"……그래."

두 사람은 잠시 지체했던 걸음을 다시 걸었다. 그러던 중 달보드레한 냄새가 운의 후각을 자극했다. 운을 사로잡은 건 다름 아닌 꿀강정이었다. 입에도 대지 않았었던 꿀강정. 운은 혼자서 모든 것이 정지한 것처럼 가게 앞을 지나지 못한 채 그 자리에 우뚝 멈추어 섰다.

"꿀강정입니다."

꽂힌 시선을 해준이 따라갔다. 혹여 모르는 것인가 싶어 무엇인지 알려주는데 말이 끝나기가 무섭게 운의 대답이 들려왔다. 어딘가 모르게 날이 선 목소리가 애체를 볼 때와는 확연히 달랐다.

"나도 알아."

"몇 개 살까요?"

"아니, 됐어."

달뜬 열을 토하고 불덩이가 온몸을 잠식시켜 숨을 뱉는 것조차 고통스러웠던, 그야말로 죽을 뻔했던 고비를 넘겼었다. 사족을 못 쓸 정도로 좋아했던 음식에 죽을 뻔했던 고비라. 그 일이 있은 후에는 두 번 다시 눈에 띄지 못하게 만들었던 것이 바로 꿀강정이었다.

달달한 냄새에 이끌려 꿀강정을 먹고 싶어 할까 봐 해준이 얼른 운의 눈치를 살피며 손가락으로 가리켰지만 이내 운이 고개를 획 젓고는 먼저 성큼성큼 걸었다. 하지만 몇 걸음 떼지 않아 다시금 걸음을 멈췄다. 궁 안에 있는 음식이 아니었다. 진저리가 날 정도로 멀리했던 음식인데 이제 와 뭣 때문에 다시금 저 맛이 궁금해지는지 모를 노릇이었다. 운은 꿀강정에서 시선을 떨어뜨리지 못했다.

"잠시만 기다리십시오."

"……."

그에 해준이 이미 지나쳤던 꿀강정 가게로 들렀다. 그는 인상이 푸근한 상인에게 동전 몇 닢을 지불하곤 그새 꿀강정 두어 개를 사서 운의 곁으로 다가왔다.

"체통을 지키시지 않아도 됩니다. 아무도 여기선 아가씨의 존재를 알지 못합니다."

황제가 손에 길거리 음식을 쥐고 있는 꼴이라니. 괜히 체통을 망치는 모습이 아닌가 싶어 운이 망설일까 봐 해준이 씩, 웃으면서 꿀강정을 먹으라는 듯 내밀었다. 운에게 해준의 그런 말 따위는 귀에 잘 들리지 않았다. 그녀는 내밀어지는 꿀강정을 자연스레 받아 들곤 입가로 가져가진 않은 채 조금 머뭇거렸다.

"정 그러하시다면 시선을 피해 있겠습니다."

제가 옆에서 보고 있는 게 부담이 되기라도 할까 봐 해준은 운에게서 몸을 틀었다. 하지만 여전히 운에게는 그 어떤 소리도 들리지 않았다. 주위에서 소란스레 손님몰이를 하던 것도 모두 조용해졌다. 달짝지근함이 그대로 묻어나 있는 꿀강정만이 오롯이 손에 들려 있기 때문이었다.

"다 드시면 얘기하십시오, 아가씨."

조금이라도 더 경계를 허물고 긴장을 풀었으면 싶었다. 내외라도 하는 모양인지 꾸물거리고 있는 모양새가, 황제에게 수식하지 못할 단어로 퍽 귀여워 보이기까지 했다. 해준은 그에 뒤에 있는 운을 향해 넌지시 말을 하곤 시선을 바삐 다른 곳으로 돌려 이리저리 살피며 있었다.

"……"

해준을 등진 채 운은 조심스레 꿀강정을 입가로 가져갔다. 이상하게 떨렸다. 시끄러울 정도로 온 신경들이 예민하게 서 있는 것만 같았다. 이까짓 꿀강정이 뭐라고 등골에 싸늘한 식은땀까지 흘러내리는지 모르겠다.

운은 이만 고민을 멈추고 한 입 베어 물었다. 혀끝을 찌르르, 하고 감아오는 달보드레한 맛이 느껴졌다. 냄새로만 맡던 것보다 훨씬 더 달달했다. 언젠가 먹어보았던 그 맛이 여전히 변함없이 그대로인 듯했다. 하지만 그렇게 단맛을 음미하는 것도 아주 잠시였다.

이내 퉤, 하고 다 씹지도 않은 강정을 바닥으로 뱉어냈고 속 저 깊은 곳에서 치미는 토기에 괴로운 헛구역질을 해댔다.

"욱, 우웁……."

갑자기 들리는 소리에 해준이 소스라치게 놀란 얼굴을 하고 운을 보았다. 헛구역질을 해대는 통에 운의 목부터 얼굴까지 온통 새빨개졌다.

"폐, 폐하!"

너무 놀란 탓에 그대로 외치고 말았다. 다행히 주변이 소란스러운 통에 그런 해준의 말을 제대로 들은 이들은 없는 듯했다.

나오는 것 없이 계속해서 고통스레 구역질을 하다 운은 정신이 혼미해지고 아득해지는 것을 느꼈다. 빨갛던 얼굴이 언제 그러했냐는 듯 다시금 새하얗게 질렸다. 그리고 그와 동시에 운은 멀어지려고 하는 제정신을 붙잡아 볼 새도 없이 스르르 눈을 감고 온몸에 힘을 놓았다. 해준이 빠른 손길로 쓰러져 내리는 운의 허리를 탁, 하고 잡았다. 혼절이라도 한 듯 그녀는 가만히 눈을 감은 채 아무 대답이 없었다.

"가벼운 혼절이니 곧 깨어날 것입니다."

해준은 운을 안고 가장 가까운 의원을 찾았다. 대체 왜 이러냐고 하도 시끄럽게 굴어 대서 의원이 진맥을 짚는 데 애를 먹기도 했다.

"가벼운 혼절?"

가볍다고 하기엔 상황이 그렇지 않았다. 분명 한 입 베어 물

곧 숨이 곧 넘어갈 것처럼 토악질까지 해댔었는데…….

"예."

"꿀강정…… 이것을 먹고 이리되었네."

해준은 조각이 난 꿀강정을 의원의 앞으로 내밀어 보였다. 혹여 독이라도 있는 게 아닌지, 그도 아니면 사람이 먹는 음식에 장난질을 칠 요량으로 불량한 성분이 있는 것은 아닌지 소상히 밝혀보란 의도였다. 의원은 알겠다는 듯 해준을 향해 고개를 끄덕이고 잠시 시간을 달라 하였다.

운이 그렇게 쓰러지자 앞뒤 가릴 것 없이 혼겁하게끔 달린 탓에 해준의 이마엔 흥건하게 땀이 맺힌 채였다.

"이게 대체 무슨……."

마치 횡액이 닥친 것만 같았다. 여전히 질겁한 채로 누워 있는 운의 얼굴을 해준이 안쓰러운 표정을 하고 내려다보았다.

그렇게 한참이 지났을까. 의원이 기척을 내며 해준에게로 다가 왔다.

"별다를 것 없는 주전부리입니다."

"확실한가?"

"예."

"……알겠네."

"탕약을 달여 올리겠습니다. 잠에서 깨어난 뒤 속을 편안하게 해주고 정신을 맑게 해줄 것입니다."

"그리해주게."

해준은 긴 한숨을 내쉬었다. 애초에 그것을 받아 들고 선뜻 입가로 가져가 먹기를 망설였던 운의 모습이 순간 스쳤다. 그저 별다를 것 없다는 꿀강정이었을 뿐인데. 대체 무엇 때문에 이리되었을까.

가슴께를 억세게도 짓누르는 듯한 통증이었다. 머리가 곧이라도 부서질 것처럼 아팠고, 누군가가 두 손으로 힘껏 목을 옥죄는 듯 답답했다. 발끝부터 뻣뻣하게 굳어가는 느낌이 징그럽고 무서웠다.

"……하."

눈에서는 어느새 눈물이 맺혀 뺨을 타고 흘렀다. 밖에, 밖에…… 누구 없느냐! 시종장! 영휘! 태의, 제발 태의를 부르라! 내 말이 들리지 않더냐! 서둘러라! 서둘러 태의를 불러 오라!

"……폐하."

손을 공중으로 휘휘 저었다. 공기가 지나가는 길이 답답해 자꾸만 컥컥 힘겨운 소리가 났다. 금방이라도 숨이 멎을 것만 같았다. 어디서부터 비롯된 것인지 모를 피가 입술 새로 고통스럽게 튀어나왔다. 정리된 도포 자락이 구겨지고 뱉어진 피로 인해 붉게 물들었다. 혈이 흐르지 않아 중간에서 탁탁 막혔다. 살기 위해 박동하던 것들이 모두 제 움직임을 멈추고 죄다 죽어가는 느낌이었다.

"폐하!"

말 그대로 사경을 헤매는 듯한 착각이 일 정도로 잔드근한 고통이었다. 순간 들리는 목소리에 탁, 하고 정신이 돌아왔고 가파른 숨을 힘겹게 뱉으며 운은 눈을 뜨고 자리에서 튕겨 일어나듯 허리를 곧추세웠다.

"악몽이라도 꾸신 겁니까?"

반쯤 풀린 동공이었다. 운은 그제야 목소리가 들리는 쪽을 보았다. 미간을 잔뜩 구기고 걱정을 담은 눈으로 저를 보고 있는 해준이었다. 그녀는 소매로 자신의 이마에 맺혀 있는 땀을 힘없이 훔쳐냈다.

"여기…… 여기가 어디냐."

"의원입니다. 갑자기 길에서 혼절을 하시는 바람에 경황이 없어 가장 가까운 의원으로 달려왔습니다."

"……."

동그란 창으로 새어 나오는 빛이 없었다. 실내를 밝힌 몇 개의 초만이 간간이 사람의 잔영을 또렷이 해줄 뿐이었다. 아직도 가쁜 숨을 내쉬는 통에 운의 어깨가 불규칙적으로 들썩들썩거렸다.

"드시지요. 도움이 될 거라 했습니다."

해준은 탕약을 운의 앞으로 내밀었다. 운은 힘없이 그걸 받아들며 꿀꺽꿀꺽 들이켰다. 그나마 가빴던 숨이 진정이 되는 듯 보였다.

"환궁을 명하시면 채비를 하겠습니다."

"……아니."

그럴 기운조차 없었다. 운은 절레절레 고개를 저었다. 그녀는 다시금 몸을 뉘였다. 모든 긴장이 한꺼번에 날아간 듯 축 처졌다.

"그럼 나가보겠습니다."

걱정이 되어 깨어날 때까지 옆에 있었지만 이제는 물러가야 했

다. 해준은 짧게 고개를 숙인 뒤 자리에서 일어나려 했지만 쉬이
그러질 못했다. 제 옷깃을 꼬옥, 잡아오는 운의 손길이 있었기 때
문이었다.

"가지 마."

"……!"

땀에 젖은 머리칼에 힘없이 갈라진 음성을 뱉는 운이었다. 과연
제가 들었던 말이 진짜였는지, 아니면 그저 이명이었는지 분간이
되질 않았다. 그게 환청이 아니었음을 증명이라도 하듯 해준을 올
려다보는 운의 눈길이 애처로워 보이기까지 했다.

퍼석퍼석하게 마른 입술을 보고 있는 해준의 가슴이 누군가 짓
이기는 것처럼 아팠다. 무엇이 그녀를 이렇게까지 고통스럽게 만
들고 있는 걸까. 단 한 번도 보인 적 없었던 가냘프고 나약한 모습
이었다. 다 무너질 것처럼 애달팠다.

"……."

"곁에 있어. 아무 데도 가지 마."

두려움이 엄습했다. 그 어느 곳에도 들어간 힘이 없는 것처럼
몸을 늘어뜨리고 있으면서 해준의 옷깃을 잡은 손가락엔 얼마나
힘을 주고 있는 건지 파들파들 떨리기까지 했다. 그 진동이 그대로
전해졌다. 해준은 다시금 자리에 앉았다.

"편히 주무십시오."

"단 한시도 자릴 비우지 마."

황량하고 매서운 바람이 오로지 저만을 위해 몰아치고 있으니
그것을 잠재워줄 누군가가 필요했다. 이 어둠을 그나마 환히 해줄

해준이 당장 운에겐 절실했다. 운은 여직 대답이 없는 해준을 보며 힘겹게 눈을 깜빡였다. 대답을 서두르란 표시와도 같았다.

"그러하겠습니다."

"중간중간 눈을 뜰 것이야. 한시도 사라지면 안 돼."

다짐을 받아내는 것처럼 그랬다.

"예, 폐하."

운은 천장을 보며 눈을 몇 번 깜빡깜빡하는가 싶더니 이내 스르르 눈을 감았다. 여전히 해준의 옷깃을 쥐고 있는 채였다.

"······."

짙은 악몽이 운을 괴롭히고 있는 것처럼 감은 두 눈이 편하지 않았다. 여전히 불규칙하게 들썩이고 있는 운의 가슴께와 숨소리가 일정한 속도를 찾을 때까지 해준은 가만히 그런 운을 내려다보았다. 손가락이라도 잘못 놀리면 부러질 듯 처연한 모습에 마음 한 구석이 따끔따끔거렸다. 눈가를 간질일 것처럼 내려와 있는 운의 앞 머리칼을 올리기 위해 살짝 팔을 들려던 찰나, 꼭 쥐어진 옷깃에 더한 힘이 가해졌다. 그러곤 아직 깊은 잠으로 빠지지 못한 운의 퍼석한 목소리가 다시금 해준의 귓전을 울렸다.

"······가지 마."

기별도 없이 환궁이 늦어졌다. 안질이란 허구인 변명거리도 이제 시한을 얼마 남기지 않고 있을 때였다.

"폐하!"

이틀 새 무슨 일이 있기라도 한 모양인지 눈에 바로 보일 정도

144

로 수척한 모습으로 돌아온 운이었다. 힘없이 터덜터덜 걷는 걸음에 영휘와 그녀의 시종들이 모조리 그녀에게로 신경을 곤두세웠다.

"어찌 된 일입니까, 폐하!"

쓰러질 것처럼 의자에 앉는 운에 환관이 혼비백산한 표정을 감추지 못했다. 잘근잘근 입술을 깨물고 있는 영휘는 말할 것도 없었다. 그러고는 동행을 했던 태사에게로 그 날카로운 눈빛을 여과 없이 쏘았다.

"변고라도 생긴 것입니까?"

뚝뚝 떨어지는 말투가 그대로 해준에게 적의를 보이고 있었다. 해준이 무어라 말을 달기 위해 입술을 떼기가 무섭게 먼저 운의 목소리가 들렸다.

"영휘, 괜한 소란을 피울 것 없다."

"폐하."

"내가 고집을 피워 환궁이 늦어졌던 것뿐이다."

눈 한 번 제대로 붙이지 못하고 오롯이 제 옆을 지켰었던 해준이었다. 얼마나 정성이었던지 이마에 송골송골 땀이 맺힐 때마다 마른 수건으로 일일이 이마 위를 쓸었던 그 느낌이 아직도 이마 언저리에 남아 있는 듯한 착각이 일 정도였다. 기나긴 한숨이 간간이 귓전을 타고 들렸고, 다른 곳으로 감히 시선을 옮길 엄두조차 못낸 채 제게로 박혀왔던 시선은 눈을 감고도 알 수 있었다. 정신을 제대로 차릴 생각조차 않은 채 밤새 앓은 것은 저였는데도 불구하고 해준의 얼굴 또한 까칠하기 이루 비할 데가 없었다.

"태사는 이만 물러가도 좋다."

"예, 폐하. 신, 이만 물러가보겠나이다."

소임은 다한 셈이었다. 해준은 아직도 완벽하게 제 낯으로 돌아오지 못한 운을 보며 차마 떨어지지 않는 걸음을 억지로 떼 건청궁을 나섰다.

무겁고 어두운 근심을 잔뜩 얹은 표정으로 궁정의 문을 향해 걷고 있던 와중이었다. 이제야 등청을 하는 건지 때마침 반대편에서 걸어오던 광록대부 백염이 먼저 해준을 발견하고 알은체를 했다.

"젊은 사람이 벌써부터 그런 얼굴을 하고 있으면 쓰나?"

"등청하시는 길이옵니까?"

"그런 셈이지. 헌데, 어찌 표정이 그리 어두운 겐가?"

아무것도 아니라며 그냥 지나칠까 하다가 해준은 문득 광록대부라면 제게 답을 줄 수 있지 않을까 하는 생각에 걸음을 세우고 그를 보았다. 그는 확실히 황제인 운의 편에 서 있는 사람이다.

"여쭐 것이 있습니다."

"내게?"

"예."

어떤 수심을 가지고 있기에 해준이 이런 표정을 하고 있는지 안 그래도 궁금하던 차였다. 물을 것이 있다고 하는 해준에게 백염은 알 수 없는 얼굴을 한 번 해 보이고는 이만 고개를 끄덕였다. 과연 제가 해준이 가지고 있는 물음에 해갈을 줄 수 있을지는 의문이었지만 말이다.

두 사람은 주위를 살피며 사람들이 많이 드나들지 않는 곳으로 자리를 옮겼다. 인적이 이미 드물었는데도 불구하고 해준은 재차 주변에 보는 눈과 듣는 귀가 있진 않은지 경계를 하는 것을 잊지 않았다.

"밀고라도 할 셈인가?"

무거워진 표정을 잠시라도 풀어보고자 광록대부가 농으로 던졌지만 딱딱하게 굳어 있는 해준의 얼굴을 펴질 줄을 몰랐다.

서두를 어떻게 풀어야 좋을지 해준은 잠시 고민했다. 황제가 시전에 흔히 있는 주전부리인 꿀강정을 먹고 사경을 헤맬 정도로 고통에 시달렸다. 독도 묻어 있지 아니한, 그야말로 아무것도 아닌 꿀강정에. 그렇다고 황제와의 잠행이 있었다고 곧이곧대로 알릴 수도 없는 노릇이었다. 그는 턱 끝을 매만지며 있다가 결심을 한 듯 목소리를 최대한으로 죽였다.

"폐하께서 혹여 못 드시는 음식이라도 있으십니까?"

"그건 소부에 물어야 옳은 답을 구할 수 있을 텐데?"

"그러니까 제 뜻은……."

해준이 말을 다 잇지 않아도 그가 무슨 의도로 말을 했는지 광록대부는 알아차렸다는 듯 아, 하며 고개를 끄덕였다.

"아주 어릴 때부터 좋아하던 다과가 있었네. 꿀강정이었지."

"……!"

"수라를 들고 나면 습관처럼 찾던 그 다과에 독을 묻혀 감히 황상을 음해하려던 이들이 있었네."

좋아해 마지않던 음식이었으니 독살을 하기에 그야말로 안성맞춤이 아니던가? 하며 광록은 말을 계속해서 이었다.

"소량만 베어 물었던 탓에 다행히 목숨에 지장은 없었으나 그
날, 황궁에 피바람이 한차례 불었었지. 소부에 있던 모든 자들이
축출을 당하고 그 뒤로 가장 까다롭게 관리되고 있는 곳이네."

"……."

"알고 있는 게 있는 모양이지?"

"그게 아니라……."

광록대부는 해준을 향해 미묘한 웃음을 걸었다.

"찔러도 피 한 방울 안 나올 것처럼 강직할 것 같지만 그렇지 않
네."

"……."

"곳곳에서 어떻게 도려낼지 궁리를 하며 도사리고 있는 시선들
이 있지."

가슴에 먹먹한 통증이 일었다. 습관적으로 찾을 정도로 좋아하
던 음식. 거기에 묻혀 있었던 독. 죽을 뻔했던 고비.

그저 아무것도 아닌 꿀강정이 아니었다. 해준은 이내 눈앞이 아
득하게 멀어지는 느낌에 수분기가 차곡차곡 올라오는 듯했다. 시
간이 흘렀어도 그때의 충격이 잊힐 리는 없을 것이었다. 덤덤하고
무감각했던 표정 뒤엔 수많은 공포와 두려움에 몸을 떨고 있었을
거다.

식은땀을 뻘뻘 흘려가며 제 소매를 우악스럽게도 놓지 않았던
그 손길이 아직도 곁에 머무는 것 같았다. 간간이 실눈을 뜨며 곁
에 있는지 없는지 확인을 했던 그 눈동자까지도 모조리 생생했다.

여린 몸이 산속에서 호랑이에게 물리기라도 한 것처럼 파들파들 떠는데 참으로 낯설었던 운의 모습이었다.

절로 고개가 기울었다. 무릎이 어쩔 수 없이 땅으로 박혀 들었다. 광록대부가 바로 앞에 서 있는데도 불구하고 해준은 다리에 힘을 줄 수가 없었다. 형용할 수 없는 고통 속에 시달리고 있었던 운이었다. 모든 것에 날카로운 경계를 세우지 않으면 안 되는. 감히 제가 짐작했던 것보다 더한 고통을 뒤집어쓴 채 이 나라, 율국의 황좌에 앉아 있는 운이다.

"진정으로 황상을 위해 보필할 자가 필요하네."

"……."

"이 형국을 자네도 잘 알지 않는가?"

이젠 모른다고 할 수가 없는 처지인 것도.

"아직도 난 자네를 알 수 없네. 혹여 이것도 내 목에 검을 겨누기 위한 구실일지도 모르지."

"……."

"그럼에도 도박을 걸어봄 직한 사람이지. 자네는. 등을 돌리지 말아줬음 싶고."

"저는."

말없이 백염의 말만 듣고 있던 해준이 고요하게 제 입술을 움직였다. 그에 백염도 말허리를 끊지 않으려고 가만히 문장이 다 맺어지길 기다렸다.

"이미 선택을 했습니다."

"그래?"

굵은 눈썹이 해준을 들여다보며 인자하게 꿈틀거렸다.

"듣던 중 가장 반가운 소리구먼."

달그락, 달그락. 탁자 위에 놓인 애체를 손으로 장난을 치듯 집었다가 놓았다가 하는 것을 반복하는 운이었다. 그녀의 옆엔 언제나 그랬듯 병위가 고요히 서의 자리를 지킨 채고 있있다.

"머릿속에 들어가보고자 했던 것은 나였었는데 그가 먼저 내 의중을 읽어버렸더군."

"……."

해준을 일컫는 말이었다. 영휘는 놀란 눈을 잠재우며 잠자코 운이 말을 다 마칠 때까지 기다렸다.

"내가 그를 향해 의심의 눈초리를 풀지 않고 있다는 걸 그렇게 잘 느끼고 있으면서도 그는 물러나지 않았어."

"맞서야 할 건 더더욱 아니지요."

"충분히 그럴 수도 있지 않아? 등에 업고 있는 것들이 어쩌면 나보다 어마어마한데."

"폐하."

잔드근하게 붙어 있던 눈빛이 마치 방금 전의 일처럼 생생했다. 달밤 연못에서도 그러했고. 묘하게 가슴 한구석을 두드리는 그 눈이 뇌리에서 쉬이 떠나질 않았다. 과연 그가 품은 것은 무엇일까. 그 머릿속에선 무슨 생각을 하고 있을까.

"한시라도 경계를 풀어선 아니 됩니다. 아직 아무것도 확인된 게 없지 않습니까."

"그래."

나도 알아. 등을 돌려 언제, 어떻게, 어디서 날 죽일까 호시탐탐 기회를 엿보고 있는 승상, 한자군에게로 갈지도 모를 일이지.

"그런데 말이야."

나는 어쩐지 그가 믿고 싶어졌어. 경계를 허물고 온전히 내 사람으로 맞이해 날 좀 더 굳건히 해줬으면 싶어. 이상한 마음이지.

제7장.

넘실거리는 바람이 볼을 간질였다. 해준은 조용한 걸음을 옮겨 달밤에 운을 보았던 연못으로 당도했다. 맑은 하늘 위로 두둥실 구름이 떠다니고 있었고, 수면이 햇빛을 받아내느라 눈이 부실 정도로 반짝이고 있었다. 그날 밤, 운이 그랬던 것처럼 해준은 똑같이 무릎을 구부리고 앉아 못 위로 물장구를 쳐다보았다. 가볍게 튀긴 물장구에 가만히 떠 있던 연꽃들이 하나둘 움직이기 시작했다.

"……"

평화로움 그 자체였다. 질서 정연하지 못한 머릿속이 개운하지 않았다. 오랫동안 방치해둔 것 같은 별궁의 층계를 올랐다. 꽁꽁 숨어 있는 것처럼 있는 별궁이라 그 어떤 용도로도 쓰이지 않는 것 같았다. 긴 한숨을 내쉬며 잠시 쉬기 위해 엉덩이를 걸치고 앉아 눈앞의 경치를 바라보았다. 한낮의 볕이 참 맹렬하게도 저를 비추는 것 같아 해준은 앉아 있던 몸을 일으켜 이내 별궁 안으로 들어섰다.

"어라?"

바깥에서는 초라하고 볼품없는 태를 보이고 있는 별궁이었는데 막상 안은 그렇지 않았다. 수북이 쌓인 먼지는 고사하고 청결한 내부 상태가 아주 관리가 잘되고 있는 듯했다. 누구의 처소로도 쓰이지 않고, 별다른 목적으로 둔 것도 아니면서 안을 이렇게나 잘 관리하고 있다니. 이왕 관리를 할 요량이라면 외부도 신경을 쓴다면 좀 좋지 않을까.

별스럽게 답지 않은 오지랖을 피우며 해준은 한 발, 한 발 점점 별궁 안으로 걸음을 옮겼다. 아담하고 소박한 크기 탓에 별궁 안을 둘러보는 건 그리 오래지 않을 거라고 생각하고 있던 차, 살이 촘촘하게 짜인 옅은 색의 긴 발이 내려와 있는 곳을 발견하게 된 해준이었다. 그 발 또한 먼지 한 톨 없이 깨끗했다.

"뭘 이렇게까지……."

뭐, 그리 대단한 곳도 아닌 것 같은데 이상하리만치 사람의 손길이 많이 닿아 있었다. 괜한 핀잔을 하며 해준은 무슨 생각이 앞선 건지 그냥 저도 모르게 발을 걷어보았다.

"……!"

둥근 창의 창호지를 여과한 햇살이 알맞은 조도를 뽐내며 안으로 들어오고 있었다. 발을 걷자마자 훅, 코를 향해 끼치듯 향기가 나는 것으로 보아 지금 피어지며 연기를 내고 있는 것은 일반 초가 아닌 향초가 틀림없었다. 언제 비웠을지는 모르나 아직 반 정도

남아 있는 찻잔 또한 눈에 들어왔다. 그러나 더욱이 눈길을 사로잡
았던 것은 이불을 덮고 고요히 눈을 감고 있는 운이었다.

"폐……!"

혹여 옥체에 변고라도 생겨 쓰러져 있는 것은 아닐까, 하는 마
음에 해준은 재빠르게 운이 누운 침상으로 향했다. 며칠 전, 잠행
을 나갔을 때처럼 고봉에 심신 뭄늘 에베는 신 이빈시 님머기 끼
득 밀려왔다.

그러나 가까이 다가서면 다가설수록 규칙적으로 들리는 숨소리
가 조용히 울리고 있었고, 눈꺼풀이 떨리지 않고, 가만히 미동조차
없는 걸 보니 깊은 잠에 빠진 듯 보였다. 한마디로 운은 낮잠을 청
하고 있는 중이었다. 기척 소리가 분명히 났는데도 불구하고 여전
히 쌔근쌔근, 숨소리가 끊어지지 않고 들렸다. 누군가가 제 공간에
발을 들인 것조차 까맣게 모른 체 하염없이 달콤한 꿈속을 걷고
있는 것만 같았다. 해준은 그제야 이 내부가 어찌하여 그렇게 완벽
하게 관리가 돼 있는지 알 수 있었다. 황제가 오수를 드는 곳이었
다. 이를테면 황제의 비밀 처소나 다름없었다.

"……"

길을 반드시 잘못 들어 주변을 헤매어야만 올 수 있는 이곳, 별
궁. 황제가 아끼는 작은 정원이 있는 곳이기도 했다. 그녀는 아무
도 찾을 수 없는 이곳에서 주위의 모든 시위를 물린 채 온전히 혼
자가 되어 저만의 쉼을 보냈을 테지. 오로지 황제 본인만이 허락된
곳, 그런 곳을 제가 알게 돼버렸다.

운은 잠에서 금방 깨어날 것 같진 않았다. 해준은 침상 한 계단

아래로 내려가 한쪽 무릎을 세우고 앉았다. 이 무슨 무엄한 행태인가. 저는 자꾸만 선을 넘고 있었고, 도를 저버리고 있었다. 그것도 다름 아닌 이 나라의 천자를 상대로. 감히 미치지 않고서야 이럴 수는 없는 노릇이었다. 당장에 목숨을 취하여 가져가고 가문을 모두 멸한다고 해도 저는 그 어떤 한마디도 변명을 할 수가 없었다.

해준은 그저 제 소리를 다 죽인 채 오롯이 운을 향해서만 눈길을 쏟았다. 미간이 한 번 좁아짐 없이 가장 평온한 얼굴을 하고 있는 모습이 마치 못가에서 운의 미소를 보았을 때와 비슷했다. 짓이겨오는 거대한 현실을 감내하고 있는 이 작은 여인이 안쓰러웠다. 당장이라도 바스러져 가루가 될 것 같은데 여전히 두 다리에 힘을 주고, 살기를 뿜는 눈이 애석하게도 사람의 심장을 돌로 후비는 듯했다.

더 이상 가만히 있을 수는 없었다. 해준은 속으로 품고만 있던 것에 대한 해갈을 완벽하게 보기 위해 직접 태의를 찾았다.

태의는 해준의 존재를 모르지 않았다. 태사의 자리에 있다고는 하나 승상이 데려온 사람이었고 당연 황제인 운이 경계해야 할 인물 중 하나라고 그는 생각했다. 때문에 갑작스레 저를 찾은 연유가 몹시 궁금한 한편, 긴장을 놓을 수 없음에 침을 삼켰다.

"대답을 바로 않으시면 겁박을 하는 수밖에 없습니다."

"가당치도 않습니다, 태사."

그는 흰 수염을 못마땅하다는 듯 쓸어내리며 괜히 큼큼, 하고 목소리를 가다듬는 시늉을 했다.

"탕약에 대해 알고 있습니다."

"타, 탕약이라니?"

"매일 축시가 되면 건청궁으로 향하더군요. 것도 태의께서 직접."

태의가 해준이 늘어놓는 말에 놀란 듯 눈을 동그랗게 떴다. 내□에 밀고□도 □ □□□ 있□ 않□ □□ □□□ □□를 □이었기 때문이다. 하지만 그는 이내 흐트러지는 눈을 바로 하고 다시금 해준이 제게 무슨 말을 하는지 당최 못 알아듣겠다는 표정을 했다.

"지금 태사가 무슨 소리를 하는지 도무지 알 수가 없습니다."

슬쩍 시선을 피하려고 하는 태의의 팔을 해준이 아프게도 탁, 하고 잡아챘다.

"어허! 이게 무슨 짓입니까!"

"당장 폐하께 가서 아뢸 수도 있습니다. 그렇다면 태의도 의심의 눈초리를 피할 수는 없을 텐데요?"

소부의 기강이 흐트러져 있으니 또 한 번 피바람이 불어닥칠지도 모를 일이었다. 이래도 말을 할 수 없을까.

"모르는 일입니다."

"태의."

해준은 낮은 어조로 거의 으르렁거리다시피 태의를 보았다.

"시침을 떼는 것도 정도껏 하십시오. 분명 서두를 붙였습니다. 대답을 바로 않으시면 겁박을 하는 수밖에 없다고요. 설마하니 제가 못 할 거라 여기시진 않을 테고."

대답을 바로 않으면 영영 놔주지 않을 것처럼 태의를 붙잡고 서 있는 해준이었다. 태의는 그야말로 난처하고 곤혹스러운 표정을 감추지 못했다. 대체 어찌하여 해준이 알고 있는지 그게 가장 궁금할 뿐이었다.

"밀고자라도 있는 것이군! 그는 물론 자네까지 황상께서 가만두시지 않을 터!"

"질 낮은 행위를 일삼고 싶진 않으나 태의께서 계속 이리 나오신다면 그 밀고자가 태의가 되실 수도 있지요."

"이보게, 태사! 어찌 이러시는가!"

빠져나갈 틈이 없었다. 그의 눈이 그렇게 말을 하고 있었다.

"폐하의 안위를 염려하는 마음에서입니다. 믿어주세요, 태의."

해준은 최대한 진정을 실은 목소리로 말을 하고 있었지만 그래도 태의는 결심이 서지 않는 모양이었다.

"그런 자가 지금 나를 겁박하고 있지 않습니까!"

"이렇게라도 않으면 아무 말도 들을 수 없다는 것도 잘 알고 있지요."

"……."

이각에 달할 정도로 태의는 말없이 해준을 보고 있기만 했다. 하지만 그것도 잠시, 물러날 기미가 없는 그를 보며 한숨을 길게 내쉰 뒤 입술을 달싹였다.

그리고 태의의 말이 끝나자 해준의 눈이 흔들렸다.

지독한 불면증에 시달리고 있단다. 야심한 시각, 습관처럼 탕약을 먹어도 기침하는 시간이 이르면 일렀지 절대로 늦어지는 법이 없다고 했다. 과할 정도로 곤두서 있는 신경이 너무나도 예민해 탕약으로도 잠재워지지 않는단다. 갖은 방법을 다 쏟아보아도 변하지 않는 건 매한가지였다.

그래도 다행인 건 낮잠을 자는 것이었다.

운이 어디에서 오수에 들고 있는지는 태의는 모른다고 하였다. 아는 이들은 아마 손가락에 꼽을 만큼 드물 것이라고도 했다. 모든 것들이 짝을 맞추는 것처럼 번뜩번뜩 해준의 뇌리를 스치고 지나갔다. 축시, 그 야심한 시각까지 침수에 들지 못함에 습관처럼 탕약을 찾았던 것이겠지. 잠에 빠진다 하더라도 몇 시진이 안 돼 바로 눈을 뜰 테고.

"이럴 수가 있나."

한 나라의 황제가 마치 풍전등화처럼 위태롭게 서 있는 꼴이었다. 해준은 탁, 하고 제 이마를 짚었다.

은현각이 아닌 다른 곳에서 해준이 승상과 보기를 청했다. 고개를 빼꼼 내밀어 저의 행태를 관찰하고 있는 그 눈을 이제는 그만 거두어주었으면 싶어서였다. 미리 도착해 있는 해준을 찾은 승상의 낯빛이 썩 좋아 보이진 않았다. 그도 아마 장소가 은현각이 아니라는 데서 해준의 답을 반쯤은 눈치챈 것 같았다.

"은현각만큼 대단한 곳은 아니지만 잔을 기울이기에 그다지 누추하진 않을 겁니다. 앉으시지요."

가리키는 자리에 말없이 의자를 빼어 앉자, 긴장을 띈 정적이 자군과 해준 사이에서 흘렀다. 피하려야 피할 수 없는 대면이었다. 자군은 이미 해준의 분위기를 물씬 느끼고 있는 중이었다. 괜히 느긋한 척, 잔을 목구멍으로 넘기고 있었지만 그의 심경엔 해준을 보는 못마땅함과 괘씸함이 공존하고 있었다.

"황상께서 자네를 자주 찾으신다지."

"예."

"그래, 어심은 얼마나 얻은 것 같은가?"

"아직 멀었습니다."

"아직, 이라?"

자군의 눈썹이 꿈틀거렸다.

"예."

"나흘 뒤에 사냥을 나가는데 자네가 함께한다더군."

"그렇습니다."

"태사."

적자가 아닌 자가 율국을 이어받아 가니 나라의 지반이 굳건치 못하고 흔들리고 있었다. 하여 정통 귀족 출신인 제 집안이 황궁을 보필하려 했지만 뜻이 맞지 않았다. 오염에 오염을 거듭하고 있는 이 나라 율국의 형국이 안타까우니 직접 권좌를 차지해도 이상할 것은 없었다. 모두들 뜻을 그렇게 모으고 있는 와중이기도 했다. 오래도록, 아주 오래도록 꾀하여 온 일이었다. 선대 황제를 몰아내고, 이젠 시간만을 문제로 두고 있는 여황제가 남아 있는 것이다. 거사였다. 이 대단한 거사를 두고 멍청하게 사리 분별을 똑바로 하지 못하는 자라니. 절로 혀가 끌끌 차였다.

"말씀하시지요."

"속내가 대체 무엇이지?"

낮은 그의 목소리가 마치 일갈을 하는 것도 같았다. 하지만 눈한 번 깜빡이는 것 없이 해준은 제 생각을 그대로 드러냈다.

"저는 환심으로 어심을 얻으려는 것이 아니라 진정으로 어심을 얻으려는 것입니다."

"……진정으로 어심을 얻는다라?"

"그렇습니다."

대척, 그건 저와의 대척을 뜻하는 바와도 같았다.

"이럴 거라면 애초에 자넬 불러들인 내가 무엇이 되는가?"

"직접 탐하고 계시질 않습니까."

운의 시선을 흩트릴 계책으로 저를 본국으로 불러들인 것일 테고. 어차피 제 본의를 세우기 위해 떨어져 나가는 가짜 상술밖에 되지 않았다.

"본의 아니게 이 풍파에 휩쓸리게 만드신 건 승상이십니다. 이왕 휩쓸린 거 저는 좀 더 옳은 방향으로 움직이는 것뿐인데 무엇이 잘못되기라도 하였습니까?"

설마하니 미색에 이끌려 연정에 휩싸이는 그런 아둔한 짓을 하고자 하는 걸까? 꼴에 사내라고? 선대 황제가 지른 어마어마한 실수와도 같은 격을 이루려 하다니, 쯧쯧.

"청영은 내어줄 수 없네."

"말이 다르지 않습니까? 승상께선 사냥에만 나서달라고, 그거면 된다고 했던 것을 아직 기억하고 있습니다만."

이제는 속뜻을 숨길 필요가 없다는 듯이 해준이 말을 마치자마자 승상은 한쪽 입매를 끌어 올려 바로 앞의 해준을 놀리듯 웃었다.

"가문의 명예는 그렇게 찾을 수 있는 것이 아니지. 젊은 사람이 혜안이 여직 부족한 모양이야. 아니면 너무 본국을 오래 떠나 있어서 그런 건가?"

"……."

"타고난 얼굴이 여러 사람의 생을 불운 속으로 집어넣는구먼."

"승상."

탁, 소리 나게 잔을 내려놓은 자군이 해준이 저를 부르는데도 불구하고 이만 자리에서 일어났다. 그리고 휘적휘적 문을 향해 걸어갔다.

"자네를 얻었다고 하여 황상이 힘을 쓸 수 있을 것 같은가? 어림없지. 어디 한번 두고 봄세."

말을 맺음과 동시에 불편한 그의 심기가 드러나 보이게 탁, 닫히는 소리가 마지막으로 해준의 귓전을 때렸다.

"폐하, 광록대부 백염이 알현을 청하나이다."

백염이 들었단 소리에 운이 하던 것을 멈추고 그를 반길 준비를 했다.

"들라 하라."

"신 백염, 폐하를 뵙습니다. 홍복을 누리소서."

안으로 들자마자 백염이 깍듯하게 운을 향해 예를 갖췄으나 운은 얼른 손을 저어 그가 허리를 다시금 세우도록 했다. 운에게 백염은 황궁에서 의지할 수 있는 그나마 몇 안 되는 저의 사람들 중 하나였다.

"박 상궁 있느냐."

"예, 폐하."

다과상을 올리라 명하고 운은 백염이 좀 더 가까이로 다가와 앉을 것을 명했다.

"안질은 좀 어떠신지요, 폐하."

"이제 좀 괜찮네. 그래, 내 안위는 이쯤 하고, 따로 알릴이 있어서 온 것일 테지."

"……."

백염은 둘만 있기를 바라는 듯 살짝 고개를 숙이고 주변을 물러줄 것을 청했다. 그에 알겠다는 듯 운이 영휘를 포함한 모두를 물러가게 했다.

그제야 광록대부가 조용히 낮추던 숨을 또박또박 뱉을 준비를 했다. 후, 하며 다과에 함께 올라온 차를 한 모금하기에 알맞게 식히는 건 아주 잠시였다.

"태사, 서해준 말입니다."

찻잔을 들고 있던 운의 손이 멈칫했다. 그녀는 그의 이름에 최대한 아무렇지 않은 척 고개를 끄덕였다.

"그래, 태사. 태사는 왜?"

"그 이후론 은현각에 나타나는 법이 없었다 들었습니다."

은현각. 그것이 주는 의미는 구태여 설명을 붙이지 않아도 운도 잘 알고 있었다. 승상과 함께 도모하는 자들이 무언의 약속처럼 모여드는 곳이었다. 그곳에 한 번이라도 가담한 자들은 곧 황제와 뜻을 달리하는 자들처럼 운에게 낙인이 찍혔다.

"······그래?"

"예, 저쪽도 적잖이 당황한 듯 보였습니다. 태사의 자리에 올랐으나 그들의 손을 직접적으로 잡아준 적이 없지 않습니까?"

"그렇지."

차가 적당히 식은 것 같아 보이자, 운은 그것을 한 모금 하며 대꾸를 했다.

"갈피를 잡은 게 아닌지 조심스레 사료되옵니다."

그는 생각이 깊었다. 절대 허투루 말을 흘리는 법도 없었으며 진정으로 진실한 것만을 운에게 고했다. 그가 믿어도 될 자라고 언질을 줬던 사람 중의 단 한 명도 운에게 등을 보인 자들은 없었다. 그만큼 운에게 굳은 신뢰를 주기도 했던 백염이었다. 사람을 봄에 있어서 오래도록 생각을 하는데 그런 백염이 해준을 들먹였다. 그것도 갈피를 잡았다는 말로. 그의 목소리는 낮고 매우 진중했다.

"······."

잠시 정적이 흘렀다. 아무리 백염의 말이라고 한들 속단을 하기엔 이를 수밖에 없었고, 조심스러울 수밖에 없었다.

"폐하."

백염이 운의 심기를 살피며 그녀를 불렀다.

"그는 진정으로 폐하를 염려하고 있습니다."

"태사가?"

"예."

다만 그게 신하 된 자로서 황제께 충을 맹세하는 염려인지 제대로 분간이 안 되는 건 사실이었다. 그 눈빛이 잊히지 않았다. 아련

하면서도 초들초들 타들어가던 그의 눈빛은 운을 한 나라의 지존으로만 보던 눈이 아니었다.

여기까지 속으로 생각을 하고 있었지만 차마 백엽은 입 밖으로 낼 수가 없어 뒷말은 삼켜버렸다.

번잡한 생각을 정리를 할 수가 없었다. 가만히 머리를 뉘이고 있으면 있을수록 저를 흐리게 하는 심사에 운은 이만 침전을 나섰다.

휙, 휙. 화살은 운의 손에서 쏘아지는 대로 과녁의 중앙 자리에 꽂혔다. 과녁을 확인하는 이가 명중을 알리면서 커다란 깃발을 펄럭펄럭 흔들어 보였지만 그런 것이 제대로 귀에 들리지도, 눈에 보이지도 않았다. 셀 수 없을 만큼 많은 화살이 활대를 지나 과녁으로 향했다. 팔이 덜덜 떨리고 온몸이 땀으로 젖을 때까지 손에서 활을 놓지 않았다.

"……폐하."

옆에서 가만히 그런 운을 지켜보던 영휘가 말리기라도 하려는 듯 조심스레 말을 걸었다. 고요 속에 울렸던 영휘의 목소리를 듣지 못한 것도 아니면서 운은 여전히 활대에 화살을 끼워 넣고 있는 중이었다. 힘을 쇠진한 팔이 여지없이 떨리고 있었다. 영휘가 도무지 안 되겠는지 이번엔 아예 운의 앞을 가로막고 섰다.

"이쯤 하시는 게 좋을 듯합니다."

"곧 사냥을 나가는데 이 정도 연습은 해야지."

"충분합니다, 폐하."

단지 연습이라고 하기엔 무리가 있어 보였지만 영휘는 짐짓 모른 체 넘어갔다. 해준이 나타나고서부터 이렇듯 운이 상념에 잠기는 날이 눈에 띄게 증가했다.

"산책을 다녀와야겠다."

이마에 맺힌 땀을 슥, 닦아낸 운이 들고 있던 화살과 활대를 영휘에게 넘기며 말을 했다.

"물러가 있겠습니다."

모습을 감추어 사라지는 영휘를 보고서 운도 걸음을 돌렸다. 속시끄러운 걸 잠재우기엔 고요하고 한적한 그곳만 한 데가 없었다.

수면에 물을 튕기며 일어나는 연꽃들의 너울거림을 보며 조금이라도 날뛰는 생각을 가라앉혀 볼 작정이었으나, 운은 그마저도 쉽게 되지 않았다. 부르지도 않았던 손님이 먼저 제 별궁을 등지고 못을 바라본 채로 있었기 때문이다.

"여긴 그대가 자유로이 드나들어도 되는 곳이 아닌데."

망연히 못만 보고 있던 어깨가 갑작스런 인기척에 잘게 떨더니 이윽고 온전히 뒤를 돌아보았다.

"폐하."

"한 번 보면 계속 보고 싶은 절경이 깃든 곳이니 그 마음은 십분 이해한다지만 이것이 마지막이 되어야 할 것이야."

전혀 위협적이지 않은 말이었다. 그를 보고 놀라긴 했지만 벌을 할 생각은 없었다.

"그날은……."

한발 물러나는 해준을 반쯤 돌아보며 운이 서두를 뗐다. 목구멍까지 차올랐지만 아직 밖으로 꺼내지 못한 말이 있었기에 이렇게 둘만 있는 것이 오히려 잘됐다 싶었다.

"고마웠어."

"아닙니다, 폐하."

"곁에 없었더라면 숨이 넘어있을 시도 모를 일이기."

가녀린 등이 더욱 작아 보였다. 이만 예를 갖추고 물러나야 함이 맞지만 웬일인지 해준은 그럴 생각이 없어 보였다.

"여쭈어도 되겠습니까."

어디 홀리기라도 한 것처럼 나긋한 음성이었다. 간밤에 제게로 닿아 있었던 그 품처럼 그랬다. 긴 한숨이 운의 입가에서 흩어졌다.

"애초에 권좌에 앉을 생각은 없었다. 이 나라의 공주로 태어났을 때부터 그랬지. 부마나 잘 만나 간간이 본국의 소식이나 들으며 사는 게 내 운명이라고 여겼어."

"……."

"허나, 흉흉하게 나의 심사를 어지럽히는 소리들이 날 가만히 두지 않았어."

'쯧쯧, 국모라고 일컫기도 민망합니다.'

'천한 피를 타고난 계집입니다. 황상 앞에서 치마폭이나 펄럭이던 계집이 황후 자리에까지 올라 시국을 어지럽히는 모양을 보십시오.'

'내명부의 일이나 똑바로 할 것이지, 감히 정사에 관해 간언을 올리다니요?'

'국구를 중심으로 움직이고 있지요. 황상도 그들의 실체를 알아야 합니다!'

'망조입니다, 망조!'

'후사를 결국 그 천한 계집에게서 보겠단 작정이실까요?'

'저리 강경하게 내비치시는 걸 보면 황후의 입김이 없다곤 할 수 없겠죠.'

갑작스런 폭우로 맺어진 인연이었다. 잠행을 나간 황제는 잠시 묵을 곳이 필요했고, 거처를 내어준 건 선대 황후였던 운의 어머니였다. 장대비가 쏟아지는 그 속에서 두 사람은 은밀한 하룻밤을 나눴고, 황제의 신분을 밝히기까지 다섯 번의 밀회가 이어졌다. 운의 아버지였던 선대 황제는 성은을 입은 그녀를 황궁으로 불러들였고, 영빈 자리에 올리는가 싶더니 뒤이어 황후로 봉하기까지 했다. 만만찮은 반발이었다. 정통 귀족의 피를 지닌 여자가 아니면 황후 자리에 오를 수가 없었던 게 통례였기 때문이다. 게다가 황후로 봉해지자마자 외척들이 점차 득세를 하기 시작했고, 대소 신료들은 이간을 놓으려고 안달이었다.

황궁은 날이 가면 갈수록 시끄러웠다. 심지어 그 불똥이 황제 본인에게까지 오자 그는 황후를 다시금 후궁으로 내리려고 했지만 그마저도 거센 반발에 부딪혔다. 이 어지러운 판국에서 가장 곤혹을 겪고 있던 건 황후 본인이었다. 운을 낳은 뒤로는 황자를 보지 않았던 그녀였던지라 입지와 기강이 속절없이 흔들리고 있었다.

황제는 점차 그녀를 포기하기 시작했다. 이를 바득바득 갈고 있는 승냥이들의 싸움에 그녀를 무참히 던진 셈이나 마찬가지였다.

황후는 끝까지 황제의 총애만 믿었었다. 올곧은 그 마음이 변하지 않을 거라, 저에게 했던 약조가 굳건히 저를 막아내 줄 거라 생각했었다. 하지만 이미 고개를 돌린 황제였다. 그녀는 더 이상 버틸 수가 없었다. 그녀는 스스로 자결을 했고, 그걸 방관했던 건 다름 아닌 황제였다. 운을 낳고서도 운이 여자아이니 황제는 제대로 운에게 곁을 주는 법이 없었다. 대를 이을 황자가 필요했기 때문이었다.

운은 망설일 필요가 없어졌다. 유일하게 제 버팀목이 되고 있었던 어머니가 비참하게 생을 마감했다. 바득바득 이가 갈리는 현실 앞에서 운에게 황제는 더 이상 아버지란 명목으로 있을 수 없는 자였다.

그런 운을 가장 먼저 지지를 했던 건 다름 아닌 지금의 승상, 자군이었다. 그는 빠르게도 제 세력을 만들었고 뒤이어 운에게 충성을 맹세하는 척 선황제를 몰아내는 데 일조를 했다. 어린 나이 때문에 당장에 정사를 돌보기가 어려워지자 그는 가장 믿을 만한 외척이라며 운의 숙부를 보좌해 대리청정에 힘을 쏟았다.

하지만 그것도 아주 잠시였다. 권좌에 앉은 이들이 그렇듯 운의 나이가 되었음에도 불구하고 그는 물러날 기미가 보이지 않았다. 이미 맛을 본 달콤한 권력을 쉬이 놓을 수는 없는 노릇. 그에 앞장

서서 그를 몰아내는 데 일조를 한 것도 자군이었다.

운은 자리를 찾자마자 모든 외척들을 쓸어버렸고, 자군의 말대로 축출할 세력들을 모두 다 제거했다. 진정으로 운을 지지했던 이들까지도 말이다. 믿어 의심치 않았다. 정녕 자신을 위해 모든 충을 다하는 그가 이 나라의 진정한 충신이라고 여겼다.

그런데 모든 정세가 이상했다. 제 입지를 굳건히 하기 위함이었는데 신료들은 하나같이 자군의 눈치만을 보고 있었고 제 명보다는 자군의 명이 우선인 듯 보였다. 이상한 낌새를 아예 모른 것은 아니었다. 그때쯤, 지금의 광록대부인 백염이 가만히 있던 존재를 드러냈다.

'선황제께서 잠행에 나갔을 때 수행을 맡았던 이가 누구였는지 아십니까.'

'그게 누구더냐.'

'한자군이었습니다.'

'……뭐라?'

'황후마마로 책봉이 되는 데 힘을 썼던 것도 다름 아닌 그였습니다. 모든 것들이 그의 계략입니다, 폐하. 그를 조심하셔야 합니다.'

이가 맞물렸다. 미심쩍었던 부분이 한둘이 아니었는데 소름이 끼치게도 틀어졌던 모든 이가 완벽하게 맞물렸었다. 그의 손안에서 제대로 놀아나고 있었다. 그는 참으로 장대하게 계략을 세우고 저를 앉혔으며 그 뒤로는 모든 세력들이 제게로 집결되게 만들고 있었다. 그의 눈 밖에 나는 것은 곧 부귀를 잃는 거나 마찬가지였다. 황제의 권위가 그야말로 바닥으로 실추되었다. 아니, 애초부터 그랬다.

정신이 아득히 멀어지고, 깊은 골짜기에서부터 샘솟는 분노에 몸을 제대로 가눌 수도 없었다. 왕부 사리에 놀리고 그녀를 나시름 스스로 자결하게 이르고, 저를 부추겨 선대 황제를 몰아내게 하고 저를 권좌에 앉혔다. 손바닥에서 손금을 보듯 훤했던 일이 운이 모든 걸 눈치를 채고 나서부터는 틀어지기 시작했던 것이었다. 그렇게 알 수 없는 미묘한 골이 깊어졌다. 절대로 맞잡을 수 없는 두 손이 서로의 손등만 보인 채 황궁에서 양립하고 있는 중이었다.

"……."

긴 회상에서 깨어나는 듯 뜸을 오래도록 들였던 운이 지끈거리는 머리를 누르며 제 앞에 서 있는 해준을 보았다. 달빛에 반사된 그의 얼굴이 푸르렀다.

"그래서 내가 꿋꿋이 앉아 있는 것이지. 갖고 싶어 안달이 나있는데 쉬이 내어줄 수는 없는 노릇이지. 안 그래?"

목소리를 낼 수가 없어 해준은 운이 말을 모두 마칠 때까지 가만히 기다리고 있을 뿐이었다.

"그런데 복병이 나타났어."

"저를 일컬으시는 겁니까."

"그래, 말 그대로 복병."

아래로 있던 운의 시선이 천천히 올라갔다. 그리고, 피하지 않고 해준의 눈을 마주했다.

'그런 저를 길라잡이로 택하신 건 아가씨였죠.'

쓸쓸함마저 언뜻 보였었던 것도 같다.

'단 한시도 자릴 비우지 마.'
'그러하겠습니다.'
'중간중간 눈을 뜰 것이야. 한시도 사라지면 안 돼.'
'예, 폐하.'

해준이 눈앞에서 사라지면 당장이라도 숨이 멎을 것만 같았다. 해준이 아닌 다른 누구였더라도 그렇게 매달리다시피 제 가장 깊숙한 부분을 보였었겠지만 이성적으로 머리를 쓸 수가 없었다. 그리고 그는 묵묵히 제 곁을 오랫동안 지켰었다.

"그대를 믿고 싶다."

그간 보여준 모습이 거짓이 아니기를 바라는 마음으로.

"그러셔도 됩니다."

"우습지. 그대가 뭐라고 타래를 풀듯 내 입에서 이런 이야기들이 퍼지는지."

"복병이라 그런 것이겠지요."

할 수만 있다면 손을 뻗어 운의 가녀린 어깨를 감싸고 싶었다. 하지만 운이 앉은 자리는 너무 높고 멀기만 했다. 그럼에 이렇게 우러러보는 것으로 족할 수밖에.

"승상을 등지면 약조받았던 청영도 기약할 수 없는데, 그런데도 내 곁에 온전히 서겠는가?"

"이미 서 있습니다, 폐하."

물음이 끝나기가 무섭게 들려온 대답에 운의 가슴이 뛰었다. 올 곧고 맑은 눈이 서의 시선을 피하지 않고 마주 보았다. 선득한야에 불어오는 바람이 머리칼을 넘실거리는 것과도 꼭 어울리는 눈이었다. 계속 보고 있다면 꼭 빨려 들어갈 것 같아 운은 먼저 얼굴을 돌려 시선을 거둬냈다.

"없던 우국충정이라도 생긴 것이냐?"

"그와는 다릅니다."

"그럼?"

"이 모든 풍파가 잠잠해졌으면 좋겠습니다. 그러면 그 뒷모습이 바스라질 것처럼 위태로이 보이지도 않을 것 같으니 말입니다."

"지금 그게 무슨……."

"구름을 품고 있습니다. 머리에 이고 있어야만 할 그 구름이 처음 본 그날부터 품에 박혀 나가질 않습니다. 더 이상 저를 시험에 들지 않아도 곁에 서서 자리를 지킬 이유가 응당 여기에 있습니다, 폐하."

말을 마친 해준이 운의 앞에서 무릎을 꿇었다.

"목숨을 취하셔도 좋습니다."

"……."

배덕을 넘어서는 것 이상으로 숭고한 마음이었으나 이뤄질 리 없는 연심 같았다. 그간 그렇게 깊었던 시선이 무엇인지 눈앞에 보이며 나타나니 잠잠해지려고 했던 머릿속이 더욱 복잡해졌다. 운은 제 앞에서 무릎을 꿇고 고개를 조아리고 있는 해준을 말없이 내려다보다가 입술을 달싹였다.

"하! 단명하고 싶어 안달이 난 모양이로구나, 그대는. 몇 번이나 그 목숨을 운운하는 건지."

"역시 잘생긴 얼굴엔 침을 못 뱉는단 말이 맞는 말인 것 같습니다."

고요하게 흐르던 분위기가 삐긋, 소리를 내는 것 같았다. 또다시 실성을 한 듯 터지는 뜬금없는 말에 운이 헛기침을 하며 돌아서려던 순간이었다.

"으앗!"

걸음이 꼬여 넘어지려던 찰나, 또 언젠가 그랬던 것처럼 저를 잡아오는 단단한 손길이었다. 귓불까지 더운 열이 홧홧하게 달아오를 지경에 저를 잡고 있는 해준의 얼굴이 몹시 가까웠다.

"이, 이거 놓지 못하겠느냐!"

해준의 품에서 벗어나기 위해 몸을 움직여보았지만 얼마나 단단하게 운을 잡고 있는지 좀처럼 옴짝달싹도 할 수가 없었다.

"저는 지독한 탐미주의자라 하지 않았습니까. 이리 가까이 꽃을 보고 있으니 시간을 멈춰버렸으면 좋을 성싶습니다."

"그대가 정말 실성하였구나!"

"저에 대한 염려는 이만 거두시지요. 제 연심은 거짓이 아니오니 말입니다."

"감히 과인의 명을 거역하는 것이냐!"

"여직 답을 주시지 않음에 이리 붙잡고 있는 게 아니겠습니까."

얼굴도 가깝고 목소리도 가까워 정신이 없었다. 운은 계속해서 버둥거리다가 이내 포기하고 서둘러 고개를 끄덕였다.

"그래, 알았어. 그대의 뜻이 무엇인지 충분히 알았으니 이제 그만 놓으래도!"

제8장.

영휘의 말이 맞았다. 적당히 몸을 풀었어도 되었지만 과하게 활을 붙잡고 놓지 않았었다. 그럼에 운의 몸 상태가 사냥을 하기에 적절한 상태는 아니었다. 하지만 운은 언제나 그랬던 것처럼 표정을 굳히고 말 위에 올라 사냥터로 나섰다. 해준도 그런 운과 함께였다. 산세가 저번보다 더욱 험준했다. 굴곡이 많고 여기저기 장애가 많은 험준한 산세이면 산세일수록 사냥을 즐기기에도 충분했다. 나무와 나무 사이, 그리고 굳건하게 박힌 바위틈으로 산짐승들을 노려 명중을 할 때, 그 기분은 이루 말로 표현할 수가 없을 것이다.

"어떤가, 또 한 번 나와 내기를 해보는 게."

말의 고삐를 천천히 다루며 운이 바로 옆에 있는 해준을 향해 물었다.

"제게 거절할 권리는 없지 않습니까, 폐하."

"걸고 싶은 조건이라도 있으면 말해보라."

"감히 그래도 되겠습니까?"

게슴츠레한 눈을 하는 해준에 저를 붙잡고 놓아주지 않았던 그 모습이 떠올랐다. 나직이 한숨을 뱉은 운이 다시금 인자한 목소리로 바꾸어 최대한 평정을 잃지 않으려 했다.

"어, 어디 한번 들어나보자꾸나."

오늘도 여전히 가벼운 차림으로 사냥을 나온 운이었다. 복장을 빠짐없이 갖춰 입어도 그 어떤 위협이 있을지도 모르는데. 해준은 운을 보자마자 미세하게 표정을 일그러뜨렸었다. 운은 가만히 해준이 조건을 말하길 기다렸다.

해준은 얼마 뜸을 들이지 않고 천천히 입술을 열어 목소리를 냈다.

"만약 제가 이긴다면 다음 사냥부턴 두껍게 입고 사냥을 나오시는 겁니다."

그는 정확한 단어를 써가며 지적을 하진 않았다. 하지만 그저 '두껍게'라는 수식만으로도 해준이 무엇을 염려해 그러는지 알 수 있을 것 같았다.

또다시 운의 가슴속을 똑, 똑, 똑 두드리는 느낌이었다. 표정 하나, 말투 하나 어긋나는 법 없이 사용하는 해준의 어조는 이따금씩 묘하게 깊은 눈빛을 닮아 있었다. 차라리 셀 수 없을 만큼 많은 보석들을 내려달라고 하면 그게 훨씬 더 내기로 걸기에 적합한 조건일 것 같았다. 하지만 고작 제 차림을 염려하다니. 그것도 자기가 이겼을 경우에 말이다.

"그래, 그대가 내기에서 이긴다면 그러도록 하지."

"폐하께서는 어떤 조건을 거실 겁니까?"

"내 조건은……."

답지 않게 운이 말의 끝을 흐렸다. 차례를 기다렸다는 듯 당장이라도 말을 이을 듯싶더니 그건 아니었나 보다. 그녀는 가만히 눈을 깜빡이며 해준을 보았다.

"내가 이겼을 경우에 얘기하도록 하지."

무엇을 걸고 싶기에 즉각 말을 않는 건지 알 수 없었으나 해준은 그대로 받아들여야만 했다.

"저기 깃발이 보이는가?"

"예, 폐하."

"속력을 늦추지 않고 저기까지 가면서 얼마나 많은 짐승들을 쏘느냐, 하는 게 이번 내기야. 물론 새도 포함해서."

깃발이 가시거리에 들어오긴 했으나 그리 가까운 거리는 아니었다. 말을 타고 그것도 속력을 늦추지 않고 달리며 그 소리에 반응하는 짐승들을 맞혀야 하니 꽤 까다로운 내기였다. 해준은 이내 고개를 끄덕이며 알아들었다고 답을 했다.

"영휘."

"예, 폐하."

"네가 출발 신호를 알려라."

"그리하겠습니다."

영휘가 두 사람보다 다섯 걸음 정도 앞선 거리로 갔다. 그는 수

신호를 주기 위해 한쪽 팔을 높이 들어 올렸다. 두 사람은 영휘의 팔에 집중을 하면서 말의 고삐를 단단히 붙잡았다. 뒤이어 영휘의 팔이 잽싸게 내려지고, 그와 동시에 각각 운과 해준을 태운 말이 산속을 달리기 시작했다.

말발굽 소리에 가만히 있던 짐승들도 하나둘 도망을 놓기 시작했다. 위험을 직감하고 달리는 통이라 그 속도는 가히 무섭기도 했다. 하지만 활의 시위는 당겨졌고 양쪽에서 소리를 내며 바닥으로 쓰러지는 짐승들이 나타나기 시작했다. 하늘을 날고 있는 새도 무시할 수는 없었다. 두 사람은 활이라면 둘째가라면 서럽다고 할 정도로 활을 다루는 데 능했다. 말이 달리고 있다고 하여 목표물을 쏘지 못할 건 없었다.

하지만 얼마 되지 않아 운의 어깨에서 진통이 느껴지기 시작했다. 아무래도 제대로 쉬어주지도 못하고 바로 어깨를 쓰고 있는 통에 그럴 것이었다. 그래도 활시위를 영 못 당길 정도는 아니었고, 집중만 제대로 한다면 별로 문제 될 것이 없다고 여겼다.

하지만 그건 운이 가볍게 간과를 하려던 착각에 불과했다. 뒤이어 활을 당기기조차 어려울 정도로 뻑지근한 고통이 뒤따랐다. 운의 표정이 자연스레 구겨졌다. 말은 여전히 달리는 중이었고, 그 와중에 해준과 계속해서 앞서거니 뒤서거니 하면서 우열을 가릴 틈이 없었다.

내기를 던졌지만 불타는 승부욕에 사로잡힌 건 아니었다. 운은 나름 최선을 다하기 위해 활대에 화살을 다시 끼워 넣으며 한쪽 눈을 감았다. 조준을 하려고 할 때 말들의 달리는 소리 때문에 놀란 노루 한 마리가 그들의 앞으로 튀어나왔다. 이때다 싶었던 운은 아려오는 어깨를 억지로 가누며 고민 없이 시위를 당길 참이었다.

"위험합니다, 폐하!"

"……!"

바로 옆에서 달리다시피 하던 해준이 갑작스레 말의 고삐를 당겨 운 쪽으로 방향을 틀었다. 그리고 그와 동시에 어디선가 날아온 화살이 해준의 어깨에 박혀들었다. 그 반동에 의해 해준이 달리던 말에서 낙마를 하는 건 순식간이었다.

"……해, 해준!"

운이 놀란 마음에 얼른 말의 고삐를 최대한으로 끌어당겼다. 말이 멈추자마자 운은 어깨를 붙잡고 쓰러져 있는 해준에게로 달려갔다. 그녀의 두 동공이 이미 커질 만큼 커진 채였다.

"폐하!"

멀찍이서 뒤를 보던 이들이 바르게 운과 해준의 곁으로 다가왔다. 운이 안전한 것을 확인한 후 그들은 자객이다, 자객 잡아라! 를 외치며 갑자기 날아들었던 화살의 주인을 찾기 위해 일사불란하게 사방으로 흩어졌다.

자객의 실수가 아니었다. 어깨의 근육을 제 마음대로 못 다뤘던 탓에 말고삐도 제대로 놀리지 못했다. 그렇게 운이 경계에 방심한 틈을 타서 운을 겨냥해 날아들었던 화살이었다. 처음부터 그를 겨냥하려던 게 결코 아니었다. 그걸 먼저 본 해준이 저를 대신해 화살을 맞았다. 운의 손엔 곧 식은땀이 맺혔고 활을 맞은 것으로도 모자라 달리던 말에서 낙마를 하는 바람에 해준은 다리도 제대로 못 가누는 것처럼 보였다.

"여봐라, 여봐라!"

더 이상 사냥을 이어갈 수는 없었다. 운이 외치는 소리에 가장 먼저 달려온 것은 영휘였다. 해준을 품에 끌어안고 있다시피 하고 있는 운을 보고 놀라는 것도 잠시, 해준의 어깨에서 붉은 선혈이 나오고 있음에 그는 얼른 해준을 부축했다. 그리고 뒤이어 흩어져 있던 나머지 병사들이 뒤늦게 우르르 몰려들었다.

"이게 어찌 된 일입니까, 폐하!"

"뭘 꾸물거리는 게야! 얼른…… 얼른 해준을 옮겨라, 영휘. 얼른!"

"……!"

운의 입에서 방금 그의 이름이 나왔다. 태사가 아닌 해준.

마차에 태워 최대한의 속력으로 황궁에 당도했다. 손을 덜덜 떨어 보이며 운은 목소리를 가다듬지도 않은 채 태의부터 찾았다. 황제가 사냥을 나가는 날이어서 썰렁했던 황궁이 다시금 차차 소란스러워지기 시작했다. 해준은 그 충격에 정신을 잃은 듯 고통에 달뜬 얼굴만을 하고 눈을 뜨지는 않았다.

"화살에 맞고 낙마를 하였다. 한 군데도 빠짐없이 살피어라."

"예, 폐하."

체통을 염려하지도 않을 모양인지 운은 필요 이상으로 해준에 대한 걱정으로 가득했다.

"내가 지켜보고 있을 것이다."

"하오나 폐하······."

"손을 멈추지 말라."

"······알겠습니다."

어깨에 박힌 화살을 빼기 위해서는 하는 수 없이 해준이 입고 있는 옷을 찢어야만 했다. 그런데도 불구하고 꼼짝없이 자리를 지키는 운이었다. 태의는 조금 난감한 표정을 지어 보였지만 워낙 완강하게 해준에게로만 시선을 견주고 있는 탓에 어찌할 도리가 없었다.

"영휘, 이리 좀 와서 머리와 몸을 좀 잡아주게."

옆으로 몸을 틀고 있는 해준을 고정시키기 위해 태의는 멀찍이 서 있던 영휘를 불렀다. 하지만 그보다도 먼저 태의가 말했던 것처럼 해준의 머리와 몸을 잡는 운이었다. 다행히 많은 사람들이 함께 있지 않았다. 운과 태의를 포함해 영휘와 운의 시중을 드는 환관 한 명과 박 상궁, 그리고 태의의 수발을 하는 의녀 둘뿐이었다. 생각하지도 못했던 운의 행동에 다들 입을 벌리며 경악을 금치 못했으나 그것을 발설해서도 안 되었고, 절대 표현을 해서도 안 되었다. 그들은 서둘러 표정을 관리하려고 애썼다.

"단단히 잡고 계셔야 합니다, 폐하."

"알았으니 서둘러 화살을 빼내."

소독한 천을 어깨에 얹은 뒤 태의는 천천히 해준에게 박혀 있던 화살을 빼내었다. 그와 동시에 선혈들이 뿜어져 나와 운의 도포 자락도 여지없이 함께 적셨다. 태의는 익숙하고 빠른 손길로 지혈을 하며 나섰다.

"몸이…… 몸이 불덩이야."

해준을 잡고 있는 손에서 그의 열이 여과 없이 전해졌다. 운의 시선이 갈피를 잃은 것처럼 몹시도 흔들렸다. 혼잣말을 하듯 흘렸었던 그녀의 목소리가 너무도 퍼석퍼석해서 갈라지기까지 했다.

"충격으로 당분간은 어깨와 무릎을 쓰질 못할 것입니다. 낙마를 하면서 구른 탓에 여기저기 찢긴 곳이 보이나 이는 곧 회복이 될 것이고, 진통과 열을 누를 수 있는 탕약을 달여 올릴 것입니다."

"피를 이렇게 많이 흘렸는데, 설마 목숨에 지장이 있는 건 아니겠지?"

운은 여전히 해준을 보면서 태의를 향해 물었다.

"예, 다행히도 얼른 지혈을 한 탓에 위태로운 건 아닙니다, 폐하."

"그래……."

어느새 입술에 껍질이 일어나게끔 까슬까슬하게 말라 있었다. 그 사이로 신음을 토하고 있는 해준의 모습에 운의 가슴이 짐짓 미어지는 느낌마저 들었다. 어쩌다가 저는 먼저 경계를 살피지 않았을까. 평소 사냥에 나설 땐 온 신경을 곤두세우고 주위를 먼저 보는데도. 저를 대신해 화살을 맞은 걸로도 모자라 힘차게 달리고 있던 말에서마저 떨어졌다. 짙은 한숨이 운에게서 퍼졌다.

"그럼 탕약을 달이겠습니다."

"태의."

"예, 폐하."

"태의가 직접 달여 올리도록 하라."

"그러하겠습니다."

피로 붉어진 천들을 모조리 치우고 빼낸 화살도 이만 정리를 했다. 하지만 여전히 해준의 곁에서 일어나는 법이 없는 운이었다. 탕약을 달이겠다고 나가는 태의를 따라 의녀들도 이만 실내를 나섰고 박 상궁과 환관도 조용히 밖으로 나갔다.

남아 있는 건 열을 토하고 있는 해준과 운, 그리고 영휘였다. 영휘의 얼굴엔 알 수 없는 표정이 여러 갈래로 교차하듯 떠올랐다. 황제를 보필해온 지 팔 년 만에 처음 있는 일이었거니와 처음 보았던 아니 여전히 보고 있는 운은 앞뒤 따지지도 않고 행동을 했던 적이 없었다. 체통을 지키기 위해 표정마저 자유자재로 굳혔던 운이었는데 마치 경거망동하는 사람처럼 정신이 없어 보였다. 게다가 황제가 직접 몸을 붙잡고 있다니. 어디 가서 입 밖으로도 감히 뱉을 수 없는 상황이었다.

제아무리 운을 대신해 화살을 맞고 쓰러졌기로서니 그의 심장에 화살이 박힌 것도 아니었다. 피를 많이 흘리긴 했지만 누가 봐도 생명에 지장이 있을 거란 생각은 하지 못했다. 게다가 그런 상황에선 응당 황제를 대신해 몸을 날리는 게 맞았다. 공을 치하할 순 있지만 운이 이다지도 열렬히 제 모습을 가다듬지 못하면서까지 있을 일은 아니었다. 몹시도 지나쳤다. 너무나 지나치게도 운은 해준을 붙잡고 온갖 염려를 하고 있음이었다. 그녀의 도포 자락엔 여전히 해준이 흘린 피가 묻어 있었다. 말 그대로 황제의 몰골이 처참하다 싶을 정도로 말이 아니었다. 그는 미간을 좁히고 조심스레 운을 향해 말문을 열었다.

"……폐하."

"나중에."

"……."

운의 손길이 땀으로 젖어 있는 해준의 얼굴을 쓸었다. 지금 제가 있는 걸 알고도 저러는 것인지 영휘는 도무지 분간을 하기 어려웠다. 그는 놀란 표정을 스스럼없이 드러낼 수밖에 없었다.

"폐하, 지금……."

대체 무엇을 하고 있는 건지 아시기나 한 겁니까.

"나중에. 분명 그리 말했다, 내가."

시선은 여전히 해준을 향하고 있었다. 영휘는 하는 수 없이 입을 닫았다. 더 이상 그 어떤 말도 덧붙일 수가 없음을 알았다.

"필요하면 부를 테니 이만 나가보라."

"예, 폐하."

고개를 숙이고 나가는 걸음이 무척이나 무거웠다.

도포 자락에 무엇이 묻어 있는지, 지금 제 몰골이 어떤지는 중요하지 않았다. 불덩이 같은 열에 차마 삭이지 못하는 신음을 토해내며 잔뜩 고통에 시달리고 있는 해준만이 그저 눈에 들어올 뿐이었다. 이상한 감정이 집약이라도 된 것처럼 운은 해준의 곁을 떠날 수가 없었다. 파리하게 질린 얼굴색이 좀처럼 제 낯빛으로 돌아올 줄을 몰라 속상하고 또 속상했다. 멀리서 저를 향해 날아왔던 화살이 그의 어깨에 박혀 그대로 땅으로 몸이 박히던 모습이 아직도 눈앞에 생생해서 아찔했다.

"……."

황제를 대신해서 제 목숨을 바치는 건 당연한 것인데 이상하게 안쓰럽고 미안한 마음이 한데 뭉쳐 응어리째로 가슴에서 쿵, 하고 내려앉는 것만 같았다. 언제쯤 정신을 차리고 눈을 뜰까. 운은 무거운 한숨을 내쉬면서 이마에 맺힌 해준의 땀을 친히 제 소매를 끌어당겨 없애고 있을 때였다.

해준이 누운 자리 저편으로 반듯하게 접혀진 채 있는 종이가 눈에 들어왔다. 화살을 빼내기 위해 옷을 찢으면서 그가 지니고 있던 것이 밖으로 나온 듯했다. 모서리엔 해준의 붉은 선혈이 묻어 있었지만 펼치면 그것이 무엇인지 영 못 알아볼 정도는 아니었다. 그가 지니던 것이니 깨어나면 주려고 잘 두려 했으나 운은 어느새 네모 반듯하게 접힌 선지를 펼쳐 보고 있었다.

"……!"

모르려야 모를 수가 없고, 익숙하지 않으려야 익숙하지 않을 수가 없는 여인이 선지 가득 차지하고 있었다. 우글우글 일어난 선지는 그것을 한 번 접었다가 편 것이 아닌 꼭 생각이 날 때마다 들춰 본 것처럼 손때가 가득 묻어나 있는 것처럼 느껴졌다. 월하 정원 앞의 제 모습이었다. 그렇게 말을 멈추고, 두 발을 멈춘 채 가만히 해준이 제게 던졌던 그 시선 속에 있던 운이었다. 미지근한 습기 같은 것이 뒤이어 심장을 흔드는 듯 덮쳤다. 차마 정의할 수 없는 기분에 휩싸여 현기증이 날 정도로 시야가 아득했다. 운은 놀란 채 입을 벌리고 한 손을 입가로 가져갔다. 마른 손가락이 미미하게 떨렸다. 달밤 속삭이듯 우직하게 했던 그의 말이 귓전을 스치고 지나는 듯하였다.

'구름을 품고 있습니다. 머리에 이고 있어야만 할 그 구름이 처음 본 그날부터 품에 박혀 나가질 않습니다. 더 이상 저를 시험에 들지 않아도 곁에 서서 사리를 시킬 이유가 능넝 여기에 있습니니, 폐하.'

담대할 수 없는 목소리였다. 그의 얼굴은 여전히 고통을 헤매는 듯 감은 두 눈은 떠지는 법이 없었고, 입술론 신음만 할 뿐 말도 없었다. 그와 동시에 며칠 전, 저를 알현했던 백염이 남겼던 말이 자연스레 뇌리에서 맴돌았다.

'그는 진정으로 폐하를 염려하고 있습니다.'

"……."

그 염려가 대체 이런 염려를 두고 한 말일까.

"폐하, 태의 들었사옵니다."

밖에서 고하는 소리와 동시에 운은 들고 있던 것을 빠르게 접어 감추었다.

"어서 들라."

문이 열리고 운의 명대로 탕약을 달여 직접 가지고 온 태의가 들었다. 그는 여전한 모습으로 해준의 곁을 지키고 있는 운을 보며 적잖이 놀란 듯싶었으나 이내 얼른 감추고 총총걸음으로 다가왔다.

"해열을 할 수 있는 약재도 들어갔는가?"

"그렇습니다."

탕약을 마시게 하기 위해 태의와 그를 보조하는 의녀가 따랐다. 운은 그제야 마치 움직일 수 없었던 듯 앉았던 자리에서 일어났다.

"곁을 비우지 말라."

"예, 폐하."

운의 시종을 보는 나인들이 들어와 그녀의 환복을 도왔다. 심기가 유독 불편해 보이는 탓에 괜한 실수라도 저질렀다간 불호령이 떨어질 것만 같아 겁이 나기도 했다. 늘 표정 한번 바르게 펴는 법이 없었건만 오늘은 유독 더 그런 것 같았다. 피가 묻어 있는 손을 꼼꼼히 닦아내고, 흐트러진 머리칼도 제대로 정돈했다. 운은 그들의 손길에 가만히 몸을 맡기며 있다가 모든 치장이 끝이 나자 얼른 의자에서 일어났다.

"다 된 것이냐."

까칠하다고 하기보다는 조금 힘이 없는 운의 목소리였다.

"예, 폐하."

흘러내리는 머리칼을 붙잡아줄 머리 장식을 꽂자마자였다. 덕분에 엉뚱한 데 꽂힐 뻔했던 장식이었지만 다행히 장식은 제자리를 찾아 꽂아졌다. 찌릿했던 나인의 손끝이 속으로 다행인 한숨과 함께 막 운에게서 거둬졌다.

"위위를 들라 하라."

"예, 폐하."

허리를 숙인 채 나인들이 나가고 환관에게 이름에 따라 밖에서 이미 대기를 하고 있던 위위가 운의 앞에 예를 갖추고 나타났다.

"자객은 어찌 되었느냐."

위위를 내려다보는 운의 손에서 주먹이 말아 쥐어졌다. 경계를 그리 삼엄하게 해놓았건만. 이건 분명 철저히 계획이 되어 있는 일이었다. 조그만 틈도 없이 소상히 그 진상을 밝혀내야 할 것이다. 하지만 위위의 표정이 어두웠다.

"사로잡았으나 혀를 깨물어 자결을 했습니다."

"……뭐라?"

"죽여주시옵소서! 폐하."

배후가 누구인지 그 누구의 계략인지 모두 다 짐작이었다. 납작하게 엎드려 있는 위위를 내려다보며 운은 지끈거리는 관자놀이를 손가락으로 꾹꾹 눌렀다. 틀어진 계획 탓일까, 그도 아님 자결을 하는 것까지 모두 다 하나의 짜임이었을까.

"……그 어떤 말도 얻지 못하였느냐."

"……그, 그렇사옵니다."

붙잡히지 않을 거라고 여기진 않았겠지. 그래, 애초에 자결을 마음먹었구나. 수일 내에 주국의 사신이 당도할 텐데 하필 이틈을 노려 제게 해를 가하려 했다니. 참으로 빤히 보이는 수작이지만 그 배후는 여전히 입을 다물고 있다.

"나가보아라."

밝혀질 듯 그렇지 않을 듯 꼬리를 보이다가도 아예 자르고 달아 나니.

"참 승상답군."

하지만 이를 어쩌나. 화살은 엄하게도 해준이 맞은 것을.

"……"

일단은 나중에 짚어야 했다. 제게 해를 가하려고 했는데도 '나중에'라니. 운은 스스로 지금 무엇을 하고 있는지 가늠을 할 수가 없었다. 해준에게로 생각이 닿자 그녀는 치맛자락을 동그랗게 말아 쥐곤 잠시간의 자리를 비우는 것도 조바심이 난 모양인지 걸음을 빨리하는 것을 잊지 않은 채 해준이 있는 곳으로 향했다.

해준이 완전히 깨어난 상태가 아니어서 어렵게, 어렵게 탕약을 먹인 후 때마침 의녀들이 빈 사발을 들고 물러갈 때였다. 자리를 비운지 얼마 지나지도 않아 운이 찾아오자 밖을 지키고 있던 환관들이 여전히 눈을 동그랗게 뜨며 당혹스러운 낯빛을 감추는 데 애를 먹었다. 운은 그런 것에 시선을 줄 틈도 없어 보였다. 그녀는 성큼성큼 해준이 누워 있는 침상으로 향했다. 약을 먹고 나더니 아까보단 한결 골라진 숨소리였다. 점차 규칙적으로 가슴이 들썩이고 있었다. 운은 그런 해준을 내려다보면서 작게 안도의 한숨을 내쉬었다.

"술시가 되면 또 탕약을 먹여야 하니 그때 다시 들겠습니다."

"그러게."

"그럼 이만 물러가겠나이다."

운은 알겠다는 듯 태의 쪽은 보지도 않은 채 고개만 대충 끄덕일 뿐이었다.

허리를 숙인 채 등을 보이지 않으며 태의와 의녀들은 그렇게 물러났다. 발이 내려지고, 양쪽으로 열려 있던 문이 닫혔다.

그리고 밖에서 우두커니 서 있는 영휘를 보며 태의가 눈짓으로 잠시 불러냈다.

"대체 어찌 된 일인가?"

대충 듣긴 했어도 직접 사냥터에 있었던 영휘의 말을 듣느니만 못할 것이었다. 태의는 이 어리둥절하고 어디 가서 말을 올리기조차 꺼려지는 이 상황이 도무지 납득이 되질 않았다. 그는 궁금증이 만연한 표정과 함께 한편으로는 어딘가 모를 염려의 표정도 했다. 낮고 조용한 목소리로 영휘가 얼른 대답을 해주길 바라는 마음뿐이었다.

"들으신 그대로이긴 하나 폐하께서 어찌 저렇게 성심을 쏟으시는지 저도 영문을 모르겠습니다."

낱낱이 모든 것을 다 안다고 할 수는 없으나 그래도 다른 사람들에 비하자면 운의 가장 곁에 있었던 영휘와 태의였으니 그들이 알고 있는 운의 모습이 있었다. 수년간 그녀의 옆에 있었지만 오늘 이런 모습은 처음이어서 영휘와 태의는 같은 마음으로 당혹을 표할 수밖에 없었다. 혹여 다른 시선들이 닿았으면 어쩌려고 저렇게 주변에 대한 경계도 하지 않은 채 행동하는 것인지 도무지 알 수가 없었다. 탕약에 대해서 물었던 해준의 모습이 불현듯 태의에게 그려졌다. 그가 알고 있다고 혹여 내부에 밀고자라도 있는 건 아닌지 영휘에게 말을 꺼내볼까 했지만 아직은 조심스러웠다. 섣불리 입에 올렸다가는 괜한 불똥이 제게로 올 것 같은 느낌에 태의는 일단 목소리를 죽이기로 했다.

"……깨어날 때까지 계속 저리 계실 것 같던데."

태의는 물끄러미 운과 해준이 있는 쪽을 바라보았다.

"정녕 아는 것이 없는가?"

"그렇습니다."

말에서 떨어지기가 무섭게 해준에게로 달려갔던 운의 모습이 떠올랐지만 영휘는 부러 태의에게 말하진 않았다. 그리고 태사가 아닌 그의 이름을 불렀다는 것도…… 제법 애가 타는 모양으로 목에 핏대까지 세우며 목청을 높였던 것도. 영휘는 고개를 가로로 절레절레 저으며 이만 입을 다물었다.

운을 향해 쏜 화살을 해준이 맞고 쓰러졌다는 소식은 당연 은현각에 모여 있는 이들의 귀에도 들어왔다.

"일이 틀어졌습니다."

턱 끝을 매만지던 대사공이 서두를 던졌다.

"화살은 황상을 향했으나 태사가 그를 먼저 보고 몸을 날렸다 하옵니다."

앉은 이들은 슬몃슬몃 자군을 엿보았다. 애초에 획책을 제시한 게 다름 아닌 자군이었기 때문이다.

"그래서 지금 태사는 어떻답니까?"

"목숨엔 지장이 없으나 낙마를 한 탓에……."

"흐음, 자객은요?"

"바로 그 자리에서 혀를 깨물고 자결을 하여 그 어떤 것도 밝힐 수 없을 것입니다."

그 와중에도 승상은 말없이 술을 들이켰다. 얼마 전 해준과 했던 대화가 걸렸었기 때문이었다. 진정으로 어심을 얻는다, 해준은 분명 그리 말을 했었다. 그 진정으로 어심을 얻는다는 게 멍청하게 잘못 쏜 화살에나 맞는 것일까? 아무래도 혀를 내두를 수밖에 없었다. 연정이 눈이 멀면 목숨 따위 중한지도 모르고? 어리석긴.

"앞으로 황상이 어찌 나올지…… 물증이 없다 하여도 심증이 있으니 일이 좀 피곤하게 돌아갈 것 같습니다."

"예상치 못한 변수라……."

"허나, 황상의 목숨을 구하지 않았습니까? 한 번도 아니고 두 번씩이나."

"모른 체 넘어갈 수는 없을 것입니다."

"승상, 어찌 생각하십니까?"

"하지만 이 일을 유리하게 쓸 수도 있는 노릇 아닙니까?"

분명 화살에 맞아 낙마를 해 바닥을 굴렀는데도 누구도 해준의 안위는 걱정하지 않았다. 다만 이 일을 어떤 식으로 화두에 올리면 황제를 곤란하게 할 수 있는지, 오로지 그것에만 집중할 뿐이었다.

"참."

다들 저마다 할 말이 있는 듯 웅성거리던 와중에 대사농이 불현듯 떠오르는 게 있는지 모두의 이목을 집중시켰다.

"황상께서 매우 혼비백산하셨다 들었습니다."

"그야 화살이 엄한 데 향했으니 그런 것 아니겠습니까? 다른 누구도 아닌 태사인데."

"허나, 지나치게 혼겁하였다 하던데."

지나가다 들은 말이라 확실하진 않았지만 어쨌든 그렇게 들었던 게 맞았다. 대사농이 살짝 고개를 갸웃했다. 하지만 다들 대사농의 말에 별 동요를 일으키진 않았다.

그 와중에 집중을 했던 건 다름 아닌 승상이었다. 그는 술잔을 내려놓고 한쪽 눈썹을 올리며 대사농에게 되물었다.

"지나치게 혼겁을 하였다?"

"예."

대답을 들은 승상의 입매가 묘하게 말아 올라갔다.

색색의 고운 자태를 가진 꽃들이 천지에 만발했다. 그 싱그러움이 너무나 아름다워 눈을 제대로 뜰 수조차 없을 지경이었다. 시린 하늘이 바다의 청량한 빛깔을 그대로 옮겨 담은 것처럼 푸르렀다. 꽃에 있는 달콤함을 쫓아 나비들이 유약한 날갯짓을 하며 날아다녔고, 미지근한 온도를 가진 미풍이 애교를 떠는 듯 살랑살랑 피부결을 간질였다. 따사로운 오후, 딱 그것이었다.

너무 뜨겁지도 않고, 너무 차갑지도 않은 알맞은 햇볕의 조도에 온몸이 물방울이 되어 솜처럼 두둥실 하늘로 떠오를 것 같았다. 걸음 또한 가벼워 더할 나위 없는 낙원을 누비고 있는 느낌이었다. 눈을 감으면서 바람을 느끼고, 실록의 향을 만끽하며 걷고 있는데 미미하게 심장에 파도가 일었다.

눈을 떠보니 가까이 있는 것은 운이었다. 복사꽃인 양 볼을 발그레 물을 들이고 수줍게 미소를 짓고 있었다. 새까맣고 큰 눈동자가 흑구슬을 빼다 박은 것처럼 영롱하고 맑았다. 또르르, 또르르. 어디서 물소리가 들리는 것처럼 개운하고 청아한 느낌에 그만 취기가 오를 것도 같았다.

금단의 열매라도 되는 것처럼 거리를 지키며 우두커니 섰다. 바람결에 넘실거리는 머리칼이 비단결처럼 고왔다. 꽃향기보다 더욱 향기로운 향이 번지듯이 해준에게로 닿았다. 손을 뻗고 싶었다. 손을 뻗어 발간 볼을 어루만지고, 촉촉하게 빛이 나는 입술을 매만지고 싶었다. 지천에 피어 있는 꽃들이 감히 시샘을 낼 엄두조차 못 낼 정도로 본연이 가진 아름다움에 모든 것들이 고개를 숙일 것만 같았다.

까르르, 천진한 웃음소리가 들리는 듯도 했다. 벅차올랐다. 해준은 저도 모르게 입매를 올려 웃음을 걸었다. 보고 있는 것만으로도 황홀해 몸 둘 바를 몰랐다. 그리고 천천히 아주 천천히 그녀의 주변이 흐트러지지 않게끔 한 걸음씩 거리를 좁혔다. 향이 더욱 진하게 전해졌다. 빛나는 눈동자가 선명해지고, 새하얀 얼굴이 숨결이 닿을 만큼 가까웠다. 감히 무릎을 꿇고 손을 내밀고 싶었다. 그러곤 잡아달라고 간청이라도 올리고 싶었다.

그러나 하나둘 흩어지고 있었다. 짧은 부귀영화를 누렸던 것처럼 환영이 되어 모든 것들이 가루가 되어 바람에 날렸다. 해준은 얼른 앞을 보았다. 여전히 웃고 있는 얼굴이었다. 그럼에 잠시 고민했다. 손을 잡을까, 이 손을 잡아도 될까? 사라지기 시작했다. 시간이 얼마 남지 않았다. 그녀는 웃기만 할 뿐 아무 말이 없었다. 바람 소리가 가까워졌다. 이제 곧 저조차도 저 바람결에 흩어져 날아갈 것 같았다. 해준은 손을 내밀었다. 부드러운 그녀의 손이 온 감각들로 느껴졌다. 따뜻했다. 따뜻한 그 온기에 녹아내릴 것처럼.

"……."

어깨엔 타는 듯한 고통이 따랐다. 몸을 자유자재로 틀 수 없게 끔 누가 꽉 잡고 놓지 않는 것처럼 짓누르는 것 같았다. 잠에서 점점 깨어나고 있었다. 뒤척임조차 쉽게 허락되지 않는 현실이 점차 생생한 느낌으로 다가왔다.

그렇게 해준은 눈을 떴다. 오래도록 감고 있었던 탓에 눈을 깜빡일 때마다 뻑뻑한 소리도 함께 대동되었다. 꿈을, 아주 허무맹랑하고 황홀한 꿈을 꾼 모양이었다. 실없는 웃음 같은 것이 피식, 하고 그의 입새를 타고 흘렀다. 열망이 가득한 것이 그새 꿈속에서 나타났다. 그러나 마지막, 운의 손을 잡았을 때의 그 느낌이 거둬지지 않은 채였다. 부드럽고 따뜻한…….

"……!"

목 언저리부터 어깨까지 전해지는 고통에 눈살을 잔뜩 찌푸리며 고개를 살짝 틀어보았을 때였다. 엎드린 채로 불편하게 잠을 청하고 있는 운이 있었다. 해준은 그녀를 보고 당최 어찌 된 영문인지를 몰랐다. 그리고 천천히 아직도 생생한 느낌이 전해지고 있는 제 손을 보니 실지로 운의 손이 닿아 있었다. 엎드려 잠을 청한 그녀의 손이 제 손을 잡고 있는 채였다.

시각이 얼마나 기울었는지 알 수 없었다. 언제부터 운이 이렇게 제 침상의 곁을 지키고 있는지도 당연 알 수 없었다. 머리가 깨질 것 같은 고통도, 어깨가 부서진 것 같은 징그러운 느낌도 모조리 날아가는 것만 같았다. 해준은 다시 한 번 눈을 세게 감았다 떴다. 아직도 꿈속을 헤매어 환영을 보고 있는 건 아닌가, 하는 생각에서 였다. 하지만 환영이 아니었다. 운의 모습은 그대로였다.

해준은 천천히 되짚어보았다. 그러니까 운과 함께 사냥을 나섰다. 그녀와 내기를 하고, 달리는 말에서 또한 달리는 짐승들을 향해 활을 당겼다. 그러던 중 언제부터 따랐던 것인지, 아니 숨어 있었던 것인지 미심쩍은 복색을 한 자객이 운을 향해 활시위를 겨냥하고 있었다. 그걸 발견하고 다른 생각을 할 수가 없었다. 자객에게 등을 보이며 운을 막아서는 순간 어깨를 향해 강렬하게 무언가 박혔고, 그 반동에 중심을 잃을 수밖에 없었다. 말의 고삐를 잡아볼 새도 없이 삽시간에 땅으로 몸이 곤두박질쳤다. 군데군데 박혀 있는 돌부리들이 그대로 구르고 있는 온몸을 엄습하듯 부딪쳐왔다. 본능적으로 가장 고통이 심했던 어깨를 부여잡았다. 그리고…….

'……해, 해준!'

또렷했던 음성. 선율과도 같다고 칭한 바 있었던 그 목소리가 귓전에 닿을 때쯤 멀어지는 정신을 잡을 새도 없이 그대로 눈을 감았었다.

"분명……."

제 이름을 불렀었다. 해준, 또박또박, 발음 하나 새지 않고 정확히.

"……."

여전히 눈을 감은 채 있는 운에게로 해준의 잔드근한 시선이 닿았다. 그리고 그와 동시에 고요를 깨는 듯 밖에서 탕약을 들고 왔다고 아뢰는 소리가 들렸다. 해준은 고통을 일부러 짓이기며 운의 손에서 제 손을 빼내었다.

시간차를 두고 문이 열렸고, 발소리를 소란스럽지 않게 놀리며 태의가 들어왔다. 그는 깨어난 해준을 보고 놀라는 것보다 그 옆에서 잠을 청하고 있는 운을 보고 더욱 놀라는 듯했다.

해준은 어렵사리 몸을 일으켜 태의가 건네는 탕약을 받아 들었다. 해준이 무어라 말을 걸려고 했지만 태의는 잠든 운을 눈짓으로 가리키며 고개를 저었다. 그리고 그는 가만히 해준이 탕약을 다 마시길 기다리며 운을 보았다. 분명 잠에 빠진 운의 모습이었다. 작은 소리에도 예민하게 기침을 한다던 운이었다. 이런 기적이 바로 지척에서 오가고 있었지만 운은 깨어나지 않았다.

빈 사발을 담은 태의가 이만 해준과 운에게서 등을 돌렸다. 해준이 예를 갖출 새도 없었다. 그는 그저 운이 깰까 봐 조심스러워하는 것 같았다. 무거운 표정을 하고 태의가 공간에서 사라졌다.

해준은 멍하니 운을 내려다보았다. 얼굴을 가리며 내려온 머리칼이 그녀의 눈을 건드리는 듯 눈살이 조금은 찌푸려진 채였다. 아주 조심스럽게 해준은 운의 머리칼을 넘겼다. 그제야 아무것도 없는 느낌에 다시금 편안한 표정으로 변하는 운의 얼굴이었다.

미묘한 감정이 걷잡을 새도 없이 소용돌이치고 있는 중이었다. 그리고 다시금 귓전을 울리는 운의 목소리가 있었다. 해준, 저의 이름인 해준. 황제, 아니 운이 그리 불렀었다, 분명.

언제 잠에 다시 들었는지 모르겠다. 이른 새벽이 올 때까지 아마 밤새 열을 토했을 거나. 해준은 기운 없는 눈꺼풀로 무겁게 눈을 덮고 있던 눈꺼풀을 천천히 들어 올렸다. 그리고 눈에 초점을 찾으며 동공을 또렷하게 뜨자마자 보이는 건 다름 아닌 운이었다. 깊은 꿈을 꾸다가 일전에 잠시 깨어났을 때 보았던 그 차림 그대로였다. 한시도 떠나지 않고 곁을 지켰던 게 분명했다.

"정신이, 정신이 좀 드느냐? 어서 태의를 불러야겠다. 태……"

걱정이 잔뜩 묻어난 운의 목소리가 참으로 좋았다. 그녀의 눈이 염려로 가득해 흔들리고 있었다. 꼼꼼하게도 해준의 안색을 살피며 있던 운이 얼른 태의를 부르겠다며 자리에서 일어나려던 순간 해준이 그녀의 팔목을 붙잡았다.

"두십시오, 폐하."

해준은 가만히 고개를 흔들었다. 그에 더 이상 고집을 세우지 못하고 운이 엉거주춤 일으켰던 몸을 다시금 의자에 앉혔다.

"간밤에 온몸이 타오르는 듯 열이 불덩이 같았다."

"전 괜찮습니다."

"……"

해준답지 않게 힘이 없는 목소리에 축 늘어져 있는 모습이 운의 마음을 콕, 콕 쑤시는 것만 같았다.

"좀 쉬면 나아질 것입니다."

"……너를 향했던 활이 아니었는데."

스스로 질책을 하듯 고개를 숙이는 운의 목소리가 조금은 습기를 머금은 듯 가느다랗게 떨렸다.

"어찌 그런 말씀을 하십니까, 폐하. 폐하께서 변고 없이 이리 온 전하신데 신은 아무렴 상관없습니다."

"어찌 상관이 없어? 지금 몸져누운 꼴을 보아라."

"폐하."

"제대로 잡지도 못하였다. 스스로 목숨줄을 끊었으니 밝혀내기도 어렵게 됐어."

"……."

사냥 중에 날아들었던 화살. 아무리 시시때때로 운을 겨냥하고 있다고는 하나, 그렇게 대놓고 제 존재를 드러내기는 어려웠을 거다. 아니, 이것은 대놓고 존재를 드러내며 운을 노릴 수 있다는 것을 으스대는 것과도 같았다. 그럴 만한 사람이 여기 몇이나 될까. 해준은 어렵지 않게 하나의 결론에 다다를 수 있었지만 생각을 하는 것만으로도 끔찍했다.

"전 정말 괜찮습니다, 폐하."

"……뭐라 할 말이 없구나, 내가."

지극히도 염려를 표하고 있었다. 제 심상이 지금 잔뜩 흐트러지고 있었다. 그걸 곧이곧대로 해준에게 보이는 것도 모른 채 운은 여전히 어둡고 무거운 표정을 했다.

"공을 세운 것과 마찬가지이니 그럼 청을 하나 들어주세요."

제 팔목이 여전히 해준에게 붙들려 있는데도 불구하고 운은 그걸 눈치채지 못하는 듯 보였다.

"청?"

"예."

수척해진 목소리가 듣기 안타까웠다. 늘 단정하고 또박또박 기개가 있던 목소리였는데 몸이 약해지니 목소리 또한 힘이 들 수밖에 없었다. 힘없는 눈을 동그랗게 뜨고 있는 해준을 내려다보며 운은 청이 무엇인지 말을 해보라 일렀다.

"제 이름을…… 다시 한 번 불러주십시오."

"……뭐?"

"언제든 좋습니다. 꼭 지금이 아니어도 되니, 제 이름을 불러주십시오, 폐하. 그게 제 청입니다."

해준과 운은 서로를 가만히 응시한 채 잠시 말이 없었다. 잠시간의 정적이 두 사람 사이를 찾아들었다. 해준이 고개를 살짝 떨뜨리며 운을 잡고 있던 손을 그제야 풀었다. 운의 시선도 어느새 제 팔목으로 따라 내려갔다.

"목숨, 목숨 운운하더니 꼴을 보아라. 그런데도 그런 청이 입 밖으로 나오느냐?"

"그러게 말입니다. 앞으론 좀 자제하여야겠습니다."

"하!"

마르고 퍼석해진 채 애써 장난스런 표정을 보이고 있는 해준을 보며 운도 황당한 콧김을 숨길 수가 없었다.

"곁에서 자세히 보니 어떻습니까?"

"뭐가 말이더냐."

"역시 잘생긴 얼굴이지 않습니까?"

"생생하구나. 이 모든 것들을 다 거둬도 되겠어!"

곧 숨이 멎을 것처럼 달떴던 열이었다. 또다시 제 정신을 어지럽게 하는 재주를 부리는 걸 보며 운이 고개를 절레절레 저었다.

"아직 답하지 않으셨습니다."

말갛고 깊은 시선이 운을 놓치지 않고 따라갔다. 그에 운이 긴 한숨을 내쉰 뒤 고개를 끄덕였다.

"……그래."

이름을 불러달라 한다면 그래, 불러주겠다. 너의 이름을.

제9장.

　굳이 운이 직접 명을 내려 수를 쓰지 않아도 이미 일전에 있었던 일은 기밀이었다. 암암리에서도 얘기를 꺼내서도 안 되고, 그야말로 입을 놀리는 순간 죽음을 각오해야 했다. 황제의 체통 문제가 아니었다. 그야말로 사사로운 감정에 휘말린 일이었다. 해준은 몸이 완전하게 회복이 될 때까지 황궁에서 지냈다. 운이 내린 명으로 인해 태의가 직접 달인 탕약이 들어오고, 그가 맥을 짚어주기까지 하였다.

　"점차 모든 혈들이 제자리를 찾고 있으니 얼마 되지 않아 완전히 일어날 수 있을 겁니다."

　태의가 해준의 손목에서 손을 떼어내며 말을 했다. 그리고 그가 이만 나서려고 하다가 마침 운이 없는 틈을 타 속에 묻어두었던 물음을 꺼내기로 마음을 먹고 걸음을 멈추었다. 그는 조용히 해준의 가까이로 다가와 섰다.

"우연을 발판 삼아 부러 어심을 어지럽힐 작정은 아니신 게죠, 태사?"

"그 무슨 뜻입니까, 태의."

해준의 미간이 좁혀졌다. 부러 어심을 어지럽힐 작정이라니.

"말 그대로입니다. 폐하께서 태사에게 지나칠 정도로 성심을 쏟고 계십니다. 무고한 사람에게 해를 끼쳤단 생각에 넘칠 정도로 보살핌을 주고 있지요."

폐하를 옹위하고 드는 건 당연한 것인데도 말입니다.

"……"

그걸 묘하게 이용이라도 할까 보아 태의는 노파심이 먼저 앞섰다.

"그리고……"

해준의 곁에서 잠에 들었었던 운이었다. 태의는 말을 다 맺지 않고 그저 입술만을 꿈틀거릴 뿐이었다.

"태의의 뜻은 잘 알겠습니다. 허나, 앞으론 그런 염려 접어두셔도 좋습니다. 저 또한 태의 못지않게 폐하의 안위를 최우선으로 삼고 있는 사람입니다."

운의 안위를 최우선으로 삼고 있다니. 태의가 되묻기 위해 해준을 똑바로 보았다.

"정녕 그러하단 말입니까?"

"그렇지 않고서야 왜 태의를 붙잡고 믿어달라는 말까지 했겠습니까?"

크흠, 태의는 목소리를 가다듬고 그를 한 번 더 살핀 뒤 이만 공간을 벗어났다.

작은 탁상 위에 오른 손가락이 일정한 박자에 맞춰서 따닥따닥 소리를 냈다. 팔에 턱을 괸 채 깊은 상념에라도 잠긴 것처럼 가만히 있던 운도 섬시 문득 운이 밑에 서 있는 영휘를 불렀다.

"태의는 들렀다가 돌아간 것이지?"

"예, 그렇사옵니다."

"그래."

간간이 해준에게로 갔던 운이었지만 노골적이게 며칠 동안을 그의 옆에서만 보낼 수는 없었다. 운이 처리해야 할 갖은 업무들이 있었기 때문이었다. 하지만 늘 신경은 해준에게로 쏠려 있는 듯 이따금씩 운은 영휘를 통해 해준의 상태를 확인했다.

"너의 표정을 보아하니 또 말을 못 해 혼자서 끙끙 앓고 있는 것 같구나."

"아닙니다."

"내가 말했었지? 네 표정엔 다 드러나 보인다고. 게다가 나에게 하고 싶은 말이 무엇인지도 잘 알겠어."

"……."

굳건히 하던 어심이 그로 인해서 흔들리고 있다는 건 운의 사람이라면 누구든 알 수 있었다. 처음엔 경계에 경계를 마지않던 운이었는데 대체 무슨 변화가 있었기에 그를 감싸고도는 형국인지 몰랐다. 좋을 게 없었다. 그는 가까이하면 할수록 도움이 될 게 그 어느 것도 없었다. 현명한 처사라면 이제라도 그에게 다시금 벽을 세우고 멀찍이서 모든 것을 꿰뚫어 볼 수 있게끔 거리를 두어야 옳았다.

"그에게 나를 향한 적의는 없다."

내가 바로 보았다면 말이다.

"하오나, 폐하."

영휘는 기다렸다는 듯 말을 덧달았다.

"영휘."

운의 시선이 아득하게 깊어졌다. 순간 훅, 하고 가슴을 후비는 것처럼 먹먹한 기분에 영휘는 조금 뜸을 들인 뒤에야 대답을 했다.

"……예, 폐하."

"시험에 들고 있는 건 그가 아니라 짐인 듯하다."

"……"

언제부터였을까. 못가에서 소매가 젖은 그때부터였을까? 물방울들은 비단 운의 소매뿐만이 아니라 그녀의 가슴까지 눅눅히 적신 것임에 틀림없었다.

"황제 폐하 납시오."

운이 들었다는 말에 해준이 인상을 구기며 침상에서 억지로 몸을 일으켰다. 문이 열리자마자 운은 성큼성큼 해준의 곁으로 다가왔고 그가 일어나 제게 허리를 숙여 예를 갖추는 걸 이만 저지했다.

"되었다, 그대로 있어."

"이젠 괜찮습니다, 폐하."

"태의의 말이 며칠은 무리하지 않는 게 좋다더구나. 그대가 원한다면 등청하지 않아도 돼."

"아닙니다."

단순히 활을 대신해 맞았다는 공을 크게 사고 있다는 게 아니라는 걸 두 사람은 잘 알았다. 그걸 입 밖으로 꺼낸다는 게 어쩐지 쑥스러워서 정의를 제대로 하지 않고 있을 뿐이었다. 운은 제가 들때부터 함께 가져온 대추차를 해준에게 줄 것을 명했다.

"사양하지 말고 마셔라. 회복하는 데 도움이 될 것이다."

"예, 폐하."

일부러 적당하게 식혀서 온 대추차는 일부로 입술을 동그랗게 모아 후후, 불어댈 필요가 없었다. 해준은 건네어진 대추차를 망설이지 않고 들이켰고 빈 찻잔을 건네어 받은 나인이 얼른 들고 걸음을 총총히 하며 빠져나갔다.

"이제 이곳도 오늘 밤으로 마지막이군요."

황제의 목숨을 구한 공이 엄청나다고는 하나 그로 인해 돌아가는 특혜가 과하다고들 하였다. 황제의 태의가 직접 그를 진맥하려고 들질 않나, 탕약을 달여 올리질 않나. 여기저기서 수군거리는 말을 만들어내기에 충분했다. 더러는 해준이 주국과의 수교에 운과 뜻을 같이함에 있어서 황제의 총애를 한 몸에 받고 있다고도 여겼다.

"불편한 몸으로 있느라 애썼다."

"오히려 황송했습니다."

그 어떤 누구도 없이 둘만이 가지는 밀회와도 같았던 시간이었다. 제멋대로 생각을 해보자면 그랬다. 아무에게도 제약받지 않은 채 오롯이 가질 수 있었던 운과의 만남. 차라리 어깨에 화살을 맞았던 게 다행이다 싶을 정도였다.

"참."

운은 무언가 생각이 난 듯 넓은 소매에서 바스락거리는 소리를 내며 무언가를 꺼냈다. 그리고 곧이어 그걸 해준에게로 내밀었다.

"그대의 것이다."

핏자국이 아직도 선명했다. 차마 그것은 도려낼 수가 없었다. 아침까지만 해도 망설였었다. 이걸 과연 돌려주는 게 맞는 것인지, 아님 제 선에서 없애버리는 게 맞는 것인지 몰랐다. 펼쳐 보았다는 말만 없다면 괜찮은 게 아닌가, 하는 마음이 있었지만 그게 거짓이라는 건 아마 받아들 해준도 잘 알 것이었다.

해준은 그저 운의 지적에서 저를 보필하는 태사로서의 신하가 아니었다. 그리 단순하지 않았다. 대체 언제부터였는지 그 시기는 정확하지 않았다. 다만 제게로 왔던 화살에 맞아서 해준이 땅을 구를 때 정수리에서부터 큰 바윗덩이가 짓누르듯 무너지는 기분이었다. 머리도, 목도 아닌 그저 어깨였던지라 당연 생명에 큰 지장이 없다는 걸 잘 알았는데도 불구하고 입에서는 생각과 다르게 자꾸만 목숨엔 문제가 없느냐고 태의를 붙잡고 물었었다.

허겁지겁, 혼비백산. 앞뒤를 따로 구분 지어 생각할 틈도 없이 몸이 먼저 반응했다. 그의 이름을 불렀고 얼른 저를 도와줄 누군가가 달려오길 바랐다. 정신을 잃은 해준을 마차에 태워 환궁을 하는 도중에도 운은 버릇이라도 되는 것처럼 해준의 이름을 입새로 흘렸다. 뿐만이 아니었다. 피를 쏟고 있는 그를 직접 부축하면서 재촉에 재촉을 서슴지 않았었다.

'조금만 버텨, 조금만. 거의 다 왔으니 조금만 더 버텨라. 뭘 하느냐? 지체할 시간이 없다. 더욱 서두르라 일러라!'

지켜보는 눈들도 있었고, 듣고 있는 귀들도 있었다. 하지만 그 순간만큼은 아무것도 보이지도, 들리지도 않았다. 그저 저 때문에 피를 쏟고 있는 해준이 안쓰러워 미칠 지경이었다. 그래, 딱 미칠 지경이었다. 그를 여러 차례 시험해볼 작정을 했던 제가 아둔하게 느껴지기도 처음이었다.

생경스런 기분을 무어라 수식하면 좋을지 모를 만큼 스스로도 눈앞이 핑글핑글 돌만큼 어지러웠다. 밤이 기울수록 그에 대한 생각은 더욱 깊어졌다. 못가에서 마주쳤던 그날 밤. 희한하게도 경계를 하지 않았었다. 우레와 같은 소리로 호령을 하기는커녕 못가에 비친 달을 감상하라 일렀었다. 별궁이었다. 저만의 비밀 처소인 별궁. 일부러 길을 알려주지 않는 이상 이 안에서 별궁을 찾는 이들은 없었다. 그런데 어찌하여 해준이 그 자리에 나타났는지 의문을 품었어야 했고, 따져 물어야 마땅한 일이었다. 하지만 그런 의문은 어디로 날려버린 건지 하나도 떠오르지 않았다.

오로지 그 순간이었다. 두 발이 묶여 있는 듯, 시선을 단 한 치도 옮기지 않고 있었던 그 모습. 멍하니 외로 박힌 채 있었던 그 모습에서 운은 그 어떤 채근도 내리지 않았다. 예도 제대로 갖추지 않고 스스럼없이 다가와 그는 참 다정하게도 제 손을 그러쥐었다. 손이 차갑다며 꼼꼼한 매듭으로 묶어줬던 그 천이 아직도 제 처소 어딘가에 있을 것이었다.

'일그러뜨리지 마십시오.'

마음 한구석을 어딘가 모르게 볕을 쬐기 위해 내주고 있었다. 아니, 그대로 보이고 있었다. 그는 제가 직접 그를 시험하고 있음을 알고 있는데도 불구하고 응했다. 오히려 달갑다는 듯이. 그날, 잠행에서도 그러했다. 연회 아닌 연회에서도 그랬다. 내기 같지 않은 내기를 걸어오는 저에게도 그는 항상 고개만 끄덕일 뿐이었다. 여부가 있겠느냐며 고요히 따를 뿐이었다. 그런 모든 것의 집약이 한 폭의 그림에 담겨져 있었다.

올곧은 시선을 느끼지 못했다면 그건 거짓이었다. 미미하게 건드는 미풍의 바람은 그로 인한 것이었다. 감히 황제를 흔들어 보인 것이었다. 굳건히, 굳건히 자리해 있던 지반을 그는 너무나 쉽게 흔들었다. 모든 감정이 그림 안의 제 모습에 있었다. 그것을 고스란히 옮겨 담은 자 또한 그랬다. 감정이, 시선이 서로를 향해 있었다. 눈을 감아도 보이고, 눈을 뜨면 더욱 아른거렸다.

어쩌면 좋을까. 이 형국을 대체 어찌하면 좋을까. 아예 끊어내버릴까, 생각하지 않은 건 아니었지만 그가 당장이라도 제 눈앞에서 사라진다면 견딜 수 없을 것 같았다. 이상하지, 어째서 이런 들끓는 기분이 드는 걸까. 눅눅했던 심지에 불이 당겨졌다. 시간을 거스르는 것처럼 활활 타올라 그 더운 기운이 모든 것을 잠식해버릴 것만 같다.

"이건……."

굳이 펼치지 않아도 운이 제게 내밀고 있는 게 무엇인지 알 수 있었다. 생각이 날 때마다 꺼내어 보고, 생각이 나지 않아도 꺼내어 보고. 종이가 좀 있으면 닳아 없어지겠다 할 정도로 펼쳐 보던 운이었다.

"화살을 빼내느라 옷을 찢어내면서 흘린 모양이야."

운은 최대한 아무렇지 않은 목소리를 했다.

"중요한 것 같기에 보관해두었다가 이제야 생각이 나서."

"그러셨군요."

그걸 왜 황제인 운이 직접 보관하였냐고 해준은 덧붙여 묻지 않았다. 그저 다시금 제 옷 사이로 넣어둘 뿐이었다.

"병자를 오래도록 붙잡고 있었구나."

까슬까슬한 정적이 찾아왔다. 운은 그에 앉아 있던 몸을 서둘러 일으켰다. 하지만 그것도 아주 잠시 뒤에서 들리는 해준의 목소리에 이만 걸음을 멈출 수밖에 없었다.

"그 못 말입니다."

"……."

"달이 가장 아름답고 황홀하게 비치는 그 못, 다시 한 번 보고 싶은데…… 윤허해주시겠습니까?"

운만이 누릴 수 있는 그 풍경이었다. 운의 허락 없이는 갈 수도,

감히 엿볼 수도 없는 별궁. 해준은 그곳을 말하고 있었다. 대답은 바로 들리지 않았다. 그저 걸음을 멈춘 채 가만히 있는 운이었다. 해준은 운이 보고 있지 않은데도 서둘러 고개를 조아렸다.

"신, 정신이 아직도 아득한 모양입니다. 실언을 하였……."

"언제는 그대가 내 허락을 받은 적이 있던가?"

새삼스러운 해준의 말에 운의 입가에서 피식, 웃음이 새어 나왔다.

사락사락. 다시금 운이 움직였다. 이만 완전히 방 안을 빠져나가는 듯싶었으나 다시금 들리는 해준의 목소리에 그 또한 쉽지 않았다. 작정을 한 것은 아니었다. 다만 지금 이 순간을 놓치고 싶지 않은 마음에 욕심이 앞선 것이었다.

"괜찮으시다면 감히 폐하께 동행을 청하고자 합니다."

"……."

"화살에 맞은 건 비단 어깨가 아니라 머리인가 봅니다. 어느 안전이라고 이리 입을 함부로 놀리는 건지……."

"밤바람이 차다. 옷을 든든히 입는 것을 잊지 마라."

그렇게 말을 남기고선 운은 남은 걸음을 마저 걸어 나갔다.

"의도치 않게 별궁으로 발을 들인 적이 있습니다."

길고 길었던 침묵을 깨뜨리는 건 해준이었다. 그는 뒤편에 있는 별궁을 가리키며 말을 했다. 운은 그의 말에 짐짓 놀란 듯 눈을 동그랗게 떴다. 마치 아무도 쓰지 않는 공간인 것처럼 위장을 해놓은 곳이었다. 정원을 찾은 것으로도 모자라 그가 별궁에까지 발을 들였단 말은 이미 저의 비밀 처소의 존재를 눈치챘다는 것과도 맥을 같이했다. 운은 일단 아무 말이 없었다. 그저 해준이 제 의중을 마저 말하길 기다릴 뿐이었다.

"기척에도 깨지 않으시더군요."

얕은 한숨을 내쉰 운이 해준이 말을 맺음에 따라 제 목소리를 냈다.

"······말하고 싶은 게 무엇이지?"

"폐하의 사람이 되는 건 바라지도 않습니다. 하오나, 폐하께 감히 약조드리지요."

"무엇을."

"태사 서해준, 폐하의 신하로서 그 어떤 배반도 없을 것입니다."

모든 촉각을 곤두세우고 있는 그 피곤으로부터 벗어나라는 말과도 같았다. 그건 해준의 진심이었다.

"그건 이미 증명해 보였다."

운의 눈이 느릿하게 깜빡였다. 흐르는 시간이 점차 늘어지는 것처럼 만물에서 무게감이 느껴졌다. 정녕 이 일을 어쩌면 좋을지 모를 노릇이었다. 생경한 감정은 해준만을 비추고 있었다. 거부하고 싶지 않았다. 그러면 제 앞의 해준이 꼭 사라질 것만 같은 조바심 또한 일었다. 운은 부러 정신을 다잡았다.

"그대가 바로 보았다. 이곳은 나의 윤허가 없이는 출입이 통제된 곳이지. 먼지를 쓸어내고, 이부자리를 보는 소부의 나인들 외에는 함부로 걸음 할 수도 없다. 건청궁을 앞세운 내 비밀 처소인 셈이지."

"······알고 있습니다."

"언제까지 숨어들어야 할지 모르겠어. 저들의 몸집은 불어만 가는데 나는 이리 제자리이니."

해준은 답을 하지 않고 제 손끝에서 만들어진 운의 모습이 담긴 선지를 꺼내 보였다. 그리고는 일말의 망설임조차 없이 그것을 펼쳐 운의 앞으로 내밀었다. 설마하니 이렇게 제 앞에 직접 보일 거라고는 예상하지 않았다. 운은 갑작스런 해준의 행동에 그만 대답의 갈피를 잃은 채 멍하니 그를 쳐다보고만 있을 뿐이었다.

"……그대는 정말로 목숨이 아깝지도 않은 모양이로구나. 지금 이걸 내 앞으로 보이면 목숨을 취해달라는 뜻과도 다를 바 없다."

여러 차 목숨 운운했다지만 그 경중이 확연히 달랐다.

"폐하께서 옳습니다."

운은 부러 고개를 휙, 돌렸다.

"그 뜻입니다."

"뭐라고?"

"제 명줄은 폐하께 있습니다."

해준은 그대로 무릎을 꿇었다. 아직 성해지지 않은 몸 때문에 무릎을 꿇는 순간에도 그는 찌릿찌릿 전해지는 고통에 표정을 일그러뜨려야 했다. 그것을 여과 없이 보고 있던 운의 얼굴에도 그늘이 잡혔다.

"아직 성하지 않은 몸이다. 찬 바닥에 지금 무엇을 하는 것이냐."

지하 저 끝에서부터 냉기가 무릎을 통해서 올라왔다. 뼈가 꼭 으스러질 것 같다는 표현이 맞을 정도로 무릎이 아프면서 시렸다.

하지만 해준은 움직일 생각일랑 없었다. 양손으로 운이 그려진 그림을 떠받들고 고개를 숙였다.

"대신 과녁이 되어주신다 하였습니다. 기억하고 계십니까?"

모든 하중이 무릎에 실려 있었다. 급기야 운은 해준의 코앞까지 다가가서 그가 이만 일어날 것을 재촉했다.

"일어나서, 일어나서 하셨나. 그러니 실른 몸을 일으키디, 어서."

무겁게 낮아진 운의 목소리였지만 해준은 요지부동인 채 말을 이었다.

"제가 대신하겠습니다. 제가 대신 폐하의 과녁이 되어드릴 것입니다."

"무릎이…… 무릎이 아직 성하질 않다. 미련하구나! 어찌 그대 몸을 이리 죽이는 게야, 응? 일어나라. 어서!"

체통은 이미 안중에도 없었다. 운의 신경은 오로지 꿇어져 있는 해준의 무릎으로만 쏟아져 있을 뿐이었다. 지금 무슨 말을 하고 있는지 제대로 들리지 않았다. 안 그래도 한쪽을 절뚝절뚝거리는 모습에 가슴이 미어졌는데 몸이 완쾌하기도 전에 무릎을 저리 사용하다니. 태의가 분명 조심해야 된다고 그랬었다. 달리는 것은 물론이요, 걷는 것에서도 조심하라고. 그런데 미련하게 무릎을 꿇고 모든 체중을 그리로 실은 꼴이라니. 운은 당장이라도 사람을 불러 양쪽으로 그를 겁박해 억지로라도 일으키고 싶은 심정이었다.

"받아주십시오, 폐하. 신의 목숨을 폐하께서 가지시는 겁니다."

이 나라의 지존이자 하늘인 황제를 절대 해선 안 될 연정으로 품었다. 고요히 숨을 죽이며 그녀의 모습을 감히 화폭에 담기까지 했다.

"수가 틀어졌을 경우 잘만 이용하면 승상까지 함께 몰락시킬 수 있을 겁니다. 어찌 되었든 그가 저를 본국으로 들인 셈이니 억지로라도 그렇게 몰아갈 수 있을 겁니다, 폐하."

변질이었다. 연모하는 이를 화폭에나마 옮겨 계속 들여다보고 싶어 하는 순수한 감정을 정치적으로 이용할 수 있는 변질. 해준은 그렇게 제 심장을 갈래갈래 짓이기는 고통을 누르면서 운에게로 내밀고 있었다. 어찌 이용을 해도 좋다는 듯, 그렇게.

빈 건청궁을 지키고 있던 영휘였다. 상념이 짙으면 으레 모든 시위를 물리고 산책을 나서는 운을 알기에 영휘는 가만히 제자리에서 소임을 다하고 있던 차였다. 그런 영휘를 지나쳐 해준이 탕약을 먹을 시간이 돼 별채로 가던 태의가 고개를 갸웃하며 멈춰 섰다.

"어찌 그러십니까?"

"잠시 자리를 비운 것 같네."

태의가 가리키는 쪽은 해준이 있던 곳이었다. 순간 영휘는 해선 안 될 짐작이 들었다. 태의는 나중에 다시 오겠다며 그를 지나갔지만 영휘는 얼어붙은 채 멍했다. 하필 시기가 겹칠 수가 있나. 운이 자리를 비운 사이, 태사도 함께 자리를 비웠단다. 엄습하는 불편한 느낌이었다. 그의 가슴에 운은 단순히 황제가 아니었다.

"……"

해준은 그렇다 하여도 운까지 그의 마음에 동조할 리는 없을 거다. 사냥터에서 여차하면 큰 변을 당할 뻔했던 운이었다. 사방에서 더욱 촉각을 곤두세우고 운을 어떻게 도려낼지 고민하는 시국에 여차하다간 그들이 달려들기 좋게 빌미를 제공할 수도 있었다. 현명한 운이었다. 그녀는 생각이 깊었다. 감히 헤아려볼 수 없을 만큼 그랬다. 그런 운이 섣부른 행동을 하진 않을 거다.

'내가 지켜보고 있을 것이다.'
'하오나 폐하……'
'손을 멈추지 말라.'
'……알겠습니다.'

그날이 떠올랐다. 엇나간 것은 화살이 아니라 운이었다. 운이 틀어지고야 말았다. 제자리에서 견고히 해야 할 그녀의 마음이 틀을 벗어나 하염없이 흔들리고 있었다.

'몸이…… 몸이 불덩이야.'

넋이라도 나간 듯한 눈동자였다.
"대체……"
어쩌려고 이러시는 겁니까, 폐하.

운은 여전히 고집스레 해준이 내밀고 있는 것은 받아 들지 않고 있었다. 제아무리 아무렇지 않은 표정을 지어 보이기 위해 애쓰고 있다고는 하나 성하지 않은 뼈가 버틸 수 있는 시간에는 한계가 있었다. 고운 미간에 주름이 잡히다 못해 일그러졌다. 평정을 찾으려고 했지만 이미 그럴 수가 없었다.

"내기에서 이긴 것은 그대다."

대신 과녁이 되어준다느니, 차라리 없던 걸로 하느니만 못했다.

"폐하."

"황명이다. 얼른 자리에서 일어나, 얼른!"

"받아 들지 않으신다면 신, 일어날 수가 없습니다."

"황명이래도!"

해준은 가만히 제자리에서 고개만 절레절레 저을 뿐이었다. 고집을 꺾을 수가 없었다. 이대론 아예 밤을 새울 것도 같았다. 운은 하는 수없이 해준의 손에 들린 것을 받아 들었다. 그제야 뻗고 있던 팔이 스르르 아래로 떨어졌다.

"그래, 그러자. 내가 이제 그대의 목숨을 쥐고 있는 것으로 하자. 그대가 원하는 대로 됐으니 일어나라, 어서."

고개를 숙여 예를 갖춘 뒤 해준이 다치지 않은 다리를 움직여 먼저 무게를 실으려 했다. 하지만 오래도록 땅에 구부려 있었던 탓에 나머지 무릎이 영 말을 듣질 않았다. 중심을 잡아보려고 노력조차 하지 못한 채 몸이 기울었다. 그에 해준이 손바닥으로 바닥을 짚으며 고통스런 표정을 감추질 못했다.

"괘, 괜찮은 거야? 저기 앉을 곳이 있으니 무리하지 말고 천천히, 천천히."

다정하고 섬세한 목소리. 비단 착각이 아니었으면 좋겠다 싶을 정도로 달콤하게 제 귓가가 울렸다.

"송구합니다, 폐하."

"뭐든 제발 그대의 몸이 전부 일어난 다음이다."

잡을 것이 없으면 다시금 고꾸라질 것 같았다. 그에 운이 선뜻 제 팔을 내밀었다.

폐하.

"내밀어줄 때 잡아."

"하지만……."

손이며 어깨며 팔목이며 허락도 없이, 고민도 없이 잡아올 땐 언제고 아예 내밀어주니 망설이는 표정이었다. 해준이 선뜻 운의 팔을 잡지 못하고 있자 운이 직접 해준의 손을 제 팔목으로 얹게 만들었다. 그리고 나머지 손으론 그의 팔을 잡고 좀 더 해준이 일어나기 쉽게 최대한으로 힘을 주었다.

"미련하기 짝이 없게."

다행히 몇 걸음 되지 않는 곳에 별궁이었다. 힘겹게 해준을 걸터앉히고 운도 그 옆에 자리를 잡고 앉았다. 꾸짖는 말투였지만 목소리는 그렇지 않았다. 그녀의 손엔 해준이 기어코 받아 들게 만들었던 선지가 꾸깃꾸깃해져 있었다.

"당연한 것이지만 말입니다, 폐하."

해준은 다친 어깨를 가리키며 말했다. 운이 그에 금세 풀이 죽은 얼굴을 하고 조용히 대답을 했다.

"그래."

"화살에 맞은 게 신이라서 다행이란 생각을 몇 번이나 했는지 모릅니다."

"뭐, 뭐라고?"

노랗기도 하고, 하얗기도 하고. 보기에 따라 색이 변하는 것처럼 오늘 뜬 달은 그랬다. 해준은 가만히 밤하늘을 바라보던 시선을 옆에 있는 운에게로 옮겼다.

"그렇지 않았더라면 지금 이 시간도 없었겠지요."

"여직 실성을 한 채로구나, 그대는."

"예, 폐하. 그러합니다."

"……."

지금 폐하의 손에 제 목숨이 있지 아니합니까? 그러니 살려달라는 애원 같은 건 진즉 포기한 지 오래입니다.

"……돌아가면 당장 태의부터 들라 이르겠다."

"염려 놓으십시오. 잠시 무릎을 꿇었다 하여 크게 잘못될 일은 없을 것입니다."

"진맥을 짚어본 뒤 태의가 전할 말이다."

여전히 제 무릎을 살피는 운의 눈동자가 부산스럽기까지 했다. 하고 있는 염려가 속에서만 있는 게 아니라 온갖 소리를 내면서 나오고 있었다. 어찌하여 이렇게까지 신경을 쏟고 있는 건지 해준은 콕 집어 묻고 싶었지만 일부러 참아냈다.

"박 상궁."

"예, 폐하."

"오늘은 태의에게 탕약을 들이지 말라 일러라."

"예, 그리하겠습니다."

알겠다고 하고 고개를 숙이며 나가는 박 상궁이었지만 그녀는 놀란 눈을 감출 수가 없었다. 축시가 되는 종소리가 나지 않더라도 그때를 너무나도 정확하게 알아차려 늘 탕약을 찾던 운이었다.

"정녕 괜찮으시겠습니까?"

"괜찮지 않을 것도 없지."

놀란 것은 박 상궁뿐만이 아니었다. 곁에 서 있던 영휘가 얼른 운의 안색을 살피며 조심스럽게 물었다. 그에 운은 나른하게 고개를 끄덕였다. 습관이자 버릇처럼 찾던 탕약이었다. 그걸 마시지 않으면 오히려 불안에 떠는 듯도 하였는데 갑작스레 탕약을 들이지 말라니. 운이 고개를 끄덕였어도 영휘는 재차 그녀의 안색을 살피는 것을 잊지 않았다.

"초는 내 가장 가까이 두 개만 밝힌 채 모두 꺼도 좋다. 고단하구나."

말이 맺어지기가 무섭게 시중을 들던 나인들이 켜져 있는 초들을 하나둘 꺼트리기 시작했다.

"너도 오늘은 일찍 물러가 쉬도록 해."

"예, 폐하."

평소답지 않게 운의 눈꺼풀이 매우 무겁게 잠기려는 듯 보였다. 시간을 죽이기 위해 항상 펴놓던 서책도 없었다. 모든 것을 비우고 그녀는 정말 고단함에 취해 이른 잠을 청하려는 것처럼 보였다. 영휘를 포함한 시중들은 그것을 방해하지 않으려 서둘러 물러갔다. 운이 명한 대로 가장 가까이에 두 개의 초만이 그나마 시야를 밝히고 있었다.

넓은 소매 안에서 운은 제 그림을 꺼내어 펼쳐 보았다. 참 정교하게도 담긴 제 모습이었다. 그가 이것을 그리면서 얼마나 많이 그날 밤에 대해 떠올렸을지 생각했다.

가볍지 않은 시선, 결코 농으로 던지는 마음이 아니라는 게 참 여실히도 느껴졌다. 가만히 있으면 특유 해준의 목소리가 제 귓가를 두드리는 듯했다. 이상하게 나른하게 만드는 그의 목소리. 어깨를 짓누르는 모든 압박이 한순간에 거둬지는 것처럼 그를 보고 있노라면 그랬다. 괴로운 마음가짐이 어째서 이리 반가운 것인지.

운은 이만 생각을 꺼뜨렸다. 심신이 고단하고 지친 느낌이었다. 얼른 눈을 감고 모든 것을 놓고 싶었다. 오늘 밤은 그랬다.

제10장.

주국에 대해 밝은 사람은 아무도 없었다. 그저 그랬다더라 하는 소식통에 그들을 온통 부정적이게 보는 시선들만 있을 뿐이었다. 율국의 도성으로 올 수 있는 가장 가까운 항구를 통해 주국의 사절단이 드디어 율국으로 들어왔다. 대홍려와 운이 따로 이번 수교를 위해 임명한 그의 수행들이 항구부터 주국의 사절단을 맞이했다. 그 가운데는 태사, 해준도 함께였다. 주국의 사절단이 율국으로 들어옴에 따라 직접 그들을 눈으로 보게 된 율국의 백성들이 술렁술렁 동요했다.

"폐하께서 무슨 생각이신 게지?"

"무뢰배들의 나라와 뭘 하자는 건지."

"본이 없잖은가, 본이. 이는 율국의 국위와도 직결될 터인데."

급제도 못한 이들이 괜히 선비랍시고 일부러 한마디씩 툭툭 던졌다.

"다 뜻이 있는 거겠지. 그 깊은 뜻을 어찌 우리 같은 사람들이 헤아리겠나?"

"대체 그 뜻이 무엇이기에 말입니까? 나라의 위신이 걸린 일입니다. 주변국에서도 혀를 끌끌 찼던 주국이 아닙니까?"

"하여튼 정치를 보는 자들이란 잇속만 중요하지. 뭐, 대단한 뒷거래가 있지 않고서야, 아니 그런가?"

심심치 않게 들리는 소리들은 곧 해준의 귀에도 닿았다. 작은 실수 하나라도 있었다가는 곧 어마어마한 상소문들이 운의 앞으로 올라올 것 같은 추세였다. 함께 수행해가던 대홍려가 이 술렁이는 틈을 두루두루 보다가 해준만이 들리는 작은 목소리로 그에게 넌지시 말을 걸었다. 아까부터 둘만 얘기할 틈을 노리고 있기도 했다.

"화살에 맞았다고 들었습니다. 좀 어떻습니까?"

"괜찮습니다. 폐하께서 지극정성으로 보살펴주셨습니다. 때문에 빠른 시일 내에 이리 쾌차할 수 있었던 것이지요."

"그나저나 어깨가 무겁습니다."

심심치 않게 들리는 주국에 관한 소리에 귀를 쫑긋 세우며 대홍려가 조금 근심이라는 듯이 말을 했다.

"그럴 것 없습니다. 잘못된 인식은 고치면 그뿐입니다. 이번 일을 계기로 오히려 민심이 더욱 굳건해져 폐하께로 향할 수도 있지요."

그것이 우리의 역할이기도 하고 말입니다.

"허나, 승상께서도 이번 수교는 반대하고 드시지 않으셨습니까?"

대홍려의 말을 들은 해준의 눈썹이 묘하게 꿈틀거렸다. 황제의 뜻이 단연 앞서는 순위가 되어야 옳았다. 그런데 마치 대홍려는 황제, 운이 아닌 자군의 눈치만 살피는 형국으로 말을 꺼냈다. 황궁 내에서, 아니 이 월국 내에서 과연 승상, 사군이 가진 세력이 얼마나 거셀까. 마음에 무게가 어마어마하게 내려앉는 듯했다.

"대홍려."

"예, 태사."

"자고로 폐하의 뜻입니다. 설마하니, 황상의 뜻에 미심쩍은 눈길을 보내는 것입니까?"

말에 뼈를 잔뜩 심었고 어쩌면 칼날 또한 박아두고 대홍려를 향해 뻗어낸 해준의 목소리였다. 대홍려는 해준이 뱉은 말의 배경을 바로 알아차리고는 당혹스러움에 곧이어 눈을 이리저리 굴렸다.

"그러니까 제 뜻은……."

황제 운의 바로 곁에서 보좌를 하고 있는 해준이라 대홍려는 제가 뱉은 말이 어쩌면 곡해를 더해 전해질 것도 같았다. 그는 자신도 모르게 황제의 말이 아니라 승상의 말에 거슬리는 행동을 했다는 것에 초점을 가지고 있었다. 뒤늦게 그것을 깨닫고 어찌 수습해야 할지 고민스러운 눈을 했다.

"책임이 막중함을 잊지 마십시오."

"그야 당연지사 아닙니까."

"방금은 흔들리지 않으셨습니까?"

"이보시오, 태사."

비록 주국과의 수교에 관해선 제 의사를 똑바로 했다고는 하나, 크게 볼 때 해준은 당연 승상의 곁이라고 생각했던 대홍려였다. 하지만 바로 인상을 구기는 해준을 보며 대홍려는 혼란을 감출 수 없는 듯했다.

"안심하십시오, 대홍려. 저는 폐하께 간언을 올리는 자이지, 간신을 집어내는 자는 아니니 말입니다."

"몰아가는 게 심하지 않소? 간신이라니!"

"황궁 안의 형국을 모르지 않지 않습니까, 대홍려? 하물며 저보다 오래도록 조정에 참여하시지 않으셨습니까. 방금 하셨던 그 발언에 뜻이 없다고는 사료되지 않습니다. 제 말이 틀립니까?"

괜한 화증이 겹친 것인지도 몰랐다. 대충하고 넘길 수도 있었으나 해준은 그러지 않았다. 본인답지 않게 말꼬리를 붙들고 늘어지는 꼴이었다. 상대가 분명 당혹스러워하고 있다는 것도 잘 알았고, 그쯤이면 제 말을 제대로 전달한 것이었다. 하지만 무엇에서인지 끓어오르는 노기 같은 것이 쉬이 가라앉질 않았다. 어쩌면 그 잣대는 승상인 자군에게로 향하고 있는지도 모를 일이었다.

"그러니까 내 말은! 비약이, 비약이 심하다, 이 말입니다!"

큼큼, 목소리를 가다듬으며 그는 괜히 갑작스레 목청을 높였다.

"혀를 함부로 놀리지 마십시오. 시어사가 종적을 감춘 지 얼마 되지도 않았습니다."

"무, 무슨 말을 그리하시는 겁니까!"

"못 들은 걸로 하겠습니다. 방금 대홍려께서 한 말이 어전이었다면 과연 어땠을지 곰곰이 잘 짚어보십시오."

"이, 이거 보시오!"

그리고 더는 할 말이 없다는 듯 해준은 대홍려에게서 고개를 돌렸다.

순탄하지 않을 선생을 선보한 것이나 다름없었다. 신료들의 과반이 이미 주국에 대해 반대를 표하는 입장이었고, 그건 고스란히 운의 황제 자질에 대한 의심을 사기에 충분했다. 한마디로 운은 스스로 그들에게 빌미를 제공한 셈이었다. 호기롭게 주국과의 수교를 한다고 천명했으나 앞으로의 과정이 절대 순탄치 않을 것임을 그들은 하나같이 입을 모아 명시하고 있었다.

하지만 벽을 세우고 장애를 거듭할수록 운의 곁에서 보좌하는 해준이 발하는 능력은 대단했다. 그는 아예 운의 뒤에 서서 일호차착도 없도록 섬세한 조력을 하고 있음이었다.

이건 당연 자군과 그의 뒤에 있는 이들의 눈에도 들어왔다. 주국과의 수교는 차라리 잘된 일이라며 백성들의 민심을 제 쪽으로 교묘하게 끌어오게끔 비밀리에 계획을 세우던 도중이었다. 주변국에 대한 식견이 좁은 것은 운이 가진 최대의 약점이었다. 일부러 쇄국을 펼치는 것은 아니었지만 우대할 수 있는 교양과 그만한 국력을 가진 나라가 아니라면 율국은 절대 주변국을 맞이하지 않는다는 입장을 고수했던 신료들이었기에 그랬었다.

그건 오히려 그들이 가진 강점이었다. 운이 무어라 제 뜻을 밝힐 때마다 저들이 직접 본 바, 들은 바, 하나하나 꼬투리를 잡으며 더 이상 운이 입을 열 수 없게끔 만들기도 했다. 문물을 들일 때에도 운은 영영 그들의 의견을 배제할 수가 없었다. 아예 운이 바깥으로 눈을 열지 못하게끔 그들이 막아서고 있는 형국이었다. 그들은 언제든지 같은 사안으로 황제를 휘두를 수 있기도 했다.

하지만 일이 석연치 않게 흘러가고 있었다. 위기를 오히려 기회로 삼으려고 했던 승상의 생각이 점점 꼬여가기 시작한 것이다.

"목조 기술은 주국을 능할 수가 없습니다. 저들에게서 전문적인 지식을 가진 자를 받는다면 이는 분명 율국의 앞날에도 도움이 될 것입니다."

"하지만 바라는 게 크지 않습니까? 당분간 단일 수교를 원한다니요? 이는 주변국에서 반감을 살 것이 빤할진대!"

탁, 소리 나게 탁상을 치면서 강하게 반대 의사를 드러내고 있는 대창령이었다. 황제 운이 친히 칙서를 보내서 주국과의 화친을 바탕으로 한 수교를 맺었고, 앞으로 어떻게 해서든 이것을 잘 이끌어야 하는 게 나머지 신료들에게 안겨진 과제였다.

하지만 이들은 처음부터 '잘' 해나갈 생각이 전혀 없었다. 오히려 선점할 수 있는 것들이 넘쳐났는데도 불구하고 괜한 교양이나 내세우면서 귀를 닫고 있는 게 틀림없었다.

해준이 가만히 한숨을 내쉬었다. 이 병폐가 과연 언제부터였을지 감히 짐작을 하기도 어려웠다. 그리고 운이 이들을 이끌고 여기까지 와 있다는 것에 대한 존경심도 커졌다. 바람 잦을 날이 없는 거센 풍파 속에서 그 가녀리고 작은 발로 억지로 버티고 있는 운이 또한 존경스러우면서 동시에 안타깝게 느껴졌다. 해준은 속으로 고개를 절레절레 저었다. 폐단, 폐단. 이리도 썩어 있을 수가 없었다.

"국위 선양을 하자는 작자들이 모여서 논하는 토의가 어찌 한 발을 진전하질 못하는 듯싶습니다."

따져보면 하극상을 보이고 있는 발언이나 다름없었다. 하지만 해준은 표정 하나 흐트러지지 않은 채였다.

"태사!"

못마땅한 목소리가 여기저기에서 터져 나오고 있었다. 마치 해준을 다그칠 것처럼 으르렁거리는 눈빛들이었다.

"아니 그렇습니까? 엄연한 주권을 가지고 그에 대한 행사를 마땅히 해야 할 율국인데 지금 주변국의 눈치나 살필 때입니까? 이는 마치 본국을 부러 비교를 해 어디 다른 나라에게 종속된 국가처럼 취급하는 것이나 다름없지 않습니까? 이게 바로 나라의 위신을 떨어뜨리는 게 아니고 무엇이겠습니까?"

소리를 높이지 않았다. 저보다도 한참이나 웃어른들이었지만 가지고 있는 식견은 나이에 비할 바가 못 되었다. 부러 부러뜨리려고 해도 흔들림도 없었고, 그가 가진 두터움이 실로 엄청났다. 차분하고 또박또박한 어조를 늘어놓음에 다들 불편을 표하고 있었고 흘끔흘끔 승상의 눈치를 살피는 이들도 태반이었다.

"일리가 있습니다."

외로운 고투와도 같았는데 처음으로 해준의 말에 동조를 하고 나선 것은 태상경, 진찬이었다. 그는 나직한 목소리로 고개를 끄덕였다.

"황상이 뜻하는 바도 같을 것입니다."

"태, 태상경, 지금 무슨 말씀을 하시는 겁니까? 상대는 서국도 현국도 아닌 바로 주국입니다, 주국! 잘 다져진 윤리를 어지럽히는 밀수품이 태연자약하게 율국으로 들어올 수도 있는 노릇입니다."

"저들도 주변국들의 시각을 읽고 있습니다. 오히려 더욱 경각심을 가지고 통상을 할 것이 자명합니다."

해준이 답답하다는 듯 얼른 대답을 서둘렀다. 하지만 그들은 아예 들을 생각일랑 없어 보였다. 어찌하면 이 사안을 더 질질 끌고 가서 지치게 할지 오히려 그것만 논의하는 듯 느껴지기도 했다. 시간은 흐르고 있었지만 해결이 난 결론은 아무것도 없었다.

"허나, 방법이 그릇될 수도 있습니다. 앞뒤 가릴 것 없이 무력으로 돌진해온다면 이는 어찌 막을 것입니까?"

저마다 논리를 펼치는데 모두 한통속이었다. 아무리 입바른 소리를 한다고 해도 씨알 하나 제대로 먹힐 것 같지 않았다.

"태사의 말이 백번 옳은 듯싶소만? 말 그대로 우리가 펼치는 것은 탁상공론이고 허울뿐입니다."

광록대부 백염이 희끗한 수염을 매만지며 일갈하듯 목소리를 냈다.

"일전엔 태사와 같이 오랜 시간 타국에서 유학을 한 자가 없었습니다. 제아무리 서책을 달달 외울 정도로 들여다보고, 사절 또한 나가보았다고는 하나 그게 고작 며칠입니까? 나흘? 보름? 한 달도 안 되는 시간 동안 봤으면 얼마나 보았고, 식견을 넓히면 제아무리 얼마나 넓히겠습니까? 이 사안에 대해서는 태사만큼 정확한 이도 없지요. 그럼에 승상께서 태사를 이리 들이신 것 아닙니까?"

굽힐 생각이 없다는 듯 광록대부가 멈추지 않고 한마디를 더했다. 게다가 끝에 승상을 들먹이기까지. 잠시 정적이 맴도는 순간이었다. 열띤 논쟁은 비단 주국에 대한 입장만이 아니었다. 그것은 황제를 두고 입을 대는 것이나 마찬가지였다. 똘똘 뭉쳐서 어떻게 일나나 눈에서 배를 가일 싯인가, 빈질빈질한 낄꼴을 손톱으로 이떻게 긁어놓을지 논하는 자리와도 뜻이 같았다. 한 나라에서 군주의 뜻을 떠받들어 살을 보탤 생각은 하지 않고 실세를 따져가며 자군의 뒤에 서 있는 꼴이라니.

떡하니 저와 대척을 하고 있는 해준에 그를 보는 자군의 미간에 주름이 잡혔다. 심기가 편치 않음이 드러났다.

"듣자 하니 더 이상 토를 달아봐야 손해일 것 같은데."

태상경이 묘하게 입가에 미소를 띠며 말을 했다. 그에 모든 이들의 시선이 태상경 쪽으로 옮겨갔다. 발언을 한 자가 과연 태상경이 맞나, 하는 눈들이었다. 어째서 뜻을 달리하는 말을 하는 걸까. 태상경이 자군의 오랜 지기로 그의 옆에 있었음을 다들 모르지 않는 사실이었기에 더욱 그랬다.

"과연, 승상께서 보배를 알아보셨습니다. 게다가 공을 세워 앉은 자리는 어쩌면 딱 제 직책인 듯 어울리기까지 하군요. 태사라는 관복을 잘 소화하고 있습니다. 학문을 몇십 년 동안 갈고닦아봐야 혜안을 가지지 않는다면 그 무슨 소용이란 말입니까? 진정 혜안을 가지고 나라의 앞날을 걱정하는 이가 황상의 옆에 있으니 주국의 문제는 뒤로하고서라도 이 늙은이가 뿌듯하기 그지없습니다. 모두들, 아니 그렇소? 올바르게 참언만을 하고 있는데 더 이상 붙일 말이 무엇이 있는지 모르겠습니다. 태사의 한마디, 한마디가 훗날 황상께 뼈가 되고 살이 될 것이지요.”

놀란 것은 해준과 광록대부, 백염도 마찬가지였다. 그들에게는 태상경의 말이 곧이곧대로 들리지 않았다. 분명 승상의 옆에 있으면서도 좀처럼 드러내 보이지 않는 속내 때문에 오히려 그는 더욱 위험한 인물로 보일 뿐이었다.

자리가 파하고 모두들 불편한 심기로 괜히 뒷짐을 지며 혀를 끌끌 찼다. 개중엔 오랜 유학을 한 게 마치 대수인 것처럼 저번부터 입을 놀리고 있다며 해준을 들여온 승상에게 책임을 물으려는 것도 같았다. 그렇게 하나둘 퇴궐을 하던 중이었다. 마침 지나가는 태상경을 해준이 붙잡아 세웠다.

“잠시 시간 좀 내주시지요.”

태상경은 해준이 이렇게 나올 것을 알았다는 듯 점잖은 웃음을 띠며 걸음을 세우고 해준의 말에 응했다.

“나와 논의하고자 하는 바가 남은 것은 아닐 테고.”

태상경은 괜히 필요도 없는 서두를 뗐다.

“연유가 무엇입니까, 태상경.”

“무슨?”

괜히 서로의 말꼬리를 물며 시간이나 잡아먹자고 그를 은밀하게 부른 게 아니었다. 해준은 단번에 미간을 찌푸렸다.

“이젠 의중을 확실히 해주시지요.”

"내 의중이 무어에 필요하다고 이러는가?"

수가 기우는 것 같아 보이자, 적선하듯 큰맘을 먹고 손을 한 번 맞잡아준 게 아니라는 걸 해준은 잘 알았다. 그는 빙글빙글 웃음을 지으면서 쉬이 제 저의를 밝히려 하지 않는 것처럼 보였다.

"괜한 농이나 주고받자고 이리 이끈 것이 아닙니다."

"그럼 먼저 답을 해보게."

"무엇에 말입니까."

"못을 본 적이 있는가?"

넓디넓은 황궁이었다. 못이란 크고 작은 것을 포함해 족히 열 곳은 넘었다. 태상경은 두루뭉술하게 아무 못이나 집어서 묻는 것처럼 하였지만 그 저의를 해준이 못 알아듣진 않았다. 일전에 먼저 달밤에 연꽃이 만개한 못을 운이 좋아한다고 말을 한 적이 있었던 태상경이었다. 그는 그것을 묻고 있었다. 그 뜻은 어심을 사로잡았는지 아닌지 그에 대한 대답을 듣고자 함이었다.

순간적으로 찬물을 끼얹은 듯 오가던 대화에 정적이 흐르고 싸해졌다. 하지만 태상경은 곧이곧대로 해준의 입을 타고 흐를 대답이 아니라는 걸 알고 있었는지 재촉하진 않고 가만히 있을 뿐이었다.

해준의 머릿속의 점차 빨라지기 시작했다. 그는 자군의 옆에서 오래도록 자리하고 있는 사람이었다. 은현각에 드나드는 것도 마찬가지였다. 하지만 어째서, 대체 무슨 저의로 저를 떠보고 있는 것인지 그 속내가 좀처럼 보이지 않았다. 마치 이도 저도 아닌 것처럼 미온적인 태도로 있는 것 또한 마음에 들지 않았다. 지금 그가 추구하고 있는 것은 무엇이며 얻고자 하는 것은 또 무엇일까.

"대답을 삼키고자 한다면 그리해도 좋네. 난 재촉할 생각은 없으니까. 하지만 내 대답도 함께 삼켜지는 것을 잊지 말게."

좀처럼 해준이 입술을 뗄 생각을 안 하자 기다리고만 있던 태상경이 먼저 침묵을 깨고 입을 열었다.

"도무지 모르겠습니다, 태상경. 분명 구름을 등지고 계신 것이 아닙니까?"

"그리 보이는가?"

"무슨 뜻입니까."

"허허, 뜻이랄 게 있나? 말 그대로일세. 내가 지금 구름을 등지고 있는 것처럼 보이냐고 물었네만."

더욱이 갈피를 잡을 수 없는 말이었다.

"……머리 위에 구름을 이고 있다는 뜻으로 받아들여도 되겠습니까?"

조심스러웠다. 그 어느 때보다 조심스러운 해준의 눈길이 태상경에게로 닿았다. 이상하게 방망이질 치기 시작했다.

"내가 처음 자네에게 말을 걸었던 때가 생각이 나는군. 그때도 아마 못가를 바라보면서였지. 기억하는가?"

"그러합니다."

"분명 내가 자네를 먼저 찾은 뜻이 뭔지 잘 헤아려보라고도 말을 했었지. 또한 기억하고 있는가?"

"예."

아까보다 더욱 크나큰 진동이 온몸에서 일어나는 듯했다. 해준은 더욱이 태상경의 모든 것을 관찰하며 그를 주시했다.

"짐작하여 보게."

"제 짐작은……."

기억을 더듬어 올라갔다.

'잠룡 간언을 올리는 자리가 바로 자네가 앉을 자리일세.'

'자네가 한번 사로잡아보게.'

'분명히 해두지.'

'내가 먼저 자네를 이리 찾은 게 무슨 의미인지 잘 헤아려보게.'

'선택은 자네의 몫이지. 구름을 얼마나 잘 움직일지.'

"설마……."

그는 운보다도 먼저 해준을 시험해본 사람이었다. 등골의 척추를 모두 세우는 긴장감이 시간을 거슬러 되짚어봄에 의해서 느껴졌다. 언제부터였을까. 그는 언제부터 운의 뒤편에 서 있던 것이었을까.

"과유불급이란 말이 있지."

말을 차마 맺고 잇지 못하는 해준을 보며 태상경이 대뜸 제 말을 꺼냈다.

"지나침이 화를 부를 수도 있거늘. 승상은 아직 깨닫지 못하는 모양인 게야."

"왜 저를 떠보신 겁니까."

"자네가 서 있지 않은 곳은 그야말로 독이 될 테니까. 난 황상께득이 되었으면 되었지, 독이 되는 건 더 이상 볼 수가 없었거든."

비틀어진 형국을 바로잡을 수 있는 사람이 필요하기도 하였고. 때마침 승상이 자네를 불러들였지. 마치 완벽한 아군인 것처럼. 그래서 떠보았네. 정말 승상의 머릿속에서 모든 계산이 끝난 채 수행만 하면 되는 아군인 건지, 아니면 구름을 움직일 재목이 되는 자인지.

"……"

풍파가 너무 많이도 지나갔네. 선황제가 그릇된 정책을 펴서 배척에 선 것은 맞으나 지금 폐하께서는 아니지. 승상이 율국을 위해 헌신을 한다고 생각했는데 그 잇속이 그야말로 본인의 배만 채울 잇속일 줄이야 누가 알았겠는가?

"단단히 이고 있게."

"태상경."

"떠받드는 자가 흔들리면 안 될 일이지 않는가?"

태상경의 시선은 여전히 못가에서 떠나지 않은 채였다.

"폐하, 승상 한자군 들었나이다."

"……들라 하라."

흐트러짐 없이 운을 향해 허리를 숙이고 자군은 예를 갖췄다. 꼬집어 낼 것 하나 없이 완벽한 모습에 오히려 더운 불씨가 댕겨졌다.

"승상 한자군, 폐하를 뵙습니다. 홍복을 누리소서."

"그 홍복 못 누릴 뻔했지. 태사가 나를 대신해 화살을 맞지 않았다면 말이야. 일을 도모한 이의 수가 틀어졌으니 너무나 안타깝기 그지없기도 하지."

"……."

"어떤가, 승상. 진정 짐을 대신하여 태사가 화살을 맞은 게 옳았다고 보는가?"

"물어 무엇하겠습니까? 당연한 말씀이시옵니다, 폐하."

당연한 말씀. 표정 하나 흔들림이 없었다. 어떤 대단한 것을 베풀었기에 스스로 자결을 하면서까지 자군에게 충성을 했을까. 이제는 그걸 일일이 헤아리는 것도 지겨웠다. 오히려 자군에 반하여 자결을 했다면 그걸 더욱 낱낱이 밝혀봐야 할 판이었다.

"불러들인 연유가 무엇인가."

"누구를 말입니까, 폐하."

여전히 그의 말미엔 '폐하'가 버릇처럼 따라왔다. 운의 눈썹이 미세하게 꿈틀거렸다가 이내 제자리를 찾았다.

"태사 서해준 말일세."

"그는 서국에서 오랜 유학을 했습니다. 그처럼 외세에 대해 혜안을 가진 젊은이가 드물지 않습니까? 게다가 대단한 명궁이라 폐하께서 사냥을 즐기시는 데 맞춤일 것 같았습죠. 하여, 율국에 자그마한 보탬이라도 되지 않을까 하는 생각에 불러들였습니다. 탁자에 둘러앉아 저마다 말만 늘어놓는 고관들보단 직접 부딪치고 배워온 씨앗이 더욱 건강한 뿌리를 땅에 내리고 무성한 잎을 자라게 하는 법이지요."

부러 말을 길게 하는 건 자군의 습관이었다. 말하고자 하는 것은 하나였지만 설명을 길게 늘어뜨리는 것. 운은 그런 자군을 말없이 내려다보았다. 여전히 제 앞에서 몸을 숙이고 있었지만 저 속에서 감추고 있는 진의만큼은 이미 제 정수리 위에 올라와 앉아 있을지도 모를 일이었다.

"확실히 식견은 넓더군. 주국에 대한 견해도 그렇고. 그간 비어 있던 태사의 자리를 아주 적합한 이가 채우고 있음이야."

"그리 찬하시니 황송하옵니다, 폐하."

"역시 승상이야. 인재를 진즉 알아보는 눈이 과인보다 더 뛰어나니."

"……."

보이지 않게 자군의 표정이 미세하게 굳어갔다.

"명분은 차곡차곡 잘 모으고 있는 겐가?"

"무엇에 대한 명분 말이옵니까, 폐하."

"굳이 짚어주지 않아도 잘 알고 있지 않나?"

반기를 들 세력들이 틈만 나면 은현각에 새까만 머리통을 모으고 앉아서 이리저리 저를 어떻게 쳐낼지 그 방도를 모색하고 있으면서 부러 모르는 척을 하는 모습을 보니 참으로 가증스럽기 그지없었다.

"신, 폐하께서 무슨 말씀을 하시는지 아는 바가 없나이다."

드러난 의중이 입 밖을 통하는 법은 없었다. 그런 자군의 태도가 오히려 더 운의 심기를 건드렸다.

"……답지 않게."

"……."

"물러가보게."

"그럼 신, 한자군 이만 물러가겠나이다, 폐하."

고요했다. 고요한 적막이 오히려 살기를 드러내 보일 정도로 무거워서 은현각에 모인 이들 중에 섣불리 먼저 입을 여는 자들은 없었다. 운을 알현하고 온 승상은 묘한 불쾌감에 사로잡혔다.

"녹상서사는 어찌 되었는가?"

다행히도 적막은 오래지 않았다. 앉은 무릎에 손을 올린 채로 가만히 있던 승상이 모인 이들에게 시선을 던지며 물었다. 하지만 돌아오는 대답은 좋은 징조가 아니었다.

"아직입니다."

완벽하게 황제의 뒤에 서는 것도 아니면서 승상의 손을 잡고 있지도 않은 자들이 그래도 여럿 있었는데 개중에 녹상서사도 함께였다. 청렴하기 그지없거나 실속에 대해 생각이 전혀 없는 자도 아니면서 그가 왜 승상의 편에 서지 않는 건지 그의 사람들은 늘 의아해했다. 은현각에 오라는 청을 몇 번이나 밀서에 써서 전했으나 그는 여전히 응하고 있지 않았다. 고개를 절레절레 저으며 그가 오늘도 응하지 않았단 사실에 승상은 주먹을 말아 쥐었다.

"황상과의 접점은 있었는가."

"그도 아닙니다."

"그렇다면 대체 연유가 무엇이기에."

일이 잘되기만 한다면 승상의 뒤에 있던 자들은 그 공을 인정받아 높은 관직에 오를 것이요, 또한 앞으로 부귀영화를 누릴 것을 무언으로 약조받는 것이나 마찬가지였다. 그래서 여직 자군을 따르는 자들이 그를 못 떠나고 있는 이유이기도 했다.

그가 하고자 마음먹은 것에서는 어긋나는 것이 없었다. 명망 높지 않는 집안의 여식을 황후의 자리까지 올렸고, 그녀를 빌미로 삼아 선황제의 폐위까지 업적을 이뤘다. 손바닥에 놀아나 부리기 쉬운 어린 공주를 황제의 자리까지 앉힌 것도 모두 승상의 머릿속에서 일어난 일이었다.

하지만 점차 제 입지를 위해 고군분투하는 운이었기에 그녀를 쳐내기로 마음을 먹는 건 당연한 수순이었고 순식간이었다. 여기까지 함께해온 이들이 이제야 발을 뺄 리는 없었다. 누가 뭐라 해도 그녀를 밀어낼 승상일 거라 굳건한 믿음이 잔재했기 때문이었다. 그의 세력은 막중했다. 마치 그가 법이라도 되는 양 그랬다.

물론, 어긋나는 이들도 있었다. 괜한 머리를 굴린답시고 황제에게 빌미를 잡혀 파직이나 사형을 당하는 이들도 있었고, 되지도 않는 이간을 놓다가 승상 쪽에서 먼저 움직일 때도 있었다.

하지만 태상경은 모를 일이었다. 여태까지 해왔던 행보에 태상경도 늘 함께였다. 그를 의심의 범위에조차 놓아보지 못했던 게 사실이었다. 그런데 오늘 태상경이 뜻을 밝혔다. 외로워 보이기 짝이 없는 해준의 행보에 그저 발이나 맞춰주는 셈이 아니라는 걸 자군은 똑똑히 알 수 있었다.

"……"

"저…… 하나 짐작되는 부분이 있습니다만."

살벌한 분위기 속에서 전농이 무언가 할 말이 있다는 듯 말머리를 길게 늘어뜨리며 좌중의 이목을 집중시켰다.

"무엇인가, 전농?"

대사농이 가장 먼저 전농을 보며 대답했다.

"다름이 아니라 녹상서사, 윤의는 태상경의 덕으로 조정에 발을 들인 것으로 알고 있습니다."

"태상경 때문에?"

"확실한 연유라고 속단하긴 이르나 그건 사실이옵니다."

"하!"

다른 연유가 없었다. 황제와 뜻을 같이하는 것도 아니었고, 그렇다고 승상의 편에서 뜻을 도모할 것도 아니었다. 오로지 그는 태상경의 움직임에 따를 뿐이었던 것이다. 전농의 말을 듣고 다들 기가 찬다는 식의 표정을 감추지 못했다.

"생각지도 못했던 변수입니다."

"그러게 말입니다. 어찌 태상경이 이럴 수 있단 말입니까?"

꼭 폭풍전야가 될 것처럼 승상의 표정이 묘했다.

보고를 받지 않은 것은 아니었다. 대충 얘기가 어떻게 끝이 났는지는 운의 귀에도 들어왔다. 그런 중에 광록대부 백염이 운에게 알현을 청했다. 세세하진 않았지만 그는 굵직하게 요점만을 전달했다. 그리고 그는 정말로 전해야 할 말이 있다며 목소리를 살포시 낮추었다. 그건 당연 태상경에 관한 말이었다.

"승상도 놀라는 눈치였습니다."

백염은 그때의 상황이 아직도 눈에 선하다는 듯 말했다. 모두들 태상경의 말에 반기를 들 수도 없었고, 태상경이 그렇게 나올 거라는 것도 몰랐던지라 더욱 그러했다. 운은 백염의 말을 듣고 가만히 고개를 끄덕였다.

"의중에 변화가 생긴 것일까요?"

그는 조금 조심스럽다는 듯 말을 했다. 시기가 시기인 만큼 괜한 짐작을 앞세워 섣부른 판단은 삼가기 위해서였다.

"녹상서사는 은현각에 출입을 하였다던가?"

잠자코 말을 듣고 있던 운이 광록대부의 물음에 대답을 하는 대신 다른 걸 물어왔다. 갑작스레 왜 녹상서사가 화두에 나타났는지는 모르지만 일단 백염은 황제 운이 하는 얘기였으므로 먼저 대답을 해야 마땅했다.

"여전히 불출하고 있다 들었습니다."

"녹상서사 윤의는 애초에 태상경의 사람과도 같았지."

운은 들고 있던 찻잔을 입으로 가져가며 눈을 내리깔았다.

"예?"

"내 뜻을 따르지는 아니하고 태상경의 뜻을 따르는 자를 과연 내 신하라 칭할 수는 없으나 그가 승상의 대척에 있는 건 맞아."

백염은 살짝 미간을 구겼다. 그리고 그는 곰곰이 방금 운이 뱉은 말을 곱씹었다. 녹상서사가 승상의 대척에 있다. 그는 태상경의 뜻을 따른다. 그렇다면 태상경도 승상의 대척에 있다는 사실로 귀결되었다. 설마하니 그럴 리가 없다. 태상경과 승상은 모르는 사람 빼고는 모두 다 알고 있는 오랜 지기가 아니던가?

"폐하, 그 말씀은……."

백염도 미처 헤아리지 못했던 부분이었다. 아예 간과를 했다고 해도 옳았다.

"승상의 등잔 밑이 매우 어두운 모양이지."

"태, 태상경이 그럼……."

차를 한 모금 하고 운은 여유를 즐기는 듯 곧 그것을 삼켰다. 괜히 백염에게 대답의 뜸을 들이기 위한 것은 아니었다.

"그 또한 승상과 손을 맞잡고 선황제와 황후를 몰아내는 데 일조를 했던 것 맞다. 그건 변하지 않는 사실이지. 허나, 딱 거기까지. 그는 내 즉위 이래 나의 뜻을 반한 적이 없었던 사람이다. 물론, 내예의 주시를 노골적으로 당하고 있기도 하지."

"……!"

"애초에 공을 빌미 삼아 서해준에게 태사 자리를 주자고 했던 것도 태상경의 생각에서 나온 것이었다."

"폐, 폐하."

그를 지적에 두고 면밀히 보라고 했었던 태상경이었다. 운은 제게 왜 그런 말을 하는 건지 처음엔 태상경의 뜻을 몰랐다. 그도 승상의 사람이나 다름없었다. 감히 저를 손바닥에 올리고자 하는 심산일지도 몰라 운은 표정부터 단번에 구겼었다.

'내가 태상경을 모를 거라 여기는가?'

쾌씸하기 이루 말할 데 없는 운의 말투가 그대로 드러났던 순간이었다.

'아닙니다.'

'헌데, 내가 그 말을 따를 것이라 생각하여 이러는 것인가?'

'그도 아닙니다.'

'그럼 무엇이냐.'

'머리 위에 구름이 있습니다.'

'뭐라?'

'이 사람, 괜히 야망에 따라 세류에 따라 갈대 흔들리듯 흔들리는 사람이 아닙니다. 율국을 위한 바른 정치에 뜻이 있어 이 자리까지 와 있는 겁니다. 허나, 선황제께서는 바른 정치를 펼치지 못하였고, 바람에 나뭇가지가 나부끼듯 흔들리는 분이셨습니다.'

그러나 운은 아니란 말과도 같았다. 온갖 압박 속에서도 제 목소리를 냈고, 운은 제가 옳다고 하는 건 끝까지 밀어붙였다. 시시때때로 위협이 몰아쳐도 다시금 황궁에서 어깨에 힘을 주고 군림했던 운이었다. 그 속내가 까맣게 타들어가고 있다는 건 끝까지 숨긴 채 말이다.

'충을 맹세하는 서약입니다, 폐하.'

'……'

'승상은 아직 그자에게 뜻을 전한 바가 없습니다. 감히 추측건대, 그는 백지와도 다름없을 것입니다.'

'아니라면?'

'목숨을 거두셔도 좋습니다.'

그리고 그는 무릎을 꿇고 최대한 몸을 낮춘 채 운의 앞으로 고개를 숙였다.

'아니. 공의 목숨 하나만으론 부족하지.'

'신, 무엇을 더 걸어야 이 서약이 결백하단 걸 증명할 수 있겠습니까?'

꽤 강직한 목소리를 내며 납작 엎드리고 있는 태상경을 내려다보며 운은 팔걸이에 나른하게 기댄 채 손가락을 교차하며 따닥, 따닥 소리를 냈다.

글쎄, 무엇을 더 걸어야 좋을까. 무엇을 더 걸어야 검은 속내를 의심하지 않을 수 있을까.

깊은 고민에 빠지기라도 한 듯 입술 새론 선뜻 목소리가 흐르지 않았다. 그러다가 이내 생각을 마치고 운은 기대었던 몸을 바로 세우고 앉았다. 제 시야에 엎드린 그의 등이 더욱 또렷하게 들어왔다.

'모든 것을 걸어야지. 목숨뿐만이 아니라 공이 그간 공들여 쌓아온 가문의 전부를 말이야.'

오래전부터 명망 높은 가문으로 그 명예를 가장 최고의 긍지로 여기며 살아온 태상경의 집안이었다. 뼛속 깊이 틀어박혀 있는 그 대단하고 콧대 높은 가문의 자존심일진대 그 정도는 걸어야 저도 제 앞에서 꿇고 있는 태상경의 진의를 조금 봐줄 만했다.

'그리하도록 하겠습니다.'

일말의 틈도 없이 들려오는 대답에 운의 눈썹이 파도를 일으키듯 꿈틀거렸다.

'내 말을 틀림없이 이해하였느냐?'

'예, 그렇사옵니다.'

'좋아, 그렇다면 나도 도박을 걸어볼 만하겠지. 짐에게 말한 것

이 나를 위한 획책인지, 아니면 그대들의 계책인지 어디 한번 두고
보자고.'

"승상의 반응은 오로지 그게 다였는가?"
"그렇습니다."
"태상경이 본의를 드러냈으니 가만히 있진 않을 터."
"……."
굳건히 신뢰를 하였다가 등 뒤에서 비수를 맞는 느낌이 어떤 느
낌인지 아마 헤아려보게 될 것이었다.

차가운 냉각 결정체들이 아무래도 자군과 해준의 사이를 두고
앞다투어 흐르는 듯 보였다. 뒷짐을 진 채로 서 있는 자군의 등이
서늘하기 이루 비할 데가 없었다. 먼저 해준을 부른 건 자군이었지
만 그는 단 한마디도 먼저 꺼냄이 없이 그저 등을 지고 뒷짐을 진
손가락만 움직일 뿐이었다. 불편한 심기를 표할 때 자군은 늘 그랬
다. 먼저 말을 하지도 않고 그저 등을 지고 이 기류를 그대로 전하
는 것이 그의 표현이었다.
"적당히 하는 법을 모르는 것 같네, 태사."
"전 제 도리를 다할 뿐입니다."
"정녕 대척에 서고자 하는 것인가?"
"그저 폐하를 보좌하는 게 어떻게 대척에 서는 것이 될 수가 있
단 말입니까?"
자군이 드디어 등을 돌려 해준을 마주하고 섰다.

"신성한 충심인가?"

"그게 무슨 말씀입니까?"

"그대의 본의에 다른 게 있는 것 같아 묻는 말이네."

이 나라의 황제가 아니라 그저 조용한 사대부 집안의 여식이었더라면 아마 혼처를 정해달라고 아우성이었을 운의 미모였다. 해준도 사내였다. 그가 흔들리지 말라는 법은 없었다. 게다가 반대로 운도 마찬가지였다. 미묘하게 흐르는 두 사람 사이의 기류를 다들 쉬쉬하듯 느끼고 있으리라.

"황상께서 지나치실 정도로 자네를 염려했다고 하지? 사가로 보내도 될 것을 굳이 황궁에 두면서 말이야."

"하늘과도 같은 성은이었을 뿐입니다."

"그래, 그렇게 말은 해야지."

"지금…… 담고자 하는 게 무엇입니까?"

말의 배경을 묻고 있었다.

"어심이 흔들렸다는 건 승산이 있다는 게 아닌가? 지금이라도 늦지 않았으니 좀 더 시각을 넓혀보게."

"싫습니다."

"뒤에 있는 황상이 그대에게 뭘 해줄 것 같은가? 결국 후회만 떠안게 될 걸세."

해준을 보는 자군의 눈은 그에게 마치 겁박을 하는 듯도 보였다.

"사냥터에 자객을 보낸 건 승상이시지요?"

"……서둘러 짐작하는 것 옳지 않네. 증좌라도 있다는 것인가?"

비죽이듯 올라가는 자군의 입매였다.

"노기를 산 것치고는 과하더군요, 승상. 아무리 그래도 이 나라의 지존이십니다."

빛나는 영광이 바로 눈앞이고 지척이었다. 이제 모든 것들이 다 되어가는 중인데 어째서 목석같이 자리를 지키고 서서 억지 고집이나 피우고 있는 노릇인지 도무지 이해를 하려고 해도 할 수가 없었다. 사사로운 감정이 사람을 이렇게도 아둔하게 만들 수도 있다는 것에 그저 놀라울 따름이었다. 자군은 답답한 목소리를 여과 없이 드러냈다.

"대의를 이루기 위해 자네 같은 사람이 필요해. 그러니 내가 이리 기회를 주는 것이지. 어리석게 구는 것은 이만하시게. 일이 잘만 되면 청영보다 더한 번영을 누릴 수도 있네."

"지금 황제를 올리신 건 다름 아닌 승상이십니다. 헌데, 어찌 이렇게까지 하려고 하시는 겁니까?"

"그러니 이러는 것이네."

"예?"

"내 손으로 올렸으니 내 손으로 내리는 것이야. 뭐가 잘못되기라도 한 것이냐?"

표정엔 흔들림이 하나도 없었다. 징그럽게 소름이 끼친 해준은 잠시 말을 잃은 듯 멍한 모습이었다. 그는 조용히 자군을 불렀다.

"승상, 이제라도 굽히세요. 순리를 따르세요."

누구의 간청이라고 해서 움직일 자군이 아니었다. 정신이 아득했다. 이미 어긋나 있어도 한참 어긋나 있는 이를 어찌하면 좋을

까. 자군은 해준의 말에 대꾸를 할 가치도 못 느끼겠다는 듯 등을
돌리다가 다시금 걸음을 멈추었다.

"지휘에 따라 춤을 추지 않는 무희는 필요가 없는 법이네."

제11장.

"따라나설 것 없다."

태화전을 막 나선 운을 따르는 이들이었다. 당연 건청궁으로 향할 것 같았지만 그녀는 그러지 않았다. 걸음을 멈추고 저를 뒤따르는 시중들을 향해 그만 물러설 것을 명했다. 모두들 허리를 숙인 채 뒷걸음질로 그녀의 곁을 물러섰고, 운의 호위인 영휘만이 여전히 남아 있었다.

"별궁으로 갈 것이다."

그 뜻은 영휘도 따라나서는 것을 금하게 하는 말이었다. 오수에 들지 않을 때에도 별궁에 간다는 것은 상념이 깊다는 것을 의미하기도 했다. 영휘는 알겠다는 듯 운에게 고개를 숙이고 예를 갖추었다.

"예, 폐하."

작은 등각도 들지 않은 채 운은 성큼성큼 별궁 쪽으로 향했다.

하나둘 주국과의 통상에 대해 반대를 하는 상소문들이 올라오기 시작했다. 글에서도 핏대를 세운 그들의 외침이 들릴 정도였다. 이제 겨우 제 뜻을 위해, 이 나라를 위해 한 걸음을 나아갔을 뿐인데 나를 벌써부터 통요를 하고 있는 글이라니. 사람의 손이 내세 어디까지 뻗쳐 있는 건지 놀라울 지경이기도 했다. 머리가 지끈거리며 아파왔다.

"후우."

명치끝에서부터 올라오는 긴 한숨을 공중을 향해 내쉬었다. 답답함이 그나마 진정이 되길 바라는 마음이었다. 그녀는 완전히 별궁으로 들어가진 않은 채 입구에만 걸터앉아 앞을 바라보았다.

오늘은 어째 밤이 더욱 짙게 물들어 있는 듯했다. 가만, 가만히 앉아 있다가 문득 드는 해준의 생각이었다. 제 옆을 차지하고 앉았던 해준의 자리 위론 맴돌던 온기가 식은 채 벌써 뽀얗게 먼지가 앉은 듯한 착각도 일었다.

운은 손을 들어 제 옆자리를 조심스레 쓸어내렸다. 어째서 이런 심사가 드는 것인지 모르겠다. 누군가 경각을 일깨워도 똑같을까? 흔들리고 있는 이 마음을 다잡을 수 없어 슬펐다. 애초에 그를 태사로 들이는 게 아니었다. 가까이 두고 염탐을 할 모양으로 시험에 들게 하는 것도 아니었다. 어긋나버렸다. 원래 의도는 이것이 아니었다.

'잘생긴 얼굴엔 침을 못 뱉는 법이지요.'

"우스운 소리를 정말 잘도 하지."

그의 생각만으로 이상하게 기분이 묘했다. 가슴 언저리가 시리면서 아려오는 듯한 느낌도 있었다.

"……해준."

조그마한 목소리로 소리를 내어서 해준의 이름을 읊어보았다. 해준, 해준, 서해준. 그의 이름을 부르는 것만으로도 점차, 점차 박동을 가하듯 쿵쾅쿵쾅 소리를 내며 벅차오르는 가슴이었다.

"어화원에 더 많은 꽃들이 있어야 나비들도 그 향긋함에 취해 열심히 노닐다 가지 않을까 싶습니다."

"……!"

사람이 있다는 것을 확인할 수 있게끔 하는 그림자조차 쉬이 보이지 않았다. 소리가 대체 어디에서 들리는지 가늠할 수 없었다. 갑작스레 들리는 해준의 목소리에 운의 눈이 동그랗게 커졌다.

"송구합니다, 폐하. 감히 먼저 들러 폐하를 기다리고 있었습니다."

"……."

무릎을 굽히고 예를 갖추며 해준이 드디어 운의 앞으로 모습을 드러냈다. 차분한 목소리, 귓가를 간질이는 그의 목소리에 금방이라도 취할 것만 같이 나른해졌다. 운은 자리에서 일어났다. 좀 더 그에게로 가까이 다가가기 위함이었다. 흐릿했던 얼굴이 거리를 좁힐수록 선명하게 보였다.

"그래, 그대 말대로 여긴 내 비밀 처소이자 어화원이다. 나만의 어화원인 게지. 이곳에 걸음 하다니. 그대의 목숨은 족히 열 개가 넘는 모양이다."

하지만 떨어질 명 같은 것은 없었다. 해준은 이미 운을 읽고 있었다. 그녀의 어소, 말투, 눈빛 모든 세 서를 넣하고 있었다.

"폐하께서 쥐고 계시기도 하지요."

"그 그림을 쓰는 날은 없을 거다."

그림의 뜻을 잘 알고 있었다. 숭고하고 고고한 해준의 뜻을 제 손으로 절대 더럽히진 않을 것이었다.

"하오나, 폐하."

염려가 먼저 앞섰다. 해준이 섣불리 무어라 말을 붙이려고 했지만 운이 먼저 휙, 등을 돌려 좀 더 못가로 가까이 걸었다. 잔잔한 물결은 그 어떤 소리도 없었다.

"재주가 꽤 있더구나."

"……."

해준은 가만히 고개를 떨어뜨렸다.

"내 모습이 그리 비칠 줄은 몰랐다."

"어쩌면 숨이 멎을 것도 같았습니다."

그의 말에 심장이 쿵, 하고 떨어지는 것만 같았다. 어쩌면 황홀하고 달콤하면서도 매우 아픈 말이었다. 이뤄질 수 없었고 품어서도 안 되는 사사로운 감정이었다. 운은 부러 표정을 굳혔다.

"저는 탐미주의자라 하지 않았습니까."

구름꽃. 해준의 가슴에 피어난 것은 구름꽃이었다. 감히 그것을 품고 있었다. 비록 흔들릴지언정 여전히 흐드러지게 피어난 꽃잎이 가슴을 찌르르 간질이고 있기도 했다. 그런 해준의 말에 잠시간의 정적이 찾아들었다. 어쩌면 지금 이 어둠보다 더 칠흑인지도 몰랐다. 눈을 깜빡이는 소리조차 소란스러울 만큼 무겁고 낮은 암전이었다.

언제까지고 이어질 것 같았던 정적을 운이 어렵게 깼다. 그녀의 목소리는 단호함이 깃들어 있기도 했다. 마치 일갈을 하는 것처럼 짙었다.

"그대에게…… 감히 날 연모하라 명한 적 없다. 오로지 그대는 내 명에만 존속되어야 함을 잊지 말라."

"비치시고 계시지 않습니까."

"뭐라?"

"그리 쉬이 마음을 비치시는데 어찌 모른 체할 수 있겠습니까, 폐하."

어불성설이었다. '폐하'라고 말미에 덧달면서도 감히 황제한테는 미치지 않고서야 이를 수 없는 말을 하고 있었다. 들켜버렸다. 들통이 나버렸다. 아니, 애초에 단속을 잘하지 않았던 제 탓임이 명백했다. 숨을 곳이 없었다. 그에게 이미 마음이 흐르고 있었다. 운은 눈을 질끈 감았다가 떴다.

"당장이라도 네 목에 검을 겨눌 수도 있다."

"그리하십시오."

해준은 도발이라도 하려는 듯 운의 바짝 가까이에 섰다. 그는 지니고 다니는 단검을 빼내어 운의 앞으로 내밀었다.

"죄목은 많습니다. 차고 넘치기까지 할 겁니다. 그러니 거두십시오, 폐하."

"이만 치워라."

운은 애써 단검을 외면하려는 듯 고개를 돌렸다. 하지만 그것도 잠시, 해순은 받아들 생각이 없는 운을 내신해 제가 식접 제 쪽에 검을 가져갔다.

"스스로 아뢰도록 하지요. 감히 이 나라의 천자를 가슴에 품었습니다. 품는 것으로도 모자라 화폭에까지 옮겨 사사로운 감정을 키워냈습니다. 허락되지 못할 연정을 지닌 채 불순한 마음으로 지금도 어전에 있습니다. 제 가슴에 결국…… 꽃을 피워냈습니다. 차라리 지금이 좋겠습니다, 폐하. 아무도 없는 곳에서 오로지 폐하와 단둘뿐인 이곳이면 더 이상 미련도 없을 것 같습니다."

고통도 황홀처럼 느낄 것도 같습니다.

"지, 지금 무엇을 하는 거야!"

"이미 스스로를 채근해도 어쩔 수가 없습니다, 폐하. 너무 멀리와 있습니다. 너무…… 깊어져버렸습니다. 지금이라도 늦지 않았습니다. 거짓 증좌를 만들어 승상과 저를 엮고, 그림을 보이면 될 것입니다."

"그만, 분명 그만이라고 명했다. 그러니 어서 그것을 내려놔."

"……여기서 막아서지 않으신다면 다음은 없습니다."

주체할 수 없는 이 감정을 모조리 쏟아낸다 하여도 말릴 수 없는 지경에까지 이를 것입니다. 이것은 경고입니다, 폐하.

"그대의 목숨은 내가 쥐고 있는 것이다. 난 지금 거둘 생각이 없으니 얼른 그것을 내려두지 못하겠느냐!"

운의 목소리에 습기가 가득 차올랐다. 하는 수 없이 운이 직접 해준의 손목을 잡아챘다.

"제발…… 그만 괴롭혀. 이쯤 하면 되었으니, 그만하란 말이야, 제발."

또한 빠른 속도로 깊어지고 있었다. 걷잡을 수 없다는 건 이미 해준과 운 두 사람 모두 알고 있었다. 일부러 발을 멈추고 뒤를 돌아 거스르려고 하면 할수록 그 속도가 배가되었다. 떨리는 운의 손길이 해준의 손목을 타고 그대로 전해졌다. 단검은 소리를 내며 바닥으로 떨어졌고, 해준은 앞뒤 가릴 것 없이 제 곁에 있는 운을 그대로 품으로 잡아당겼다. 작은 어깨가 유약하게 떨리고 있었다. 가슴이 제가 아닌 운의 눈물로 축축하게 멍울이 생기는 것처럼 젖어들었다.

"잠시라도 좋으니 모든 걸 놓고 무너지십시오."

"……."

"폐하의 쉼이 되어드릴 것입니다."

아무것도 붙잡고 있지 않던 운의 손이 천천히 느릿한 속도로 해준의 허리를 감았다. 그의 옷자락을 꼭 쥐며 운은 가슴속에 품고 있던 응어리를 한꺼번에 쏟을 것처럼 엉엉, 소리 내어 울었다. 이대로 모든 것들이 아무것도 아닌 것처럼 멈춰버렸으면 좋겠다. 딱, 그렇게 술수라도 쓰고 싶은 심정이었다. 갈기갈기 찢어진 지난 세월들이 보상도 받지 못하게끔 왜 하필 이 남자인 건가 의문이었다.

어째서 마음이 제멋대로 향하고 있는지 속상했다. 속상하고 또 속상했다.

가만가만 운을 달래듯 등을 토닥이던 것도 잠시 해준이 걱정스런 목소리를 냈다.

"눈가가 짓무르겠습니다."

해준의 손이 운의 눈가를 조심스레 매만졌다.

"언제부터였지?"

여전히 가까이에서 들리는 목소리였다. 아직 남아 있는 수분기가 다 날아가지 않은 채 나긋나긋한 음성이 또 하나의 선율이 되어 해준에게 전해졌다. 미미한 진동이 심장을 간질이고 있었다.

"……처음, 처음부터였습니다."

운을 처음 보았었던 바로 그때부터였다. 저의 주군이라는 것…… 그것과는 다른 의미로 매우 이상적인 숭고함이 피어나 있었다. 이미 종속이라도 되어버린 듯 제게 아무것도 하지 않았는데도 해준은 그녀에게 사로잡혔던 거나 다름없었다.

"차라리 그대가 영영 서국에 머물러 있었더라면, 그랬더라면 어땠을까."

"……."

"우리가 이리 마주칠 이유도 없었을 텐데 말이다."

운이 몸을 틀어 해준을 향해 바로 섰다. 운의 머리 위로 몇 뼘이나 솟아 있는 해준이었다. 고개를 들어 올리고 운은 가만히 해준의 대답을 기다렸다. 무수히 많은 별들이 하늘을 어지럽게 수놓는 밤과는 다른 밤이었다. 어둠 속에서 간간이 목소리만이 울릴 것처럼 주변이 온통 검었다. 그런데도 해준은 운의 눈을 보고 있었다. 그건 운도 마찬가지였다. 오래지 않아 해준의 목소리가 귓전에 울렸다.

"아뇨."

"……."

"보는 것보다 보지 않는 게 더 아픈 법입니다. 당장에 숨이 조여 죽는다 하더라도 전 폐하를 놓지 않을 것입니다."

툭, 툭. 두드리는 해준의 말 한마디, 한마디에 콕콕 가슴이 쑤시는 듯 아팠다.

"내가 보이느냐?"

"예, 보입니다."

"어둠 속인데도?"

"익숙해지라고, 그렇게 말씀하시지 않으셨습니까. 충분히 익숙해졌습니다."

"그래, 그대의 말이 맞다."

"무엇이 말입니까."

"잘생긴 얼굴엔 침을 뱉을 수 없겠구나."

살포시 웃는 운의 웃음소리가 들리는 듯도 했다.

"폐하는 어찌하여 지존이신 겁니까?"

조금만 더 낮은 자리에 계셨어도 좋았을 것을 말입니다.

흔들리지 않는 해준의 눈이 운에게 참 다정하게 닿았다. 밤공기가 더욱 쌀쌀해지기 시작했다. 그러면 그럴수록 운은 해준의 품으로 더욱 파고들었다.

"……해준."

"예, 폐하."

"해준."

"예, 폐하."

"……지금처럼 내가 부르면 꼭, 그렇게 말해다오."

내 귓가에 속삭이는 것처럼 나긋나긋하게. 그러면 오지 않던 잠도 금세 쏟아질 것처럼 나른해지거든.

이제는 훤히 보였다. 짐작만 하던 것이 현실로 되어 나타났다. 멀리서 보이는 운을 보며 영휘는 그녀가 가까이 다가오지 않아도 느낄 수 있었다. 별궁은 이제 더 이상 저와 운만이 알고 있는 곳이 아니었다. 다른 이도 함께였다. 그가 운에게 손을 내밀며 있었다. 딱, 거기까지만. 그래, 딱 거기까지는 괜찮았다. 하지만 속절없이 제 구름이 흔들렸다. 운 또한 손을 마주 잡았다. 이루 말할 수 없는 풍파를 스스로 택한 것이나 다름없었다.

"……늦으셨습니다, 폐하. 오래 지체를 하시기에 무슨 변고가 있는 건 아닌지 걱정을 놓을 수가 없었습니다."

"보이는 게로구나."

영휘는 그 어떤 답도 할 수가 없었다.

"그래, 안 보일 수가 없겠지. 네 눈은 속일 수가 없었으니까."

"……."

"그만두어야 함을 스스로도 알고 있다."

"답지 않으십니다."

누구보다도 냉정하게 직관하실 줄 아는 분이 어찌 이러신단 말입니까.

"……그러게."

"폐하."

"너무 늦어버린 것 같구나."

시작이 언제인지도 이제 까마득한데 어디서부터 어떻게 바로잡는단 말이냐. 사람 마음이 그저 마음먹은 대로만 움직여준다면 그보다 좋을 게 없지. 하지만 안 되는구나. 하루에도 수차례 고개를 흔들어도 여직 제자리인 것을.

"눈들을 영영 속일 수는 없습니다."

"나도 알아."

권좌를 노리기 위해 온갖 촉을 세우고 획책을 제대로 준비하고 있는 승상이었다. 해준은 처음부터 아예 등장하지 말았어야 할 사람이었다. 그는 그대로, 운은 운대로 각자 흘러갔어야 할 운명이었다. 안다고 대답을 하면서도 목소리의 끝을 흐리는 운에 영휘는 두 발이 묶인 듯 아무것도 할 수가 없었다. 오래도록 보아온 운인지라 더욱 그랬다. 제가 옆에서 아무리 말을 보태도 들리지 않을 것이었다.

"여기가……."

운은 손을 들어 제 왼쪽 가슴에 가져갔다.

"먹먹해서 견딜 수가 없어."

"폐하."

"……가슴이 헛헛한 느낌이야."

"……."

돌이킬 수 없을 만큼 너무 멀리 와버렸구나. 연정은 늘 사사로운 것이라 여겼거늘, 이리도 큰 무게로 가슴에 내려앉을 줄 내 어찌 알았겠느냐.

맺어진 수교가 강행이 되었다. 주국에서 건너온 기술자들이 목조에 관한 걸 소신을 다하여 알리고 있었고, 율국의 항구 또한 당분간 주국에게만 열렸다. 때문에 수교를 맺지 않은 주변국들과 은밀하게 거래를 오가던 상인들의 불만이 빗발치기 시작했다. 불법을 행하고 있었으면서 되레 큰소리를 치는 것이나 다름없는 형국이었다. 그래도 그네들의 강변을 펼치며 나라에서 왜 갑자기 안 하던 짓을 하느냐며 상소문을 올리겠다며 여기저기 목소리를 높였다. 그들의 행위를 눈감아주며 그간 이득을 봐오던 담당 관리들 또한 대놓고 불만을 드러내며 운을 깎아내리는 흉흉한 소리를 지껄이고 다녔다.

"쯧쯧. 가만히 있던 벌집을 건드린 것이나 다름없습니다."

"하나를 얻으려고 민심을 버리다니. 과연 황상의 결정이 옳은 건지 의문입니다."

"이미 들끓기 시작한 원성입니다. 황상께서 과연 이를 어찌 잠재우실지……."

이미 예상한 결과라는 듯 운이 당도하기 전에 작은 목소리로 혀를 끌끌 차는 소리들이 오고 갔다.

"황제 폐하 납시오!"

가장 싸늘하게 굳은 표정을 하고 운이 당도했다.

"황제 폐하! 만세, 만세, 만만세!"

이미 무를 수 없는 일이었다. 그러니 더욱 물고 뜯기에 충분한 화제였다. 운이 도착을 해 의자에 앉기가 무섭게 신료들은 하나둘씩 때를 기다렸다는 듯이 이를 보이며 달려들기 시작했다. 벌써부터 들끓는 민심을 어쩌면 좋으냐고 그들을 위해 무언가 비책을 세워야 함이 옳다고 했다. 불법적으로 거래를 해온 자들을 위해 비책을 세우다니. 그런 말도 안 되는 경우가 어디 있느냐고 목소리를 높이는 측이 있는 반면, 그들의 불법을 합법이라 내세우며 율국의 상권이 그들 때문에 발달이 되었다 강변을 늘어놓기도 했다.

모조리 시끄러웠다. 그 소리가 그 소리인 것처럼 똑같았다. 물고 뜯는 것들은 그저 작은 싸움이었다. 시끄러운 와중에 눈빛이 오가는 건 다름 아닌 황제 운과 승상 자군 둘뿐이었다. 그의 심기가 뒤틀렸다. 해준이 황제에 연정을 쏟고 있는 것은 어차피 중요한 게 아니었다. 등을 돌아서 있다는 사실이 오로지 중할 뿐이었다. 차라리 해준의 영민한 계산속이길 바라기도 했었다. 황제를 마음으로 끌어들인 다음 이용하는 것만큼 쉽고 간단한 일이 어디 있으랴.

하지만 모조리 틀려먹었다. 애초에 들이는 게 아니었다 싶을 만큼 후회를 하는 중이었다. 변수를 놓은 태상경 또한 마찬가지였다. 이제 더 이상 시기를 늦출 것이 아니었다. 스스로 독을 선택하였다. 스스로 과녁이 되어 화살을 기다리고 있으니 시위를 당기면 그뿐이었다. 마침 민심이 들끓기 시작했다. 운의 안일한 선택이 남긴 대가였다. 훗날 얼마나 나라의 위신이 서는 것 따위 상관할 바가 안 되었다. 당장, 지금 당장. 이때를 이용해 권좌에서 물러나게 하면 그뿐. 명분, 더할 나위 없는 명분만 더 얹게 된 나면 운이 가지고 있는 가벼운 입시 성노는 후, 하는 힙심에 닐 아가버릴 것이었다.

"백성들이 고하고 있는 것은 뿐만이 아니지요."

승상이 입을 열었다. 한순간 사자후가 지나간 것처럼 모든 좌중이 소란을 멈추고 이목을 집중했다. 운의 입매가 떨리듯 비죽이 올라갔다.

"폐하께서 과년이 아니십니까."

"……."

"부마 간택을 더 이상 미룰 수가 없는 사안이라 사료됩니다, 폐하."

운의 옆을 지키고 있던 해준의 얼굴이 사색이 되는 것은 순식간이었다. 동요하지 않는 듯 표정을 굳히고 있는 운이었으나, 그녀는 애써 제 감정을 드러내 보이지 않을 뿐 허를 찔리듯이 당황한 속내였다.

'대단하네, 승상. 과연 그 머릿속의 셈이 어디까지일지 가늠을 할 수 없을 정도로 말이다.'

'예, 폐하. 더한 것도 있을지 누가 알겠습니까?'

'호기롭게 서국에서 사람을 데려올 땐 언제고 필요 없으니 아

예 내치겠다?'

'태사는 제 계산을 벗어난 변수이며 실수와도 같습니다.'

눈빛이 살벌하게도 부딪쳤다.

"저희 삼공(三公) 모두가 부마 간택에 있어 뜻을 같이하는 바입니다, 폐하. 부디 이 사안을 진중히 헤아려주시길 바라나이다."

태위가 한발 앞서 나와 목소리를 냈다. 삼공이 먼저 뜻을 전하면 나머지는 물어볼 필요도, 일일이 살필 필요도 없었다. 운은 태위에겐 시선도 견주지 않고 오로지 승상 자군만을 보고 있을 뿐이었다.

'미뤄뒀던 것을 하나둘 몰아치는 것뿐입니다. 당황하실 필요 없습니다.'

'그래, 언제까지고 숨겨둘 발톱이 아니었지.'

'신 한자군, 황궁에 발을 들인 지 삼십 해가 지났습니다.'

'그러니 황좌에 스스로 앉아야겠다?'

'못 앉을 것도 없지 않겠습니까.'

'과연, 누런 잇속이 여기까지 다 보이는군.'

'이제 와 새삼스레 감출 필요가 무어 있겠습니까, 폐하.'

짧은 침묵과 함께 긴장이 내려앉았다. 이는 전운이었다. 어전회의에서 감도는 건 필시 전운이 맞았다.

한일자로 입술을 앙다문 채 아무런 말 없이 있는 운을 향해 신료들의 대열에서 서서히 기다렸다는 듯 목소리가 흘러나오기 시작했다.

"이는 율국의 앞날을 위해서입니다, 폐하."

구경.

"인륜지대사가 아닙니까? 황실의 위엄을 세우기 위해서는 필수 불가결한 사안입니다."

대사농.

"서국 찬휘를 다스리는 찬휘왕을 조심스레 후보 자리에 올릴까 합니다. 서국과의 화신은 율국이 내국으로 성상할 수 있는 발판이 되어줄 것입니다."

대장군.

"서국과의 화친은 망설일 것이 없어 보입니다."

대사공.

"현국에서도 과년한 칠왕자가 있다 하옵니다. 현국도 서국 못지 않은 대국이니 이도 후보에 올려봄 직합니다, 폐하."

간의대부.

"황제에게 부마가 없으니 황실이 굳건하지 않다는 소리가 심심 치 않게 나돌고 있습니다."

태복.

"시국이 이런 이상 더 이상 미뤄선 안 됩니다. 서두르셔야 함이 옳습니다."

전농.

"율국의 안녕과 황실의 권위를 위함을 유념하시옵소서."

종정.

"외척도 없이 실추된 황실의 권위입니다. 더 이상 백성들의 입 에서 이 일이 오르내리는 일이 없어야 합니다. 부디 중히 여기시고 살펴주시옵소서."

정위.

"부마 간택은 화친으로 하여야 함이 마땅합니다. 때문에 이를 대외적으로 공고히 해 율국을 위해 가장 알맞은 나라를 추려야 합니다."

대홍로.

"이미 주국과의 수교를 통해 민심이 흉흉한 시국입니다. 입지를 공고히 하셔야 합니다, 폐하."

복야.

"같은 문제가 여러 번 회자되고 있습니다. 이는 짚고 넘어가셔야 합니다. 신들은 모두 율국의 안녕을 바라는 마음으로 간청드리는 바입니다."

어사중승.

"대외적인 율국의 위신이 말이 아닙니다. 즉위 이래 굳건한 황실을 보여준 적이 없기에 더욱 그러합니다."

광록훈.

"주국과의 수교를 만회할 수도 있습니다. 민심이 불안정한 때입니다. 입지를 굳건히 하셔야지요."

사도.

"이미 소수 몇을 제외한 신들이 한뜻으로 의견을 모으고 있습니다. 이는 물릴 수가 없는 중대한 사안임을 잊지 않으셔야 합니다. 신들 진정으로 율국을 위하여 폐하께 간청을 드리는 바입니다."

마지막으로 태중대부.

"······오래도록 준비라도 하고 있었던 발언들이군."

말을 하는 자마다 눈을 맞추며 확인하였다. 입을 열지 않은 자들은 태상경, 광록대부, 그리고 소신료 몇과 태사 해준이었다.

"군주란 충심을 헤아릴 줄도 알아야 하는 법이지요. 모두가 한 뜻으로 폐하의 빈녕과 폐하의 입시를 굳선히 하는 것을 바라고 있는 바입니다."

이 모든 중심의 머리 위에 있는 자, 한자군.

"과연."

피식, 작은 실소가 운의 입술 사이로 흘렀다. 짝, 짝, 짝. 운은 두 손을 거칠게 부딪치며 박수를 쳤다.

"이 많은 대소 신료들이 흐트러짐 없이 하나같이 의견을 모으는 것은 과연 내 나라 말고 또 어디 있을까? 천자의 주권이 마치 암묵적으로 동의한 수렴청정으로 인해 이뤄지는 것 같은 건 그저 짐의 착각일까?"

"수렴청정이라니요? 당치도 않습니다."

"대사농, 가장 급히 서두를 들고, 가장 급히 덧는 말을 붙이는 자가 바로 그대이지. 그렇다면 어디 한번 대답해보게."

"무, 무엇을 말입니까."

운은 앉은 자리에서 서서히 몸을 일으켰다. 그녀가 층계를 하나하나 밟아 내려올 때마다 좌중이 하나같이 그녀의 행보에 집중했다. 빠르지 않게 오히려 여유를 부리듯 느릿느릿 층계를 다 내려온 운이 가장 먼저 향한 건 대사농의 앞이었다.

"내 머리 위에 이 관을 쓴 지 올해로 몇 년이지?"

"즉위 팔 년입니다."

"즉위 팔 년. 바른대로 말하였다."

사납기 그지없는 운의 눈길이 대소 신료들을 훑고 있었다. 그녀는 대사농의 앞에서 고개를 끄덕인 뒤 세웠던 걸음을 다시 움직였다.

"대사공."

"예…… 폐하."

"수렴청정을 파하는 나이가 보통 몇이더냐."

"……율국의 법도에 따르면 십칠 세 이후로는 황제가 스스로 통치를 할 수 있다 하여 십칠 세가 되는 해 즉시 수렴청정을 파하는 것으로 정해져 있습니다."

"역시, 바른대로 말하였다."

승상 자군의 오른팔과 왼팔과도 같은 대사농과 대사공이었다. 운은 대사공의 앞에서도 고개를 끄덕이며 살벌한 미소까지 보이며 그를 지나쳤다.

"그렇다면 승상."

빙그르르 신료들의 앞을 한 번 훑는가 싶더니 운은 뒤로 걸었던 걸음을 다시금 똑바로 해 자군에게로 다가가 섰다. 부르는 소리에 자군은 고개를 살짝 아래로 내렸다가 들어 올렸다. 비소가 절로 나올 형국이었다.

"예, 폐하."

"그대는 어찌……."

말을 바로 맺지 않고 뜸을 들인 운이 모든 것을 면밀히 관찰할 눈치로 승상의 아래위를 훑었다. 그러고서 그녀는 더 바짝 승상에게로 다가갔다.

"여직 나를 대신해 수렴청정을 행하고 있는 겐가?"

제12장.

　서국과 현국에 각각 사신들을 요청해서 부마에 후보로 올랐던 서국, 찬휘의 영토를 다스리는 찬휘왕과 현국의 칠왕자를 며칠 사이를 두고 율국으로 초청을 했다. 그들도 이미 운에 대해서는 익히 들은 바가 있었다. 제 손으로 직접 아버지를 축출해내고 황좌에 앉아 있으나 거센 바람엔 여지없이 흔들리는 나약한 나무와도 같다고.

　"……."

　율국을 마치 속국처럼 생각하는 이들이었으니 그들의 눈엔 운 또한 마찬가지였다. 허리를 숙이지 않고 고개를 빳빳이 들고 있는 게 오히려 불쾌하다며 불쾌감을 드러내는 걸 서슴지 않았다. 고작 율령을 떠나 있는 영토를 다스리는 영주와도 같은 찬휘왕이었고, 현국에서 실지로 이름 한 번 날릴 수 없었던 칠왕자였다. 허나, 그들이 율국을 거머쥐게 된다면 달라지는 얘기였다. 그들을 지지하고 있던 율국 안의 세력 또한 보다 더 득세를 하게 될 것이었고. 운을 제외한 채 하나같이 입을 맞추어 얘기를 해왔던 일이었다. 운은 빙글빙글 웃음을 지으며 앉은 제 앞의 찬휘왕을 보자 역겨움이 몰려오는 듯했다.

"찬휘에선 나지 않는 게 없습니다. 가뭄 한 번 없었던 탓에 곡식도 늘 풍년이었지요."

그는 일단 찬휘에 대한 자랑으로 대화의 시작을 알렸다. 바다에서도 양식이 넘쳐나서 오죽하면 찬휘에서 태어난 걸 가장 큰 복으로 여긴다고도 하지 않겠느냐며 호탕하게 웃어 보이기까지 했다. 그런 찬휘를 거느리고 있는 저를 부마로 맞이하면 뭐, 배를 곯지는 않고 살 수 있다, 이 뜻인가? 감히 일국의 황제의 앞에서 말을 가려서 하는 법도 모르고. 아니면 부러 얕잡아 보고 있는 것일 수도 있었다.

"혼을 청함에 앞서 먼저 화친으로 지반을 다지는 게 어떻습니까, 폐하?"

"화친이라, 서국과는 이미 충분히 화친하고 있지 않습니까, 찬휘왕?"

"그 뜻이 아니라…… 저와 폐하의 왕래를 청하는 화친이옵니다."

찬휘는 다시금 운을 향해 미소를 지었다.

"찬휘에 대한 이야기는 매우 흥미롭게 잘 들었습니다. 허나, 서로 뜻하고 있는 바가 다르군요, 찬휘왕."

"그게 무슨 말씀이온지."

따닥따닥 불편한 심기를 여과 없이 드러내며 운은 손가락으로 팔걸이를 순서대로 짚었다. 그러던 것도 아주 잠시, 억지로 미소를 끌어 올리며 꽤 유한 목소리를 내기 위해 얼굴색을 바꿨다.

"찬휘를 위해서 항구를 개방해줄 순 있겠지만 영주와 일국의 황제와 개인적으로 오가는 화친이라…… 짐을 능멸하는 것 같아 유쾌하진 않습니다."

"그렇습니까?"

"예."

찬휘는 오히려 그런 운의 말에 콧방귀를 뀌는 듯 씰룩였다.

"입지를 굳건히 하셔야 하는 시국이 아닙니까?"

아무리 바다를 건너왔다고 한들, 이미 율국에 발을 들인 이상 어쩔 수 없이 들리는 소리들이 있었지요.

"방도가 꼭 하나인 법은 없지요. 찬휘왕을 위해 마련된 연회가 있으니 부디 기쁘게 즐겨주셨음 좋겠습니다."

그리고 운은 더 이상 여남은 말이 없다는 듯 자리에서 일어났다. 면전에서 모욕을 당하다니. 그 괘씸함에 양주먹이 말아 쥐어졌다.

현국의 칠왕자라고 해서 찬휘왕과 다를 바는 없었다. 다만 다르다고 꼽을 수 있는 건 그네들만이 복색이 달랐고, 예를 갖추는 방식이 미세하게 차이가 있을 뿐이었다.

마주하고 말을 섞을 때마다 현기증이 날 정도로 속에서 불이 일었다. 이들을 들이기 전부터 미리 언질을 했던 자들이 있을 터. 늘 나라의 안녕과 위신을 생각을 한다면서 그들은 그들의 입으로 직접 나라를 깎아내렸다. 저를 욕보이는 것이 곧 율국을 욕보이는 것과 무엇이 달라서?

두 차례 풍파가 지나가듯 나라 안에서 떠들썩하게 잔치가 열리고 곧이어 평온이 찾아들 즈음이었다. 어전회의에서의 분위기가 매우 묘했다. 친히 그들의 친분을 과시하며 율국으로 불러들였던 찬휘왕과 칠왕자에게 운이 살기와 적의를 드러내며 대했으니 그들의 표정이 곱게 펴져 있을 리 만무했다.

"경솔하셨습니다, 폐하."

"전농의 말이 맞사옵니다. 율국을 찾은 국빈을 그렇게 하대하듯 대하다니요. 돌아가시는 손님들의 심기가 매우 불편해 보였습니다."

"그러게 애초에 짐이 맞이하겠다고 윤허를 한 것도 아닌데 그대들의 특권을 내세워 직접 불러들였지 않느냐? 그렇담 책임은 경들에게 있지."

운이 저는 일말의 관련도 없는 일이라는 듯 괜히 모르는 표정을 했다. 드러내놓고 덤벼오는 운에 대신들의 표정이 오묘하게 일그러지기 시작했다. 기회를 주는 것과도 같았는데 이렇게 허무하게 날려버린다면 저들도 더 이상 참지 않겠다는 듯 이젠 속에 감추고 있는 칼날을 숨기지 않았다.

"폐하…… 재차 말씀드렸듯, 어지러운 시국입니다."

"신들, 충으로 간언드리옵건대 부디 굽어살피셔야 합니다."

충으로 간언을 드리다니. 운은 기가 막혀 그만 체신을 살피지

않고 한쪽 입매를 올려 어이없는 한숨을 토할 뻔했다.

"주국과의 수교로 이미 들썩이고 있는 민심입니다. 상소문들이

빗발을 치고 있는 상황에서 부마 간택은 더 이상 미룰 사안이 아

닙니다."

"유일하게 견주어도 될 만한 후보들을 그리 냉대를 하며 돌려보

내셨으니…… 눈총을 사는 건 시간문제이옵고, 이건 또다시 민심

을 흉흉하게 만들 것입니다."

그래서 명분은 충분하다, 이것을 말하고 싶은 건가, 대사농. 운

이 미간을 일그러뜨렸다.

"이릅니다. 아직 성과도 보여주지 않은 상태에서 민심을 안정시

킨다고 부마를 간택하다니요? 어불성설 아닙니까. 수교와 부마 간

택은 엄연히 다른 사안입니다."

운의 옆에서 언짢은 심기로 있던 해준이 입을 열었다.

"태사는 서국에서 들어온 지 수년이 지난 것도 아니지 않습니

까? 그러니 아직 어두운 겁니다."

"황실의 권위가 이미 바닥으로 떨어졌으니, 군주로서 결단을 하

셔야 합니다, 폐하."

그렇지 않으면…… 꽤 거센 바람이 이 황궁을 향해 들이닥칠지

도 모를 일이지요.

거의 전운이 흐르는 것과 마찬가지이던 어전회의가 파했다. 분

명 아침까지만 해도 맑고 파랗게 빛났던 하늘이었지만 어느새 습

기를 잔뜩 머금어 무거워진 회잿빛의 먹구름이 드리우는 듯했다.

"지금 어디로 향하는 겐가?"

"건청궁일세."

체신 따위는 생각하지도 않고 다급하게도 뛰어오던 태상경이 마침 맞은편에서 똑같이 숨을 헐떡이며 오는 광록대부와 마주쳤다.

"서두르세."

그들은 빠른 걸음으로 나머지 거리를 걸으며 황제 운이 있는 건청궁으로 향했다.

"폐하, 태상경 진찬과 광록대부 백염 들었사옵니다."

"들라 하라."

팔을 세워 가만히 관자놀이를 누르던 것도 아주 잠시였다. 운도 태화전을 나서서 건청궁으로 당도한 지 얼마 지나지 않아서였다. 태상경과 광록대부는 들어도 좋다는 운의 명이 떨어지기가 무섭게 다다, 걸음 소리를 죽이지 않으며 안으로 들어섰다. 문이 채 양쪽으로 전부 열어젖히지도 않은 상태였다.

"폐하!"

"차를 내어오라 이르겠네."

참으로 이상한 여유였다. 그것이 과연 '여유'인지는 몰랐으나 운의 목소리에는 높낮이 변화 또한 찾아볼 수가 없었다. 소름이 끼치게 평화스러운 모습이었다. 일그러진 표정을 하고 있는 것은 운을 제외한 두 사람뿐이었다.

"즉위 이래 가장 신선한 광경이었다. 경들은 아니 그러한가?"

비소를 띠듯 운의 입매가 비죽이 올라갔다. 여직 생생하게 그려지는 모습들에 더욱 그러했다. 하나하나 놓치지 않고 또렷이 보았다. 보이지 않는 비수를 들고 언제 꽂아야 좋을지 고민하는 그 모습들을.

"폐하! 어찌……."

일렀다. 일러도 너무 일렀다. 하지만 잠재우기엔 이미 늦어버렸다. 시국이 좋지 않았다. 태상경이 말을 다 맺지 않은 채 표정을 구겼다.

"일전에 주국에서 왔던 사절단이 귀한 찻잎을 건네고 갔지. 찬휘의 사절단이 건넸던 찻잎은 영 몹쓸 맛이었어. 다만 이것은 맛이 아주 일품이라 자랑할 만하네. 경들도 한번 그 맛을 보게. 여봐라."

잠깐 동안 그녀가 혹여 실성은 한 것은 아닌지 고민하게 만들었다. 지나치게 동요가 없는 그 모습이 무엇을 뜻하는지 그 의중을 읽을 수 없게 만들게 했다. 운의 부름에 바깥을 지키고 있던 시중이 들어오고 차를 내어오라고 함에 얼른 고개를 숙이며 나갔다. 기다림은 오래지 않았다. 차 맛이 그렇게 일품이라며 칭찬을 하던 것을 태상경의 앞으로 한 잔, 광록대부의 앞으로 한 잔이 차례로 내어졌다.

"들게."

운은 손바닥을 펴 보이며 마실 것을 권유했다. 그에 떨떠름한 기분이었지만 저항을 하고 있을 수는 없는 노릇이었다. 두 사람은 동시에 차를 마셨고, 운 또한 다 비우지 못했던 차를 한 모금했다.

"어떤가들?"

"……폐하."

"달라지는 것은 없네."

"……."

"시기만 앞당겨졌을 뿐. 경들도 잘 알고 있지 않은가?"

드디어 운이 표정을 굳힌 채 심경을 대변하는 낮은 목소리를 냈다. 태상경과 광록대부는 들고 있던 찻잔을 황급히도 아래로 내렸다.

"하지만 폐하, 이는 그들의 도발을 맞이하기에 적기가 아닙니다."

태상경이 서둘러 말을 했다.

"저도 같은 뜻입니다, 폐하."

이미 발단은 시작이 되었다. 뒤늦게 그들이 말을 붙인다고 한들 달라질 것이 아무것도 없었다.

"태상경."

"예, 폐하."

"직고해보게."

"……무엇을 말입니까."

차의 뒷맛은 향긋하지 않고 여전히 썼다.

거칠게도 부대끼는 박동을 멈출 수가 없어서 그 힘이 걸음에도 그대로 실려 있었다. 해준은 서둘러 퇴궐을 하려고 하는 자군을 찾았다. 자군은 마치 해준을 기다리고 있기라도 했다는 듯 별로 놀라지 않은 표정으로 걷던 걸음을 멈췄다.

"태사께서 이제야 생각이 좀 다르게 동한 건가?"

"잘만 버티고 있는 나무를 어찌하여 자꾸 갉아내려고 하시는 겁니까?"

"뿌리가 잘못되었다고 누누이 이르지 않았는가."

"승상!"

시국이 좋지 않다는 건 해준도 잘 읽을 수 있었다. 주국에 대한 백성들의 반감을 더욱이 자극을 해서 승상은 제 쪽으로 유리하게 끌어들이고 있었다. 게다가 국빈들을 냉대를 했던 탓에 일파만파 운의 자격을 의심하는 말들도 곧이어 파다하게 퍼질 거다.

연주하면 연주하는 대로 몸이나 잘 놀리면 되었을 것을 왜 제 연주에 응하지 않았던 건지 자군은 운이 오히려 자신의 불운을 더욱 키워낸 셈이라고 생각했다. 황궁을 지겹게도 드나들었다. 대체 언제까지고 시일을 미뤄둘 수는 없었다. 문턱을 넘나드는 건 여태까지 한 것으로도 족했다. 이젠 버젓이 자리를 꿰차고 앉아 황궁의 지붕을 제 지붕으로 삼는 것만이 남은 순서였다.

"정녕 이러실 생각이신 겁니까?"

"말했지 않았나. 내 손으로 올렸으니 내 손으로 내리는 것뿐이라고."

권좌가 대체 무엇이기에 이렇게까지 사로잡혀 있는 것일까. 한껏 여유로운 표정을 짓고 수염을 쓸어 보이기까지 하는 자군에 해준의 눈이 뒤집어질 지경이었다.

"늦지 않았으니 은현각에 들도록 하게. 모두들 한마음, 한뜻으로 그대를 맞이할 테니."

"……그럴 일은 없을 것입니다."

"그렇다면 자네도 화살을 피해 갈 순 없지."

승상은 해준의 어깨를 기분 나쁜 손놀림으로 두어 번 두드리곤 이만 그를 지나쳐 갔다. 남은 건 어둑해진 구름뿐이었다.

찻신을 내려놓는 운의 손끝을 진찬과 백염의 눈이 좇으며 미 거운이 말을 하기를 기다렸다. 얕게 달그락 소리가 난 뒤 운은 젖은 입가를 정리하곤 저를 기다리고 있는 진찬과 백염을 나란히 보았다. 그리고 드디어 입술을 떼어 말을 마저 맺었다.

"나를 위해 움직일 군대가 몇이나 되는가."

"폐, 폐하!"

"황궁을 수비할 내 호위대가 몇이나 되냐고 물었네. 직고해보 게."

"……."

황실의 입지가 바닥이었다. 여린 몇을 제외하고는 모조리 승상 의 사람이나 다름이 없었다. 지독하게도 끊이지 않는 악의 고리처 럼 한 걸음 나아가면 또 하나, 또 한 걸음 나아가면 또 다른 하나가 앞을 가로막고 섰다. 미룰 수가 없었다. 한통속이 되어 이를 바득 바득 갈며 어떻게 난도질할지 그 수를 빤히 보이고 있는 상황에서 뒷걸음질할 공간은 그 어디에도 없었다. 태상경이 말했던 적기라 는 것도 없었다. 그들은 잘 알고 있으면서 미약한 안도감이나마 운 에게 전하려는 듯 보일 뿐이었다.

대답 없는 태상경을 보며 운은 가만히 고개를 끄덕였다. 율국이 본디 제 나라였으나 태어나서 지금까지 단 한 번도 제 나라인 적이 없었다. 대소 신료들이 그러했고, 만백성들이 그러했다. 모두들 승상의 획책 아래에서 짜인 틀에서 노니는 것처럼 하루하루를 살아갈 뿐이었다.

승상의 말이 맞았다. 삼십, 그가 황궁에 들어온 지 꼬박 삼십 해였다. 그렇게 오랫동안 다져진 그의 획책이 거슬러지는 일은 일어날 수 없었다. 그 치밀함을 어찌 상대하랴. 응어리진 모든 것들이 집약되었다. 그리고 떠오르는 사람은 단 하나, 해준이었다.

"가장 먼저 태사 서해준을 서국으로 유배를 보낼 것이다."

"태사를 말입니까?"

"언질을 주면 그 시각 이후로 파직을 명하며 이틀의 시간을 줄 테니 당장 서국으로 떠날 채비를 하라 일러라."

"폐하!"

태상경은 고요히 고개를 숙였다. 물러설 수 없을 만큼 궁지에 몰렸다는 걸 운도 직감하고 있던 차였다.

"그 어떤 말도 태사에게 전하지 말라."

본의 아니게 휘말렸으니 그라도 이 소란을 빠져나가게 해주어야지.

"……."

"황명이다."

"부마를 간택하십시오, 폐하."

운을 향해 깔리는 낮고 조용한 태상경, 진찬의 목소리는 조금 있으면 습기를 머금고 울먹일 듯했다.

"저들의 손을 맞잡으란 건가? 부마를 간택하면? 간택하면 달라지는 게 대체 무어란 말이냐! 말 그대로 저들의 손바닥 위에서 놀아나게 될 텐데! 스스로 무덤으로 가는 것과도 다를 바 없다. 부마를 세운 타국 또한 화친을 내세워 나를 압박해올 것이다. 보아서 잘 알지 않느냐? 직접 보고서도 그런 말이 나오다니! 속셈이야 빤하나. 어줄 놓은 사디에 횡세던 이름으로 빛 좋은 게릴구미나 앉혀놓고!"

"때가, 반드시 때가 있습니다, 폐하. 그러니……."

광록대부가 거의 쥐어짜내는 듯한 목소리로 말을 했다. 하지만 그의 말허리가 운에 의해 무참히 잘려지고 말았다.

"백염! 경이 그런 말을 할 수는 없다. 누구보다…… 누구보다 잘 알지 않느냐!"

승상의 그늘 아래에서 따뜻한 볕을 보지 못한 채 늘 혹한과도 같은 추위에 온몸을 바들바들 떨었었다. 어깨 한 번 제대로 펴보지 못하고, 고개 한 번 제대로 올리지 못하고 그렇게 움츠려 있기만 했었다. 모조리 그의 계획 속에서, 철저히 그의 감시 속에서. 때라는 것은 없다. 그것은 영영 없다.

"시끄러운 민심입니다. 저들에게 명분은 충분합니다, 폐하."

"지금이 아니더라도 명분은 언제나 쥐어질 테지."

겹겹이 쌓아둔 것들 중 마음에 드는 것을 꺼내면 그뿐.

"……."

"무거워, 무거워서 견딜 수가 없다."

"폐하."

"내게 고할 것 없이 고요히 잠적하여도 좋다."

목숨은 부지해야지.

"어찌 그런 말씀을 하십니까, 폐하."

"주국으로 향하는 칙서에 은밀히 조항을 하나 넣었다. 짐의 인장도 함께 찍어서."

"그게 무슨 말입니까?"

서국이고 현국이고 한통속이 되어 승상의 손을 들어줄 게 빤한 노릇이었다. 그런 가운데서 운이 택할 수 있는 건 주국밖에 없었다. 숱한 반대들이 줄을 지을 것도 알고 있었지만 그래서 더욱 강행했다. 마지막 발악과도 같았다.

"……저들의 군대를 요청했다."

"그, 그게 사실입니까?"

"내 치욕스러웠던 팔 년을 통틀어 칙서에 낱낱이 써가며 그들에게 동정에 호소를 한 셈이지. 그래, 내가 직접 이 나라 율국의 권위를 실추시켰다. 하물며 내가 가진 권위의 무게야 입에 올려 말하기에도 버겁지. 아니 그런가?"

"허, 허면……."

"희망을 걸어볼 수도 있는 일이 아닙니까."

"태사의 생각이었다. 하지만 시기를 정하진 않았었지."

그녀의 눈동자가 탁하게 비어가는 것처럼 보였다. 모든 것을 놓은 듯한 목소리에 태상경과 광록대부는 손쓸 수 있는 범위를 이미 진즉에 벗어난 걸 인정해야만 했다.

"값진 고요와 정적이 찾아들겠군. 축시에 더 이상 탕약을 마시는 일도 없고, 별궁에 들어 낮잠에 드는 일도 없을 것이다. 내 황궁에서 움츠리고, 숨을 곳을 찾아다니는 일은 이제 더 이상 없을 것이다."

운이 이만 자리에서 일어나 등을 돌렸다. 후두두둑, 그녀의 눈가에서 눈물이 쏟아져 내렸다. 갇혀진 울분에서 비롯된 눈물이 곧이어 이께를 들빅이게 만들었다. 쌓여 있던 모든 것들이 의갑자 무너지는 게 너무 한순간이라 허무하기까지 했다.

태상경과 광록대부는 무릎을 고쳐 꿇고 몸을 납작하게 바닥으로 엎드렸다. 그러고는 낼 수 있는 가장 큰 목소리로 외쳤다.

"황제 폐하! 만세, 만세, 만만세!"

일찍이 퇴궐을 하고 약속이나 한 듯 하나같이 은현각의 모인 이들의 기운도 심심찮게 무거우면서도 조심스러웠다.

"황상께서 대체 어찌할 작정으로 그러신 겁니까?"

마치 아직까지도 운이 제 앞에서 활보를 했던 듯한 느낌을 도무지 떨칠 수가 없는 대사농이었다. 눈을 똑바로 뜨고 부라린다는 표현이 맞을 정도로 그녀는 눈을 한 번 감았다 뜨는 법조차 없어 보였다.

"과녁이 준비를 한 모양입니다."

술잔에 술은 채우지 않고 그저 빈 술잔만 장난삼아 이리저리 돌리던 승상이 그의 입가에 잔잔하게 미소를 올리며 말을 했다. 그에 술렁이며 말을 주고받던 이들이 대화를 멈추고 하나같이 자군을 응시했다. '과녁'은 운을 일컫는 말이었다. 암암리의 신호인 것처

282

럼 들리는 그 단어에 재차 의중을 확인하는 듯 승상의 다음 말을 숨을 죽이고 기다렸다.

"명분이 주어져 있질 않습니까."

황실의 입지가 바닥을 치고 있는 마당에 운이 일전에 국빈을 대한 태도는 이보다 더 달콤한 향기를 내뿜을 수가 없었다. 스스로 불구덩이에 뛰어든 것이나 다름없었다.

"마음을 바꾸어 갑자기 부마 간택에 응할 수도 있는 노릇 아닙니까?"

혹시 모를 일이 있지 않겠느냐며 대홍로가 조심스레 말을 꺼냈지만 자군은 단호하게 고개를 가로로 절레절레 저어 보였다. 장장 이십일 년이었다. 꼬박 이십일 년. 마지막 승부수를 드디어 던진 셈이었다.

"구름이 가벼워지고 무거워지는 데 어디 적기가 있겠습니까?"

구름, 운. 율국의 여황제 도운.

"그렇다면 승상의 뜻은……."

"민심을 우리 쪽으로 더욱 굳건히 하세요. 그게 가장 우선입니다. 그래야 대의에 힘을 실을 것이 아닙니까?"

'대의'라는 말에 모두들 흠칫하며 서로를 한 번 주시하는 것을 잊지 않았다. 시국이 생각보다 더 빨리 당겨졌다. 그리고 그들은 다시금 서로의 눈을 보며 이내 고개를 하나둘 끄덕였다.

"구름을 거둬내야 온전한 햇볕이 대지에 내리는 법."

"깨끗하고 맑은 하늘이 언제였는지 벌써 가물가물합니다."

"교활하게 높은 자리에 앉아 굽어볼 줄을 모르니 거둬내야 맞는 것이지요."

대단한 결의에 찬 듯 저마다 기다렸다는 듯이 운에 대해 한마디씩을 섞으며 보탰다.

"더 커지기 전에 싹을 자릅시다."

"오래 기다렸습니다."

마지막 차례로 말을 마친 대사공이 술잔에 술을 채워 단숨에 들이켰다.

본의 아니게 감정에 호소를 한 셈이었다. 그런 식으로 막고자 하여 막아질 수 있을 거라고 생각했던 게 오산이었다. 긴 한숨이 해준의 입가에서 흩어졌다. 이미 대척에 서기로 한 순간부터 저는 자군의 손을 떠나 있었고, 자군도 저를 놓았던 거나 다름없었다. 이미 청영을 되찾느니 뭐니 하는 건 의미가 없어져버렸다. 소름끼치게 조용한 황궁이 퍽 두려웠다. 파들파들 떨고 있을 운이 염려되어 해준은 퇴궐을 할 수가 없었다.

"이젠 제집 드나들 듯하는구나."

"폐하!"

한철일 뿐인 연꽃이 모두 저물었다. 가만히 못가를 내려다보는 것도 잠시, 들리는 운의 기척 소리에 해준이 당장 소리가 나는 쪽으로 달려갔다. 하늘하늘 흩날리는 자줏빛 포가 심장을 내려앉히는 아름다움을 이 순간 모순적으로 선사했다.

"이름을 붙여놓아야겠구나. 그래야 내가 주인인 것을 알지."

"……."

부러 미소를 보이고 있는 것일까. 무엇을 위해? 속은 바들바들 떨고 있으면서. 그게 오히려 해준의 마음을 더욱 불편하게 만들었다.

"……부마를 간택하시옵소서."

그것만이 방도이며 방법이었다. 운의 앞으로 해준이 천천히 몸을 낮추며 무릎을 꿇었다. 낮게 울리는 해준의 목소리에 억지로라도 올리고 있던 운의 미소가 거짓말처럼 사라졌다. 대신 작은 회상 같은 것이 제 뇌리로 날아들었다.

'공주마마. 천세, 천세, 천천세.'

모두들 그녀를 우러러 '공주마마'라고 했다. 어화원을 뛰놀다 다치기라도 할까 보아 뒤따르는 시중들이 노심초사하며 우르르 몰려다녔고, 괜히 피어오르는 장난기에 부러 까탈을 부리거나 심술이라도 부리는 차엔 비위를 못 맞춘 탓에 목이 날아가진 않을까 노심초사를 했던 게 하루 이틀이 아니었다. 나라의 국모인 황후가 그저 황제가 어디 멀리 숨겨놓고 드나드는 애첩을 넘어서 차비도 아닌 정비의 자리에 올랐기에 가능했던 일이었다. 하지만 그마저도 까마득한 옛 기억이었다. 그랬던 날들이 손에 꼽으라면 꼽을 수 있을 만큼 적은 탓이었다. 시들어가는 제 어머니의 낯빛을 견딜 수가 없었고, 후사를 보아야 하는데 덜렁 공주만이 황궁을 누비고 다니니 눈총을 사는 것은 삽시간이었다.

귓속을 어지럽히는 말들에 철없던 시간을 마감하는 덴 오래 걸리지 않았다. 이 나라 황제의 핏줄이 명백했음에도 불구하고 입을 벌려 아바마마, 하고 목소리를 내는데 마치 죄인이라도 되는 것처럼 파들파들 떨렸다. 차라리 얼른 나이가 차서 부마를 얻어 떠나가고 싶었다. 살을 에는 혹독한 황궁 따위 따뜻한 안식처가 되어주질 못했다.

'운아……'

'예, 어마마마.'

'너를 어찌하면 좋으니……'

잘 정돈이 되어 있는 머리칼을 한사코 매만지며 쓸어 넘겼다. 이 세상에서 꽃보다도 향기롭고 나비보다도 고운 자태를 가졌다고 여겼던 제 어머니의 모습은 어느새 사라지고 없었다. 초라하게 시든 꽃과 날갯짓을 멈춘 채 퍼석하게 마른 나비만이 아무 향기 없이 앉아 있을 뿐이었다.

'이럴 때일수록 굳건히 하셔야 합니다, 공주마마.'

총명하신 분이시지 않습니까, 공주마마.

'그게 무슨 뜻입니까, 태위?'

'황좌에 앉을 준비는 저희가 거들겠습니다.'

그러니까 대체 왜.

'……황후마마께 등을 보이신 건 바로 폐하십니다.'

아름다웠던 제 어머니가 더 이상 밝은 빛을 내지 않았다.

'억지로 품었던 게지요.'

폐단이 넘쳐납니다. 군주의 왕관이 어느새 무게를 가지니 머리에 걸맞지 않은 듯 보입니다. 신들의 마음은 이미 마마께로 기울었습니다. 마마만이 율국에 남은 마지막 희망과도 같습니다.

'운아……'

'예, 어마마마.'

'원망하지 말거라.'

'무엇을 말입니까.'

'내가 선택한 삶이니 내가 달게 벌을 받고 떠나는 것이야.'

아니에요, 어마마마. 어마마마가 선택한 삶이 아니라 아바마마
가 억지로 선택하게 한 삶이었어요. 떠나지 마셔요, 제 곁에서 제
발 떠나지 마셔요…….

'황궁에 더 이상 있을 자리가 없구나.'

황후이면서도 그 누구도 제 어머니를 향해 진심으로 황후라고
칭하지 않았다. 못된 계집, 천한 계집, 망조를 키운 계집.

'저는요, 어마마마? 저는요?'

'……'

'공주마마. 결단을 내리셔야 합니다. 시간이 많질 않습니다. 저
희의 남은 희망이지 않습니까, 마마.'

'제가 진정 그러한가요, 태위?'

'그렇습니다.'

인자하게 호선을 그리던 그 미소가 싸늘한 황궁에서 그나마 제
게 따스함을 내리는 듯했다. 하지만 그마저도 계략에 지나지 않았

다. 밝게 피었던 제 어머니였지만 그런 게 언제였냐는 듯이 시들어 갔던 제 어머니도. 그 밑에서 고요히 숨을 죽이며 눈물을 흘렸던 어린 제 모습도. 나라를 등지고 점차 군주의 모습을 버려가던 제 아버지도. 그의 머릿속에선 이미 수해 전부터 세워져 있던 계산이었다. 모두들 그의 손에서 놀아났다.

"폐하…… 신, 이렇게 간청을 드립니다."

이마저도 그의 계획 중 하나였으면 좋겠다 싶었다. 그러면 치솟는 노기에 모든 것들을 제 손으로 휩쓸 수 있었을 텐데. 흔들리는 마음이라, 제멋대로 흐르는 마음이라 다잡을 수가 없었다. 아니라고 안 된다고 머리에서 가슴으로 아무리 말을 해도 도무지 듣지 않았다. 가슴은 제 말소리에 귀를 닫고 오로지 제가 느끼고 싶은 것만 느꼈으며, 제가 보고 싶은 것만을 좇았고, 듣고 싶은 목소리만을 가득 들었다. 뜨끈하게 눈시울이 젖어들었다. 운은 이만 여직 제 앞에 무릎을 꿇고 앉은 해준을 내려다보았다.

"차라리 내 손에서 이 나라를 내려놓으라, 그리 청하지 그러느냐. 저 대단한 늙은이인 승상에게 이 나라를 줘버리라고, 던져버리라고 그리 간청을 올리는 것이 더 낫지 않겠느냐? 그럼 나도 살고, 그대도 살고, 승상과 함께 이 일을 꾀했던 자들은 더더욱 잘 살 테지."

"폐하."

볼을 타고 주르륵 흘러내리는 눈물을 우악스럽게 훔쳐낸 운이 악에 받친 듯 제 목소리를 이어갔다.

"내 손에서 율국을 내려놓으면 피를 볼 일도 없거니와 그대가

이렇듯 무릎을 꿇어가며 스스로의 연정을 버리지 않아도 될 것이
아니냐. 이 쉽고 간단한 길을 두고 어찌 어려운 길을 택하라고 이
르는 것이지? 그대는 내게 간언을 올리는 태사다. 그렇다면 응당
덜 고단한 길을 알려주어야지. 그렇게 날 이끌어야지."

짊어지고 있는 게 무거워 보일지언정 내려놓아도 될 만큼 이질
적이지도 않았다. 황좌는 운의 것이었고 하늘이 내린 사람은 운이
었다. 해준은 꿇고 앉은 채 고개를 좌우로 절레절레 저었다.

"천부당만부당하신 말씀입니다."

"……."

"태사 서해준, 폐하께 참된 간언을 올리는 자입니다."

"그래서 네 연정을 밟으라는 것이냐?"

"……그것이 폐하를 위해 참 간언을 올리는 신의 역할입니다."

"아니."

"폐하!"

"어둠이 너무 짙게 드리워진 하늘이야. 풍파는 들이닥치게 되어
있는 법. 이제 와 피해갈 수는 없다."

운이 말을 맺자마자 해준의 얼굴이 파리하게 질렸다.

"어찌…… 어찌 이러십니까, 폐하."

"그대는 어찌 내게 이러느냐. 부마를 간택하라니."

연화가 피어난 그 그림을 받았을 때부터 운의 가슴에 언제고 함
께 있던 해준의 그림이었다. 지금도 그녀의 도포 가슴 자락에 손만
넣으면 당장에 튀어나올 그림이다.

휘휘 재주를 보이기 위해 붓만 잘 놀려 만들어낸, 그럴듯한 제

모습이 아닌 먹이 이따금씩 선지에 스며들 때마다 똑같이 스며 있을 해준의 마음이었다. 그걸 받은 순간부터 해준도 운의 가슴속에서 피어났다. 들끓어 주체할 수 없이 커져가는 그 마음이 해준보다 더하면 더했지 절대 덜하진 않을 것이다.

"내가 그대를 꺾길 바라느냐?"

"……."

"내 손으로 그럴 수 있을 거라 여겨?"

다정한 목소리. 촉촉하게 물기를 머금은 그녀의 목소리가 등을 동그랗게 말아 숙임으로써 점차 해준에게로 가까워졌다. 무릎을 꿇고 해준과 시선을 맞추자 운이 입고 있던 자줏빛 도포가 그녀의 뒤로 부채를 그리며 바닥을 덮었다.

"……해준."

"예, 폐하."

"생각을 해보았다."

"……무엇을 말입니까."

어깨를 타고 운의 머리칼이 앞으로 쏟아졌다. 해준이 멍하니 그런 운을 보며 맺지 않은 이야기를 마저 하길 기다렸다.

"내가 이 자리에 있지 않고 그대가 그 자리에 있지 않다면 우린 원 없이 서로에게 속삭일 수 있었을까?"

스스럼없이 서로만을 찾으며 오로지 둘뿐인 듯한 세상을 그리 살아갈 수 있었을까?

"……."

"그래, 나도 참 괜한 생각을 한 게지. 돌릴 수 없는 건 이미 들이

닥친 현실인데."

"부디 살펴주시옵소서."

어찌 내 마음을 이리도 흔들었는가, 해준. 그대의 목소리는 꿈결같이 흐르는 것 같아서 요동치던 파도도 어느새 말끔하게 잠재우지.

"제발, 제발 살펴 생각해주시옵소서, 폐하!"

그대의 연정을 내가 품었으니 응당 지켜줘야지. 내가 앉은 자리가 지존이다. 그러니 그대 하나쯤은 지킬 수 있는 능력이 있지 않을까? 다만, 이 소용돌이가 지나가면 어떻게든 그대의 마음이 아플 것이다. 그게 안타깝긴 하지만…… 그래도 내 손으로 이 나라를 등질 수는 없지. 끝까지 버텨보아야지. 그러나 이 혼란에서 그대를 벗어나게 할 순 있어. 그 정도 능력은 내게도 있어.

"해준."

"……폐하."

운의 손이 해준의 볼을 쓸었다. 떨리는 그 손을 해준이 맞잡을 새도 없이 운은 구부렸던 무릎을 펴고 온전히 다리를 세운 채 해준을 내려다보며 몸을 일으켰다. 자꾸만 복받쳐 오르는 감정을 꾸역꾸역 삼켜낸 목소리가 이내 해준의 머리 위로 떨어졌다.

"그대에게 이 시각 이후로 태사의 자리에서 파직을 명한다."

"아니 됩니다, 폐하."

내 지적에 가까이 들이는 게 아니었는데.

"황명이니 그대에겐 물릴 권리가 없지."

그 언젠가 처음 봤던 그때에도 비슷한 말을 했던 것도 같은데.

"······명 받잡을 수 없습니다."

꿇고 있던 몸을 일으키니 운의 얼굴이 제대로 보였다. 작은 몸이 어렵사리 버티고 있다는 게 여실히도 드러났다. 해준은 그런 운을 제 품 안으로 가뒀다.

"바람이 차갑습니다."

"······"

"옷을 든든히 입으셔야지요."

팔을 감싸고 도는 해준의 체온이 그대로 운에게로 전해졌다.

"등청을 하고자 한다면 황궁의 입구서부터 관군들이 그대를 막아설 것이야."

"······"

"내 교지도 내려질 것이고."

한마디, 한마디 끊어내 전할 때마다 운을 안고 있는 해준의 팔에 더욱 힘이 들어갔다.

"······"

"이제부터라도 눈을 감고 귀를 닫으면 언제 바람이 불었냐는 듯 맑게 갠 날이 그대를 기다리고 있을 거야."

초조한 가슴앓이는 끝끝내 계속되었다. 목이 다 쉬도록 운을 불러보기도 했고, 사슬을 차고 있는 손목에 피가 번지도록 발악을 해보기도 했다.

하지만 그뿐이었다. 단지 그게 다였다. 무엇을 꾀하고 있는 것인지, 운은 무슨 생각으로 있는 것인지 도무지 읽을 수가 없었다. 들리지가 않았다.

"⋯⋯."

갑자기 무엇이 번뜩, 지나가는 느낌에 해준이 급히 걸음을 옮겼다. 태상경, 그래. 태상경이라면 저를 도울 수 있을지도 모른다. 일을 도모하기에 시간이 많이 없었다. 최대한 서둘러야 했다.

"⋯⋯태상경."

"자네가 어찌⋯⋯."

진찬은 집으로 들어가려다 저를 막아선 해준을 놀란 눈으로 보았다. 해준은 파직이 떨어졌고, 서국으로의 유배만을 앞두고 있는 차였다.

"좀 도와주셔야겠습니다."

앞뒤 설명도 듣지 않고 다짜고짜 전하는 말에 인상을 구기는 것도 아주 잠시였다. 진찬은 어렵지 않게 그의 의도를 읽고 목소리를 낮추었다.

"⋯⋯비책이라도 있는 겐가?"

"주국으로 가야겠습니다."

"주국으로 간다?"

"예."

황명이 떨어졌으니 날이 밝으면 해준을 태운 배는 꼼짝없이 서국으로 가는 항로를 타게 될 게 빤했다. 시간이 얼마 남지 않았다. 그걸 주국으로 갈 수 있게끔 도울 수 있는 건 태상경뿐이었다. 주국으로 가서 해준이 직접 얼굴을 비쳐 그들에게 칙서에 있던 비밀 조항을 요청해야 했다. 어쩌면 가능성이 있을지도 몰랐다. 태상경은 그런 해준의 생각을 읽어낸 듯 보였다. 그리고 더욱이 목소리를 낮추고 일부러 숨을 죽였다.

"……그들을 움직일 수 있겠는가?"

"수교를 할 때 큰 역할을 했으니 저를 모른 체하진 않을 것입니다."

"시세를 아시는 분이로세."

"도착을 한다면 무릎을 꿇고서라도, 납작 몸을 숙여서라도 조항을 움직일 것입니다. 그러니 태상경, 저를 좀 도와주세요."

태상경이 고요 속에서 고개를 끄덕였다.

날이 밝았다. 해준을 태울 배가 오는 날이었다. 몸이 원하지 않게 배에 실어졌다. 짐짝이 던져지듯이 그렇게 배의 구석에 처박히는 느낌이었다. 해준은 가만히 눈을 감았다. 제발 태상경이 일을 제대로 마무리했길 바라면서 기다리고 또 기다렸다. 애끓는 마음이 벌써부터 운을 부르짖었지만 이미 엎질러진 물이었다. 감은 눈에선 눈물이 흘러내렸다. 대체 어찌하여 이 지경까지 왔는지 몰랐다.

'제발, 태상경……'

배가 떠날 채비를 마쳐가고 있었다.

"……서국이 아니라 주국으로 가는 항로를 탈 것이네."

감은 두 눈을 뜨지도 않고 가만히 죽은 몸처럼 있는데 어딘가 익숙한 목소리가 해준의 귓전을 울렸다. 그는 얼른 눈꺼풀을 들어 올렸다. 넓은 갓을 최대한 얼굴 아래로 눌러쓰긴 했지만 그가 태상경이라는 건 금세 알아차릴 수가 있었다.

"태⋯⋯!"

"쉿."

태상경은 서둘러 검지를 세워 그의 입가에 가져갔다.

"내 역할은 여기까지네. 자네가 황상께 마지막 빛이야. 그리고⋯⋯ 자네에겐 다른 의미로 구름이 떠 있질 않나."

그러니 마지막으로 자네에게 모든 걸 걸어보지.

기나긴 꿈을 꾸었다. 너무 달콤해서 잠에서 깨어나기 싫은 그런 꿈. 비단옷이 아니어도 좋고, 푹신한 침상이 아니어도 좋았다. 두툼해서 투박하기 짝이 없을 그런 옷이라도 입고 있다면 따뜻했고 해준과 함께라면 더할 나위 없는 낙원이었다. 눈송이가 어지럽게 흩날리는 겨울도 그저 그렇게 넘길 수 있을 것 같았다. 상다리가 휘어질 정도로 푸짐하게 한 상 거하게 차려진 산해진미가 아닌 소박한 간장 종지 하나에 수북이 올리어진 쌀밥뿐이라도 밥상은 그것으로 족했다. 함께 있을 해준이라면 모든 것이 그럴 것 같았다. 시린 손 위로 입김을 호호, 불어가며 뗏목을 구하고 곧이어 피어오르는 불 앞에서 얼굴을 마주 보고 앉아 있노라면 어둠이 지나 푸른 새벽이 오는 것도 모를 것 같았다. 그런 소소한 행복을 감히 바랄 수 있을까? 아, 꿈이지. 그래, 꿈이라면 차라리 깨어나지 않았으면.

"⋯⋯."

퍼석한 얼굴에 흐린 빛이 드리워져 있었다. 제 가슴을 갉아내는 것처럼 쓰린 그녀의 낯에 영휘는 가만히 소리를 죽였다.

"그는 이제 서국에 있겠지."

잠겨 있던 목소리가 긁어내는 쇳소리처럼 들렸다. 하루하루 시들어가느니 차라리 그냥 도망을 가라고 하고 싶었다. 황제니 권좌니 이런 거 다 부질없으니 변복을 해서 그냥 이 황궁의 담을 넘어버리라고 그렇게 말을 하고 싶었다. 하지만 내뱉을 수 있는 말이 아니었다.

"영휘."

"예, 폐하."

"나름 애를 써왔는데 역시 부질없는 모양이야."

"약한 말씀 마시옵소서, 폐하."

끝까지 버티셔야 합니다. 그게 폐하다운 모습이십니다.

"활을 쏘아야겠다."

"채비를 하겠습니다."

그래, 여느 때와 다를 것 없다. 느리지도 빠르지도 않게 늘 숨을 죽여 준비를 했던 것처럼 오늘도 내일도 똑같이 하면 돼. 달라질 아침을 언젠가 맞이하기 위해서.

몰골이 석연치 않아 주국의 성으로 들어가는 데 애를 먹었다. 다행히도 해준을 알아보았던 사절단 중 한 명이 있었던 덕에 그를 따라 주국의 국왕 앞에 허리를 숙일 수가 있었다.

"율국의 태사였다면 지금은 아니란 소린가?"

"……파직을 당했습니다."

"파직을 당했다? 그렇다면 죄인인 것인가!"

몹시 흥분한 국왕이 소리를 높이자 해준이 곧바로 제 할 말을 이었다.

"황상의 인장이 찍힌 칙서가 있을 것입니다, 전하."

"……!"

"그걸 자네가 어찌!"

"전하, 이자가 직접 대동되었던 자리였습니다. 수교를 맺는 데 조력도 아끼지 않았던 자이지요. 노여워 마시고 이 자의 말을 끝까지 들어보는 게 어떻겠습니까."

감히 죄인의 몸을 하고서 국왕의 앞에 앉아 있다니. 이토록 무엄할 수가 있나! 주국의 국왕이 단번에 표정을 구겼다. 하지만 말을 끝까지 들어보자는 일급 보좌의 말에 억지로 씨근덕거리는 입매를 정돈했다.

"지금도 시간이 흐르고 있습니다, 전하. 제발 주국의 배와 군사들을 내어주시옵소서."

칙서에 있는 조항이었다. 하지만 그걸 이렇게 빨리 요청하다니. 연유를 모르지 않았다. 낱낱이 써내려간 운의 필체가 아직도 선연했다.

"지금 율국에서 반역이 일어난 것인가?"

"……그렇사옵니다. 그럼에 이리도 급하게 전하를 찾은 것입니다."

"주동이 누구이기에!"

감히 황권을 상대로!

"승상, 한자군이옵니다."

"승상?"

"예, 그렇습니다."

수교를 함에 있어서 줄곧 반대의 입장을 고수했던 승상을 주국이라도 모를 리가 없었다. 그러니 반역을 주도하는 세력이 승상이라는 말이 그럴듯했다. 게다가 그만한 벼슬아치이니 아마 오래선부터 준비하고 있을 것이었다. 위태로워 보이던 율국에서 결국 일이 일어나고 마는 것인가. 주국의 국왕이 수염을 쓸며 미간을 좁히는 사이 해준은 더없이 긴박했다.

"부디 제가 이리 달려온 연유를 헤아려주사옵고, 제발 저의 주군을 위해 조항을 발휘해주심을 간청드리나이다."

시간이 많이 없습니다. 지금도 흐르고 있지 않습니까, 전하. 제발…… 그녀를…… 저의 구름을 위해서…….

은밀한 눈치와 움직임으로 은현각에 한데 모여 현 황제에 대해 이러니저러니 말들을 늘어놓으며 불평을 하는 것도 아마 오늘이 마지막일 거다.

피를 뜨겁게 달구는 초연을 즐기듯 모여 앉은 승상과 그의 일행은 가장 성대한 잔치를 벌였다. 귀가 멍해질 정도로 시끌벅적하게 울리는 음악 소리에, 달랑거리는 장식의 옷을 입은 무희들의 공연은 없던 술맛도 돌게 할 정도로 화려했다.

술잔을 꺾으며 껄껄껄 웃는 소리들이 연주와 함께 어우러졌다. 이러한 이들의 잔치는 아마 운의 귀에도 들어갔을 거다. 시끄러운 음악 소리가 황궁의 벽을 넘어가 그 긴 속눈썹을 파르르, 떨리게 만들겠지. 이것은 도발이 아니었다. 보란 듯이 어차피 잡을 승기에 대해 미리 자축을 하는 것이나 다름없는 자리였다.

"황상은 황궁 안에 갇힌 새와 같겠군요. 이러지도 저러지도 못하고 발만 동동 굴릴 그 모습이 선해서 벌써부터 웃음이 납니다."

악사와 무희들이 물러가고 잠시나마 고요가 찾아올 법했지만 얼큰하게 취기가 오른 전농이 마치 기다렸다는 듯 먼저 서두를 뗐다.

"하릴없는 계집 주제에 그래도 이만하면 오래 버틴 축이 아닙니까?"

"그러게 말입니다. 고고하게 턱을 치켜들고 태화전을 거닐던 것을 생각하면 괘씸하기 짝이 없습니다."

"어울리지 않은 황룡포는 이제 벗을 때가 되었지요."

서로를 보며 고개를 끄덕이는 이들은 승기를 거머쥐고 있다는 사실이 짜릿해 시일을 기다릴 수가 없을 정도로 몸이 다는 것 같았다.

"여기 계신 승상이야말로 진정 황룡포를 입고 황좌에 앉기에 적임이 아니겠습니까?"

"두말하면 입 아픈 소리입니다."

"여기까지 온 것도 모두 다 현명하신 승상 덕이지요."

순서를 정하기라도 한 것처럼 너 나 할 것 없이 운을 헐뜯던 것도 잠시, 저마다 이제는 자군을 향해 아부를 퍼붓기 시작했다. 반역이 모두 끝나고 권좌에 승상이 앉게 될 것을 생각해 더 많은 공을 치하받기 위함이었다. 하나같이 충을 맹세하는 이들에 조용히 눈썹을 휘며 웃던 자군이 제 잔에 가득 채워져 있는 술에 입술을 가져갔다.

"깨물어서 안 아픈 손가락 없듯 자네들은 내게 더없이 소중한 사람들이지. 구름 한 점 없이 맑은 하늘을 보는 날이 머지않았네. 앞으로 이 영광을 함께 누리세."

글피. 그들만의 세상이 밝아오기 딱 글피 전이었다. 잔의 바닥까지 드러나 보이게 꿀꺽꿀꺽 술을 마시는 자군에 모여 있던 이들이 기다렸다는 듯 환호를 질렀다.

"자, 잔을 드십시다. 대의를 위하여, 율국을 위하여! 그리고 승상을 위하여!"

걸걸한 목소리로 선창을 하듯 대사공이 외쳤다. 그러자 하나둘씩 양손으로 술잔을 들어 자군을 향해 절을 하듯 높이 올리고는 단숨에 잔을 입으로 털어 넣었다.

제13장.

이만 명. 황궁의 문밖에서 승상의 이만 군대가 창을 아래로 찍으며 때를 기다리고 있었다. 그들이 발을 한 번 굴릴 때마다 그 진동이 곤녕궁에 앉아 있는 운의 몸도 들썩거리게 만들 만큼 강했다.

"……비극의 시작이었지, 이곳이."

황후가 어린 무릎을 베고 눈을 감으며 있던 그 자리에서 운은 똑같이 쓰러져 앉았다.

'들으라.'

'지금부터.'

'나 율국의 공주 도운은 내 아버지이자 현 율국의 황제에 반해…… 역모를 꾀함이다.'

하얗고 가녀린 손이 바닥을 여러 번 쓸어내렸다. 영휘는 그런 운을 보면서 눈을 질끈 감았다가 떴다.

"참 우습지."

"……폐하."

"여기가 딱 떠오르는 거야."

"……."

우레와 같은 함성 소리가 밖에서 들리는 듯했다. 성문을 막아서던 위위도 어쩔 수 없었던 모양이었다. 승상의 군대 이만, 그리고 운의 군대가 일만이었다. 수적으로도 이미 패는 드러나 있는 싸움이었다. 석무(夕霧)가 끼었다.

"원망하느냐."

운은 아래로 늘어뜨린 시선을 들어 올려 영휘를 보았다.

"무엇을 말입니까, 폐하."

"너도 차라리 내보냈어야 하는 것인데, 그렇지? 내가 너는 아끼지 않는다고 여길 것이 아니더냐."

"폐하, 저는 폐하의 최고 호위입니다. 그림자가 어찌 따로 놀 수가 있겠습니까?"

들리고 있는 소리가 점차 커졌다. 영휘가 그제야 다급하게 운의 앞으로 성큼성큼 걸음을 떼서 다가왔다.

"폐하, 신, 마지막으로 간청드립니다. 지금이라도 늦지 않았습니다. 북문으로 나가면 태의가 준비해둔 마차가 있습니다, 폐하. 변복을 한 나인이 폐하의 행세를 할 것입니다. 그러면 시간을 벌수 있습니다. 그러니 어서……!"

타들어가고 있는 영휘의 마음을 아는지 모르는지, 운은 다급하게도 말을 하는 영휘에게 그저 고개만 흔들었다.

"아니."

"폐하!"

"어차피 끝을 내지 않으면 안 될 싸움이었어. 내가 이 황궁에 태어나면서부터 이 기나긴 싸움은 시작이 된 것이야."

"……"

징그럽게도 울리는 북소리 때문에 머리가 아플 지경이었다. 간담이 서늘해지지도 않는 건지 운은 표정 하나 변함이 없었다. 모든 것을 각오한 것처럼 오히려 초연해 보이기까지 했다. 점차 압박해오는 소리에 영휘의 가슴이 쿵쾅쿵쾅 뛰었다.

"제가 앞서겠습니다."

"아니다."

"폐하!"

"너는 내 그림자이니 내 뒤에 있어라."

그렇게 말을 마친 뒤 영휘가 덧다는 말은 듣지도 않았다. 활대를 몸에 두르고 운은 옆에 함께 두었던 검을 가지고 바닥에서 몸을 온전히 일으켰다.

"……여부가 있겠습니까, 폐하."

'이름이 무엇이냐?'

'영휘, 영휘입니다.'

'영휘?'

'예, 공주마마. 제가 앞으로 공주마마의 호위를 맡았습니다.'

'그렇다면 내 그림자라도 되는 것인가?'

'그렇습니다.'

작고 가녀린 몸과는 달리 눈빛이 매우 날카로웠다. 운은 영휘를 세워두고 그의 주위를 한 바퀴 빙, 돌았다.

'어마마마께서 특별히 너를 보내셨다지?'

'예, 그렇습니다. 황후마마께서 직접 저를 공주마마께 보내셨습니다.'

'좋아.'

씩, 어린 운의 입가에 미소가 걸렸다. 영휘가 마음에 든다는 표시와도 같았다.

'너는 내 그림자이니 항상 내 뒤에 있어.'

'여부가 있겠습니까.'

귀를 찢을 듯한 뇌거가 쳤다. 하늘이 마치 여러 갈래로 갈릴 것처럼 섬광이 왔다 갔다 하였다. 뒤이어 장대비가 쏟아졌다. 한 치 앞 시야도 확인할 수 없을 만큼 굵은 비가 하늘에서 내리고 있었다.

"이랴, 이랴!"

말의 고삐를 손에서 놓지 않았다. 할 수 있는 최대한으로 달리게끔 만들었다. 두두두, 두두두. 너무나 많은 군들이 한꺼번에 몰아닥침에 온 땅이 흔들렸다. 제발, 제발. 속으로 대체 몇 번이나 되뇌었는지 몰랐다. 손에 빗물이 흥건한 건지, 걱정과 긴장으로 인해 땀이 흥건한 건지 알 수 없었다. 해준을 선두로 내세운 주국의 군대였다.

　좀처럼 시작된 비는 그칠 것 같지 않았다. 구름이 무거워져 그무게를 도무지 견딜 수가 없었던 모양인지 물기를 계속해서 아래로 퍼붓고 있었다.

　내리는 빗물에 횃불들이 모두 다 꺼져버렸다. 화살촉에 불을 댕기던 것도 더 이상 할 수 없었다. 눈앞에 있는 사람이 아군인지 적군인지 구별을 하는 것조차 어려웠다. 시야가 어두웠다. 적막이 내린 어둠에 비바람이 거세게도 몰아쳤다. 어느새 북소리도 들리지 않았다. 목청을 높이던 함성 소리도 어디론가 사라져 더 이상 이어지지 않았다. 오로지 비바람, 맹렬하게도 몰아치는 그 소리만이 넓디넓은 황궁에 전운을 더하고 있음이었다.

　검을 든 손들이 무거웠고, 방패를 부딪치는 어깨가 천근만근이었다. 앞이 제대로 보이지 않음에 화살은 아무 소용이 없었다. 빗물에 손이 자꾸 미끄러져 시위를 당길 시도조차 할 수가 없었다. 쓰러진 자들을 덮치고 있던 붉은 핏기가 연거푸 씻겨 거대한 호수를 이룰 것도 같았다. 지치고 고단한 싸움이었다. 뜻밖의 천재로 인해 농도가 짙어졌다. 살아남는 자가 승리를 거머쥐는 것이었다. 누가 누구인지 보이지도 않고 들리지도 않았다. 검과 검의 날이 으스러질 듯 부딪치던 소리도 미미할 뿐이었다.

　손등으로 눈가를 쓸어내려도 다시금 뿌옇게 흐려지는 시야는 매한가지였다. 온 얼굴을 덮쳐 입속으로도 빗물이 들어찼다. 퉤,

퉤, 푸, 푸. 침을 뱉는 것인지 피를 뱉는 것인지 혹은 빗물을 뱉는 것인지 모를 행위를 모두들 약속이라도 한 듯 똑같이 했다.

휙. 휙.

간간이 빗물을 관통하는 화살 소리가 뇌거 소리마저 잠식시킬 정도로 크게 울렸다. 화살 소리가 귓가를 울릴 때마다 하나둘 서 있던 상성늘이 쓰러졌다. 어디에서 비롯뇌고 있는지 모늘 화살이었다. 단 한 발도 빗나가지 않았다. 손이 자꾸만 미끄러지고, 한 치 앞에 무엇이 있는지도 모를 어둠이었다. 그런데도 불구하고 화살은 정확했다. 홀로 훤하다는 듯 오차도 없었다.

"구름! 구름을 찾아라! 구름을 찾아내란 말이다!"

반쯤 미친 형국으로 자군이 틈새에서 목청을 높였다. 절대 도망을 놓진 않았을 것이다. 그럴 운이 아니란 것쯤은 잘 알았다. 어딘가에서 대적을 하고 있을 것이었다. 대의명분을 가지고 있으니 이제 그의 손으로 그녀의 목숨을 거두면 그만이었다. 더 나은 율국을 위해 정통 귀족의 피를 타고난 자신이 그녀를 꺾을 것이었다.

"어디 계십니까, 황상. 모습을 보이셔야죠!"

이제 그만 물러날 때입니다. 애초에 본인의 자리가 아니었으니 그냥 내려오면 그뿐. 권좌의 주인은 이미 정해져 있었습니다.

바람이 더욱 거세게 일었다. 굳은 위엄을 자랑하던 황궁의 성문이 보기 싫은 꼴로 엉망이 되어 있었다. 급격히 기울어가던 형국이었다. 해준이 일말의 고민도 없이 들이닥침에 따라 그의 뒤를 따르던 주국의 군대도 함께 들이닥쳤다. 앓는 소리는 빗소리에 묻혔고,

여기저기서 쓰러지는 모습들만이 줄기차게 보일 뿐이었다. 빠르고 날렵하게 검을 놀리면서 해준은 황궁 속으로 더욱 깊숙이, 깊숙이 들어갔다. 어둠이었다. 칠흑 같은 어둠.

'어둠에 익숙해질 때까지 기다려.'

'그렇다면 보일 거야.'

'내가 활을 왜 좋아하는지 알아? 검은 상대방을 가까이에 두고 겨눠야 하지만 활은 그렇지 않지. 위협이 다가오기 전, 그 찰나를 놓치지 않으면 멀리서도 상대를 쓰러뜨릴 수 있어. 비가 내려도 바람이 불어도 한 치 앞이 흐리다 하더라도 시위만 잘 당기면 언제든.'

'어둠이 깔려도 마찬가지지.'

'익숙해질 때까지 기다려.'

해준의 눈이 바쁘게 오로지 한 사람만을 찾았다. 검끝에 얼마나 많은 핏물이 스며들고 있는지는 중한 문제가 아니었다.

"이, 이들은 대체 뭐야!"

"이게 대체 어찌 된 연유인지!"

갑작스레 닥친 적군에 승세를 몰아가던 자군의 군대가 당혹을 감추지 못했다. 그들은 봐주는 것 하나 없이 맹렬히도 몰아닥쳤다. 늘 소문으로만 자자했던 군사력이었다. 웬만해서는 무력으로 짓누르지 않는 데에는 모두 이유가 있었다. 적이라고 여기면 여기는 족족 놓치지 않고 죽음으로 내몰기 때문이었다. 지금 눈앞에 보이고 있는 머릿수가 그러했고 가지고 있는 군력이 그러했다.

"저들은……."

운의 눈에도 똑똑히 보였다. 그들은 자국의 군대가 아니었다. 더욱이 승상의 군대도 아니었다.

"……!"

주국, 주국의 군대가 틀림이 없었다.

"폐하, 위험합니다, 폐하!"

손끝에서 피가 흐르고 있던 중이었다. 화살은 운의 손에서 절대 미끄러지지 않았다. 다시금 시위를 겨냥하는 법도 없었다. 비가 내리고 바람이 불고 어둠이 닥친 것은 운에겐 지독하리만치 익숙했다. 시위를 당기기에 더할 나위 없는 조건이었다. 차라리 맑은 하늘이 아닌 게 다행이다 싶을 정도였다. 저들은 시야가 흐렸다.

운은 그렇게 하나둘, 눈에 보이면 보이는 대로 놓치지 않았다. 그러던 도중 갑자기 들이닥친 주국의 군대에 그만 활대를 내리고 정황을 살피던 중이었다. 다급하게 저를 부르는 영휘의 목소리가 들렸다. 분명 바로 뒤에서 들렸다. 운이 서둘러 뒤를 돌아볼 참이었다. 그러나 제 의지와는 달리 거센 힘에 의해서 몸이 옆으로 밀쳐졌고, 비틀거리며 정신을 차린 사이 영휘의 가슴에 박힌 화살이 눈에 들어왔다.

"여…… 영휘!"

왼쪽 가슴이 피로 빠르게 짓무르고 있었다. 간발의 차로 운을 대신해 그가 화살을 맞았다. 운을 겨냥했던 화살이 영휘에게로 박히자 적군은 다시금 활대에 활을 끼워 넣으려던 참이었다. 그러던 것도 잠시, 말을 타고 검을 휘두르는 주국의 군사에 의해 둔탁한 소리를 내며 적군은 쓰러졌다. 운은 서둘러 영휘의 곁으로 갔다.

숨을 쉬기가 힘들다는 듯 그의 입새를 타고 붉은 혈이 하염없이 흘렀다. 콜록콜록, 고통스런 기침이 자연히 나왔다. 가슴을 들썩일 때마다 피가 계속해서 솟구치듯 터졌다. 그대로 땅으로 쓰러지는 영휘를 운이 급하게도 부여잡았다. 그 무게에 운마저도 땅으로 고꾸라졌다. 말을 할 수도 없었다. 입을 벌리면 벌리는 대로 피가 계속해서 쏟아져 나왔기 때문이었다. 심장 저 깊숙이 화살이 박혔다. 하지만 그 고통이 차마 전해지지도 않았다. 운이 남겨졌다. 영휘가 온 얼굴을 구기면서 팔을 들었다. 검을 쥐고 있는 팔이 사시나무 떨듯 떨렸다.

"폐…… 폐……."

"이게…… 아니다, 아니다. 영휘, 정신을 놓아선 안 된다! 황명이다. 황명이다, 영휘!"

빗소리에 외쳐지는 운의 목소리가 희미했다. 자꾸만 눈이 감기는 듯 멀어지는 것도 같았다.

폐하…… 신, 잠시 쓰러진 것뿐입니다. 다시 일어설 것입니다, 폐하. 저는 폐하의 그림자이지 않습니까, 폐하. 명이 내리기 이전까지는 늘 그림자처럼 폐하의 곁을 맴돌 것입니다. 이건 아주 잠시일 뿐입니다.

"눈을 떠라. 감지 마, 감지 마! 제발……. 그래, 잘못했다. 다 내 잘못이다, 영휘. 너도 보냈어야 했어. 내가 너를 남겨두는 게 아니었어. 미안하다, 미안해. 나를 탓하여라. 얼른, 응? 얼른 일어나서 나를 꾸짖어라, 어서!"

두 눈꺼풀이 이리 무거워본 적은 없습니다, 폐하. 쏟아지는 게 과연 피가 맞습니까? 숨을 쉬고 있는지조차 의문스럽습니다. 이게 과연 몽중입니까, 아니면 생시란 말입니까.

"아니 된다. 흐읍…… 흑. 내가 이렇게, 내가, 내가 이렇게 눈을 감으면 어쩌느냐. 영휘……. 하으윽…… 눈을 떠라, 응? 황명이라지 않느냐!"

폐하, 어찌하면 좋습니까. 이제 폐하의 뒤는 누가 지킵니까. 폐하…….

"영휘! 영휘!"

재차 불러도 대답이 없었다. 빗물이 자꾸만 흘러내려 영휘의 얼굴을 투둑투둑 두드렸다. 차가운 빗줄기가 이리도 내리고 있건만 영휘는 여전히 눈을 감은 채 운의 부름에 아무런 대답이 없었다.

판도가 바뀌기 시작했다. 주국의 군대가 승상의 군대를 쓰러뜨리는 데에 걸리는 시간은 오래 걸리지 않았다. 서둘러 목숨을 부지하기 위해 한시바삐 도망을 놓는 이들이 나타나기 시작했고, 더러는 도망갈 틈을 놓쳐 일부러 죽은 척 눈을 감고 이미 싸늘한 시체의 옆에 몸을 옹송크렸다. 하지만 해준의 눈은 멈추지 않았다. 바삐, 아주 바삐 오로지 한 사람만을 찾아 헤맬 뿐이었다.

영휘의 죽음을 바로 곁에서 맞이한 운에게 앞이 제대로 보일 리 없었다. 그녀는 탁하게 빈 눈동자로 반 미친 사람처럼 활대를 들어

시위를 당겼다. 거의 정신을 잃기 직전까지 그랬다. 검의 날에 스친 팔에서는 피가 뚝뚝 떨어졌다. 힘을 주어 겨냥을 할 때마다 피는 더욱 짙게 운의 팔을 물들였다.

"……늦었습니다."

그러던 도중이었다. 희뿌연 시야에서 생생하고 정확한 목소리가 귓가에 닿아온 것은.

"……!"

그리고 그대로 몸에 힘이 풀렸다. 덜덜 떨리고 있는 몸이 그대로 땅으로 곤두박질칠 것 같았다. 하지만 허리춤을 단단히 죄어오는 힘이었다. 나른하고 아늑한 목소리가 곧 취중으로 이끌 것처럼 평온했다.

"……해준."

운은 눈으로 묻고 있었다.

내가 보이느냐.

예, 폐하.

어둠 속인데도?

익숙해지라고, 그렇게 말씀하시지 않으셨습니까. 충분히 익숙해졌습니다.

'……해준.'

'예, 폐하.'

'해준.'

'예, 폐하.'

'……지금처럼 내가 부르면 꼭, 그렇게 말해다오.'

"예, 폐하."
선명했다. 또렷했다.
"정녕, 그대가 맞는가."
그렇습니다, 폐하.
운은 손을 뻗어 해준의 얼굴을 쓰다듬었다.
"꿈결인 듯하다."
"예, 폐하."
"영휘가 죽었다."
"……."
"그대는 안 돼. 그대마저 잃을 순 없어."
쉰 소리가 애달프게도 빗소리와 섞여 들렸다.
"신의 목숨은 폐하가 쥐고 계십니다."
"……지쳐, 몹시 고단하구나."
"쉬십시오, 쉼이 되어드릴 테니."

하늘에서 화가 내린 게 틀림없다고 했다. 감히 천자를 거스르려 했던 것에 대한 벌이라고 그네들은 너 나 할 것 없이 떠들고 있었다. 간밤에 언제 그렇게 맹렬하게 하늘이 진동을 하며 비가 쏟아졌냐는 듯 거짓말처럼 맑아진 날씨에 구름 사이로 드러난 햇살이 가장 고운 빛을 쏟아냈다. 그야말로 청아하게도 맑은 하늘이었다.
"그래서, 승상의 시신은?"

"수습하였습니다."

운의 화살도, 영휘의 검도, 그렇다고 운의 군대도 아닌 그렇게 경멸해 마지않던 주국의 군대에 의해 목숨을 잃게 된 승상이었다. 저를 호위하기 위해 겹겹이 감싸고 있던 병사들을 일일이 쳐내고 운을 찾기에 혈안이 되어 있었다. 무기도 하나 없이 혈혈단신으로 전장에 있는 몸이었다. 혹시 자군을 보면 죽이지 말고 사로잡으라고 일렀었다. 하지만 발악이라도 하려는 듯 굴복하지 않았고, 그는 참 애석하게도, 그리고 너무 가볍게도 목숨이 거둬졌다.

황궁 안이 모조리 엉망이었지만 주국에서는 율국을 향해 흔쾌히 손길을 내밀었다. 황제의 모든 것이 담긴 칙서가 한 번 그들을 흔들었고, 진심 어리게 청을 올린 해준의 절절한 애원이 그들을 두 번 흔들었다.

"황상께서는?"

태상경이 태의를 불러 세웠다.

"아직 기침 전이십니다."

"알겠네."

향기가 가득해서 도무지 떠나고 싶지 않았다. 온몸을 빙그르르 돌리니 나비들이 그 몸짓에 춤을 추는 것처럼 다가왔다. 미풍의 바람이 넘실거려 볼을 간질였다. 한 걸음, 한 걸음 옮길 때마다 마치 수면 위를 걷는 듯 몽롱하고 황홀했다. 안온하고 평온한 기분에 휩싸여 절로 몸이 나른해졌다. 아, 이것이 낙원이구나. 이대로 영영 눈을 뜨지 않고 살았으면 좋겠다. 도무지 놓고 싶지 않은 흥이니.

"폐하."

그리고 어디에선가 저를 부르는 목소리가 들렸다. 많이 들어본
목소리였다. 아니, 너무나 익숙한 목소리였다.

"……해준?"

"예, 폐하."

맙소사, 해준이라니. 어디 있느냐. 응? 어디에 있어? 부러 몸을
숨기고 나를 놀릴 셈이야? 여전히 두려울 게 없는 모양이구나. 그
렇게 숨어 있지만 말고 얼른 나와봐. 이리, 내 앞으로. 보고 싶구나.
그대의 모습이 무척이나 그립다. 애간장은 이쯤 녹이면 됐어. 자,
얼른 모습을 드러내.

"해준……."

"예, 폐하."

대답만 말고 모습을 보여줘. 그대가 보고 싶어. 그대의 눈이 몹
시 궁금해. 더 이상 기다릴 수가 없구나. 모습을 보여줘. 내가 이렇
게 청을 할게.

"한시도 떠나지 않고 여기 있었습니다, 폐하."

그래, 그래. 공기를 미지근하게 만드는 그대의 목소리가 아까보
다 더욱 가까워진 듯이 또렷하다. 몽중이 아니라는 듯 생생하게 내
귓가를 울리는구나. 그런데…… 어디에 있는 거지? 내가 이리 그
대를 찾고 있는데 어찌하여 모습을 보이지 않느냐 말이다. 손을 뻗
으면 닿을 거리에, 그 거리에 있는 것이 맞느냐? 응?

"해준……."

"정신이 좀 드십니까?"

느리게, 아주 느리게 운의 눈꺼풀이 들어 올려졌다. 깜빡, 깜빡. 서두르지 않고 깜빡이며 흐린 시야를 또렷하게 하기 위해 애썼다. 그러자 두 눈 가득 들어차는 해준의 모습이었다.

"해준! 정녕 그대가 맞느냐?"

까슬까슬한 목소리도 달보드레했다. 해준은 운의 말에 미소로 화답을 했다. 예, 제가 맞습니다. 폐하.

"보이지 않았어. 그대가 보이지 않아 얼마나 불안했는지 몰라."

운은 해준의 목을 그대로 껴안았다.

"한시도 곁을 떠나지 않았습니다."

"······여긴, 여긴 어디냐?"

"별궁입니다."

"별궁?"

건청궁의 문이란 문은 다 찢겨져 운을 그리로 옮길 수는 없었다. 다행히 꽁꽁 감춰져 있던 별궁까지 발걸음을 옮긴 자들은 없었다. 쓰러진 운을 별궁으로 옮기고 해준은 태의를 불러 그녀를 진맥하게 했다. 그녀가 정신을 잃고 잠이 든 사이 어지럽게도 들이닥쳤던 모든 풍파가 잠잠해졌다. 하늘에 구멍이라도 나서 맹렬하게 내린 빗물에 모든 것들이 정화가 된 듯 말끔해졌다.

"영휘의 시신은 잘 수습할 예정입니다."

"······그래."

가슴 저 끝에서부터 습기가 차올랐다. 영휘의 죽음이 아직 실감이 나지 않는 탓에 그랬다. 제 그림자처럼 언제나 부르면 나타났던 영휘였다. 이제 그를 불러도 그는 제 앞으로 모습을 보이지 않을 거다.

"그렇다면……."

승상, 자군은 어찌 되었느냐고 묻고 싶은걸 운이 간신히 참아 내렸다.

"어찌 된 명분이냐?"

"태상경이 신을 도왔습니다. 신을 실은 배가 서국이 아닌 주국으로 항로를 탈 수 있게끔 해줬습니다."

"태상경이?"

"예."

"……그렇구나. 그대가 그들의 군대를 데려왔구나."

운은 그제야 갑작스레 들이닥쳤던 그 상황을 되짚어보았다.

"저 하나만 살리고자 황명을 내리셨습니까?"

"그건……."

"조금만 늦었어도 큰일 날 뻔했습니다."

나긋나긋하게 울리는 해준의 목소리였다. 운은 다시 한 번 그의 목을 있는 힘껏 끌어안았다. 다시는 볼 수 없을 거라고 생각했다. 이 목소리를 다시는 들을 수 없게 될 거라고 생각했다.

"……."

되었다, 되었어. 이렇게 그대가 내 앞에 있으니 된 것이야.

"도움을 청하진 않았으나 주국에서 자발적으로 사람들 몇을 파견해왔습니다."

"그래?"

"예."

"얼굴을 붉히면서까지 보낸 내 칙서가 효험이 있던 모양이로구나."

모든 것을 다 드러내 보였으니.

"쉬십시오, 폐하. 곧 태의가 탕약을 가지고 올 것입니다."

"너는?"

"그야 당연히 밖으로⋯⋯."

"가지 마."

"예, 그리하겠습니다, 폐하."

곁을 놓지 않고 지키고 있겠습니다.

제14장.

승상 자군의 소식은 운에게로도 닿았다. 삼십 년을 권좌 하나만 바라보면서 버틴 그였는데 말미가 참으로 허무하기도 했다. 승상과 뜻을 같이했던 자들은 태반은 죽었고 나머지 태반은 어느새 도망을 놓고 자취를 감추었다. 그를 등에 업고 득세를 할 것처럼 굴어댔으니 아마 다시는 율국에 발을 붙이지 못할 처지가 된 것이나 다름없었다.

어디서부터 어떻게 꼬였는지 모르겠다. 처음을 찾아 제대로 빗을 수만 있었더라면 이렇게까지 엉키진 않았을 텐데. 권좌를 탐한다고 하는 것은 늘 좋은 결과를 주진 못했다. 탐욕이 큰 화를 불러일으켰고 그 불씨는 곧 본인까지 휘말리게끔 크나큰 화염으로 다가왔다.

승상, 한자군의 죽음이 그러했다. 애초에 오를 수 없었던 산이었는데 돌부리를 치우고, 나무를 꺾어가며 억지로 올랐다. 방해가 되는 것들은 모두 없애가면서 그렇게 한 발, 한 발. 이미 그에게 허락된 경사가 아니라 깎아 내지르는 지대는 무척이나 험준했다. 정해진 사람만이 오를 수 있게끔 완만한 길은 그가 넘볼 게 아니었다. 그럼에도 무던히도 그는 부딪쳤다. 억지로 버텨가며 오른 게 결국은 경사를 못 이겨 굴러떨어진 셈이었다.

은밀하게 기거를 하라 이르렀던 태상경과 녹상서사, 그리고 광록대부 백염이 다시금 황궁을 찾았다.

"태상경이 조력을 했다고 들었네."

아직 완벽하게 쾌차한 것이 아니라 운의 얼굴이 여전히 퍼석했다. 나오는 목소리도 자연스레 염려가 될 정도로 형편이 없었다. 하지만 그녀의 어깨만큼은 전과 다르게 가벼워 보이는 듯도 했다.

"신, 감히 황명을 어겼습니다. 죽……."

"죽을죄를 지었다고 덧붙이려거든 이만 관두시게. 너무 많이 죽어 나가서 더 이상 그러고 싶지 않아."

운이 힘없이 고개를 좌우로 절레절레 저었다.

"모두 서해준의 생각이었습니다."

"……알고 있다."

"앞으로 어찌하실 생각이십니까?"

전에 없었던 어마어마하고 거대한 폭풍이 휩쓸었던 만큼 그 뒤를 복원하는 일도 시일이 걸릴 일이었다.

"관직을 다시 하사하는 것부터 시작을 해야겠지."

한 번 흔들린 지반이니 이제 하나부터 열까지 제대로 정비를 해야 했다. 운은 일단 태상경 진찬을 가까이 불렀다.

"이제 그대를 승상, 진찬이라고 불러야 되겠어."

"폐하!"

"진정한 정사가 무엇인지 함께 도모해봄세. 그리고 백염."

"네, 폐하."

"자네를 태위로 봉하겠네. 그토록 원했던 자리가 아니던가? 대사공과 사도를 비롯한 삼공은 그대에게 맡기도록 하지."

"여부가 있겠습니까, 폐하."

뿌리를 새로 재건하여 잔가지 하나하나마저도 튼튼한 나무로 다시금 키워내야 했다. 진찬과 백염은 운의 앞으로 납작 엎드린 채 앞으로도 이 나라 율국과 율국의 군주 운에게 충을 다할 것을 맹세했다.

"황제 폐하 만세, 만세, 만만세!"

태의에게 미리 언질을 해 해준은 제가 직접 운에게 탕약을 올릴 것이라 했다. 당연 별궁에 있을 거라고 여기고 운을 찾았지만 운의 모습이 보이지 않았다. 뜨문뜨문 서 있는 나인들에게 그녀의 행방을 물었지만 그들도 모르겠다는 듯 고개를 절레절레 저었다.

"잠시 이것 좀 맡아주게."

"예."

들고 있던 탕약을 건네고 해준은 바삐 별궁을 나섰다. 대체 어디에 있는 것일까? 이미 그 모습이 처참해져 있는 건청궁에 있을 것도 아니었고, 저는 소부에서 오는 방향이었으니 그 근처에 운이 있었더라면 제가 모르고 지나쳤을 리 없었다.

해가 어둑하게 내려앉은 시각이 되어 등각을 들고 분주하게 운을 찾으며 움직이다 해준은 마침 별궁 쪽으로 걸어가는 상시를 불러 세웠다. 그는 운의 가장 가까운 곳에서 그녀를 보필하는 환관이었다.

"폐하께서 보이질 않으시네. 아는 것이 없는가?"

다급한 해준의 목소리엔 걱정과 염려가 가득 깃들어 있었다. 그런 해준을 보며 살짝 허리를 숙인 상시가 이내 답을 해왔다.

"모든 시위를 물리시고 조례전에 계십니다."

"조례전?"

"예."

대답을 끝으로 해준은 급히 조례전으로 걸음을 옮겼다. 환관의 말대로 멀리서부터 안을 훤히 밝힌 불빛이 보였다. 그곳 또한 성치 않아 망가진 모습이었지만 다른 곳들처럼 처참하진 않았다.

급했던 걸음 탓에 들썩이는 가슴께의 호흡이 일정하지 않았다. 때문에 해준은 바로 기척을 내기 전 불규칙한 숨을 몰아쉬며 정갈한 목소리가 나오도록 했다.

"폐하, 신 서해준입니다."

"들어와도 좋아."

"아직 옥체가 성하지 않으십니다."

차가운 바닥에 앉아 있는 운을 보며 해준이 빠르게 그녀의 곁으로 다가갔다. 다독여 일으킬 참이었지만 그보다도 운의 손에 들린 여인의 초상 하나가 먼저 눈에 들어왔다.

"망가지지 않아서 다행이지?"

굳이 운에게 묻지 않아도 여인이 누구인지 단번에 알 수 있었다. 살포시 입가에 번져 있는 미소가 운의 그것과도 너무 닮은 운의 어머니, 수연황후였다.

"이렇게 아름다운 여인이었는데 연정으로 품었을지언정 지켜줄 수는 없었던 모양이야."

"……."

"뇌거가 진동하고 홍수라도 일으킬 정도로 비가 왔다지만 팔 년 전의 그 밤은 허무하리만치 고요했어. 어째서 지키지 못하였느냐고 따져 물을 새도 없이 혀를 깨물고 그 자리에서 자결을 하였거든. 호기롭게 현 황제에게 죄를 물어 몰아내겠다고 땅이 울릴 정도로 쿵쾅거리는 발걸음으로 갔었는데 말이야."

"폐하……."

"어쩜 마지막까지도 그리 무책임할 수가 있었을까? 그 이후로 하루하루가 버거워서 견딜 수가 없었어. 승냥이들처럼 날 잡아먹으려고 날카로운 이를 세우는 그들의 틈바구니에서 얼마나 두려웠는지 몰라. 스스로 짊어진 왕관의 무게가 그런 것이었어. 이리 떼들이 모두 사라졌다지만 지금도 여전히 두렵고 무거워."

해준은 가만히 운을 제 품에 끌어안았다. 안겨오는 가녀린 어깨가 잘게 떨고 있어 손을 뻗어 하염없이 팔을 쓸어내렸다.

"염려 놓으십시오, 폐하. 두렵고 무겁지 않도록 제가 폐하의 곁을 지키겠습니다. 황후마마께서도 폐하를 내려다보고 계실 겁니다."

그러니 약해지지 마십시오. 이제야 비로소 맑은 하늘에 바다처럼 펼쳐진 구름이 떴질 않습니까.

"……그래. 이제부터가 진짜 시작인 셈이지."

운은 해준의 가슴에 제 볼을 비비며 파고들었다. 금세 퍼지는 따뜻한 온기에 차가웠던 몸이 언제 얼어 있었냐는 듯 사르르 녹아 내렸다.

피폐했던 황궁에 훈풍이 불며 하나둘 자리를 찾아갔다. 그럼과 동시에 주국과의 화친 관계도 더욱이 돈독해졌고 그들은 율국의 황궁이 본모습을 찾는 것에 아낌없는 지원을 쏟아부었다. 율국도 그에 응하듯 주국에게 전파할 문화를 더욱 적극적으로 전파를 했고 단 하나만 열어놓았던 항로도 좀 더 접근성이 용이하게끔 세 개를 더 열었다.

주국과의 화친은 그야말로 비 온 뒤 더욱 땅이 굳는다는 말처럼 단단하며 굳건해졌고 호형호제라고 할 만큼 사신들끼리도 왕래가 잦았다. 황실의 위엄이 없다며 제멋대로 말을 하던 백성들도 점차 운에게 고개를 조아렸고, 그녀가 펼치는 현명한 정치에 더할 나위 없는 박수를 보냈다.

윤리를 어지럽힌다는 물건은 전해지는 법이 없었고, 오히려 실생활에 도움이 될 만한 것들이 율국을 풍요롭게 만들었다. 주국과의 성공적인 수교는 주변국들에 모범이 되었다. 등을 돌렸던 서국도 주국에게 손을 내밀었고, 무뢰배들을 나라라며 무시에 무시를 거듭하던 현국도 그들에게 결국 고개를 숙이고 들어가 가지지 못했던 무기 기술과 목조 기술을 얻게 되었다. 자연스레 율국의 위신이 올라갔다. 주변국들은 입을 모아 여황제가 즉위한 게 율국의 신의 한 수라고 일컫기까지 했다.

역모를 꾀하던 반란이 있었으나 하늘이 금방이라도 무너질 듯 울렸던 뇌거에 백성들은 감히 역모를 꾀하다가는 다시 한 번 하늘이 신노할 것이라는 뮤헌비어까지 퍼뜨리고 다녔다.

어두웠고 무서웠던 밤이었다. 먼지 하나 남김없이 모든 것들이 말끔하게 쓸고 지나간 자리에 찾아든 율국의 봄은 그야말로 눈이 부시게 아름답고 따뜻했다. 옅은 색을 머금은 꽃들이 만개를 해 향기를 보태었고, 하늘 빛이 너무 청아해 시릴 정도로 맑고 고운 하늘이 율국의 천하를 내리비췄다.

별궁에 불이 밝았다. 아직 자시가 되지 않았는데도 불구하고 마음 급하게 먼저 당도한 운이 목이 빠지게 해준을 기다렸다.

그가 주국으로 건너간 지도 꼬박 한 해였다. 주국의 국왕이 해준을 마음에 들어 했던 탓에 그를 직접 자문관으로 파견해줄 것을 운에게 요청했다. 한 해 동안 떨어져 있어야 한다니. 제 옆에 두고 제 나라 일을 돌보는 것도 서둘러야 했는데 많고 많은 이들 중에 하필 해준이었다. 주국이 손을 내밀어 도와준 게 많은 탓에 운은 차마 그 청을 거절할 수가 없었고 하는 수 없이 한 해 동안 해준을 바다 건너 다른 나라에 보내야 했다.

서찰을 보내며 간간이 소식을 주고받았다 한들 얼굴을 보지 못해 쌓이고 쌓이는 그리움이 해소될 리는 없었다. 한 계절이 지나 또 다른 계절이 오고 또 다른 계절이 지나 다시 또 다른 계절이 올 때까지 기다리고 또 기다렸다.

흐르는 시간의 농도와 함께 겹겹이 쌓인 정인을 향한 그리움의 무게가 어디 비할 바가 없을 거라고 여겨질 즈음, 처음 약속했던 한 해가 드디어 채워졌다.

"아직 기별이 없느냐?"

등각을 밝히고 어지러운 걸음을 놓고 있는 운을 따라 똑같이 어지럽게 뒤를 따랐던 환관이 운이 멈춰 섬으로 인해 겨우 저도 걸음을 멈출 수 있었다.

"예, 그러하옵니다, 폐하."

"다시금 알아보아라."

"예, 폐하."

허리를 숙인 채 총총총 환관이 운의 앞에서 사라졌다. 무슨 변고라도 생긴 것일까? 기다리는 끝에 자시를 고하는 소리가 황궁 내에 울려 퍼졌고 벌써 시각은 자시를 넘어 축시로 기울고 있는 중이었다.

"……."

죄 없는 연꽃들이 운이 거칠게도 수면을 울리는 탓에 토기를 품을 정도로 어지럽게 너울거렸다.

"어찌 그러시는 겁니까, 폐하."

연꽃들이 너무 어지러이 춤을 추고 있습니다.

"……!"

나직이 울리는 소리가 과연 이명은 아니겠지? 운이 재빨리 굽혔던 허리를 바로 하고 몸을 곧추세웠다. 멀찍이 있는 인영이 눈에 들어왔다.

"해준?"

길 위를 걷는 발소리가 점차 가까워졌다. 그리고 천천히 해준의 모습이 온전히 운의 앞으로 들어났다.

"예, 폐하. 신, 서해준 폐하를 뵙나이다. 황제 폐하, 만세, 만세, 만만세."

해준은 운의 앞에서 예를 갖추며 절을 올렸다. 납작하게 숙였던 몸을 바로 하기가 무섭게 다다닥, 운이 그의 목을 끌어안으며 품으로 달려들었다.

"애가 달아 없어지는 줄 알았다."

코끝으로 익숙하게 끼치는 향에 제멋대로 휘몰아치던 상념들이 잔잔해지는 것 같았다. 이 품이 얼마나 그리웠는지.

"……저 또한 그렇습니다, 폐하."

해준은 운을 제게로 더욱 바짝 당겨 안았다.

"다신 보내지 않을 것이야."

"예, 폐하."

하루가 일 년인 것처럼 너무나도 긴 시간이었습니다.

"수라는 제때 챙기시는 겁니까?"

해준이 이만 제 품에서 떼어낸 운의 얼굴은 떠나기 전보다 확연하게 수척해져 있었다. 혹시 아직도 제 시간에 침수에 들지 못하는 건 아닌가, 하는 생각에 해준의 낯이 금방 운에 대한 염려로 변했다.

"그대가 곁에 없었질 않느냐."

"황제의 체통이 있습니다."

그런 낯간지러운 말을 서슴없이 하시다니요.

"여긴 별궁이다. 나만의 처소이지."

그러니 무슨 말을 하든지 내 자유니라.

"혹여 이 말이 밖으로 새어 나간다면 유력한 범인은 그대일 테니 살고 싶다면 입을 잘 놀려야 할 것이야."

"오자마자 겁박부터 하시는 겁니까?"

짙고 검은 눈동자가 저를 담아내고 있었다. 여전히 가슴 한쪽에 지니고 다니는 화폭처럼 그랬다. 그를 보고 있자니 심해와도 같은 깊은 안도가 밀려왔다.

"이만 침전에 드시지요, 폐하. 시각이 많이 지체되었습니다."

"좀 더 보자꾸나."

"계속 볼 수 있습니다."

이젠 다른 곳으로 떠나진 않을 것이니 말입니다.

"그래도."

모든 경계를 흩트리고 본연의 모습을 그대로 내비치고 있는 운이었다. 태화전에 있을 때까지만 해도 표정을 굳힌 채 황제의 권위가 지엄함을 굳건히 했건만. 별궁으로 옮겨 해준을 볼 때면 부러 얼굴을 만들어낼 이유가 없었다. 그런 운을 보면서 해준의 입매에 절로 미소가 피어났다.

"폐하."

"그래, 해준."

"······안아도 되겠습니까?"

"······뭐?"

여인으로서, 응당 연정을 나누는 연인으로서 운을 품고 싶다고 말을 한 해준이었다. 한 치의 흔들림도 없이 저를 내려다보는 해준에 이미 온몸이 발가벗겨진 것처럼 붉게 타올랐다. 어디로 시선을 두어야 할지 갈피를 잃고 빠르게도 깜빡이는 운의 두 눈을 지그시 놓치지 않고 해준의 눈빛이 따랐다.

"윤허해주시지 않는다면······."

"않는다면?"

"어쩔 수 없이······."

벌써부터 타오르고 있었다. 주춤주춤 뒷걸음질이 절로 행해졌다.

"어, 어쩔 수 없이?"

"고개를 조아리고 속죄를 구하나이다."

한 걸음 더 뒤로 떼었다간 못가에 여지없이 몸을 빠트리게 될 뻔하였다. 그런 운의 허리를 잡아챈 해준이 그녀의 입술로 제 입술을 포개었다. 덕분에 조금이라도 물러설 수가 없었다. 급박하게도 감겨오는 혀의 농익은 소리가 푸르게도 우는 벌레 소리들을 잠재웠다. 떨어져 있었던 공백을 찾는 것처럼 호흡이 가빠져 숨 쉬기가 힘들 때까지 맞닿은 숨은 터질 줄을 몰랐다. 가슴이 들썩임에 잠시 해준이 운의 입술을 놓았다. 하지만 그것도 정말 아주 잠시였다. 치맛자락이 물에 젖지 않도록 해준이 아예 운을 안아 올려 별궁의 층계를 올랐다.

"침수는 별궁에서 드셔야겠습니다, 폐하."

"그래, 꼼짝없이 그럴 수밖에 없겠구나."

드문드문 어둠을 등지며 별궁을 밝히고 있었던 초들이 어느새 하나둘씩 자취를 감추며 꺼트려졌다.

건청궁의 분위기가 좋지 않았다. 그 기운을 알고 있었지만 어쩔 수 없이 진찬은 고하여 올릴 것은 고하여 올려야 했다.

"부마를 간택하라는 상소가 올라왔습니다, 폐하."

"뭐라?"

운은 바로 표정을 구기며 승상이 말을 끝마치기가 무섭게 반기를 드러냈다. 그놈의 부마, 부마, 부마. 운은 진저리가 난다는 듯 고개를 절레절레 저으며 앉아 있던 자리에서 벌떡 일어났다.

"황실의 위엄이 서지 않는 게 대체 무어란 말이더냐! 상소를 올린 자를 당장 불러들여라. 내 밤을 지새워 왜 부마 간택이 필요 없는지 친히 설명을 해줄 터이니."

여차하면 목을 내놓을 준비도 하라 일러라. 이 사안에 대해서는 절대 아량을 베풀어줄 수가 없다.

"안 그래도 상소를 올린 자를 바깥에 대령해놓았습니다."

승상의 말에 운이 날카롭게 눈을 뜨며 문 쪽을 쳐다보았다.

"당장에 들라 이르라!"

"예, 알겠습니다."

못 할 것이 없었다. 잘만 이끌어가고 있는 나라에 또 부마 타령이라니. 감히 저를 우습게 보는 거나 다름없다고 생각하고 운은 여차했다간 큰 벌이라도 내릴 작정이었다. 그렇게 씰룩거리는 모양 새로 있다가 문이 열리고 다가오는 이에게 아니꼬운 시선을 견줄 참이었다.

"하!"

그런데 등장하는 이는 다름 아닌 해준이었다.

"정녕 네 짓이냐!"

승상은 고요히 고개를 숙이고 뒷걸음질로 열린 문 사이로 몸을 감췄다.

"무엇이 말입니까?"

"정녕 이 상소를 그대가 올린 게 맞느냐고 물었다."

"맞습니다, 폐하."

"어째서?"

운은 팔짱을 끼고 아니꼬운 눈길로 해준을 보았다. 꼿꼿하게 제 할 말을 다 이어가는 어조가 오늘처럼 귀에 거슬리기는 또 처음이 었다.

"황실의 위신을 위해서이기도 하옵고, 과년이시지 않습니까. 더 늦었다가는……."

"그만! 되었다."

"목숨을 담보로 걸어두고 있으니 덧붙여 말씀 올리겠습니다, 폐하."

"되었다고 하질 않느냐!"

운이 더 이상은 듣기 싫다는 듯 아예 해준에게서 몸을 틀었다. 하지만 해준은 이미 열린 말문을 닫을 생각이 없어 보였다.

"태사 서해준이 적합지 않을까 감히 사료되는 바입니다."

"……뭐라?"

"굳이 주변국과 국례를 빌미로 화친을 맺으실 필요는 없습니다. 그것은 통상 관례일 뿐이옵니다. 통상적인 관례를 따르는 것을 누구보다 원하지 않으시는 건 바로 폐하가 아니십니까? 그러니 이번에 한번 보여주시지요."

그리고 해준은 가슴에 품고 있던 그림을 운의 앞으로 내밀어보였다. 흔히 남녀가 가약을 맺기 위한 언약을 위해 내미는 가락지와도 뜻을 같이하는 것처럼 느껴졌다. 화폭에 담긴 것은 운이었다. 나비 모양의 머리 장식을 귀 뒤로 꽂고 있는.

"이제 보니 그대는 남몰래 엿보는 것에 도가 튼 모양이로구나."

"제가 가장 좋아하는 모습이기에 화폭으로 옮긴 것일 뿐입니다. 순수한 연정을 그리 곡해하지 마십시오."

"순수한 연정이라?"

"그러하옵니다."

운이 앉아 있던 자리에서 천천히 일어나 층계를 하나둘 내려갔다. 그런 그녀의 늘어뜨려진 도포 자락도 사락사락 특유의 소리를 내며 따라왔다. 그리고 운은 망설임 없이 고개를 숙이고 있는 해준의 코앞까지 성큼성큼 걸음 했다.

"향이 난다고 했었지, 아마?"

"……그건 갑자기 왜……."

"온 신경이 굳는 것 같다고도 덧달았었지."

"폐하."

해준이 최대한 정신을 흐트러뜨리지 않으려 노력을 하며 서둘러 단정한 말투를 했다. 하지만 운은 그를 도발이라도 하려는 듯 더욱 가까이 다가설 뿐이었다. 밖에서는 여전히 환관들이며 나인들이 당장이라도 부르면 안으로 들어설 수 있게끔 대기를 하고 있을 것이었다. 그럼에 운의 목소리가 계속해서 작아졌다.

"내 눈엔 그리 순수해 보이지만은 않는데. 여전히 순수한 연정이라 칭하고 싶은 것이냐, 해준?"

"……밖에 많은 눈과 귀들이 있습니다. 어찌 이러십니까."

오히려 물러나는 것은 해준이었다. 하지만 그 틈을 놓칠세라 다시금 운은 그와의 거리를 좁혔다.

"저까짓 그림으로는 어림도 없다."

"그럼 무엇이면 되겠습니까?"

"글쎄, 차차 두고 볼 일이다."

"그럼 윤허하신 걸로 알고 천명을 청해도 되겠습니까, 폐하."

어쩜 그리 또박또박하고 단정한 어조를 할까. 황제의 체통이고 뭐고 간에 그 말투 때문에 온몸이 동하는 느낌이다.

"그래, 상서를 불러 당장에 문서화시키도록 하지."

"성은이 망극하옵니다."

"아직."

"예?"

"인사는 이르다, 해준."

예를 갖추고 물러가보려고 하는 해준의 팔을 운이 덥석 붙잡았다.

"별궁으로 가자."

"폐하."

"그대의 눈은 한 치의 거짓도 없이 그렇다고 대답하고 있는데 그 목소리는 어찌 그리 목석같이 딱딱한 것이야?"

"……위험하실 수도 있습니다."

해준은 낮은 한숨을 내쉬었다. 여전히 제 팔은 운에게 붙들려 있었다.

"설마, 그렇게까지?"

"지금 폐하께서 저를 그리 만들고 계시지 않습니까."

역전이 되었다. 붙잡고 있는 운의 손목을 거세게도 잡아채 해준은 그 반동으로 운의 몸이 제게 밀착되도록 만들었다. 숨결이 닿을 만큼 가까운 거리였다. 서로의 코가 닿을 듯 말 듯 아슬아슬하고 아찔했다. 운이 가만히 그런 해준을 보며 슬며시 입매를 올려 가느다랗게 미소를 지었다.

"무엄하도다."

짐짓 낮은 목소리를 해보고는 있으나 해준에게 통하지는 않았다.

"진정 무엄한 게 뭔지 모르셔서 이러는 겁니까?"

해준이 조용조용하게 말을 했다. 유독 기나긴 운의 속눈썹이 선명하게 제 앞에서 펼쳐졌다. 눈을 깜빡일 때마다 속눈썹도 함께 일렁였다. 버틸 수도 없고, 참을 수도 없을 지경에 점차 오르는 듯하였다.

"글쎄."

"……."

"잘 모르겠는걸."

동조를 하듯 더욱 나른하게 감았다가 뜨는 운의 눈이었다.

"먼저 향하겠습니다. 뒤따르시지요."

해준이 서둘러 운을 제 곁에서 떼어놓았다. 그러고는 아무런 흐
트러짐 없었다는 듯 멀쩡한 표정을 바꾼 채 문을 나섰다. 그리고 얼
마지 않아 운도 모든 시위를 다 물리고 홀로 산책을 나선다며 느
긋한 걸음을 놓았다.

작은 어화원에 불을 밝히지 않아 더욱 기묘한 분위기였다. 듬성
듬성 비추는 달빛에만 의존해야 하는 시각이 원망스러웠다.

"해준."

"예, 폐하."

제 부름에 가까이서 울리는 해준의 목소리가 기분 좋게 귓전을
간질이는 것 같았다.

"……그대의 목소리가 얼마나 나른한지 그대는 몰라."

나른하게 깜빡이는 운의 눈동자 또한 해준에게 더할 나위 없이
사람을 풀어지게 만드는 그러니까 딱, 이성의 끈을 놓치게 만드는
전조와도 같았다.

그는 더 이상 망설일 생각이 없었다. 지존을 품는다고 하늘에서
벌을 내린다고 하면 달게 받을 것이었다. 달보드레한 속삭임은 잠
시 미뤄둬도 좋았다. 그의 손길은 빨랐지만 그렇다고 거칠지는 않
게 운의 옷고름을 풀고 있었다. 손끝으로 미끄러지는 살결이 언젠

가 그득 맡았던 향기가 점철이 된 것처럼 아찔했다. 촉촉하게 번들거리는 입술을 머금고, 아랫입술을 깨물었다가 다시금 윗입술을 물었다가 가만두지 않을 양으로 몇 번이나 입을 맞추었다. 서서히 하얀 목덜미로 입술이 내려갔다. 가느다란 선이 만드는 황홀함이 온몸을 마비시키게 만들 것도 같았다.

점점 아래로 입술이 내려갔다. 가느다란 선이 만드는 황홀함이 온몸을 마비시키게 만들 것도 같았다. 향기, 향기. 향낭을 찬 것도 아닌데 어찌 이런 향기가 날까? 꽃향기에 비할 바는 되지 않았다. 이것은 오로지 제 구름, 운만이 가지고 있는 향기였다. 점차 생각의 끈을 놓치는 것처럼 쾌락이 육체를 지배해오기 시작했다. 간간이 터지는 교성에 정신이 혼미할 지경이었다.

"⋯⋯웃, 해준⋯⋯."

제 이름이 야릇하게도 귓전을 괴롭혔다. 파들파들 떨리는 손끝이 제 머리칼이며 목을 만질 때에는 더욱 그랬다.

"설령 힘드시다 하더라도⋯⋯."

"응."

"멈출 생각은 없습니다, 폐하."

해준의 손이 운의 치맛자락을 거둬내고 그녀의 가느다랗고 부드러운 다리를 쓸어냈다. 발목, 무릎, 허벅지. 그리고 허벅지의 안속 깊숙이. 가장 비밀스러운 곳에 위치한 그곳을 더듬더듬 찾아갔다. 쓸어내리는 손길에 움찔움찔 운의 허리가 들썩였다. 그 모양새가 평소 그렇게 좋아해 마지않던 활과도 같았다.

반쯤 나른하게 운의 눈이 감겨 있었다. 일부러 무엇을 하고자

한 것도 아닌데도 그녀에게서 흐르는 색이었다. 그런 운을 보자 온 몸의 털들이 즉각 반응이라도 하듯이 쭈뼛쭈뼛 서는 느낌이었다. 아래가 걷잡을 수 없이 묵직해지는 기분에 도무지 지체할 수가 없었다.

해준은 운의 두 다리를 더욱 제 가까이로 잡아당겼다. 가벼운 몸이 그의 손이 이끄는 대로 금세 따라왔다. 다시 한 번 더 운의 눈을 지그시도 내려다보며 제 아래를 운의 아래에 천천히 맞추었다.

"읏!"

절묘한 반응이라도 이르듯 운의 허리가 더욱 굽어지며 튕겨 올랐다. 서둘러 그녀의 입술을 머금었다. 허리를 움직이는 것도 잊지 않았다. 무어라 말을 하고 싶어 입술을 꿈틀거렸지만 틀어막고 있는 해준 때문에 그 또한 쉽지 않았다. 무슨 말을 하고 싶은 걸까 궁금해 해준은 살짝 맞추었던 입술을 떼어내었다.

"하아…… 잠깐…… 하윽…… 잠깐, 응?"

역시 안 떼어내느니만 못했다.

"분명 말씀드렸습니다."

"……뭐?"

"멈출 생각 없다고."

혹여 힘이 들까, 아프진 않을까 하는 생각에 과한 움직임을 하지 않으려고 했었다. 하지만 그게 마음먹은 것처럼 쉽지 않았다.

가녀리게 떨리는 목소리가 자극제가 되었다. 해준은 운의 허리를 단단히 붙잡았다. 거세어지는 움직임 때문에 견디지 못하는 운의 교성이 얼굴을 붉히게끔 별궁 안에 퍼졌다. 황궁 안에 적막과 고요가 맴도는 지금, 그들에겐 가장 타오르는 시간이었다.

황홀에 황홀을 더했다. 봉긋하게 솟아오른 운의 가슴에 재차 입을 맞추며 해준은 운을 제 위로 들어 올렸다. 간간이 들어오는 달빛에 운의 온몸이 적나라하게도 제 눈앞에서 펼쳐졌다. 허리선을 손끝으로 매만지자 또 금세 들썩이는 운의 엉덩이였다.

땀이 흐르고 있었다. 그건 운뿐만 아니라 해준도 마찬가지였다. 달뜬 숨이 계속해서 차올랐다. 감았다가 떠지고, 다시금 감았다가 떠지는 운의 눈길이 좀처럼 해준을 멎게 만들지 않았다. 해준의 움직임을 따라 운이 흔들렸다. 합을 맞추듯 운이 가냘프게도 이리저리 나부끼는 꼴이었다.

"하앗…… 해준, 해준……."

구름꽃이 주체를 할 수 없을 만큼 너울거렸다. 향을 진득이도 뿜어내고 있는 중이었다. 그리고 교성 속에서 제 이름이 흘렀다. 번지듯이 흐르는 그 이름을 붙잡기 위해 해준은 운의 몸을 더욱 붙잡아 저를 몰아세웠다.

몇 개의 초만 밝혀진 별궁에선 거사를 치르느라 채 주고받지 못했던 대화의 물꼬가 어슴푸레한 새벽으로 넘어갈 즈음 트였다.

"언젠가 말한 적 있지 않습니까."

운의 머리칼을 한 올, 한 올 매만지듯 쓸어 넘기며 해준이 말을 건넸다.

"아."

"기억나십니까?"

해준이 무슨 말을 꺼내는지 알겠다는 듯 운이 작게 고개를 끄덕였다.

"그럼, 잠을 자고 싶다고 말을 했었지, 내가. 아주 단잠을…….
깨지 않고, 꿈도 꾸지 않고 그렇게."

그냥 오래도록 편안히 아무것도 심려할 것 없었으면 좋겠다고
그리 말을 붙이기도 했었지. 모든 것이 고요를 찾고 나 또한 그 고
요 속에 물들고 싶어서.

"요즘도 같은지 궁금합니다."

"아니, 요즘은 안 그래."

병과도 같았던 불면이었다. 운이 해준의 품을 더욱 파고들었다.

"한시도 곁을 떠나지 마."

"그리하겠습니다."

내가 부르면 언제나 그 자리에 있어.

예, 폐하.

해준.

예, 폐하.

……해준.

예, 폐하.

부르면 언제든 그렇게 대답해, 응?

예.

해준.

예, 폐하.

내가 보이느냐.

예, 폐하.

어둠 속인데도?

익숙해지라고, 그렇게 말씀하시지 않으셨습니까. 충분히 익숙해졌습니다.

점차 푸름이 걷어지고 밝아오는 햇살에 그제야 서로의 귓가에 포개던 목소리를 마치고 눈을 감았다. 깊은 단잠에 빠지려고 하는 듯 들썩이는 가슴께가 고요한 박자로 일정해 뒤이어 쌔근쌔근거리는 고른 숨소리가 이어졌다.

쪽.

이마를 가리고 있던 머리칼을 걷어내고 해준이 그 위로 짧게 입술을 맞추었다. 모든 상념들이 걷어지고 밝아오는 아침은 그 어떤 아침보다 더 평화로웠다.

닫는 장

　"정녕 그리 결심을 굳히신 겁니까, 폐하?"

　운의 의중을 들은 승상 진찬과 태위 백염은 다행히 그녀의 말에 놀란 눈치는 없었다. 다만, 운이 원하는 시일이 조금 서두른다 싶을 정도로 빠르다는 것에 대해 염려를 하고 있는 듯했다.

　"왜 서두르시려고 하는지 연유를 여쭈어도 될는지요."

　"저 또한 그 연유를 여쭙고자 하옵니다, 폐하."

　해준을 부마로 맞이하겠다고 천명을 하고, 정식으로 그를 제 부군으로 맞이하기 위해 거행하는 국혼의 일정을 운이 수일 내로 잡았다. 대례청에서 따로 관리를 할 수도 있었으나 운은 진찬과 백염이 이 일을 도맡아 준비를 하길 원했다. 일찍이 부모를 여읜 것이나 마찬가지이니 어쩌면 그들이 운의 뒤에서 묵묵히 그녀를 돌봤다고 해도 무리가 없을 말이었다. 하여 그런 운의 청에 그 정도야 당연 주군의 안녕을 바라는 마음으로 기쁘게 할 수 있었지만 준비를 하기 위한 시간이 너무나 촉박해 살짝 당혹스러운 건 숨길 수 없는 사실이었다. 하나부터 열까지 구석구석 모든 게 완벽했으면 싶은 마음에서였기도 했다.

"이것들을 보시게."

연유를 궁금해하는 두 사람에게 보여주려고 미리 챙겨놓은 것은 아니었지만 열 마디 말보다 직접 눈으로 보이는 게 낫겠다 싶어 운은 한편에 한가득 수북이 쌓인 것들을 진찬과 백염의 앞으로 내밀었다.

"이것들은……."

율국에 들렀으니 예를 차리기 위해 황제인 운을 알현했던 이들이었다. 나라 간의 중대한 논의를 하기도 했었고. 모두들 하나같이 운의 미모와 지성을 찬하며 보내는 시와 그림들, 그도 아니면 노골적으로 빼곡히 채워진 연서들이었다. 비어 있는 운의 옆자리를 노리는 이들의 마음이 그대로 드러나 보였다.

"피곤해서 견딜 수가 없다. 최대한 갖춘 말로 거절의 의사를 전달하는 것도 지쳐오던 참이다."

"아……."

율국을 방문해 운을 보았다 하면 일파만파 퍼져 나가는 말들이었다. 정녕 눈이 시릴 만큼 아름답다느니, 그 목소리를 한 번만 더 듣고 귀가 멀어도 여한이 없다느니. 그러는 통에 유독 알현을 청하는 이들이 늘어나기도 했다. 한 나라의 군주로서 표정을 굳히고 앉아 있을 수도 없는 노릇이니 때마다 운은 수고로운 미소로 그들을 맞이해야 했다.

"경련이 일어나 굳을 지경이네."

알현을 할 수 있는 정원이 정해져 있긴 했지만 그걸 매일같이 이어가면 그만한 피로도 없었다. 운은 제 입매를 가리켜 말을 했다.

"태사는 별말이 없습니까?"

그래도 폐하의 정인이나 다름없지 않습니까.

"그러게 말입니다. 먼저 부마 간택의 청을 올린 것도 태사였으니 말입니다. 이 사태를 모르고 있진 않을 테고……."

"모르고 있네."

"예?"

진찬과 백염이 똑같이 눈을 동그랗게 떴다. 하나둘도 아니고 이렇게 쏟아지는 것들을 어떻게 해준이 모를 수가 있을까? 역시 황명이 닿아 있는 것인가? 황명이 닿아 있다면 아주 은밀하게 이것들이 운의 앞으로 전해졌을 거다.

"사실이옵니까?"

"그러니 건청궁에 이것들을 이리 두는 게 아니겠는가. 어디 따로 둘 수가 있어야 말이네. 일일이 답신을 하는 것도 얼마나 고된지."

이렇게 앞다투어 저를 향해 구애를 하는 연서들이 날아올 줄은 몰랐다. 가장 처음, 현국의 국왕과 사촌지간인 태윤 왕이 사신들을 뒤로하고 영원한 화친을 위해 직접 율국을 방문했을 때였다. 근엄한 얼굴로 표정 없이 앉아 있다가 돌아간 것이 전부였는데 그리 아무런 내색도 않더니 본국으로 돌아가자마자 대뜸 구애를 청하는 시를 보냈었다. 그 내용을 해준이 읽지는 않았지만 운의 앞으로 들어가는 문서들 중에 그러한 '연서'가 있다는 걸 알아채는 건 어렵지 않았다.

운은 난생처음 사내가 여인을 향해 투기라는 것을 하는 걸 그 계기로 처음 보게 되었다. 명이 떨어지지도 않았는데도 이러한 연서가 혹여 더 있는 것이 아니냐며 시시때때로 상서를 붙잡아 곤혹스럽게 했고 견디기가 어려운 나머지 직접 제게 청을 올려 해준을 말려달라고도 했었다. 대화를 하는 꼬투리마다 답신은 어찌 써서 보냈느냐며 안심할 수 없으니 읊어보라고도 했다. 분명 정중히 예를 갖춰 구애를 받아들일 수 없음을 밝혔다고도 했지만 해준은 그 말로도 안심이 되지 않는 듯 보였다.

그럼에 힘들어지는 건 자연 운일 수밖에 없었다. 그 뒤로도 여러 장의 서신이 도착했었지만 제 황궁에서 해준의 눈을 피해 오히려 제가 호흡을 조심스레 가다듬어야 했다.

"그러니 서둘렀으면 싶다."

"예, 명 받잡겠나이다. 폐하."

날이 밝자 황궁의 안팎으로 저마다 역할을 해내느라 정신이 없었다. 한 치의 오차라도 생기면 안 되니 재차, 삼차 확인을 하는 것은 말할 것도 없었다.

운의 곁에서 치장을 돕는 나인들의 손길이 어느 때보다 섬세하고 분주했다. 빠져나오는 머리카락이 없도록 풍성하게 말아 고계를 한 후 홍색 발대로 묶어주었다. 그런 다음 조심스러운 손길로 보주식 떨잠을 군데군데 화려하게 꽂아 치장을 하였다. 그런 후에는 얼마 전 운의 몸에 맞게 재단이 끝난 예복의 십이장복이 차례로 입혀졌다.

남색 바탕에 일백 오십하고도 네 쌍의 적문이 위에서 아랫단까지 열두 빈으로 나뉘어 들어 있는 금식난으로 만늘어쳐 있었고, 입부리를 마주 닿게 바라보고 있는 한 쌍의 적문과 적문 사이에는 꽃잎이 다섯 개로 되어 있는 소륜화가 들어 있었다.

해준을 부마로 간택을 하여 국혼을 치르기 위한 준비가 그야말로 한창이었다. 손가락 하나 스스로 까딱하지 않아도 저는 어느새 혼례를 위한 신부의 모습을 갖춰가고 있었다. 뒤숭숭하거나 얼떨떨한 기분은 아니었지만, 그렇다고 아무렇지 않은 느낌도 아니었다. 오묘하게 진동하고 있는 가슴께가 답지 않게 몸에 긴장을 불러일으키는 듯해 동그란 입술 사이로 야트막한 숨이 퍼졌다. 폐슬을 옥혁대 앞에 걸어 늘이고 결대를 앞쪽 중심에 걸어 늘이니 나인의 손길이 운에게서 거둬졌다.

"……다 된 것이냐."

"예, 폐하."

이런 식으로 면복을 갖춰 입을 때 따르는 불편은 이루 말할 것도 없었으나 이도 잠시만 버티면 되었다. 그리고 또다시 몽글몽글 피어오르는 긴장을 느슨하게 하기 위해 숨을 깊이 들이마셨다가 천천히 내쉬었다.

본디 신부가 먼저 입장을 했지만 운이 황제의 몸이니 악대를 내세워 대례청 앞으로 먼저 입장을 한 것은 해준이었다.

관복을 벗고 예복을 갖춘 채 양손으로 규를 들고 있는 그의 모습은 평상시보다 더욱 늠름했고 기개가 넘쳐흘렀다. 오늘은 제가 운의 부마가 되는 것이기도 했지만 운이 정식으로 제 여인이 되는 것이기도 했다. 혹여 우스운 꼴로 실수는 하지 않을지 표정을 정돈하는 와중에도 쭈뼛쭈뼛 날이 서는 것처럼 긴장이 되었다.

운이 입장하기에 앞서 무희들이 짜인 안무를 선보이며 공연을 했고 한바탕 춤사위가 지난 뒤로는 악대가 취타를 연주하며 드디어 운의 등장을 알렸다. 그러자 정돈을 하여 있던 열들이 그 간격을 그대로 유지한 채 운의 가마 아래로 허리를 숙였다.

저와 같이 규를 들고 있는 운은 화려하기 그지없으나 어떻게 보면 단아해 보이기까지 했다. 눈을 어디다가 두어도 빼어난 아름다움이 운에게서 뿜어져 나오고 있었으니 과연 지금 제가 서 있는 곳이 실체로 있는 자리인가 의심이 들 정도였다. 황제를 처로 두다니, 처음 율국에 당도를 해서 운을 보았던 그때가 아련히 머리 위로 그려졌다.

지금에서 몇 겹은 더 벗겨내야지만 만들어지는 조촐한 복장을 하고 위험천만한 절벽 아래로 시위를 당기고 있던 그녀의 모습이 말이다. 버거웠던 시간들이 얼마나 어떻게 흘렀는지 이제야 까마득한 것 같았다. 어쩌다 별궁으로 들어서게 되어 달빛 아래에서 모든 경계를 내려놓고 수면 위를 튕기던 그 모습도 지금 운의 모습 위로 아른아른하게 겹쳤다. 귀 뒤로 머리칼을 쓸어 넘겨 꽂혀 있던 나비 문양의 머리 장식이 유독 운과 잘 어울렸었다. 화원에 피었던 꽃잎들의 향을 죄다 훔쳐온 것처럼 향긋했던 그 향이 여전히 잔향으로 남아 운을 보기만 해도 코끝에서 느껴지는 듯했다.

과연 이게 정말 생시란 말일까? 꿈이 아니라? 의식이 진행됨에 따라 예전의 기억들이 새록새록 살아났다. 감히 생각이나 했을까. 함께, 운의 부르고 제가 민백이 될 서나고, 이 사리에 설 수나 있을까 하고.

"……."

바로 옆에서 저와 같은 모양으로 서 있는 운이었다. 정말로 저의 구름이 맞았다. 제 하늘에 드리운 유일한 저의 구름.

신방례를 위해 별궁으로 옮겨간 두 사람은 순서에 따라 나인들이 손을 거들어 돕는 게 맞았지만 모든 시위를 다 물린 채 오로지 둘뿐인 밤을 지새우기로 했다. 아직 예복을 다 벗지 않은 운의 모습을 해준이 진득한 눈길로 하나하나 담느라 말조차 하지 않고 혼자만 바빴다. 단 한 번뿐인 지금이니 찬찬히 곱씹어보며 절대 잊지 않기 위함이었다.

"호기롭게 나인들을 물렸으니 부군께서 직접 장식을 풀어주시지요."

"그리하겠습니다."

마주 앉아 있던 의자에서 몸을 일으킨 해준이 운의 뒤로 다가갔다. 무겁게도 운을 누르고 있는 장식들을 더디지만 섬세한 손길로 하나하나 풀어냈다.

"여직 믿기지 않습니다, 폐하."

저만의 구름이 되셨습니다. 제 머리 위에 뜬 단 하나의 구름이 되셨습니다, 폐하께서.

"나 또한 그러하다."

"정녕 몽중인 것은 아니겠지요?"

차단된 공간에서 목소리가 겹쳤다. 피어올린 촛불이 바람 한 점 없는 이곳에서 흔들림 없이 심지를 태우고 있었다. 짓누르고 있던 장식에서 벗어나자 한결 머리 위가 가벼워졌다. 그런 다음 해준은 겹겹이 운을 감싸고 있던 예복을 하나둘 벗겨냈다. 익숙하게 저의 환복을 도왔었던 나인들과는 차이가 있는 어색한 손길이었지만 훨씬 부드럽게 느껴졌다.

"해준."

"예, 폐하."

"둘만 있을 땐 그리 부르겠다."

"그리하시지요."

귓전에 그의 음성이 울렸다. 운은 천천히 고개를 돌렸다. 듬직한 버팀이 될 것처럼 당연한 모습으로 해준이 뒤를 지키고 서 있었다. 해준이 그런 운을 뒤에서 허리를 죽이며 끌어안았다. 하얀 운의 목 덜미에 코를 박고 고개를 묻었다.

"그대를 위해 청우정을 지었다."

"청우정이라 함은……."

"뜻 그대로이지. 오로지 빗소리만이 들리는 고요한 정자이다. 비가 내리면 모든 소란에서 벗어나 후원으로 떨어지는 빗방울 소리가 선율처럼 울릴 것이야."

"못가에 비친 달을 보는 것만큼이나 황홀하겠군요. 비가 내리면 그곳으로 가야겠습니다. 당연 폐하께서 함께이시겠지요."

종일 곤두세웠던 몸의 피로가 풀어지는 듯 울리는 해준의 목소리에 운이 고개를 아래위로 끄덕이며 답을 했다.

"응."

운을 감싸고 있던 팔을 풀고 해준은 이만 앉아 있던 운을 일으켰다. 스르르, 자연히 따라오는 운의 몸짓에 여태까지 누르고 있던 모든 것들이 한꺼번에 기립을 해 동하는 듯했다. 손끝으로 부드러운 입술을 매만지다가 곧 제 입술로 머금었다. 이를 세워 아랫입술을 살짝 깨무니 벌려진 입술 사이로 가느다란 음성이 빠져나왔다. 제 여인으로 진정한 제 여인으로 맞이하는 밤이니 똑같이 보내긴 싫었다. 설령 운이 버티다 못해 혼절을 한다고 해도 저는 오늘만큼은 고삐를 풀어놓고 맘껏 음미를 하고 싶었다.

"깨어나면 꿈일까, 혹여 지금도 꿈일까 두려우니 계속해서 확인을 시켜줘."

"예, 폐하."

"해준."

"예, 폐하."

"그래, 그렇게."

살결을 찾아드는 농익은 손이 점차 거칠어지기 시작했다. 결을 따라 부드럽게 선을 그리며 쓸어내던 것도 잠시, 소복이 해준의 손에 의해 주름을 만들어내며 운의 몸에서 떨어져 나갔다. 그러자 온전한 나신이 비추었다. 언제 보아도 새롭고 계속 보고 있어도 황홀한.

"이젠 한시도 떨어지지 않을 것입니다."

침수에 드실 때에도 이젠 늘 지켜드릴 수 있지 않습니까. 당연하게 곁을 지키면서 말입니다. 악몽을 꾸지 않도록 손을 꼭 마주 잡고 절대 놓지 않겠습니다, 폐하.

경계를 풀고 오로지 저의 앞에서 무너지는 운의 모습이 손끝에서 단물이 배어드는 것처럼 멈출 수 없는 열락을 선사했다.

가지고자 마음을 먹으면 못 가질 것이 없다고 호언을 하며 율국에 들어섰던 그때, 그저 마음을 먹는다고 해서 가질 수 없는 게 있음을 깨달았다. 하늘에서 내린 자는 연정으로 품는 것으로도 죄가 되었었다. 그랬던 그녀가 온전히 제 것이 되어 하늘거리고 있었다.

가느다란 선을 그대로 간직한 목덜미에서 마치 새로 피어난 꽃잎이 제 향을 자랑하기라도 하는 것처럼 지독하고 매혹적인 향기가 났다. 이를 세워 울혈을 만들었다. 새길 수 없는 증표와도 같았던 것들이 이젠 금기를 깨고 나설 때가 된 것이었다. 굴곡을 만들어내는 가슴의 길목에도, 끊어질 듯 낭창거리고 있는 허리께에도, 오로지 저만이 볼 수 있는 가장 깊은 곳에도. 여린 피부가 감내하지 못해 이가 지나는 자리마다 금방 붉은 멍을 만들듯 꽃을 피워냈지만 해준은 멈출 생각이 없었다.

운을 안은 게 벌써 수차례였다고는 하나 오늘과 같다고 할 수는 없었다. 켜켜이 누적된 감정의 먼지가 눅눅한 손길로 인해 하나둘 없어지고 있었다. 더 깊은 열락은 어디일까, 황제가 제 여인이 된

허세가 아니었다. 운이 제 여인이 된 벅차오름이었다. 그럼에 자꾸만 다시 새로워졌다. 머금었던 입술도 금방 다시 찾게 되었고, 잦아들었던 허릿짓에도 언제 속도를 잃었냐는 듯 다시금 끓어올랐다. 이끌면 이끄는 대로 유려하게 움직이는 운을 내려다보며 해준은 몇 번이고 참았던 욕정을 풀어냈다.

'손끝이 매우 찹니다, 폐하.'

'오늘은 이 심상을 어지럽히고 싶지 않아.'
'……'
'그러니 가까이서 보라.'

'걸고 싶은 조건이라도 있으면 말해보라.'
'감히 그래도 되겠습니까?'
'어디 한번 들어나 보자꾸나.'
'만약 제가 이긴다면 다음 사냥부턴 두껍게 입고 사냥을 나오시는 겁니다.'

'그 못 말입니다.'
'……'
'달이 가장 아름답고 황홀하게 비치는 그 못. 다시 한 번 보고 싶은데…… 윤허해주시겠습니까?'

'제 이름을…… 다시 한 번 불러주십시오.'

'……뭐?'

'언제든 좋습니다. 꼭 지금이 아니어도 되니, 제 이름을 불러주십시오, 폐하. 그게 제 청입니다.'

'화살에 맞은 건 비단 어깨가 아니라 머리인가 봅니다. 어느 안전이라고 이리 입을 함부로 놀리는 건지…….'

'밤바람이 차다. 옷을 든든히 입는 것을 잊지 마라.'

'제가 대신하겠습니다. 제가 대신 폐하의 과녁이 되어드릴 것입니다.'

'그래, 그러자. 내가 이제 그대의 목숨을 쥐고 있는 것으로 하자. 그대가 원하는 대로 됐으니 일어나라, 어서.'

'내 모습이 그리 비칠 줄은 몰랐다.'

'어쩌면 숨이 멎을 것도 같았습니다.'

'지금 그대가 품고 있는 게 대체 무엇이기에.'

'……입에 올릴 수 없다는 것을 잘 아시지 않습니까.'

'그대에게…… 감히 날 연모하라 명한 적 없다. 오로지 그대는 내 명에만 존속되어야 함을 잊지 말라.'

'비치시고 계시지 않습니까.'

'뭐라?'

'그리 쉬이 마음을 비치시는데 어찌 모른 체할 수 있겠습니까, 폐하.'

'스스로 아뢰도록 하지요. 감히 이 나라의 천자를 가슴에 품었습니다. 품는 것으로도 모자라 화폭에까지 옮겨 사사로운 감정을 기워냈습니다. 어찌되지 못할 연정을 지닌 채 불순한 마음으로 지금도 어전에 있습니다. 제 가슴에 결국…… 꽃을 피워냈습니다. 차라리 지금이 좋겠습니다, 폐하. 아무도 없는 곳에서 오로지 폐하와 단둘뿐인 이곳이면 더 이상 미련도 없을 것 같습니다.'

'내가 그대를 꺾길 바라느냐?'

'……'

'내 손으로 그럴 수 있을 거라 여겨?'

'내가 이 자리에 있지 않고 그대가 그 자리에 있지 않다면 우린 원 없이 서로에게 속삭일 수 있었을까?'

'……해준.'

'예, 폐하.'

'해준.'

'예, 폐하.'

'……지금처럼 내가 부르면 꼭, 그렇게 말해다오.'

'바람이 차갑습니다.'

'……'

'옷을 든든히 입으셔야지요.'

'……지쳐, 몹시 고단하구나.'

'쉬십시오. 쉼이 되어드릴 테니.'

잔영의 잔상들이 하나둘 지나갔다. 눈초리 끝에 눈물이 맺힌 듯도 했다. 박차를 가하기 시작했다. 여전히 저를 바라보며 있는 운을 한시바삐 계속해서 좇으며 움직였다. 들끓는 마음이 주체를 할 수 없어 힘겹게 지새웠던 날들을 보상이라도 받듯이 그렇게. 멍울이 져 있던 게 탁, 하고 숨을 터트리며 풀렸다. 부러 향하는 마음을 죽여 아팠던 지난날들이 이제야 무게를 가벼이 해 날아갈 수 있게끔.

그 후 이야기 하나

한 발, 두 발…… 공기를 가르고 무시무시한 속도로 뻗어 나가는 화살의 소음이 귓청을 빠르게 울렸다가 잠재우길 반복했다. 열 발로는 부족해 이번엔 스무 발을 들고 내기를 걸었다. 보통 때 같았으면 넌지시 운을 위해 몇 발은 억지로 실수인 것처럼 과녁을 피하게 했겠지만 이번만큼은 제 능력을 감추고 싶지 않았다.

정사가 바쁜 건 운도 마찬가지였고 저 또한 마찬가지였다. 그녀는 저와 가약을 맺은 안사람이기 이전에 율국을 통솔하는 군주였으므로 나라에 관한 사안이 항상 먼저였다.

항구를 새로 만들어 개방할 정도로 각국과의 교류들이 활발하게 이뤄지고 있는 즈음, 맺었던 조항들을 다시금 다듬을 것도 많았고 넓혀가는 영역에 따라 걸맞은 인물을 직접 뽑아 일일이 발령을 내려야 하는 일들도 많아졌다. 그런 운의 보좌를 맞추는 관리들도 하나같이 바빴다.

해준도 당연 마찬가지였다. 하지만 저는 그렇게 바쁠지언정 정인과 나누는 정에는 소홀히 할 수가 없었다. 사내라면 당연지사가 아닐까? 통하기 전에는 몰랐지만 통하고 나서는 도무지 자제라는 것을 할 수가 없었다. 하지만 운의 몸 상태로 살피고 따져야 하니 그간 인고의 고통을 감내하며 열 손가락을 넘기는 밤을 그저 아무 일 없이 보내야 했다. 그렇지만 더 이상은 무리였다.

"배포가 좁게. 뭘 그리 집중하여 쏜단 말입니까."

여인을 상대로.

"제겐 의미가 좀 남다른 내기라서 말입니다."

밤이 싫은 건 결코 아니었다. 사랑을 받는다는 느낌이 여실히 전해질 만큼 따뜻한 해준이었지만 그다음이 문제라면 문제였다. 흠씬 두들겨 맞은 것도 아닌 것이 손가락을 하나 움직이기 힘들 정도로 온몸이 축 처지는데 그 상태로 어찌 어전회의를 돌보며 오로지 저만이 처리할 상소들을 일일이 돌볼까.

운은 고개를 도리도리 저었다. 이 바쁜 시기에 정인 간의 정은 잠시 참아둬도 괜찮다는 게 저의 입장이었다. 일단 지방 관리들의 발령 문제만이라도 마무리가 된다면 틈이 보일 테니 그때를 기다리자며 해준을 좋은 목소리로 설득을 해도 황권에 도전을 하는 한이 있어도 해준은 더 이상 물러줄 수 없다고 했다. 때문에 아닌 밤중에 활대와 활을 들고 나서서 이러고 있는 중이었다.

"부군께서 그리 호색한인 줄 알았더라면 다시 생각해봤을 일이었습니다."

색정엔 일말의 관심도 없다는 듯 늘 그렇게 금욕적인 얼굴을 하고 있었으면서. 역시 사람은 두루 살펴봐야 아는 법이라더니. 옛말 그른 게 하나 없습니다.

"호색한을 만든 것은 폐하이십니다."

서국에서 유학을 하고 있을 시절, 시시때때로 기방을 드나들었 닌 세 과서는 병원이 눈너둘 닐이났나.

"하!"

말이나 못하면.

"시한을 두지 않았다고 해서 그리 여유를 부리시면 안 됩니다. 벌써 제 손엔 일곱 발만이 남았습니다."

칠흑 같은 어둠 속에 있는 과녁이었다. 예전처럼 그렇게 당하고만 있진 않을 것이다. 운도 이만 대화를 멈추고 시위를 당기는 것에 온 신경을 쏟았다.

잠행을 나가기에 앞서 확인할 것이 있었다. 채비를 마친 운과 해준은 너 나 할 것 없이 과녁이 있었던 곳으로 먼저 걸음을 하고 있었다. 묘하게 일어나는 신경전 탓에 불꽃이 붙을 것도 같았다. 황색의 깃이 운, 백색의 깃이 해준이었다.

"허허, 이런."

그날, 그렇게 무참히 쓴 패배를 맛보고 난 뒤 더더욱 활을 당기는 것에 신중을 기울이며 제 실력을 키우기에 박차를 가했던 운이었다. 인내는 쓰나 열매는 단 법. 그 결실이 제 눈앞에서 맺어졌다. 스무 발이 모두 과녁의 중앙에 명중해 꽂혀 있었다. 그에 반해 딱 두 발, 딱 두 발만이 해준의 과녁을 벗어나 땅에 나뒹굴고 있었다. 해준은 그야말로 망연자실한 표정이었다. 아, 그간 얼마나 참고 참았는데. 이 기회를 이렇게도 허무하게 날려버리다니. 애초에 운이 먼저 내기를 걸어옴에 있어서 받아주지 말고 그냥 밀어붙일 걸 이제 와 후회가 밀려들었다.

"예, 제가 졌습니다."

"열흘입니다. 순식간에 지나갈 터이니 너무 상심 마세요."

"……늦기 전에 나서기나 합시다."

부러 눈을 더욱 부릅뜨고 살필 필요도 없었다. 해준은 그에 휙, 먼저 등을 보이며 돌아섰다. 다음을 반드시 기약해야겠다고 속으로 읊으면서.

소란스러운 형국이 일어나진 않는지 혹여 생각지도 못했던 곳에서 민심이 어긋나 있진 않은지 살펴보는 게 본 목적인 것도 있었지만 한정된 걸음을 놓던 황궁을 벗어나 좀 더 큰 세상을 보기 위함이기도 했다.

"여기서부턴 부인이라 부르겠습니다."

부마로 간택이 되어 성대하게 국혼까지 치렀으니 운과 해준은 합법적으로 부부였다. 궐의 문을 등지자마자 해준은 당연하게 운을 보며 '부인'이라는 단어를 서슴없이 뱉었다.

"그러세요, 서방님."

이질적이게도 감기는 '서방님'이라는 말에 운은 한 번 더 속으로 단어를 곱씹었다. 서방님, 서방님. 이 간단한 호칭이 새삼 짙고 넘어갈 정도로 대단한 것도 아닌데 두 사람은 벌써부터 큼큼 기침을 하며 붉어진 얼굴에 손부채질을 해야 했다.

"저자로 나서봅시다."

"그럽시다."

변복을 한 채 백성들 사이로 섞이니 해준과 운도 자연스레 그들의 틈에서 녹아들었다. 서국이며 현국이며 주국이며 활짝 열린 항구를 통해 왕성하게 이뤄지고 있는 통상 탓에 저번에 잠행을 나왔을 때보다 저자가 더욱 풍성하고 시끌벅적했다. 여기저기 기운이 넘쳐나는 소란을 기분 좋게 헤치며 소소하게 목을 축이기 위해 운과 해준은 주점을 찾아 한자리를 차지하고 앉았다.

"여기에 앉아 있으면 모든 소리가 다 들립니다."

"그게 정말이더냐?"

"어허, 부인. 서방님입니다, 서방님."

하늘 같은 지아비에게 말꼬리가 조금 짧지 않소.

"아, 네, 서방님……."

환궁을 했을 때 후환을 어찌하려고 이러는지 모르겠소만 일단은 따르기로 하지요. 별로 어려울 것도 없으니. 운은 다시금 목소리를 가다듬고 문장을 고쳤다.

"그게 정말입니까, 서방님?"

"그렇소."

"특히 노름패들이 모여 있는 곳이 소문 창고이지요."

해준은 고개를 길게 빼내어 주점 안을 둘러보다가 사내 넷이서 모여 있는 탁자를 발견하고 얼른 가리켰다.

"저 가까이로 자리를 옮깁시다."

많은 시간을 들일 필요도 없었고 일부러 많은 노력을 기울일 필요도 없었다. 해준과 운은 그네들이 차지하고 있는 자리 가까이로 옮겨 앉았다. 주문했던 술이 잔과 함께 그들의 앞으로 나옴에 따라 나란히 잔에 술을 채우고 사내들이 모여 앉아 주거니 받거니 대화를 잇고 있는 곳으로 귀를 쫑긋 세웠다.

"대단한 미남자일까?"

"글쎄, 그리 미남자라고는 하지 않던데."

"아니, 그럼 박식하기가 그지없는가?"

"그런 소리도 못 들었네만."

"대체 무엇을 보고 황제 폐하께서 그를 부마로 간택을 하신 겐가? 이제 보니 별로 볼 것도 없는 것 같구먼."

"측은지심일지도 모르네."

아무래도 주제는 며칠 전 황궁에서 성대하게 올린 국혼인 것 같았다. 다름 아닌 여황제를 상대로 치러진 국혼이었으니 화두에 올려 말을 주고받기에 안성맞춤이었다. 하지만 부마로 간택이 된 해준에 관한 정보가 제대로 알려진 게 없어 다들 저마다 궁금한 듯 목소리를 높이는 중이었다.

"에이, 아무렴. 부마의 자리가 그저 측은지심으로 될 자린가? 이 양반, 순 허풍은. 말이 되는 소리를 해야지."

"그렇담 대체 황제께서 무엇을 본 것이지?"

"주국이고 현국이고 폐하를 직접 본 자들은 서로 율국으로 달려와 스스로를 부마로 정해달라고 간청을 했다고 하지 않는가들. 하나도 빠짐없이 말이야. 아마 지금 앉은 폐하의 부군은 모르긴 몰라도 매우 대단할 거야."

"당연 그렇겠지?"

"아무렴."

피식. 하는 얘기를 듣다가 운과 해준은 서로를 쳐다보며 자꾸만 씰룩씰룩 올라가는 입매를 내릴 수가 없었다.

"저들 말한 것 중 대체 무엇이오, 부인?"

이만 주점을 나서 거리를 걸으며 해준이 운의 어깨를 툭, 건들며 뒤를 가리켜 물었다.

"뭐가 말입니까?"

"미남자도 아니라 하고, 박식하지도 않다고 하고. 설마하니, 측은지심이오?"

해준의 말에 운이 정말 진지한 고민을 하는 것처럼 표정을 굳히고 깊은 생각에 눈을 이리로, 저리로 굴렸다.

"그리 오래 생각을 해야 나온단 말이오?"

쉬이 서두를 트지 않은 채 망설이기라도 하는 듯 대답이 좀 늦어짐에 해준이 참지 못하고 섭섭한 목소리를 냈다.

"확실히 미남자도 아니고 박식한 것도 아니니 측은지심인 것 같습니다, 서방님."

"농은 관두시오."

"농이 아닙니다."

"어허, 이보시오, 부인."

측은지심이라니! 너무하지 않습니까, 폐하. 해준이 살짝 샐쭉한 표정을 지었다.

"하하하, 농이에요, 농. 토라진 것은 아니겠지요, 서방님?"

"당치도 않소."

해준은 괜히 운에게서 고개를 돌리며 가다듬지 않아도 될 목청을 두어 번 가다듬었다. 그러고는 길을 안내라도 하려는 듯 운보다도 반보 먼저 앞장섰다. 놓치지 말고 잘 따르기나 하세요, 부인.

즉위한 지 얼마 되지 않아 잠행을 나섰을 땐 눈앞에 펼쳐져 다가오는 모든 것들이 이질적이고 낯설었다. 황궁이라는 우물에서 갓 나온 개구리처럼 뒷발질을 하지도 못하고 그저 가만히 걸음을 멈춰 세웠었다.

겁을 먹은 듯 가만히 있는 운의 모습에 두려우면 다시금 돌아가도 좋다고 했던 영휘의 말이 있었지만 운은 일단 고개를 저었었다. 부딪치는 이들의 얼굴도 낯설었고, 스스럼없이 주고받는 목소리들도 전에 없던 언어를 듣는 것처럼 몹시 꺼려졌다. 평안이 깃든 얼굴이라고는 할 수 없었지만 그렇다고 삶의 무게를 지닌 괴로운 얼굴들은 아니었다. 어렵게라도 부딪치며 구휼을 위한 정책을 세운 것이 새삼 보람차게 느껴지는 순간이었다.

부러 시간을 오래 두지 않았다. 그만큼 환궁을 지체할 수 없는 노릇이기도 했지만 혹 끼치는 어지러움에 이 많은 사람들 틈에서 가만히 두 발을 세우고 있기가 너무나 힘겨웠기 때문이었다.

무엇이었을까, 그 기분은. 차마 알맞은 단어를 찾아 형용을 할 수가 없었다. 제가 아는 한에서는 형용할 만한 말이 없었다.

운은 그렇게 틈바구니가 주는 소음과 소란에 오히려 이네들 틈으로 스며들어 아예 자취를 감추고 싶다는 충동마저 들었다. 무척이나 다른 모습이었다. 따로 제 손길이 가지 않아도 황궁은 늘 같은 모습으로 잘 가꾸어졌다. 원하는 게 있으면 뭐든 이루지 못할 것이 없었고, 드넓은 궁정은 말이 먼저 지칠 때까지 고삐를 놀려 발타기를 지겹게 해도 될 만큼 거대했다. 탁, 트인 풍경을 자랑하게끔 색색깔의 꽃들과 푸른 잔디들로 고운 미색을 자랑하는 화원이 있었지만 부족했다. 그런데도 갑갑하고 답답했다. 옥죄는 느낌이 가시지 않았던 제 황궁이었는데 막상 황궁을 벗어나니 시원한 청량감이 들었다.

경험해보지 못한 세상이 주는 낯선 풍경이 어째서 그러한 해갈을 주었을까. 여직 그 느낌이 생생하게 감돌아 좀처럼 가시지 않았다. 제 백성들을 보면서 이네들의 삶을 바라보면서 운은 더할 나위 없이 사소하고 소소한 휴식을 맞이하는 것 같았다.

"이네들도 이네들 나름의 고충이 있겠지요."

함께 걷던 길목에서 이리 지나고, 저리 지나는 저마다의 사람들을 살피는 운의 목소리가 매우 부드럽고 다정했다. 그에 해준도 동조한다는 듯 조용히 고개를 끄덕이며 주변을 둘러보았다.

분주하게 움직이는 사람들 속에서 고요는 없었다. 장사치들이 길거리를 계속해서 진동시키고, 가는 이들의 걸음을 붙잡아 세우며 현란한 말솜씨를 발휘했다. 오밀조밀하게 모여 다니는 아이들이 신기한 물건을 보면 시선을 빼앗겨 자리를 옮길 줄을 몰랐고, 아낙들은 익숙한 솜씨로 흥정을 하기도 했다.

봇짐을 진 이들이 너 나 할 것 없이 주위를 스쳤다. 잘 돌아가고 있는 세상이었다. 무너질 것처럼 있던 구름이 제대로 자리를 잡고 떠 있는 덕이었다. 그러던 중, 갑자기 무언가 뒤늦게 생각이 난 듯 가슴께 안쪽을 뒤적이던 해준이 반보 정도 멀어졌던 운과의 사이를 서둘러 좁혀왔다. 그러곤 조금은 들뜬 목소리로 운의 귓가에 대고 말했다.

"준비한 것이 있소."

"예?"

준비한 것이 무엇이기에 전에 본 적 없던 자신감이 흘러넘치는 입 모양을 한 해준이었다. 그에 운은 기대가 되기보다는 그저 실망이 없길 바라고 또 바라는 중이었다.

"무엇입니까, 준비한 게?"

재촉을 하듯 기다리지 못하고 운이 묻자 가슴께로 손을 집어넣었던 해준이 매우 호기롭게 새까만 애체 두 개를 꺼내 들었다.

"눈이 부시지 않습니까? 자, 얼른 받으세요, 부인."

간간이 검은 애체를 쓰고 지나다니는 이는 있어도 부부끼리 나란히 애체를 쓰고 지나다니는 이들은 없었다. 이 해괴한 것을 눈에 나란히 얹고 길을 걸어야 한다니. 누가 봐도 우스운 꼴이 될 것이 빤했다. 운은 곧이곧대로 해준이 내미는 것을 받아 들지 않은 채 손을 저으며 다시금 넣을 것을 권했다.

"전 됐습니다."

생각조차도 해보지 않는 것처럼 답이 꽤 단호하게 들려왔다. 그에 해준이 고집스레 애체를 다시 내밀었다.

"사양하는 건 없습니다."

"그런 법이 어디 있습니까?"

감히 황제의 거절을 받아들이지 않다니. 운이 해준만이 보이게 살짝 미간을 찌푸렸다. 하지만 해준은 아랑곳하지 않았다. 어쨌든 여긴 황궁 안이 아니었기 때문이다. 해준은 제가 먼저 애체를 긴 뒤 남은 것을 억지로 운이 끼게끔 만들었다.

"아이참, 왜 이러십니까."

제아무리 변복을 하고 나왔기로서니 우스운 꼬락서니로 있는 모습은 용납할 수가 없습니다.

"잠시라도 이렇게 해봅시다, 우리."

"……."

"잠시도 안 되는 겁니까, 부인?"

풀이 죽은 눈으로 말을 하기에 막 벗으려던 운의 손이 멈추었다.

"아주 잠시만입니다."

"그럼요, 그럼요."

여부가 있겠습니까.

여지없이 붉은 기를 보이며 지평선 위로 맹렬하게 떠올랐던 태양이 이제는 한층 누그러진 주홍빛으로 대지를 물들이며 뉘엿뉘엿 저물어가고 있었다. 살랑살랑 불어오는 바람이 기분 좋게 볼을 간질이고 있었고 지나간 세월들은 되짚어보기라도 하는 듯 두 사람은 말이 없이 그저 쏟아져 내리는 풍광을 바라보고 있을 뿐이었다. 아름다웠다. 타는 노을이 지고 있는 이 나라의 하늘이, 구름이, 제 속에 피어난 꽃이 모두 하나의 조화인 것처럼 완벽한 합을 이루어 드리웠다.

해준은 가만히 운의 손을 맞잡았다. 이러려고 나온 잠행이 아닌데 황궁 안에서는 보는 눈들이 있으니 이마저도 마음 편히 할 수가 없었다. 그러니 지금이 이 순간이 매우 소중하고, 심지어는 아깝기까지 했다. 말 그대로 황제가 황궁을 비우고 나서는 일이 흔히 있는 일은 아닌지라 그랬다.

"청이 있습니다."

해준의 목소리가 애체를 건네며 들떴을 때와는 사뭇 달랐다. 때문에 운도 눈동자에 초점을 또렷이 하고는 해준을 마주 보았다.

"청이라니?"

"황궁 밖이 아니면 안 될 것 같아서 감히 말씀을 올리는 것입니다."

"무엇이기에."

"휘를…… 입에 담아 불러보아도 되겠습니까."

성은 도, 휘는 운. 바로 그녀였다. 아무도 제 휘는 함부로 입에 올려 부르지 못했다. 제 부모가 아닌 이상 영영 불러지지 않을 이름이 바로 운이었다.

'운아…….'

'우리 운이.'

'운아, 이리 와보거라. 운아…….'

언젠가 '운'이라고 저를 불렀던 그 목소리가 제법 까마득했다. 앞으로도 영영 불릴 리 없는 제 이름이 어쩌면 그렇게 묻힐 거라고 생각했던 적도 있었다. 그런 이름을 해준이 불러보고 싶다고 했다. 황궁 안에서는 아니 될 일이니 복색이라도 바깥 신분을 한 것처럼 있는 지금에.

"……청이니 무를 수가 있나."

구름을 어디 한번 불러보아라. 운은 가만히 제 이름을 듣기 위해 귀를 열었다. 나른한 해준의 음성이 곧 저를 부르며 귓전을 울릴 것이었다.

"……운."

아, 그렇지, 운……. 저를 부르는 목소리가 여직 남아 있다. 눈물이 맺힐 것같이 시울이 붉어졌다. 그리고 또다시 한 번 더.

"운, 운아……. 내 구름, 운아."

결국 두 볼을 타고 눈물이 흘러내렸다. 이 이름을 이리 듣게 되다니. 들리는 제 이름이 때아닌 감격이 몰려드는 것처럼 가슴께가 진정을 하지 못하고 들썩였다. 그에 해준의 너른 품이 운을 감싸 안았다.

"원 없이 불러보고 싶은 이름이었지요."

제 품에 꼭 안겨들어 오는 운의 볼에 해준이 입을 맞추었다. 그러자 더욱 볼을 비비며 그 안으로 파고드는 운이었다. 그리고는 작은 목소리가 진동이 되어 가슴팍에 울렸다.

"……고마워."

불러줘서, 잊지 않게 해줘서.

"또 다른 때가 있을 때, 다시 한 번 더 불러보겠습니다."

너울거리는 탓에 목소리가 제대로 나오지 않아 우는 하는 수 없이 고개를 끄덕일 수밖에 없었다. 제가 해준을 명명해 부르듯 해준도 제 이름을 불렀다. 들리는 그 이름에 고단함이 모두 다 녹아나는 듯한 착각이 일었다. 은은하게 하늘 위를 물들게 했던 노을이 어느새 자취를 감추었다.

그 후 이야기 들

    먹어도 먹은 것 같지가 않았다. 당장에 제 손길을 기다리던 일들이 이미 한차례 지나간 다음이었는데도 불구하고 도통 기력을 차릴 수가 없었다. 낯빛이 점점 푸석해졌으며 입술도 퍼석퍼석하게 마르는 것도 같았다. 체통을 지키지도 못하게끔 저도 주체를 할 수 없을 만큼 졸음이 쏟아지기도 했다.

    "당장 맥을 짚어야겠습니다."

    해준의 미간이 잔뜩 좁아져 있었다. 딱히 무리를 한 것이 없는데도 불구하고 좀처럼 제 기운을 찾지 못하는 통에 염려가 가득 밀려왔다. 환관에게 고해 태의를 들라 이르렀더니 오래 지나지 않아 태의가 운의 맥을 짚기 위해 안으로 들어섰다.

    "……"

    진맥을 짚고 있는 와중에도 몸이 무겁고 나른해 정신을 똑바로 차릴 수가 없이 몽롱했다. 맥이고 뭐고 이대로 그냥 곯아떨어졌으면 좋겠다고 생각했다. 환복이야 나중에 일어나서 하면 되는 것이고. 밀려드는 졸음에 이길 장사 같은 건 없었다. 축, 팔을 늘어뜨리고 운은 태의가 뭐라고 하든지 얼른 맥을 짚고 나갔으면 하는 마음만이 굴뚝같이 앞섰다.

"어찌 이리 오래 걸리는가?"

평소보다 맥을 짚고 있는 시간이 길어졌다. 그에 해준이 채근하듯 낮은 목소리를 냈다. 태의의 미간에도 주름이 잡혔다.

"태의."

기다리다 못한 해준이 다시 한 번 더 그를 불렀다. 그러자 태의가 진맥을 짚고 있던 운의 손목에서 실을 거둬냈다.

"미약하지만…… 태기가 느껴지옵니다."

'태기'라는 말에 운이 이길 수 없던 졸음을 잠시나마 이기고 눈을 번뜩 크게 떴다. 놀란 눈을 한 건 비단 운뿐만이 아니라 곁에 있던 해준도 마찬가지였다.

"태기라 함은……."

태의는 고개를 끄덕이며 살짝 미소를 그을렸다.

"회임을 하신 것이옵니다. 폐하, 경하드리옵니다."

해준을 부마로 맞이한 날이 꼬박 삼 년을 채워갈 즈음, 운의 복중에 태아가 들어섰으며 이는 곧 율국의 후사와도 마찬가지였다.

태의가 나가고 난 후 해준은 기쁜 입을 다물지 못해 하는 수 없이 손으로 벌려진 제 입을 막았다.

"복중에⋯⋯ 복중에 우리의 아이가 있는 겁니다, 폐하."

감격을 금치 못해 쇳소리가 나올 듯도 했다. 그런 해준을 보면서 운도 만면에 미소를 머금었다. 여태까지 입맛이 없고 계속해서 졸음이 쏟아지던 게 모두 회임을 한 탓에 그랬던 것이었다. 이제야 모든 게 이해가 되었다. 어쩐지 아무리 쉬어도 평소답지 않게 기력을 제대로 차릴 수 없더니만.

"밤마다 활을 쏘는 건 이제 그만하셔야 합니다."

방금까지만 해도 벌린 입을 다물지 못하고 있었으면서 갑자기 표정을 바꾼 해준이 근엄한 목소리를 했다.

"하, 그럼 그만큼 퇴보할 것이 아닙니까."

하루라도 활을 쏘지 않으면 안 되는데.

"내기를 걸 일은 없을 겁니다."

"그 말을 어찌 믿겠습니까? 잠행에 나가서도 틈만 나면 내기를 무르기 위해 다른 내기를 걸고 그랬잖습니까."

"지금은 상황이 다릅니다. 복중의 태아가 가장 우선이지요."

벌써부터 입매를 귀까지 걸고 있는 해준을 보니 운도 이만 그를 놀리려던 걸 관뒀다. 해준의 말이 맞았다. 홑몸이 아니니 조심할 것들이 한두 가지가 아니겠지.

태아를 지닌 몸으로 정사를 제대로 보살필 수가 없어 그녀의 부군인 해준이 당분간 그녀를 대신했다. 처음엔 입맛도 없다 하여 수라도 다 비우지 않았고, 늘 잠에만 취해 온몸을 늘어뜨리고 있던 그녀였다. 그러나 요즘엔 방금 비웠던 상인데도 불구하고 재차 소부에 일러 음식을 나르게 했다. 세 끼니를 넘어 네 끼니는 물론이요 다과는 늘 입에 달고 사는 것과 마찬가지였다. 먹고 싶은 게 많아지니 자연 얼굴에는 살이 붙었고, 배도 그 형태를 알아보게끔 불렀다.

"손을 줘보세요."

운의 곁에 앉은 해준에게 운이 그에게 손을 내밀 것을 청했다. 그러자 해준이 허리를 바로 세우고 운이 하라는 대로 제 손을 맡겼다.

"태동이 느껴지십니까?"

손바닥을 타고 배에서 무언가 툭, 툭 튀어나오는 게 느껴졌다. 해준의 눈이 휘둥그레졌다. 그는 좀 더 운의 가까이로 가서 앉아 이번엔 손바닥이 아니라 그녀의 배 위로 살며시 얼굴을 겹쳐 귀를 기울였다.

"참으로 신기한 일입니다."

복중에 태아가 열심히 태동을 하는 게 그대로 전해졌다. 해준과 운의 얼굴에서 동시에 미소가 피어올랐다.

"힘이 아주 장사입니다."

그러니 입으로 들어가는 음식들도 많은 게 아닐까. 점차 몸을 가누기가 힘들 정도로 몸이 무거워졌다. 태의는 가만히 있는 것보다는 몸에 무리가 가지 않을 정도로 가벼운 산책을 하는 게 좋다고 했다.

그럼에 하루 일과를 마친 해준이 부리나케 운에게로 달려와 그녀를 부축하며 어화원을 함께 거닐었다.

꽃을 꽃이라 일러주고, 들을 들이라 말해주었다. 밤하늘에 수놓은 별들을 일러주고, 황홀하고 유려한 빛을 내는 노란 달을 알려주었다. 선율이라도 되는 듯 지저귀는 새소리를 들려주고, 신록이 깨어나는 아침에 이슬 냄새도 맡게 했다.

귀에 익을 수 있게끔 나긋나긋하게 목소리를 전했다. 태어났을 때 이게 바로 내 어머니의 목소리구나, 내 아버지의 목소리구나 하며 안도감을 느낄 수 있게끔.

은은하게 울리는 아름다운 음악을 들려주고, 꽃을 향해 날아드는 나비의 날갯짓도 보게 했다. 운이 가장 사랑하는 못으로 가 연꽃을 보여주고 수면 위로 비치는 달빛에 똑같이 젖을 것처럼 황홀을 맛보게 했다. 비가 오는 날이면 운이 해준을 위해 만든 청우정으로 가서 다른 적막이 숨죽인 채 오로지 지면을 울리는 빗소리만을 들을 수 있도록 했다. 청아하게 부딪쳐 내리는 빗줄기의 소리를 하나도 놓치지 않고 담기를 바라면서. 아름답다고 일러진 것은 모두 보여주고 싶었다. 가슴을 두드리는 소리들도 마찬가지였다.

"폐하, 태의 들었사옵니다."

"들라 하라."

혹여 무슨 변고라도 생기진 않을까, 매일 밤 태의가 들어 운의 진맥을 살폈다. 아기씨는 무척이나 건강했다. 속단을 하자면 아마 사내일 것이었다. 넘치는 기운이 그러했고, 날이 가면 갈수록 살을 찌워가는 복중이 그러했다.

"무럭무럭 잘 자라고 계십니다."

진맥을 마친 태의가 안심을 해도 좋다는 듯 고개를 숙이고 예를 갖췄다. 그에 운과 해준의 얼굴이 모두 밝아졌다.

"다행이구나."

태의는 만약 빠르면 한 달 후를 기점으로 아기씨가 세상의 빛을 볼 거라고 했다. 산달이 되어감에 거동이 불편한 건 당연지사이고, 골반을 이리저리 짓누르는 고통이 여전히 뒤따랐지만 아직 견딜 만했다. 복중에 들어 있는 저와 해준의 아이가 사내아이든, 딸아이든 중요치 않았다. 그저 이대로 씩씩하게 무럭무럭 자라나 무탈하게 태어나면 그보다 더한 복은 없을 것 같았다.

"생각해놓은 이름이라도 있습니까?"

산달이 다가오니 운이 해준을 향해 물었다.

"하늘의 연으로 내린 아이니 성은 도, 이름은 연으로 하는 게 어떻겠습니까?"

"연…… 도연."

사내아이가 되었든, 딸아이가 되었든 누구에게나 어울릴 이름이겠네요. 연, 연이. 운이 해준을 향해 고개를 끄덕였다. 우리의 연이.

진시부터 시작된 진통 소리가 율국의 온 황궁을 물들였다. 식은 땀에 젖은 머리칼이 운의 얼굴 위에 어지럽게도 다닥다닥 달라붙어 있었고, 천을 물고 함겨운 숨을 토하는 운의 입술이 벌써 하얗게 질렸다. 해준은 발만 동동 구르며 기다리기만 할 뿐, 이런 때에 아무것도 할 수가 없어 매우 답답했다. 이제 오시를 넘어가고 있었다. 길어지는 시간과 비례하게 운의 고통도 진해질 것이었다.

"힘을 내십시오, 폐하."

"더, 더 힘을 내셔야 합니다."

"으으으윽! 아악!"

곧 숨이 넘어갈 듯한 비명이 창호지를 뚫고 귀에 꽂혔다. 두 손을 깍지를 끼고 맞잡아 모은 채 제발 더 이상 운이 고통스럽지 않길 바라고 또 바랐다.

"폐하, 좀 더, 거의 다 돼갑니다, 좀 더!"

온몸으로 흘린 땀에 이불도 흥건하게 젖어들었다. 소리를 너무 내지른 탓인지 다음으로 들리는 비명엔 날카롭게 쩍쩍 갈리는 쉰 소리가 들리기도 했다.

산모도 태아도 그 누구에게도 아무런 변고도 없이 아이가 태어났으면 좋겠다, 싶어 해준은 깍지를 낀 손을 도무지 풀 수가 없었다. 어지럽고 불안하고 염려가 되는 심기에 깍지를 낀 두 손을 턱 끝으로 가져갔다 내려갔다 하는 것을 반복했다.

안에서는 여전히 운에게 더욱 힘을 주라는 말과 함께 기력이 점점 다해가는 운의 안타까운 비명이 흘러나오고 있었다.

"제발, 제발……."

산고의 고통이 무엇에 비할 바 없을 정도로 지대의 고통이라 그랬었다. 해준은 제가 다 눈물이 찔끔 나올 것만 같아 견딜 수가 없었다. 그리고 그때였을까. 발악과도 같은 운의 비명이 전보다 더 커진 소리로 공간을 메웠고 종국에는 아기의 우렁찬 울음이 함께 터졌다.

"……!"

그리고 소식을 알리기 위해 의녀가 얼른 밖으로 나왔다.

"왕자님이십니다."

그렇게 복중에서부터 힘이 남다르더니! 사내아이였다.

"폐하는? 폐하께서는 무탈하신가?"

짙은 눈동자가 대답을 재촉하는 듯도 했다.

"예, 그렇습니다."

"하…… 수고했구나."

그제야 긴장이 풀린 탓에 그제야 모아 잡고 있던 손을 풀 수 있었다. 얼마나 억세게 제 손을 맞잡고 있었는지 하얗게 질린 손가락 마디마다 맞물렸던 뼈의 자국이 진하게도 새겨져 있었다.

"들어가보시지요, 태사."

수습을 마친 태의가 들어와도 좋다고 명을 했다. 여전히 시원한 울음을 터뜨리고 있는 아기를 옆에 뉘이고 진이 다한 모습으로 시선만을 옮겨 보고 있는 운의 모습이 해준의 두 눈에 그득히 찼다. 시위들이 아직 모두 물러가 있지도 않은데 해준은 운의 이마 위로 제 입술을 묻어 체온을 전했다.

"……고생하셨습니다."

대답을 할 기력도 없어 운은 가만히 고개를 끄덕였다.

율국력으로 672년, 6월. 실록이 점차 푸름으로 물들어 갈 즈음. 여황제 도운과 그녀의 부군 태사 서해준의 사이에서 왕자, 도연이 태어났다.

딱 열 살이 되던 해에 태자로 봉해짐에 따라 공식적으로 율국을 이어 받을 몸이 된 연이었다. 초롱초롱하게 빛이 나는 동그란 눈과 짙은 밤색의 눈동자, 오뚝하게 날이 선 코, 날렵하게 뻗은 턱의 선이 과연 장차 율국을 대표할 미남자가 될 법한 얼굴이었다. 두뇌 또한 명석해 시강이 하나를 이르면 열을 알아들었고, 한 번 읽은 서책은 곧바로 외워버려 두 번 다시 볼 필요도 없었다. 어미와 아비가 그랬듯 활을 즐겼고, 이따금씩 나가는 사냥에 어린 몸이지만 함께 대동이 되기도 하였다.

"교육에 들어갈 때면 시강이 매우 애를 먹고 있다 합니다."

"시강이?"

태자에게 학문을 가르치는 시강이었다. 전부터 연이에게 교육을 이름에 있어 적잖이 힘들어한다고 말은 들었다지만 그땐 너무 어렸을 때니까 그럴 수도 있다며 넘어갔었다. 그런데 여직도 그러다니. 말을 들은 해준과 운의 표정이 동시에 어두워지면서 약간의 당황을 표하기도 했다.

"자꾸 딴청을 피우시니……."

숙제를 내어주거나 그 자리에서 한 번 읊었던 것을 다시 읊어보라고 하면 또 숙제는 숙제대로 완벽하게 해오고, 읊으라는 것은 삐딱한 자세이긴 하나 토시 하나 틀리는 것 없이 읊으니 따로 꼬투리를 잡을 수도 없었다. 머리 아프게 학문을 외는 것은 지겨우니 무예를 익히러 나가자 하거나 말을 타러 나가자고 시도 때도 없이 시강을 괴롭힌다고 했다.

"산만하기 이루 말할 데가 없는가 보군, 태자가."

운이 절레절레 고개를 저었다. 그런 운을 보더니 해준이 짐짓 조용한 목소리로 꽤 진지한 표정을 하며 입술을 열었다.

"대체 누굴 닮았기에……."

아뢰어 올리는 환관의 자리가 가시방석이 되었다. 이래서 두 사람이 함께 들어 있을 때는 피하는 것인데 바로 고하라 이르기에 어쩔 수 없이 들게 된 것이었다. 농을 걸어오는 것도 아니면서 꽤 진중한 표정을 하고 있는 해준에 마치 운을 닮아 태자가 늘 산만하다고 하는 것도 같았다.

"……누굴 닮아? 글쎄요, 하나를 가르치면 열을 아는 명석함이나 쏘아대는 족족 명중을 하는 명궁의 면모나 이제는 저보다 몸집이 두 배는 되는 호위들을 상대할 만큼 일취월장한 검술은 다 이 나라의 황제를 닮은 탓 아니겠습니다. 허나, 예를 배웠음에도 불구하고 제대로 갖출 줄을 모르고 시시때때로 시강을 곤혹스럽게 하며 학문을 닦음에 있어 산만하게 구는 건, 사내아이이니…… 부군을 닮은 게 아니겠습니까?"

"폐하, 어찌 그리 넘겨짚습니까?"

"아니, 넘겨짚을 게 어디 있나요? 오 내관, 네가 한번 말해보아라."

"무, 무엇을 말입니까, 폐하."

결국 난데없는 불똥이 환관에게로 튀었다.

"태자가 나와 태사, 둘 중 누구를 닮은 것 같더냐?"

"물음을 바로 하셔야지요, 폐하. 태자의 산만함이 어디로 비롯된 것 같은지, 그리 물어야 맞습니다."

무고한 환관이 두 사람에 치여 덜덜 몸을 떨고 있었다. 혀를 어찌 놀려야 하는 건지 머릿속이 어지러웠다.

"하, 그걸 굳이 따져 물을 것까지야, 답은 빤할진데. 아니 그런가, 오 내관?"

운의 시선이 떨리고 있는 환관에게로 닿았다. 그리고 겹치는 해준의 시선도 있었다. 아, 지금 엄한 사람을 두고 무엇을 하나 싶은 걸 해준이 그제야 깨달았다. 그럼에 한쪽 입매를 올리며 픽, 하고 바람 빠지는 웃음을 짓는 걸 잊지 않았다.

"이만 나가보라고 이르시지요."

"뭐?"

몸을 납작하게 숙인 채 있는 환관의 등이 몹시 안쓰러웠다. 해준의 말에 운이 환관을 한 번 내려다보았다.

"괜한 사람을 잡았구나. 이만 나가봐도 좋다."

"예, 그럼 명 받잡고 물러가보겠나이다."

대답이 참 성급하게도 이뤄졌다. 사시나무 떨듯 떨리는 몸을 겨우 가누고 뒷걸음질을 빠르게도 하며 열리는 문의 틈으로 몸을 숨겨 사라지는 환관이었다.

"연이를 한번 불러 앉혀야겠습니다."

해준이 운을 보며 윤허를 요청했다. 그에 운도 고개를 끄덕였다. 이놈의 자식, 버르장머리를 아주 고쳐놔야겠구나.

급작스레 저를 부르는 명에 연이는 약간 당혹스러움을 품고 건청궁으로 향했다. 아직 저녁 문안을 드릴 시간도 되지 않았는데 왜 벌써부터 저를 부르는 것인지 연유를 짐작할 수 없었기 때문이었다.

"차마 지난 얘기를 못 한 게 있어 태자를 이리 불렀다."

연이를 보며 먼저 서두를 떼는 건 해준이었다. 그의 얼굴엔 수심이 너무 가득 차 있어서 그의 얼굴을 본 연이의 두 눈이 걱정에 흔들릴 정도였다. 차마 하지 못했던 지난 얘기가 대체 무엇이기에 저렇게도 어두운 기운을 안고 있는 것인가.

"그, 그게 무엇이옵니까?"

"……모후인 폐하를 똑바로 보아라."

"예?"

운의 기색도 밝지 않았다. 대체 무슨 연유로 이러는 것인가. 연이가 황망한 눈을 하고 운과 해준을 번갈아 보았다.

"고비를 넘겼었다, 폐하께서. 바로 너를 낳다가."

"……예?"

"다시 생각해도 끔찍하구나. 하, 혹여 잘못되기라도 했다면 나도 여지없이 폐하를 따르려고 했었다."

"그게 무슨…….."

진통이 좀 길었을지언정 죽을 고비를 넘긴다거나 그 문턱에도 가지 않았었다. 하지만 이게 해준과 운이 생각을 해낸 비책이었다. 설마하니 제 어머니의 목숨 고비를 운운하는데 정신을 좀 차리고 태자로서의 모습을 갖추려 들지 않을까 하는 생각에서였다.

"그렇게 귀하게 태어난 태자이거늘, 하루가 멀다 하고 어찌 이리 폐하의 심기를 어지럽히는 것이냐?"

"태자."

"예, 어마마마."

"시공이 태자 때문에 갖은 애를 먹고 있다고 들었다. 내가 이 나라의 지존인 것은 둘째로 두고 네 어미이지 않느냐? 낯이 부끄러워 고개를 들 수가 없다. 게다가 천자의 스승의 자리에 계신 네 아버지이다. 그런데 어찌 그런 경거망동한 행동을 일삼는 것이지?"

아, 이것이었구나, 말하고자 하는 것이. 화두를 꺼냄에 있어 너무나도 싫어셨던 서두였다. 연이가 무슨 뜻인지 알아들었다는 듯 고개를 천천히 끄덕이며 대답을 했다.

"소자, 앞으로는 어마마마와 아버님께 염려를 끼쳐드릴 일 없도록 하겠습니다."

"네 머리가 아무리 명석하다고는 하나 그것만을 믿고 시공을 시험하려 들거나 곤혹스럽게 하면 못 써."

"예, 명심하겠습니다."

연이는 깊이 반성한다는 뜻으로 운과 해준을 향해 고개를 숙였다.

"그리고."

아직 용건이 다 맺어지지 않았다.

"네게 물을 것이 있다."

"무엇이옵니까?"

동그란 눈매가 운이 가진 그것과 매우 흡사했고, 짙은 눈동자색은 해준이 가진 그것과 같았다. 날이 선 콧대와 날렵한 턱의 선은 어쩌면 운과 해준을 반반 닮은 것 같았다. 백지장같이 흰 피부는 아무래도 운에게서 나온 것 같고, 그렇다면.

"어디 한번 바로 대답해보아라. 나와 폐하 중에 대체 너의 그런 거만함과 산만함이 어디서 비롯된 것 같으냐?"

"……예?"

완벽하게 모든 것을 갖춘 사람은 없다 하지만 그래도 이왕이며 고칠 것은 고쳐 갖추는 게 좋았다. 게다가 곧 황위를 이어받을 황자이거늘. 그러니 거만함과 산만함이 어느 뿌리로부터 온 것인지 밝혀 그 뿌리가 책임을 지고 앞으로 연이의 그런 버릇을 고쳐놓아야 했다.

제가 아는 것을 아무리 많다고 한들 일부러 거드럭대며 거만함을 드러내는 것은 태자의 품행에 옳지 않았다.

일갈을 하는 것으로 마무리를 보려고 했지만 후에도 같은 일이 없다고 장담은 못 하기에 이렇게라도 해야 했다. 태자의 행실이 올바르지 못한 것은 곧 황실의 체통을 함께 실추시키기도 하니.

"생각하고 있는 바를 솔직히 털어놓으면 된다. 누구로 인해서인 것 같으냐. 응, 태자?"

조금은 황당하다는 얼굴이었지만 이내 연이는 깊은 고민에 빠지는 것처럼 말이 없이 표정을 진지하게 굳혔다. 과연, 피는 속일 수 없다는 말을 누구에게 해야 맞는 걸까.

"소자는……."

연이의 입술에서 운이 떨어짐에 따라 운과 해준의 이목이 모조리 연이에게로 향했다. 그래, 소자는?

"두 분에게서 비롯된 게 아니라 봅니다. 소자, 스스로의 위치를 망각하고 한 행실이오니 이번은 너그러이 넘어가주시옵소서. 두 번 다시 같은 일로 두 분에게 심려를 끼쳐드리는 일은 없을 것이옵니다."

처세에 밝기까지 했다. 깊숙이 고개를 숙이고 있는 연이를 보며 운과 해준의 입매에서 두둥실 호선이 그어지며 미소가 피었다. 과연!

"정녕 그리 약조를 하는 것이냐?"

"네, 아바마마."

"그래, 좋다. 이만 물러가보아도 좋다."

"소자, 이만 물러가보겠나이다."

장성하면 어떤 모습일지 기대가 될 정도로 벌써부터 사내의 기개가 늠름하였다. 운과 해준은 예를 갖추고 물러나는 연이에게서 눈을 뗄 줄을 몰랐다.

어디가 끝인지 가늠을 할 수 없을 정도로 드넓게 펼쳐진 바다 위로 구름이 두둥실 피어올랐는데 그 지평선의 모습이 마치 구름과 바다가 잇닿아 있는 듯한 착각을 일게끔 만들었다. 고요하고 심해처럼 깊어 뛰어난 바다인 해준(海駿)과, 천천히 그 자리에 있는 듯, 그렇지 않은 듯 제 몫을 이어가는 구름인 운(雲)이 잇닿아 연(聯)을 만들어 냈다.

이런 그림을 감히 몽중에나 그려보았지, 눈앞에 당연히 나타날 것이라고는 차마 헤아리지 못했다. 누가 일러준 게 아닌데도 불구하고 어두운 밤에 외로이 등각 하나만을 두고 과녁을 향해 활을 쏘는 연이를 보며 함께 별궁으로 산책을 나가던 운과 해준이 걸음을 멈추어 세웠다.

품게 될 연정의 깊이를 가늠할 수도 없었던 그때의 서글픔이 이제는 지나간 추억이 되어 자리해 있었다.

"연아."

가만히 저를 부르는 해준의 목소리에 활시위를 당기던 연이 그것을 멈추고 얼른 예를 갖추기 위해 허리를 숙였다. 이 밤중에 여기까진 어인 일로 나왔는지 궁금한 듯 눈이 커졌다.

운과 해준에겐 연이에게서 벗어난 화살이 과녁에 명중을 하였는지, 그러지 못하였는지 가늠을 할 수 있었다. 꼭 두 사람이 내기를 걸었던 자리에서 똑같은 거리를 두고 활을 쏘고 있는 연이었기 때문이다.

자상한 아버지의 미소를 머금고 해준이 연이의 가까이로 다가갔다. 그러고는 그의 동그란 어깨에 양손을 올리고 좀 더 시위를 정확히 당길 수 있게끔 자세를 고쳐 잡았다.

"어둠에 익숙해질 때까지 기다려."

"……."

"그렇다면 보일 거야."

입술을 열어 목소리를 내는 것은 분명 아들인 연을 향하고 있었지만 고개를 튼 눈빛은 지그시도 운을 향하고 있었다.

-마침-

감사의 말

먼저, 이 작품이 책으로 엮어져 나올 수 있게 도와주신

김은지 편집장님 및 와이엠북스 출판사 모든 관계자분들께 감사드립니다.

언제나 든든한 친구들,

RIM, RAM, RAMURAMU(그러고 보니 너희 모두 'ㄹ'이구나.) 그리고 J.

연락 자주자주 할 수 있도록 노력할게.

언제나 고맙고 또 고마운 마음뿐이야.

읽어주신 독자 여러분께도 진심 어린 감사 인사 전합니다. 읽어주셔서 감사합니다.

-김해인 올림.